黄复彩 著

APGTIME 时代出版
时代出版传媒股份有限公司
安徽文艺出版社

图书在版编目（CIP）数据

墙/黄复彩著.—合肥：安徽文艺出版社，2018.10
ISBN 978-7-5396-6377-7

Ⅰ．①墙… Ⅱ．①黄… Ⅲ．①长篇小说—中国—当代
Ⅳ．①I247.5

中国版本图书馆 CIP 数据核字(2018)第 125991 号

本书为安徽省作家协会第三届长篇小说精品工程扶持作品

出 版 人：朱寒冬
责任编辑：姜婧婧　刘　畅　　装帧设计：褚　琦

出版发行：时代出版传媒股份有限公司　www.press-mart.com
安徽文艺出版社　www.awpub.com
地　　址：合肥市翡翠路 1118 号　邮政编码：230071
营 销 部：(0551)63533889
印　　制：安徽联众印刷有限公司　(0551)65661327

开本：700×1000　1/16　印张：20　字数：320 千字
版次：2018 年 10 月第 1 版　2018 年 10 月第 1 次印刷
定价：49.80 元

目录

上部

下部

题记：

我给你我的书中所能蕴含的一切悟力，以及我的生活中所有的男子气概和幽默。

——博尔赫斯

《我用什么才能留住你》

白衣裳凭朱栏立
凉月趖西
点鬓霜微
岁晏知君归不归

——(清)纳兰性德

上部

第一章

记忆

这是我最后一本书了。我在这本书里要说的,是我母亲的故事。

作为母亲最小的儿子,上个月的一天,我过了自己六十六周岁生日。不论是按照联合国划定的年龄界限,还是中国民间的习俗,我都算是一个老人了。一个老人,写一个很老的故事,故事的主人公又是一个行将就木的老人,我不知道这样的故事是否能吊得起当代读者的胃口。

我曾经有两个母亲——生母和养母。我四岁那一年,我的生母死于癫痫病的发作,因此,对于那个曾给了我生命的女人,我几乎没有任何印象。而在这本书中,凡是我习惯称作母亲的人,那就是我的养母了,她的名字叫韩七枝。

我的父亲沈仲景出生在一个中医世家,从他的名字便可知道,我的祖辈对他寄托着怎样的期望。他原本可以成为一个不错的中医,他对癫痫病曾经有过独到的研究,但他却鬼迷心窍,在二十世纪五十年代初弃医从政,他的悲剧似乎也就从那一刻开始。父亲在年轻时的一次荒唐的意外中丢失了一只手臂,从那以后,父亲落得个“拽子”的绰号。但身体的残疾,一点都没影响他作为一个有魅力的男人所具备的一切品质。他身材高大,有着一头漂亮的头发,即使到了晚年,那一头乌发依然茂密而又明亮，再配上他高挺的鼻梁、浓密的眉毛，用今天的话说，这样高颜值的男人，自然是很有女人缘的。事实也正如此，他的一生里曾经有过很多女人，但是，没有一个是他真正爱着的女人。直到晚年，他才与母亲结合。而为了这一刻，他几乎耗费了大半生的光阴。据说有一年，他眼看着就要成功了，但是，一场突如其来的事件将父亲送进了白湖农场——那是一个很大的劳改农场，凡是本省上了年纪的人，没有不知道这个劳改农场的，那里面所关押的，多半是重刑犯人，什么样的罪犯都有，我会在书中写到这个劳改农场的——直到六十六岁这一年他刑满释放，回到澜溪镇。

现在的澜溪镇已经很少有人还记得发生在那一年澜溪粮库的集体抢粮事件了。那天晚上，当大批的村民拿着麻袋或箩筐拥向那座战备粮库的时候，作为这座粮库的负责人，我父亲用他仅存的左臂提了把旧式三八大盖拦在了粮库的大门口，就像传说中的独臂将军。父亲明知道那三八大盖里并没有一颗子弹，但他却凛然得像一棵大树，在远方传来的潮水般的呼喊声中，父亲端着那杆枪膛里空空如也的三八大盖叫着："不怕死的就过来，我这支枪可不是吃素的啊！"然而，目睹那汹涌而来的不可阻挡的人群，父亲料定他的劫数到了，于是，当人群向他扑来的一刻，他把枪朝空中抛去，枪在空中翻了一个跟斗，而落到父亲手中时，父亲抓起的就是一柄枪托，于是，他就用那枪托朝着自己的脑袋狠狠地砸了下去。人们踏着他的身体拥进粮库。事后，澜溪粮库集体抢粮事件被定性为反革命事件，我父亲也因渎职罪，再加上他令人发指的生活作风问题，数罪并罚，被判了整整十年有期徒刑。那一年，他五十六岁。

父亲服刑不久，母亲带着我去了那个广袤无边的劳改农场。在探亲家属登记簿上，母亲用颤抖的手写上自己的名字"韩七枝"，而在"与犯人关系"一栏，母亲写上"夫妻"。这是母亲第一次以这样的身份去探望父亲，不用说，这让心如死灰一般的刚刚开始他的劳改生活的父亲激动无比。要知道，他为了这一天，已经等了足足三十年了。在这三十年里，父亲曾向母亲发起过一次又一次爱情攻势，然而，却一次又一次在母亲的冷漠面前败下阵来。父亲的出事或许让母亲意识到，父亲几十年的命运，一切的一切，都与她密不可分。母亲的那次白湖农场之行，与其说是对父亲的一次精神抚慰，不如说是一次自我灵魂的救赎。

母亲出生在一个没落的世家，虽然她出生后，家族开始败落——她当然没能受到很好的教育，但家族的血统，还是让母亲有一种大家闺秀的稳沉和持重。直到晚年，母亲仍耳聪目明，作为街道居委会小组长，她在街道上受到普遍的敬重。她习惯人们叫她韩七姑，习惯人们请她去评判邻里纠纷，处理一些棘手的家庭琐事。母亲拒绝儿女们的盛情邀请，一直独自住在镇上那栋有着上百年历史的老屋子里。那一年冬天，当我们接到母亲病危的消息，陆续从各自的谋生地赶回澜溪时，母亲已在病床上躺了整整三天了。那一次母亲又一次幸运地逃过了死神的追杀，但接下来，母亲像是彻底变了一个人。严重的失忆症让她记不清她曾经做过的一切，甚至认不出我们这些至亲的人。她茫然地看着我，说："你这个哥哥，你是从哪里来的？"又对着我的女儿说，"你这个大姐，你坐啊。"

母亲是一个不折不扣的阿尔茨海默病患者。她已经记不清她在这世上究竟活了多久，她甚至叫不出任何一个晚辈的名字，也弄不清她所有晚辈的相互关系，有时她把兄弟当作父子，把姐妹当作母女，可以说，她的世界一片混沌。母亲整天疑神疑鬼，总觉得所有的人都在企图谋害她。她每天翻箱倒柜，检查她的衣物是否被盗；她开始嗜钱如命，但她再也分不清十元与一百元之间的区别。她收藏了半口袋硬币，足足有四五斤重，漫长的白天和夜晚，母亲把这些硬币翻来覆去倒在床上，一遍又一遍地数着。当然，她总是无法厘清她的家当究竟是多少，她也不知道如何才能将她的这些钱如愿花掉。她就是这样打发着她的显然多余的晚年时光。

我的母亲韩七枝是家中最小的女儿。她的父亲，我的外祖父，我从未见过。在我十八岁那一年的夏天，一群人突然闯进了我的家，在我家的楼上楼下整整忙碌了一个多小时。直到那群人离去，在一片狼藉的楼道里，我意外地发现一张褪色的老照片。照片上的老人穿着西服，打着领带，真正是面目俊朗，风度翩翩。只是，从相貌来看，我无论如何也找不到母亲韩七枝的影子。

我的外祖父，曾被家族寄予厚望，与一群年轻人留学德国，所学的却是毫无用处的逻辑学。因为一次恋爱的经历，老人家受到刺激，从此一蹶不振，人也就渐渐地萎靡了，不得不提前结束他的留学生活，提着一只皮箱，回到那个被称为"江南小上海"的和悦洲二道街上。祖上并没有留下什么田产或是房契，晚年的外祖父只能以替人写一些论文，或者去江南某家塾馆做一名塾师以维持生计。偏偏在我母亲诞生不久，一场偶发的恶作剧丢掉了外祖父的性命。据说那一次外祖父是去洲头一个人家吃酒。从洲头到二道街，须经过一条野路，那所谓野路中的一截，是一片乱坟冈。外祖父的胆子一向大的，他也常去洲头的朋友家打牌或是喝酒，一般说来，外祖父并不在人家那过夜。那天晚上，带着几分醉意的外祖父在微朦的月色中深一脚浅一脚地往家里走。每走几步，老人家便听到身后沙沙的声响，而等他心生疑惑，驻足谛听时，那奇怪的沙沙声便戛然而止。依照老一代的说法，人在走夜路时，是不可以回头张望的，因为你的祖宗们不灭的阴魂会在你夜行时暗暗地保护着你。你若是回头，祖宗们便觉得，你是让他们回去了。当然，现在的人们是不会相信这些鬼话的。奇怪的是，那天晚上，外祖父走快，那沙沙之声便响得紧密；外祖父走慢，那沙沙之声便也响得轻缓。外祖父终于忍不住回过头来，也就是在他一回头时，他终于发现自己正好走在那片乱坟冈上。我实在无法描述当时的情景，当我听到这个故事时，正是我童年的某一个夏夜，当母亲把她父亲的这段经历当作故事讲给在石板路上乘凉的街坊四邻们听时，恰好我的姐姐恶作剧地大喊一声：知柏！当时我正沉浸在母亲的那个恐怖的故事中，姐姐的这一声喊叫，立即让我毛发倒竖，我当即吓得大哭起来。据说外祖父回到二道街的家时，他的那件长袍从里到外像是被水浸泡过。一进门，老人家就倒在地上口吐白沫人事不省。虽然家人很快就发现恶作剧者束在外祖父发辫上的一把干荷叶，但外祖父在天亮不久就一命呜呼了。

外祖父一死，原本并不景气的家庭顿时陷入一片灾难之中。我的母亲韩七枝也就是在这样的家庭背景中走进江南江村她的一个表亲江义芳家。这一年，她十二岁。

我在述说着母亲的故事，不知什么时候，母亲醒了。她揉了揉迷糊的眼睛，说："他有两把枪，一把毛瑟枪，还有一把是勃朗宁，勃朗宁是从一个土匪手里买来的，买回来才晓得是上当了，从来都没打响过……"母亲说着，突然哈哈大笑。

我们早就习惯了母亲突兀的插话，我们希望她能接着这把枪说下去，但她却抹了一把口角的黏涎，摊开手掌，那里有一只老式发卡。

"原来有两只的，被毛头带走一只……"正在上大学的我的内侄说。的确，母亲的故事太老旧了，就像祥林嫂的"我真傻，真的……"。

不久前，我读到日本作家井上靖的《我的母亲手记》，这让我突生妄想，带着母亲，沿着母亲从幼年到中年再到老年的生活足迹走一遍，或许，能够重拾母亲失去的记忆。

第二章

毛头之死

午后的暑热中,江义芳被噩梦惊醒。

大雨滂沱,门前那棵老香樟树上,一只秃鹰呀的一声怪叫,接着就张开巨大的翅膀向他扑来。他翻身而起,望着窗外白花花的太阳,一时弄不清自己是否还在梦里。一般说来,午后能有这么沉的睡眠,在他是很少的事情,而且是在入伏后最热的一天。身子底下的竹席被汗濡湿一片,他赤裸着上身,略显肥胖的躯干被竹席勒出一条条清晰的印痕。

村子里人声鼎沸,夹杂着狗的狂吠,有杂沓的脚步声从院墙外急促跑过,有人在大声地叫喊,听不清叫喊的内容。他不知道村子里发生了什么事,喉咙干得像要冒火,他抹了把脸上的汗,想找口水喝,却依然惊魂不定,似乎还沉浸在刚才的噩梦里,心突突地跳着,像要蹦出喉咙。

屋子里没有一个人,就连一直像影子一样跟随着他的那条狗也不见了。一阵风刮起,杂乱的人声中,他分明听到哑巴翠花含混不清的哭叫声清晰地传过来。他猛然一惊:出事了！他走到院子外,太阳依然凶猛,远远地,他看到老夏一脸惊恐地向这边跑来,一直跑到他跟前,嘴唇打着哆嗦,语不成句。

老夏赤着脚，下半身全是泥水，因过于紧张，他的叙述含混不清，但大抵能听明白事情的前后。午饭后，他九岁的儿子毛头先是在屋子里临帖，他临完父亲交代给他的十张《九成宫醴泉铭》，接着就开始逗弄一只刚生下来的小狗。小狗似乎并不领情，它努力地躲闪着那条被毛头不知道从哪里捡来的死蛇，发出一声声无可奈何的尖叫。翠花向他打着哑语说："你不要闹，你爸爸在屋里睡觉，小心他拿棍子敲你。"毛头终于放弃了他的一厢情愿的游戏，直到屋子里不再有任何动静。

然而精明的哑巴毕竟缺乏听觉，否则，她该会听到从村口传来的那个换麦芽糖的汉子有节奏地敲击着小铁铲，以吸引村里人同他交易的声音，毛头也就在这时溜出去了。不知过了多久，在院子里忙着晒霉的哑巴才发现没有了毛头的身影。她在找遍了整个村子后，被慌乱的人群引到与七井村交界处的那口方塘，于是就看到了那可怕的一幕，一个赤裸的孩子身躯一动不动地趴在方塘里，龟裂的塘泥上裸露着他白白的屁股和一双细长的腿。哑巴一眼就认出那只被丢弃在塘埂上的圆口布鞋，她不顾一切地扑过去，结果却深深地陷在塘泥里，哑巴就这样坐在塘泥里捶胸顿足，呼天抢地。

江义芳抓了件上衣套在身上，拔腿向出事地点跑去。老夏下了块门板，快步追上他，一边说："那个水塘怎么会淹死人？会不会……"

方塘那边围满了人，江村及邻村的都有，多半是江义芳的佃户，还有一些过路看热闹的人。哑巴坐在烂泥里，满身满脸都是塘泥，看上去就像一个鬼魂。她的呼天抢地一半是出于悲痛，一半则是对自己失职的悔恨。此刻，翠花的孬子兄弟翠喜正把毛头扛在肩上，在塘埂上一趟一趟地奔跑着。毛头趴在翠喜的肩上，四肢垂下来，就像一只大虾。

人们围着江义芳，说着毛头出事前后一系列令人怀疑的迹象。

他们说那个卖麦芽糖的汉子是第一次出现在江村一带，此前谁也不曾见过这个身材瘦长，有着一张驴脸的中年汉子。有人说，早饭后他正在后菜园里浇那两畦茄子，毛头惊恐地从他的菜园跑过，一边说"有人要杀我"。还有人说，出事前一天，有人看到一团巨大的火球降落在东山头上。所有这些虚玄悬梦、捕风捉影的杂七杂八，让毛头的死变得更加神秘莫测。

那是两个村子合用的方塘，有一亩地大小，像一只坐在地上的不规整的锅，由于久旱未雨，那塘里的水蒸发得只剩下浅浅的一窝。围在方塘边的人们议论纷纷，大多数人都说，这是一场蓄谋已久的谋杀，而且是在光天化日之下。人们自然会把多年前和悦洲的那场大火同毛头的死联系在一起。人们记得，那场大火烧了一天一夜，江义芳祖父偌大的一份家业就是在那场大火中化为灰烬的。

江义芳父亲四十岁时死于疟疾，江姓几代单传，那场大火不久，江义芳便不得不中断了上海盐业学堂尚未完成的学业，被祖父火速召回和悦洲。祖父说："带着蒋氏，回老家江村去，把婚事办了，别让那些祖田荒了。"

在江村，祖父给他留下两百多亩水田、四十几亩烟地，以及和悦洲的两处店铺，这足可以让他维持一份中小地主的体面生活。第二年，他与父亲自幼抱养的童养媳蒋氏举办了还算隆重的婚礼。那一年，他十八岁，蒋氏二十二岁。这些年来，江义芳过着几乎与世隔绝的生活。得父亲的遗传，江义芳儒雅温和，处事公道，而且最重要的是，他不吝啬，因此他在这一带人缘极好。虽然人们对那场大火议论纷纷，但江义芳一直认为，乐善好施的祖父不可能得罪什么人，他也相信不可能会有什么人要对他的毛头痛下杀手。但是毛头的死，的确是太蹊跷了。是天灾，还是人祸？如果真是有人恶意加害，凶手又是谁呢？

祖父江文渊曾在清军彭玉麟手下做过部将。太平天国战争结束，曾国藩无意中发现和悦洲与澜溪街之间那条平静的鹊江不失为长江枢纽的一处天然良港，便派彭玉麟镇守和悦洲，并在和悦洲设立江南最大的盐务中心，以控扼整个长江中下游一带的盐业进出口关税。很快，弹丸之地的和悦洲便成为一处热闹的水陆码头，跃升为皖省四大商埠之一。一时间，和悦洲被人们称为"江南小上海"，也成为中外冒险家的一处新的乐园。祖父自知升迁无望，便退守商界，并利用他在军界多年积攒的人脉，很快就控制了和悦洲盐务及交通，成为江南一带首屈一指的商界大佬。

翠花到底还是进屋把自己洗净了，她知道，这时候，她不能乱了方寸。她把江义芳平常午休时用的那张靠椅搬到那棵老香樟树下，她希望主人不至于被这件突如其来的灾祸击垮。老夏把一张方桌打到老香樟树下，又搬来几把椅子。再过一会儿，会有一批批人来，屋子里太热，江义芳只能在这里接待吊唁的客人。

方塘四周的人越来越多，天气太热了，毛头的尸体必须在天黑前装殓。老夏让人将江义芳妻子蒋氏几年前做棺材时剩下的几截圆木搬过来，堆在那棵老香樟树下。杉木干透了，一根根扔在地上，发出很有穿透力的响声。一对木匠师徒开始在那几根圆木上扯着墨斗丈量着，油漆工正在调制着生漆，生漆刺鼻的气味在四周弥散开来。裁缝是临时从隔壁村子请来的,他正在那里给一个老人做冲喜的寿衣,现在,他必须在最短的时间里为毛头缝制五领三腰八大件。毛头虽说是个未成年的孩子,但装殓的规格一点都不逊于任何一个故去的老人。装殓师是一个精瘦的老头,或许是长年与死人打交道,他的脸乃至他一双裸露的手臂都呈现出一种死尸般的干黑色,手背的黧黑与毫无血色的手掌形成强烈的对比,让人感觉那就是一双死人的手。现在,该来的人都来了,然而无论什么人劝说,孬子翠喜仍扛着毛头的尸体不知疲倦地在塘埂上来回地奔跑着,谁也不敢靠近他。他或许指望把毛头肚子里的水倒出来,毛头就又会活蹦乱跳地跟着他放牛去了,跟着他去一处处山头采摘野果,去一处处草场翻跟斗。

老装殓师怂恿着江义芳的侄子明奎,让他去把毛头从孬子的肩上放下来,放到那块门板上。明奎似乎并没有把握,他走到孬子身边,向孬子说着好话,示意他不要继续做这种无谓的努力。孬子一把推开挡着他路的明奎,继续在塘埂上吭哧吭哧地跑着。明奎又鼓动看热闹的那几个年轻人,让他们想想办法。一个年轻人跃跃欲试,他试图用蛮力从孬子肩下抢下毛头,结果却被哑巴一脚踢翻,差一点栽进泥塘里,人群中发出一阵不合时宜的笑声。

明奎走到江义芳身边,说:"二爷,时候不早了,天气这么热,你要想办法让孬子把人放下来。"

然而江义芳却依然一动不动地坐在老香樟树下,就像一块定在路边的树桩。他看着孬子,看着孬子肩上开始僵硬的毛头的尸体,目睹着人们的忙乱,他似乎觉得这不过是一场虚幻的梦。

临时请来的几个做法事的和尚开始穿上杏黄色的大褂,并且摆开各自的法器。他们并没有固定的寺庙,平时,他们散住在各个村子,到了需要的时候,就聚集到一起,赶一场经忏,做一堂法事。好在他们对各种经忏法事的熟练程度一点也不亚于真正的和尚。

太阳开始偏西,那棵老香樟树下,一老一小两个木匠正合力将一截截圆木锯开。小木匠十五六岁,唇边长着一圈茸毛,一头长发就像春天蓬勃的野草。或者是力不从心,或者他从根本上对这种活计不感兴趣,因此,他受师父的斥责也就是当然的事了。老木匠一边在上面卖力地控制着锯子,一边絮絮叨叨:"我要不是看在你死去父母的分上,才不会让你跟我学手艺呢。你说你都十五了,什么都干不了。"

油漆匠说话有些大舌,但他绝不是一盏省油的灯:“你哪里是看在他父母分上,你那点事,还能瞒得过谁?”

都知道老木匠与这孩子的姐姐有一腿,也是因这层关系,他才肯带着这孩子一同做手艺。但被当众揭了短,老木匠还是很恼火,说:“你说句人话,阎王爷会割掉你一截舌头?”

“他也可怜,娘老子没了,他不靠姐姐靠谁?”裁缝的打扮有些古怪,他穿着一件白色的夏布上衣,尽管天气热得能够冒烟,但他的裤脚却扎得紧紧的,尤其是一头光亮的头发,从两边分开来,一直披散到他的肩上,给人一种清朝遗老的感觉。他在这一带手艺是一顶一地好,无论是嫁女还是出殡,人们都乐意把他请来。

老木匠说:“这你就不清楚了,怡和药行的孙老板,大名鼎鼎的孙如霖,是他亲舅,知道吗?孙老板去年几次带信,让他去怡和当学徒,他却记人的仇,记着他娘跟他舅闹过一场官司,说什么都不肯去。”

小木匠说:“你不要提他,一提他我就来火。”

“到底还是年少。”裁缝一边飞针走线,一边头也不抬地说。

真正是说曹操,曹操到,几个人正这么说着,孙如霖就来了。孙如霖是江义芳父亲的至交,算江义芳长辈,此人五十几岁,身材微胖,络腮胡子,黑红脸膛,个头足有七八尺长,他一来,气场果然不一般。此前来的几个客人,江义芳都只是在座位上欠一欠身,最多从椅子上站一站,却不移步。看到孙如霖来,江义芳却从那棵香樟树下走出来,二人相互抱拳问候。孙如霖让来人把一幅八尺挽幛挂在一根绳子上,见那挽幛上写着四个大字:“如雷如电”。人们便纷纷揣测:这究竟是什么意思?

裁缝是念过几年书的,他知道,孙老板是信佛的,他写的,是《金刚经》上的话。

“人嘛,活着就那么回事,来时一阵风,去时一场雨。”

看到孙如霖来,小木匠擤了擤鼻子,捡起地上的一把斧头,背过身子在一截杉木料上刮着皮屑。

老木匠说:“你舅舅来了,你该前去问声好。”

小木匠不搭话,手中的斧头有一下没一下地在杉木料上小鸡啄米样地凿着。

裁缝朝小木匠看看,说:“除了栗炭无好火,除了舅爷无好亲。”

那几个和尚开始做起法事来。他们先是念了一遍香赞,再接着念一遍《心经》,接着是《吉祥经》《往生经》《楞严咒接十小咒》,配合着他们手中的法器,就像是一场乡间音乐会，吸引得邻村的人前来看热闹。尤其是那个敲引磬的和尚，他身材高大，五官都比一般人大了一号，但他嗓音圆润，中气十足，他一边敲着法器，和着每一句行腔，一边却不忘同围在他身边的女人扮着鬼脸，任意地调笑着。

小木匠显然被这帮和尚熟练的唱经吸引住了，忘记了手中的活计，于是，他的师父就不停地责骂着他。

油漆匠说："索性，也去做一个赶经忏的和尚吧，不比做这木匠强?"

老木匠说："是这话，像他这样，将来就只有一个出处，做小和尚去。"

裁缝说："要出家，就到非非寺去，那是正当的道场。"

老木匠话音未落，一个苍凉的声音从那边大路飘过，那是非非寺的担当和尚。好几年前，担当和尚就显出半疯半癫之相，嘴里时常念叨的是明代莲池大师的《七笔勾》。这时听到他远远传来的声音：

> 身似疮疣，莫为儿孙作远忧。忆昔燕山窦，今日还在否？嗏，毕竟有时休，总归无后，谁识当人，万古常如旧，因此把贵子兰孙一笔勾。

奇怪的是，背着毛头的尸体在塘埂上来来回回地跑了一个多时辰的孬子一看到担当和尚，立即就在那里站定了，眼睛一眨不眨地盯着担当和尚。担当和尚朝他招招手，让他过来，他听话地走到担当和尚面前。担当和尚附在他耳边嘀咕了几句什么，孬子立即就把毛头放到那扇门板上，并且打来水，洗净了毛头身上结块的塘泥，帮毛头穿上裤头，套上鞋子。

担当和尚满意地笑了，又接着唱道：

> 富比王侯，你道欢时我道愁，求者多生受，得者忧倾覆。嗏，淡饭胜珍馐，衲衣如绣，天地吾庐，大厦何须构。因此把家舍田园一笔勾。

"这和尚……"裁缝说，"偏在这时候唱这曲子。"

小木匠痴痴地看着和尚从大路上走过去，他的眼神一直就盯着那担当和尚。

老装殓师说："多好啊，现在就跟担当师父走吧，让师父带你朝四大名山去。"

担当和尚已经走出几步远了，这时回过头来，打量了小木匠一眼，说："这个小施主与老衲倒有一段因缘,你愿意看破放下,跟老衲走吗?”

小木匠抬头看了一下担当和尚,说:“等我想好了再告诉师父好吗?”

裁缝将完工的一件寿袍当空抖抖,说:“好啊——”他拖长了音调,就像在念一句戏曲的道白。木匠老钱做的那具棺材也基本成形,他用刨子在棺材表面做最后的加工。而在那棵老香樟树下,江义芳似乎已经忘记了毛头的死,他给前来吊唁的两位长辈客人倒着茶水,一边挥舞着手,兴奋地说着一件什么事,说到兴处,竟然哈哈大笑起来。

担当和尚苍凉的吟唱声渐渐远去,江义芳目送担当和尚远去的身影,很多年前与担当和尚一席谈话的情景再次涌现眼前。

那时候,担当和尚还不像现在这样糊涂。有一次浴佛节,他不顾寺僧的阻挡,闯进担当和尚闭关的关房。那场大火,多年来就像一桩旧债,麻丝一般死死地缠着江义芳,让他一直有喘不过气来的感觉。

“师父,您在祖父身边待过很多年,算是我的祖辈。我的祖上,是否做过什么伤天害理的事?”

“阿弥陀佛,尊祖父是我的恩人,老人家为人秉正,说一不二,为官经商多年,难免会得罪一些小人,但伤天害理,却绝对谈不上。”

“那么,那场大火……”

担当和尚深深地叹了口气,说:“我知道你一直想问这个,可是,我要是告诉你,那场大火,其实是一个朝奉在供佛时不小心碰倒了一根燃烧的蜡烛,救之不及,才酿成了弥天大祸,你会信吗?”

多年来,江义芳差不多把担当和尚的每一句话都奉为圣典,然而现在,在听完担当和尚对那场大火的简单描述后,他几乎不相信这就是和尚要说的话。

“我知道你不会相信,可是,这就是事实。而且你已经知道那个酿下大祸的人是谁了。”担当和尚说着,双手合十,低着头,陷入深深的忏悔之中。

“现在,你该知道老衲的罪恶有多么深重了。当时我因为害怕担责,就隐瞒了真相。直到老太爷临逝前,我再也禁不住内心的煎熬,终于把那天晚上我的过失向老太爷承认了。没想到老太爷却说:‘虽然我的家人全都认为那是一场人为的大火,但我一直不那么认为。你该记得,当时在佛堂,我叮嘱过你的,让你小心火烛,可你那几天因为一桩风流怨债,魂不守舍,怎么能不出事呢?’老太爷这么说时,我浑身的衣服都被汗湿透了。我跪在老太爷面前,请求宽恕,可老太爷说:‘这些家财,是我大半生的心血,但也是招致后代懈怠堕落的根源。这把大火倒是帮了我的大忙,它可以让后人始终觉得,有一把无形的剑悬在头上,他们只有活在小心翼翼中,活在无数对头的眼皮子底下,才能做一个明明正正清清白白的人。’”

听完了担当和尚的故事,江义芳被祖父的明智和苦心深深地打动了。

“并且老太爷叮嘱我说,无论什么时候,都不要把真相告诉江家的后人。”

“可你还是告诉我了,虽然告诉得太迟。”江义芳笑着说。

担当和尚说:“先生您少年老成,为人谦恭,且把钱财看作身外之物,那把剑早已化在先生的心中,我就无须再把那场大火的秘密保守下去了。只是,你为人处事太过小心,性格又软弱,只怕你会经不住任何随时而来的灾祸。”

现在,他知道,那就像一笔旧债,他应该算是把这笔债还清了。

孙如霖抱拳作别,就在他离开老香樟树的时候,他终于注意到那个背着身子刮着杉木皮的小木匠,说:“仲景啊,我正打听你呢,原来你在这里。”

小木匠并不理会孙如霖的主动搭讪,他注意到担当和尚像是忘记了什么事,又折回这条道上。担当和尚看了看这边的动静,发了一会儿呆,接着又朝刚才的方向大步走去。小木匠朝着担当和尚的背影紧追几步,大声地说:“师父,过几天我去找您。”

担当和尚站住了,回身说:“好啊,要我替你剃度吗?”

“出家的事,暂时还没想好,我要跟您学些本事。”

“那好,这几个月都是结夏安居,我一般都不出门,你有空,随时能来。”

“那好啊,师父慢走,说不定我明天就去找您。”小木匠沈仲景的情绪很快就阴转阳了,脆生生的声音传得很远。

担当和尚刚走,装殓师说:“老钱,看来你真守不住这个徒弟了。”

裁缝接话说:“燕雀安知鸿鹄之志?”

木匠老钱没听懂裁缝的话,当然也不明白这徒弟的心思,说:“他懂什么?他就以为做和尚云游四方,快乐自在。他哪晓得条条蛇咬人,哪碗饭都不好吃。”

老装殓师说:“是这话,不做和尚不知道头冷。”

“大头小头都冷。”油漆匠说着,自个儿笑起来。

油漆匠的话让小木匠立即羞了个大红脸,他扭过头说:“哪个又像你?爬灰佬。”

油漆匠显然并没听清小木匠说了什么，他继续调侃小木匠：“你就是嘴硬，你看你那一脸的骚疙瘩，那双眼睛盯着女人眨都不眨，你敢说你不想女人？”

木匠老钱心里有一股无名火，逮着谁都看不顺眼，他冲着油漆匠说：“你一张口就是鸡巴上的事，你家里放着现成的一个，丁桥那边占着一个，和悦洲洄字巷也没少去，小心哪天生杨梅大疮，到时候看你还能快活不？！”

油漆匠被老木匠说到难堪处，一时找不到合适的话回戗，便故意大声地敲着漆桶，现场只听到乒乒乓乓的敲打声。

过了很久，装殓师说：“人生一世，草木一秋，穷也罢，富也罢，总该得个圆满。像这毛头，未等成年就做了水淹鬼，白投个人胎。”

“前几年说是同董店阮家定了儿女亲，今天怎么没见阮家来人？”

“穷在闹市无人问，富在山里有好亲。江家这几年一日不如一日，现在毛头一死，江先生就更打不起精神来了。”

和尚们的唱诵有板有眼，和着他们手中法器的有节奏的敲击，围看的人越来越多。此刻，躺在门板上的毛头安安静静的，就像睡着了一样，已经无法顾及别人是怎样评点他短暂的人生。他在水里泡的时间不长，脸及身子都没有变形。毛头的嘴唇有些乌紫，嘴角有一点泥迹，看上去就像他刚吃了桂圆留下的痕迹。江义芳的几个远房亲戚虽然也来了，但没有女眷，所以没有人在棺前哭丧，只有翠花趴在地上啊啊呀呀地号着。孬子翠喜坐在老杏树下，正用刚割来的新鲜菖蒲折着一只只蜻蜓或是蚂蚱。他已经折了很多了，那些就像活着一样的蜻蜓和蚂蚱一只只堆在毛头身上，很快将毛头半个身子埋住了，可他还在那里折，没有人阻止他。

红发卡

和尚们的经忏告一段落，他们脱下大褂，中场休息，喝茶，方便。这时，从七井村方向传来一阵尖锐的哭叫声。

老装殓师说：“说曹操，曹操到。你看，董店阮家来人了。”

然而等那哭声近了，才知道并不是董店阮家，而是和悦洲的韩七婶母女俩。韩七婶一口一声地哭着:“我嫡亲的外甥,苦命的儿啊!”

多年来,对江韩两家关系有过种种猜测的江村人一直不清楚两家究竟是怎样的亲戚关系。有人说,两家的祖上都曾在彭玉麟帐下做过侍卫,还听说江家的先人在世时曾不止一次当着众人的面说,任何时候都不要忘了老韩家的救命之恩。但江村人委实不明白韩七婶所哭的“嫡亲的外甥,苦命的儿”究竟是怎样一种亲戚关系。多半人认为,韩七婶一次一次地往江村跑,无非是因为儿子占了江义芳在和悦洲的一处临街的祖屋做了店铺,韩七婶,算盘打得精着呢。

自从那一年韩七公去洲头人家打牌,半夜回来路上被人捉弄,在发辫上扎了把干荷叶,又误走到一片坟地,惊吓而死后,原本并不景气的韩家更是日薄西山。而韩七公一死,一批批债主拿着韩七公的欠条找上门来,韩七婶不得不整天同那些如过江之鲫般拥上门来的债主周旋,打口水官司,有时就干脆躲到江村,一住就是很久。韩七婶每次来,必带着女儿七枝。七枝比毛头大五六岁,只听到毛头时而叫她姑姑,时而又叫她姐姐。总之,没有人能搞得清楚韩家是江家的哪门亲戚。

这时候,人们的目光自然都落到七枝的身上。十三四岁的少女,身段还是纤细的,梳着民国时流行的学生头,头发齐齐地散下来,隐隐地露出耳垂上那一对豆绿色耳环和银丝耳钉,稀疏的刘海松松地遮着发亮的前额,衬着一张似圆又方的脸庞,上身穿一件白底带暗格子的斜襟外褂,外褂斜襟一色用黑色带暗花的条纹绲边,下身着藏青色筒裙,雪白的袜子,搭襻布鞋,提着一只她父亲当年从德国带回来的皮箱。那皮箱质地不错,很多年了,皮箱的外表仍然像新上过蜡一样锃亮发光。这只皮箱也是身份的象征,它让人意识到,老韩家也是有过排场的,不是说三代才能成就一个贵族吗?而贵族即使衰落了,那种贵族气却是一时褪不去的,就像褪去毛的狮子仍是狮子。

韩七婶仍是一口一声“嫡亲的外甥,苦命的儿”地哭着,夹杂着抑扬顿挫、有板有眼的叙述。哭,是这一带女人擅长的功夫,嫁女要哭,死了亲人要哭,前者是哭嫁,后者称哭丧。悲伤的内容不同,形式却是一样的。无论哭嫁还是哭丧,都大有讲究。首先,声调需有音乐的元素,类似于戏曲中哭的行腔,悲是它的主旋律,尾音拖得极长,而内容则由哭的人即兴发挥,娓娓道来,多半是对所哭对象的生平介绍,尤其是要从被哭对象最能打动人的故事说起,意在引起共鸣,得一些同情的泪水或是叹息。韩七婶边哭边把毛头的身世一一道出:毛头怎样一出生就被遗弃在江家门口,怎样从小就受人欺负却从不吱声,怎样小小年纪就知书达礼温文尔雅,如此这般。韩七婶的哭声果然就引得那些前来看热闹的女人的啜泣,这啜泣很快就演变成一片哭声。

在这哭声中,木匠老钱的那具棺材总算是完成了。他用巴掌在棺材四周用力地拍打着,听着那棺材所发出的脆生生、响邦邦的声音,木匠老钱似乎在说,看啊,除了我老钱,现在哪儿还能找到这么好的手艺人?

油漆匠很快就将他早就调好的生漆涂在棺材上,忌生漆的人赶紧就躲开了。老装殓师用别人打来的水洗了手,熟练地帮早就僵硬的毛头穿上裁缝刚做的殓衣,毛头在他的手上乖顺得就像一只猫。毛头穿着五领三腰,蹬着厚底官鞋,外面再罩上对襟的大红绣袍,看上去就像一个真正的相公学士。

一切忙碌停当,装殓师大声地说:"哭几声吧。"

然而并没有人哭。韩七婶被人请到那边老香樟树下喝茶、歇凉去了,她或许是早就哭累了,这一刻,她坐在那张桌前就着干姜,喝着大碗茶,用她洪亮的大嗓门与几个江姓的女人说着前不久发生在雷埠村的一桩奸杀案,棺材的四周再没有哭声。装殓师骂了一声,一伸手,就把毛头直挺挺地放进棺材里,就像放一只小鸡。现在,就只等木匠将那盖盖上,毛头就从此消失在这世界了。

一老一小两个木匠已经抬起了那片棺材盖,忽然听到老香樟树下脆生生的一声喝叫:"慢着!"

木匠师徒俩怔在那里,不知还有什么不完备的。现场一片沉寂,人们注意到从那棵老香樟树下走来的七枝不知什么时候已换了一身大红的衣袍,脚上是一双带着绒球的大红鞋子。在人们惊愕的眼光中,七枝扑到毛头的棺材前,一声长哭:"毛头,弟弟……"

木匠老钱抬着棺材盖的手僵在那里,说:"妹妹,你要做什么?"

七枝泪眼婆娑,说:"我答应过他……"

"什么?"

"他说将来一定要娶我,他说,他就喜欢我穿这身大红的嫁衣。我今天来,就是要同他拜堂成亲的。"

人群"呵"的一声,似乎都没从七枝的这身装扮以及她刚才的话中醒过神来。

江义芳的堂侄明奎说:"七枝,你刚才说什么?"

七枝把刚才的话又重复了一遍，说："快去请喜乐班子吧，我要正式做他的妻子。"

木匠似乎明白了什么，笑着说："两个小孩子过家家，现在一个死了，另一个却较真起来。"

装殓师说："放心吧，妹妹，毛头死了，他怪不了你了。"

"我不能让他就这样走了，我要他看到我为他穿了这一身大红的嫁衣。"

明奎说："七枝，你到底想干什么？"

老木匠说："妹妹，你还小，将来是要嫁人的。"木匠的意思是，七枝这样一闹，将来还会有谁家敢要她？

韩七婶显然也没料到女儿会来这一招，她从老香樟树下颠着小脚跑过来，说："七枝，毛头走了，我知道你有多难过，可世上好人家多着呢，澜溪上街头方家早就看上你了，几次让人带话来。你今天闹出这一出来，让我怎么向方家交代？"

"那是你们的意思，"七枝说，"我才不管什么方家圆家，我只答应过毛头，我今天是特意来同他拜堂成亲的。"

现场炸开锅了，有人叫着："好啊，出烈女了，这妹妹要上我们老江家族谱了。"

老装殓师也被逗乐了，他笑着说："原来你是要同毛头配阴婚？好啊姑娘，你打算怎么个死法？记着，我从来不给吊死鬼装殓。"

在人们的起哄声中，七枝说："爹爹，您老说话庄重些，我答应这辈子只嫁毛头，我得兑现承诺。"七枝一双手死死地抓着那口棺材，老木匠无法完成下面的工序，他无奈地看着明奎：怎么办？

明奎走到江姓族人面前，煽动说："毛头这突然一死，我二爷都快疯了，现在却遇到砸场子的了，怎么办？"

明奎的煽动起了作用，有几个年轻人开始蠢蠢欲动，他们把七枝团团围在中央。七枝猛地从怀里掏出把剪刀，那把在阳光下闪着寒光的剪刀就对准着她的喉头。

"谁要敢再上前一步，今天你们就得再打一口棺材。"

这分明是对明奎地位的挑战，明奎清楚他在江家的地位，毛头的死，让江义芳完全失去了主见，他觉得自己无论是作为江义芳堂侄，还是江义芳的管家，他都有权拿出主见来。他朝那几个僵在那里的年轻人骂着："妈的，都是吃干饭的，连一个丫头都对付不了。"

他的话起了作用,突然,一个年轻人扑上去,一把就夺下七枝手中的那把剪刀,几个人很快就将她制服了,他们不顾七枝的挣扎和哭叫,就要将她拖出场外。

"你们这是在欺负人!"

人们注意到,小木匠沈仲景手里握了把斧头,挡在了那群江姓族人面前。

"嗬,英雄救美了。你是她什么人?"

"你们不能这么欺负人。"小木匠又把刚才的话说了一遍。

裁缝也发话了,说:"是的,总得听她把话说清楚。"

七枝感激地瞥了小木匠一眼,她想起来了,那一年在孙先生的学馆里,有天孙先生讲到"子贡问曰:孔文子何以谓之'文'也?"一句,她被孙先生点名,让她背接下来一句。没等她站起来,突然就被一种疼痛抓住了脑袋,原来,她的那根乌油油的长辫子不知什么时候被人拴在椅背上。后来知道,那恶作剧的制造者正是她的后座同学,一个叫沈仲景的学生。几年过去了,他还是那么瘦,像一个永远都没吃饱饭的野孩子,但眉宇间分明多了几分英气。

韩七婶迅速调整了战略,她的指头差不多戳到明奎的额头上了,说:"明奎,今天你要是敢动我女儿一根汗毛,老娘今天就活剥了你。"

明奎一边躲着韩七婶的指头,一边说:"好啊,今天你们娘俩合演了出双簧,你以为没人看出你的居心吗?"

韩七婶逼近明奎,趁他不备,猛地抽了他一个耳光,说:"明奎,你狗眼看人低,你打着灯笼寻访寻访,就我们老韩家在上游安庆、下游芜湖的那几处房产,够我们娘俩儿吃几辈子的吧。你以为老娘会同你一样,眼睛就盯着江家的那点儿家产吗?七枝你听听啊,听听江明奎这狗日的说的是人话吗?"

七枝双手扶着毛头的棺材,脸上是一副决然的表情,说:"我不在乎别人怎么说,我只记着毛头说他就喜欢看我穿大红嫁衣的样子,我今天特意就穿了这一身衣服来给毛头看。"

和尚们完成了所有的经忏法事,他们脱下被汗水湿透了的大褂,收起自己的家伙,一个个离去了。裁缝也已经收拾好自己的针线包正要离去,这时却回过头注视着那边对峙的双方。他比谁都清楚,无论是毛头还是七枝,这一对金童玉女哪里懂得什么婚姻?但他们确曾有过人世间最纯真的感情,两小无猜,青梅竹马。现在,毛头死了，万般不舍的七枝要兑现自己的承诺，却受到包括自己的母亲韩七婶在内的所有的人误解。裁缝不走了，他不忍心走了，他决定要帮帮这个大义却孤立无援的姑娘。

“妹妹，我明白了，你是说你与毛头私订了终身是吗？可是，毛头躺在这里，无凭无证，有谁来证明这事呢？”

“我们的事，要谁来证明呢？”七枝说着，似乎想起什么，她从头上左右各摘下一样东西，她把那两样东西举向空中，说，“这是毛头送我的。毛头说，这是他奶奶戴过的。”

那是两只发卡，两只一模一样的银丝发卡，扭成蝴蝶的形状，中间包着一层红色的珐琅釉，是任何一个货郎摊上都能见到的再普通不过的东西。

裁缝将那两只红发卡朝老香樟树下亮了亮，用尖细的嗓音说：“江先生，这是你家的东西吗？”

从老香樟树下传来江义芳嗡嗡的声音：“不错，是我母亲当年的陪嫁。”

江义芳一说话，似乎再没有人怀疑这两只发卡的真实性了。人群呵了一声，情势急转直下，但却没有人注意到裁缝那双狡黠的眼里一闪而过的表情。也许只有他知道江义芳是在撒谎，这样普普通通的发卡，怎么可能是江义芳母亲那样的大家闺秀的陪嫁？裁缝已将他的针线包再次夹到腋下，他真的要回家了，但他知道，江义芳那座单门独户的院子里，这出戏才刚刚开场呢。

江义芳走到棺材前，对着躺在里面的儿子说：“毛头，你没福啊，今生今世，你错过了七枝这么好的一个姑娘。”他说着，已忍不住泪流满面。

江义芳的话触动了七枝的内心，她伏在棺材上，对着那睡熟了一样的毛头一泻千里般地放声悲哭。这哭声像传染似的，老香樟树下一片悲泣。

江义芳抹了一把眼泪，硬着嗓子说：“老夏，你是长辈，七枝和毛头的婚礼，就请你当主婚人吧。”

天渐渐黑了，老夏在老香樟树上挂了一盏汽灯，老香樟树下顿时雪亮一片。临时请来的喜乐班子开始奏乐，奏完《喜洋洋》再奏《挂红灯》，奏完《挂红灯》再奏《凤还巢》，接着又是黄梅戏龙船调。一阵一阵的唢呐声吸引得相邻几个村的人都来看热闹，人们有哭的、有笑的、有叹的、有悲的，总之，一个乡间婚礼中所有的咏叹杂调都齐全了。

江义芳没心思再参加这场让他悲痛欲绝的婚礼，他忍住噙满眼眶的泪水，回屋里去了。

婚礼仪式结束，喜乐班子收起了鼓钹和唢呐，他们从明奎手里领到喜钱，又去赶另一个场子去了。老香樟树下又呈现一片悲凉和沉寂。七枝像是哭累了，她伏在一张椅背上昏昏欲睡。老木匠把一根根钉子钉在棺材上，接着他挥舞着斧头，把钉子一根根砸实。这时不知谁又无事生非，说："毛头成亲了，是该有子嗣的，孝子起水这件事由谁来做呢？"

油漆匠说："让孬子翠喜做吧。"

有人笑起来，为油漆匠的又一次恶作剧而笑。但很快就有人找来了起水的碗以及一把破伞，有人摘来一截柏枝，人们将这些东西一齐塞到翠喜的手里。翠喜迷迷糊糊，任人摆布。这时，七枝再次出现在人们的眼前，眼前的韩七枝已脱下大红的嫁衣，披上一块白色的老布，说："翠喜将来还要成亲呢，况且也乱了辈分。"

有人起哄说："那怎么办？你有本事，你弄一个儿子来做孝子吧。"

在场的人全都笑了。江义芳的一个远房兄弟不失时机地把一个八九岁的男孩推到棺材前说："这是明奎的儿子，明奎是义芳的堂侄，没有比这孩子做毛头的孝子更合适的了。"

"毛头是有儿子的。"谁也不知道七枝是怎样像变戏法一样又变出一样东西来。那是一只棒槌，一只檏木的棒槌，那棒槌上用墨笔画着一个小小人儿，小小人儿的裆下，一只比例失调的雄根朝向天空，显示出一种征服一切的力量。

人们笑起来，说："好家伙，毛头的儿子好厉害呀。"

夜里，起了一阵风，一只鸟从头顶突然掠过，发出一声凄厉的惨叫。炽热的空气中有一股淡淡的腐臭味。

老装殓师接受了这只棒槌，也接受了毛头的儿子。老夏放了一挂长鞭，在呛人的硝烟中，七枝捧着那根棒槌，打着阴伞，在人们的簇拥下完成了起水的仪式，在毛头的棺材前，装殓师扯碎了那把阴伞，并将那只起水的碗狠狠地砸到地上，碗"砰"的一声顿成碎片。

七枝真的累了，她伏在一张人们为她找来的椅子上，很快就睡着了。在这短暂的睡梦中，七枝一连做了好几个梦，她梦见自己第一次来江村时的情形，毛头拉着她的手说："姐姐，你做我妈妈好吗？你不知道，那些人都笑我没有妈妈，现在，我终于有妈妈了啊。”她又梦见毛头趴在她的背上，一边用手拍着她的脸颊，说：“姐姐，我一定死劲地长，等我长大了，就把你给娶回家。到时候，让你穿那种大红的嫁衣，姐姐，你穿那种大红的嫁衣才好看呢……”

一个叫萱的女子

江义芳是他父亲与最后一任妻子的骨血，母亲诞下他不久就因产后风死去。母亲走后，父亲终于停止了他不知疲倦的婚姻。他自知难以承担抚养儿子成人的重任，便按照老家江村一带的习俗，为江义芳择聘了一个差不多人家的女孩子做了童养媳，这就是后来江义芳的妻子蒋氏。从十三岁开始，蒋氏就扮演着江义芳未婚妻兼小母亲的双重角色，而无论是作为小母亲还是未婚妻，出身寒微的蒋氏都是尽职尽责的。有一次，蒋氏无意间发现尚未成年的江义芳躲在墙根下自慰，便当场训斥了他。为了让江义芳从此告别那种羞于启齿的恶习，蒋氏决定用自己的身体帮助她的少年未婚夫回到正道。然而当江义芳被扒得一丝不挂时，无论早就成年的蒋氏怎样引导，他都无法完成一个男人的本分。而从此以后，江义芳一边对性有着本能的恐惧，一边又以无所节制的自慰发泄着自己的本能。

十五岁那年，江义芳考取了上海盐业学堂，然而不等学业期满，他即被祖父召回和悦洲，接着就被送进洞房，后果可想而知。这一年，他不到十八岁，妻子二十二岁。

关于江义芳中断学业回和悦洲这件事，曾经有多种传闻，一说是因江义芳在上海与一个名叫萱的女子陷入热恋，并引起一桩桃色风波，被人索命；也有人说是因为江义芳受人胁迫，参加了某个政治派系，随时都有生命危险，才不得不回到和悦洲的。可以知道的是，对回到和悦洲这件事，江义芳是并不情愿的，这或许也是江义芳多年来一直郁郁寡欢的原因。

以后的很多日子里，无论他怎样努力，那个令他尴尬至极的夜晚总是像一道驱之不去的阴影笼罩着他的婚后生活。精神的过度紧张以及对妻子的深深歉疚，越发让江义芳陷入一种万劫不复的精神苦难，因此病况越来越重，却又不敢示人。蒋氏只得接受与少年丈夫分床而居的现实。

在江村，举目无亲的蒋氏与一个叫巧英的女人过从甚密。那是一个正当盛年的女人，却与年过五旬的老男人孙如霖相交甚好。孙如霖是这一带有名的郎中，在澜溪开着一家药店，他以过人的医术解决了很多人的疑难杂症，因而在这一带，人们并不因为他在性事上的泛滥而降低对他的尊敬。相反，很多年轻的女人都以曾与他共居一宿而津津乐道。蒋氏与巧英可谓无话不谈。蒋氏肚皮日复一日的毫无动静自然成为江村街谈巷议的话题。那一次，巧英在蒋氏面前有意无意地炫耀她的那个老男人孙如霖无坚不摧的性能力时，自然牵动了蒋氏内心的隐秘，江义芳婚后一直与妻子分房而居的事实才得以公开。对于少年丈夫江义芳房事的隐衷，孙如霖似乎早有知晓，只是江义芳不肯提起，他也就不好过问。而自从一次枕头风后，孙如霖说："《内经》有云：'怒伤肝、喜伤心、忧伤肺、思伤脾、恐伤肾。'江义芳的病不在身，而在心。"但孙如霖还是给江义芳配制了一种保健酒，又嘱他每晚练习马步，并用艾条分别灸关元、肾俞等穴位。

蒋氏似乎明白了巧英转述那个孙如霖转引《内经》上那句话的意思，然而，连她自己也对性事有着无可改变的厌恶了。她很想劝丈夫纳妾，但她又知道，一直将"穷不丢书，富不纳妾"的祖训当作信条的江义芳是至死也不会接受的。

江义芳喝着蒋氏每晚必亲自端到他床前的保健酒，念着唐人孟郊的诗句："梧桐相待老，鸳鸯会双死。贞妇贵狥夫，舍生亦如此。波澜誓不起，妾心古井水。"又自己发笑，我何时成了贞妇烈女了？其实，不用那些药酒，他血脉里同样涌动着一个男人的原始冲动，只是，他对蒋氏的身体有着一种本能的恐惧。偶尔，他去江南和悦洲打理生意，却不过三五个朋友的盛情，而酒酣脑热后，当朋友们要拉他去洄字巷喝花酒时，他坚决不肯，以致越来越多的人开始怀疑江义芳在那方面的能力以及他的性取向。

但蒋氏不那么认为，她从江义芳对偶然走过身边的年轻女性一刹那的眼光中感觉到，丈夫在性取向上并没有问题。他不能接受自己，不等于不能接受另外的女人。而且她也知道，早在上海读书期间，江义芳是有过一个名字叫萱的年轻女子的，只是，那一年他拗不过严厉的祖父，不得不中断他的学业回到和悦洲，祖父的棒打鸳鸯让一段刚刚开始的少年恋情就这样匆匆结束了。蒋氏知道，那是江义芳心中永远的痛。

直到第二年四月的某一个清晨，江义芳被门口嘹亮的婴儿的啼哭声惊醒。不等他起床看个究竟，哑巴就抱着一个婴儿异常激动地走进门来。关于这个男婴，无论是江义芳还是蒋氏，乃至家里的每一个人，都知道究竟是怎么回事。只是，大家都只是心照不宣。于是，这个男婴便成为这个家族的成员，成了江义芳的儿子。

在这个男婴被送到江家之后的这一年六月，蒋氏在消失了一天一夜之后，她的尸体终于被人在七井村的一口枯井里发现。

江义芳埋葬了妻子蒋氏，接受了这被人送上门来的男婴，并将男婴取名为江守业，小名毛头。直到这时，江义芳才发觉，他的一颗行将冷却的心，被这个送上门来的儿子真正焐热了。他喜欢把儿子扛在肩头穿村走巷，他喜欢看别人用羡慕的目光注视着他们父子俩，并把一句句赞语送给他肩上的孩子。他喜欢带着儿子踏着一条条田埂，走过一条条村路，他指着那每一块田、每一块地说："儿子，你看到了吗？这块田是你祖爷爷当年用一担大烟土换来的，这块田前有青通河，后倚东山头，才有我们老江家一代代的兴旺发达。所以你记住，你老子死了，也不要卖掉这块田。儿子你朝那边看，那块山地看上去真不咋的，只适合种荞麦，但那地里的荞麦收成却比哪块地的收成都好。儿子你知道怎么回事吗？当年陈友谅的部队在这里遭遇官兵的伏击，陈友谅的军队死伤无数，血都把那半片山头染红了。是的，那块地是不吉利，有时大白天的我在那块地里耕作，都能听到那无数的冤魂所发出的哭喊声，不错，你老子是打算把那块地卖掉呢，却也舍不得，好地呀。"

每次江义芳驮着毛头走在田埂上，田里干活的长工便拿毛头开心："毛头，我怎么听说你是你大捡来的呢？"毛头说："才不是呢，你看我跟我大长得一个样，你看这眉毛，这鼻子，还有这招风耳朵……"毛头一边说着，一边就伛下身子摸他大的相应的部位，相应的五官，摸得江义芳心里甜丝丝的，眼睛都笑成一条缝了。长工们又逗他说："毛头你雀雀呢，飞掉了吧。"毛头下意识地伸手朝裆处摸摸，说："没有呢，它飞不去的。"到下一回，人再说这话，他便拿石头瓦片砸人家，或者说："飞到你娘裤裆里了。"江义芳听了很生气地说："毛头，哪里学来的脏话？"毛头说："他们坏，翠喜说，下回他们再逗你，你就用这话回他。"江义芳知道毛头又在胡编，便把他再驮到肩上，说："唐朝的一个皇帝说，水能载舟也能覆舟，儿子我要告诉你，我们是靠这些长工佃户养活的，你把他们给惹急了，他就不给你干活，或者就把最差的稻子挑来送你，到头来倒霉的还是我们。"

有时夜里睡不着，他摸着儿子毛茸茸的小脑袋说："儿子，你快点长大吧，你看你大都等不及了。”毛头被他大逗得咯咯直笑，说：“你为什么急着我长大？我这样不是很好吗？”江义芳说：“孬儿子，长大了，就好娶妻生子了，一代一代地传下去，多好啊。”毛头说：“那我就死劲长大吧，长大了好给你娶妻生子。”江义芳又纠正他说：“不是给我娶妻生子，是给你娶妻生子。”毛头说：“我懂了，那我就娶很多的妻，生很多的子。”江义芳又笑了，在儿子的屁股蛋上咬了一口，说：“啊啊，就是这意思，就是这意思。”

毛头有时候从外面回来鼻青脸肿，这是因为有别的孩子骂他，说他是没娘的孩子，说他是捡来的孩子，他就和别人打起来。毛头说：“为什么人人都有娘，我却没有？为什么，为什么？”

江义芳说：“谁说你没有娘？你娘生下你就到天上去了，做神仙去了。”

毛头跑出屋子，对着天空仔细地看了又看，回来说：“她什么时候下来？”

“再过一百年吧，再过一百年，她就下来了。”

毛头歪着脑袋，费尽心思也算不出一百年到底是多长时间，过了几天，他又问：“一百年总过去了吧，我娘怎么还不下来？”

江义芳知道骗不了他，便说：“儿子你要好好念书，好好吃饭，等你长到门口香樟树那么高，你娘就下来了。”

可是，这个毛头并不肯快快长大，长到五岁了，仍然瘦得像一只小猫。像很多娇生惯养的孩子一样，毛头不肯吃饭，只肯吃桂圆和荔枝，一袋一袋地吃，当饭来吃。若是不让他吃，他便在地上打滚，滚上一身泥，江义芳只得依着他。只有哑巴翠花不依他，每次到吃饭时，翠花就把那些桂圆荔枝全都藏起来。他觉得哑巴对他不好，也知道哑巴是家里的用人，就用扫帚抽打哑巴的屁股，说：“你给我滚，你为什么赖在我家？”江义芳就拿扫帚抽他，当然也只是做做样子。

小男人

七枝是在毛头六岁这一年第一次跟着母亲韩七婶来到江义芳家的。

韩七公死后，家里的日子自然艰难，该嫁出去的都嫁出去了，现在就只剩下最小的女儿七枝以及最后一个即将婚娶的儿子，她必须准备好足够的聘金，才能把那儿媳娶回门来。

那段时间，韩七婶不得不一次次来到江村。当她第一次向江义芳提出，要把自己最小的女儿许给毛头做童养媳时，饱受童养媳之苦的江义芳理所当然地婉拒了。而第二次，当韩七婶带着十二岁的七枝再次走进江家院子里，江义芳竟鬼使神差般地主动提出，就让七枝留下，给毛头做个伴吧。

直到很多年后，七枝才意识到，她这一生的命运，都在和江义芳的第一次见面时就定下了。

无论是七枝还是毛头，当然并不懂两家大人的意思。当时毛头正拿孬子翠喜当马骑，翠喜情愿趴在地上，在院子里一遍一遍地爬着。毛头骑在翠喜的背上，手里举着扫帚，嘴里“得儿得儿”地叫喊着。看到七枝进门，毛头立即从翠喜的背上跳下来，指着地下对七枝说：“趴下，你给我趴下。”

江义芳训斥说：“毛头，这样无礼，她是你姐姐。”

毛头说：“你又骗我，你们讲话我都听见了，她是我烧锅的，等我长到十六岁，就把她娶进门了，我要给她穿大红的嫁衣，坐大红的花轿。”

七枝气得要死，但韩七婶却笑得眼泪都出来了，一把就抱起毛头说：“我的儿啊，这么小就懂得疼你烧锅的了，七枝，你有福啊。”

乡场上的锣鼓震天地响着，毛头便吵着要姐姐带他去看戏。刚一出院子，七枝甩开毛头的手，只管自己往前走去。毛头一阵紧跑追上七枝，他拉着七枝的手就再也不肯放松，说：“我知道你为什么生气了，你要不愿意做我烧锅的，就做我的娘好吗？”

“你又胡扯，我怎么能做你的娘？”

毛头央求着，说：“好姐姐，你就做我一回娘吧。人人都有娘，为什么我没有？你说，为什么我没有娘？”毛头说着，就哭起来，越哭越伤心。七枝不忍，她一把揽过毛头来。毛头的头乖顺地靠在七枝的身上，喊着：“娘，妈妈……”七枝的心被这小人儿叫娘的声音烘化了，想着自己从小就没了父亲，而毛头是一出生就没了娘，眼泪止不住就流了下来。她想，那我就做一回毛头的娘吧。

可毛头又说：“姐姐你现在做我的娘，等我长到十六岁，就把你娶进门来，让你穿那种大红的嫁衣。姐姐你穿那种大红的嫁衣一定非常好看。”

有人看到一个洋娃娃样的女孩子牵着毛头，便问：“毛头，她是你什么人？”

“姐姐。”

“我怎么听说是你烧锅的呢?”

七枝骂了一声,架着毛头扭头就走。

到下一回,七枝不在场,当有人再问他,毛头就说:“内人,不懂了吧?但我要说烧锅的,你就懂了。”

“烧锅的是做什么的?”

“这个都不懂?生儿子的,生女儿的,生一堆儿子,一堆女儿,子孙满堂,福寿延年。”

人笑起来,说:“这个毛头,什么都懂啊。”

过了一年,毛头七岁,七枝十二岁,毛头又把那说过的话说了一遍:“姐姐,等我长到十六岁,就把你娶进门,让你穿那种大红的嫁衣,坐大红的花轿。”

七枝似乎真的在等着这一天了,但她说:“等你长到十六岁,我就二十一了,那时候,你会嫌我老吗?”

毛头说:“我长,你不要长,再过几年,我们不就是一样大了吗?”

七枝知道同这个小毛秧子什么也说不清,索性什么也不说了。就像当年的蒋氏夫人一样,七枝在江家担任着母亲和未婚妻的双重角色。

直到有一天,七枝带着毛头与村里的一帮孩子们在乡场上玩一种抢羊的游戏,毛头牵着七枝的后襟,七枝死死地护着毛头,“狼”怎么都抢不走毛头。一帮孩子玩疯了的时候,正好江义芳从那边路上过来。当着那帮孩子的面,毛头指着江义芳说:“他是我爸爸。”又指着七枝说,“这个,是我妈妈。”毛头好得意啊,他要让那些一向因为他没娘而嘲笑他的孩子们知道,他和他们一样,同样是父母双全的。但接下来的一幕让江义芳简直无地自容。

那些孩子们先是愣了一会儿,不等江义芳走过那片乡场,一个孩子就大声地说:“江义芳,韩七枝,韩七枝,江义芳……”开始是一个孩子像数来宝一样地喊着,接着所有的孩子一齐喊起来:“江义芳,韩七枝,韩七枝,江义芳……”

对于性,每个人几乎都是无师自通的,哪怕是六七岁的垂髫小儿,他们对性的理解也许并不十分具体,但他们都无一例外地认为,那是最下流、最促狭不过却又是最能让人开心取乐的事情。更何况这一对年龄悬殊的男女之间扯不清、道不明的复杂来往,早就成为江村人闲谈的话题,于是,乡场上的游戏演变成对韩七枝与那个老男人之间复杂关系的尽情戏弄。

七枝是这群孩子中较大的一个，她当然明白这种戏弄对她的伤害，她哭着，迅速逃离了乡场，一口气跑到和悦洲。她发誓，再也不来江村了，再也不想见到毛头以及那个老男人江义芳。

江义芳终于明白发生什么事了，一种被羞辱后的恼怒让他怒火中烧，他一把抓起毛头，随手扔进了附近的池塘。毛头在池塘中挣扎着，扑腾着，很快，毛头的小脑袋就沉没在那片池塘里。

不远处，在一块田里耕牛的翠喜意识到这边发生了事情，飞奔而来，他跳下池塘，从水草和污泥中摸到毛头那乱蓬蓬的头发，把他拉出水面。翠喜将失去知觉的毛头倒扣在自己肩上，就像扛着一口袋粮食。翠喜在那条塘埂上刚跑了一个来回，毛头就哇的一声，将刚刚喝进肚子里的水全都吐了出来。

七枝再次回到江村来，是半年以后的事了。

为了大关口附近的那间临街祖屋的产权官司，那一次江义芳在和悦洲足足住了一个月时间。或许是因为那次毛头在池塘中挣扎的情景驱之不去地萦绕在他的脑海里，又正是六月天，他不放心毛头，只好把毛头带在身边。然而官司的复杂让他身心俱疲，毛头便成为一种累赘。这似乎成为江义芳与七枝和好的一种借口，于是，他带着毛头，终于踏进韩七婶的家门。于是，一切从头开始，当那桩房产官司告一段落，江义芳决定暂回江村时，七枝便跟着这一对父子一同回到江村。

从五岁时毛头第一次与七枝见面，中间又过了三年。三年的时光一晃就过去了，现在，八岁的毛头长成一个健健壮壮的小男孩。他不再满口疯话，也不再没完没了地把桂圆、荔枝当饭吃。他很少同村上的孩子玩，七枝不在江村的日子里，他一般都是同孬子翠喜在一起。翠喜能用麻塘里新割的菖蒲为他折一个又一个蜻蜓或是蚂蚱，这些蜻蜓或是蚂蚱就像活的一样。他喜欢提着这些像活的一样的蜻蜓或蚂蚱到他的小同伴那里显摆，他跟那些小同伴说："翠喜他一点也不孬，你看，他要真是孬子，手艺有这么巧吗？"早在两年前，他就进私塾了，先生说："江守业毛笔字写得就像王羲之，江守业算盘打得噼叭响，将来能做一个账房先生。"家里人不再叫他毛头，而叫他江守业。江守业开始有了他这个年龄人不该有的羞涩，一说话就会脸红。私下里，他对七枝说："他们叫我江守业，你还是叫我毛头好吗？"

七枝问为什么，毛头说："不为什么，我不想做江守业，我只想做毛头。"

三年间，七枝不时来毛头家小住，每次她走，毛头都会偷偷地塞给她一块银圆或一只角子，有时是一只银镯子什么的，并像个小大人似的说："这个，你收着，将来好做嫁衣。"毛头不再叫七枝妈妈，他已经明白了妈妈与其他角色的界限，他说："姐姐，你穿那种大红的嫁衣才好看。"七枝每次接了毛头的东西，都会止不住眼圈一红，免不了她把说过的话再说了一遍："毛头，等你长到十六岁，姐姐都老了，你还要姐姐吗？"毛头说："当然要了，姐姐越长越好看，不信你照镜子看看，你比前两年来时不知要好看多少倍。"

又下一回，七枝来江村时，毛头故意把手背在身后，说："姐姐我要送你一样好东西，猜猜看，是什么？"

七枝说："又是银手镯吧？那就是手帕，毛头你才多大，就学着巴结人家女伢了？"

毛头说："我谁都不巴结，就巴结姐姐你。"

毛头猛地把那件东西亮出来，那是一根棒槌，檪木的棒槌。毛头说："这是孬子翠喜做的，他一点儿也不孬，他的手艺多好。"毛头把棒槌翻过一面说，"你看这上面画的什么？"七枝看到，那棒槌上刻着一个小小人儿，小小人儿的胯下，是用墨笔画的一只太过夸张的男根。

七枝把棒槌丢到地上，跺一跺脚，骂了声："呸，死孬子，真不要脸。"毛头哈哈大笑，说："小小人儿是孬子刻的，下面那个，是我画的。"七枝扭头就走，她说，我要告诉你爸去。毛头追上去说："你告状也没用，我爸早看到了，我爸说，这是他孙子，他孙子将来就是这样。我爸得意着呢，直夸我画得好。"

七枝眼泪流下来了，毛头知道七枝真生气了，就说："姐姐我画着玩的，你要不喜欢，我就把它扔了。"说着，就真的把那根棒槌扔到很远的地方。七枝却又把它捡回来了。她没有用那根棒槌洗衣，也没有抹去棒槌上毛头画的小人儿，七枝把它藏在一个地方了。

七枝就等着，等着她的毛头长到十六岁那一年。七枝也想着，想着八年后会是什么情景。她怎么会想到，毛头的生命竟终止在八岁这一年。

第三章

家业兴衰

在毛头死后的第二年，正在塘边洗衣的七枝看到一个映在塘水里的少年身影。七枝心里一惊，毛头吗？她抬头看去，少年站在那里，虽然他个头猛地蹿高了许多，鼓实的胸肌将那件白老布对襟褂子撑得紧紧绷绷，但她还是一眼就认出，他就是那天给毛头做棺材的小木匠沈仲景，那年在孙先生学馆里，让她当众出丑的沈仲景，也是毛头下葬那天，当她孤立无援时，肯拔刀相助的沈仲景。

七枝心里一阵伤感，我的毛头要是不死，也会长到这么高，这么大，像一棵小树一般结实健壮吧？

"韩七枝，我打个谜语你猜好吗？天鹅南飞鸟不随，良字无头双人陪，受尽折磨又换友，您若无心便是你。"

"呸，把这谜语打给你妹子猜吧。"

"哈，你就是我妹子，做我妹子不好吗？"

七枝觉得，对待这号人，最好的办法就是不理睬他。

他弯腰拾起一颗石子丢进水塘里，水塘里溅出一圈水花，溅到七枝的身上。七枝抹了把脸上的水，骂了一句："我以为你长大了，可你还是那个促狭鬼。"

“开个玩笑，”沈仲景说，“这块搓衣板，送给你了。”

“谢谢你的好意，我洗衣一向不用搓衣板。”

“你至少应该看看，多好的一块搓衣板。我做了整整一个下午。”

那是一块用柏枝树做的搓衣板，有着好看的花纹，搓衣板上的搓条很是精细，那块放洗衣皂的地方并不是人们平常所看到的方形的槽，而是被刻成一颗心的形状。

“搓衣板做得不错，只是你送错人了。”

“送没送错人，我心里清楚。”看着七枝离去的身影，沈仲景似乎有些失落，他追着七枝的脚步说，“我要去我舅舅家了，我要去老色鬼那里学得一身本事，总有一天，你会后悔的。”

七枝不再理他，她已经走出很远了，听到后面沈仲景朝她喊着：“你知道别人怎么说你吗？他们说你在乎的不是毛头，而是毛头的爸。”

七枝从地上捡起一块石头，猛然朝小木匠砸过去，说：“在乎谁是我的事，你还是赶紧给自己做一口棺材去吧。”

在江村，行将而立的江义芳一直成为人们茶余饭后的谈资。人们总是习惯把他的原配蒋氏的死与上海那个叫萱的女子联系在一起。而现在，毛头也死了，人们津津乐道的不再是那件早就过时的桃色新闻，而是江义芳这个莫名其妙的儿媳韩七枝。人们普遍认为，迟早有一天，七枝会在这个一直处于多事之秋的江家闹出一桩大事来。

毛头满七后，江义芳把一只金项圈、一对金耳环，还有一只玉镯子交给七枝，江义芳说：“你既做了我的儿媳妇，我总要送点东西给你，这就权当作聘礼吧，你收好就是了。”

七枝什么也没说，自然也就收下这些东西。她把这些东西连同那件大红的嫁衣，一同放在那只皮箱里。

毛头的死，给江义芳精神上的打击不是短时间内能够修复的。表面看来，他照样每天会扛把锹去田间巡水，照样每隔一段时间就去一趟和悦洲打理那些棘手的生意，但他似乎一下子老了许多。那天孙如霖来看他，曾力劝他不妨把和悦洲的生意暂且放下，再去上海寻求新的发展。他回答说，一旦处理完那件棘手的房产纠纷，他就会立即到上海去。他说他的一些同学一直在讥笑他像只抱窝的鸡，那几个同学有的在商界,有的在政界,有的在军界,据说混得都很不错。

不久,江义芳让砖匠把柴房通往正屋的院子封死了,他把自己的正房让给了七枝和哑巴,自己则以彻夜孤独难眠,不如找个人说说话为由,搬到长工老夏的偏屋里去住了。当然,偏屋通往正房的门同样被封死了。这些烦琐的工程多少给家人的出入和生活带来诸多不便,但明眼人一看就知道,对于这个正被种种流言蜚语打击的人家,江义芳的这一系列做法并非多余。只是,这样一来,家里人都意识到,江义芳去上海的计划已是遥遥无期了。

偶尔,七枝在堂屋里遇到江义芳,她还是按照以前的叫法,称江义芳"姨夫",江义芳脸上毫无表情,两人就擦身而过了。有一次,她在河滩洗衣,正好江义芳扛把锹从田里巡水回来,七枝说:"姨夫夜里咳得很厉害,要不要我摘几片枇杷叶熬点冰糖水给你喝,很管用的。"江义芳说:"呵,偶感风寒,不要紧的,难为你了。"下回她再说时,江义芳说:"也好,你摘几片枇杷叶试试吧。"

七枝摘了几片枇杷叶,加上冰糖,熬成水装在江义芳平日泡茶的壶里,并嘱咐江义芳要趁热喝,凉了就不管用了。她一直看着江义芳把那壶枇杷叶水喝掉,这才离去。

这年冬天,江义芳开始彻夜不归,常常是在第二天清晨,当长工老夏扛着犁,翠喜牵着牛,两人一前一后正要出门时,才在村头遇到拖着疲惫的身子一步步往家走的东家。老夏说:"东家的脸色看起来就像一个鬼。"

对于江义芳的赌,七枝一开始觉得并没有什么。江义芳是孤独的,儿子又死了,他总得有一个排遣寂寞、打发孤独的方式。但事情的发展并不像七枝想得那样简单,江义芳开始把家里那些稍微值钱的东西一件件往外拿:自鸣钟、银鞋拔子、一对清代的帽筒……

那一天晚饭后江义芳又要出门,七枝把他堵在门里说:"姨夫最近脸色很不好看,是为和悦洲房产的事烦神吧。"

江义芳说:"是的,越来越复杂了,都是那朱家后人作怪,把事情弄成这样。"

七枝说:"姨夫是个明白人,应该知道,财产是身外之物,不要为它伤了身子才好。"

江义芳说:"我老了,但我总想为你留点什么,将来遇到好人家,还是要嫁出去的。"

说完这句,他自己也觉得滑稽,他不是还不满三十岁吗,怎么就说老了?七枝想说,我不会再嫁人,我生是毛头的人,死是毛头的鬼。但她没有把这句话说出口,她觉得,这时候说这种话纯属多余。

那天七枝说了很多话,她说孬子把人家一只鸡偷了,在野外用泥巴包了,烧着吃,香味飘到村子里,丢了鸡的人家寻着香气找到孬子,不仅没有打孬子一巴掌,还直赞孬子聪明,怎么就知道这么个吃法?她说村里一户人家做屋上梁,办了几十桌酒席,孬子混在吃席的人堆里,直到散席,也没有被人发觉。那天晚上,七枝就站在大门口,向江义芳说了许多村子里发生的稀奇古怪的事情,自始至终,七枝没有说一个赌字,江义芳是个明白人,那一天,他最终没有出门。

之后,江义芳果然很久都没有在外过夜了。但和悦洲的那处房产纠纷变得更加复杂起来。想起这处房产纠纷,江义芳就有着说不出的烦躁。

前面的章节曾经提到江义芳在江南和悦洲的那处房产。那处房产,当然还是在江义芳祖父手里置办的,是临近大关口的一栋二层木楼。木楼前后三进,前门临街,后门通着鹊江那片白色的沙滩。当年江义芳的祖父置办这栋房产,自己却并没有做任何经营,而是租给了一对朱姓兄弟开了药店。江义芳的祖辈与朱家人虽是世交,但当时处理这处房屋时,也还是手续齐备的,只是随着那场大火,关于这处房屋所有的文字条款都化为灰烬。但朱家人守信义,几十年来,两家一直遵从着祖上的协议。

近年来广西那边连年战乱,再加上朱家的后人不务正业,经营了几十年的药店说倒就倒了。尽管如此,朱家的房租从来不曾拖欠过。而到了这一代手里,吃喝嫖赌无所不及,更到了难以收拾的地步。两年前,这个朱家的后人竟然把这处房产转租给了一个扬州人,租期三年,自己却玩起了失踪的游戏。扬州人说:“我只对我的房东负责,况且,我把三年的房租一次性地交给了房东,我不能再向你江义芳交第二次房租是不是?”江义芳傻了。

江义芳最近一次去和悦洲时,扬州人开的山地货铺变成了一家照相馆。照相馆像是刚刚开业,门口铺着地毯,摆着几只花篮。下过一阵雨,那些花篮上的花开始凋零。原先的几扇临街的窗户被改造成玻璃橱窗,橱窗里有几幅放大的仕女像,那几个仕女一个个穿着暴露,涂着血红的唇膏,打扮极其妖冶。

在上海读书期间,江义芳曾被同学拉着去一家照相馆玩过,哪里是什么照相馆，分明就是一家青楼。所以，当他看到自己的祖屋变成一家照相馆，变成一座青楼时，头一下子就大了。

他到隔壁一家熟悉店铺的人打听情况，那人告诉他，扬州人据说是去了上游安庆，那里有他的一个分店。临走前，扬州人把这房子转租给了这家湖北人，湖北人就开了这家照相馆。

这时，一个二十来岁的女人送客出来，那人指着那女人说："这就是这家照相馆的老板，从前在十三号干过。"江义芳按捺下自己的冲动，他向来不善于处理复杂的生意纠纷，尤其不善与女人打交道。但他还是硬着头皮进了这家照相馆。

他首先亮出自己的身份，表明自己是这房子的原主，希望能跟老板商谈一下。这时，刚才见过的那个女人出来了，似乎并不像预想的那样刁蛮。她把江义芳迎到里间的一个屋子里，给江义芳泡了一杯茶，说："刚才我听说你是屋主，我想请问，房契能否拿给我看看？"

江义芳说："房契我倒没带来，但如果你要，我明天就去取来。"

女人又说："请问你是哪一年的房契？"

江义芳说："这是我家的祖屋，是在我祖父手中置下的，应该是在清光绪年间。"

女人笑着说："这就对了，先生可晓得，现在是什么时代了？我想您当然晓得现在是民国了，可您的房契还是清代光绪年间的，这不是笑话吗？"

江义芳终于开始冲动了，他说："你问问你这隔壁的兴发小鱼钩店，问问对门的文具店，他们的房契是什么年代的？房子是在我祖父手中置下的，当然是祖辈相传，这还有什么疑问吗？"

女人仍然笑着，说："先生你不要激动好不好？我这照相馆刚刚开业，你要照顾我的业务。你这样激动，客人还以为发生了什么大不了的事，我的业务岂不就砸了？"

"那你说怎么办？"

"我怎么晓得你怎么办？你怎么办应该回家问你的夫人，问你的父母或者儿女，怎么倒问起我来了？"

这时，门帘被掀开，一个打杂的男子伸进头来说："老板，有客人。"

女人便站起来说："您看，我刚才讲了，我这照相馆刚刚开业，忙都把人给忙死了，我哪有许多闲工夫同您打嘴皮子官司？呵，我倒忘了，先生您说您是房主，可您却拿不出有用的证据来。我要说我是房主,老先生您可能不相信,可我有证据,证据是什么呢?证据就是我跟朱先生签的三年承租的合同。先生您要看吗?不过今天您不要看了,我今天实在是忙都忙死了。再会先生。对了,先生您高寿?可以照张相带回去,我给您放大,加彩,只收您成本费。等您百年后,您的儿女要是想您了,一抬头就看到您老人家了,好不好?"

江义芳知道,他碰到一个比扬州人更了得的对手了,他明显不是这女人的对手。

"天上九头鸟,地上湖北佬,而这个开照相馆的湖北佬又是个女的,就更难缠了,孔夫子不是说过吗,唯女子与小人难养也。"

"姨夫最近如果去和悦洲,能带着我一起去吗?"

"你一个小孩子,你去能有什么用?"

七枝说:"说不定呢,女人和女人,到底能说到一起的话要多些。"

江义芳虽然对此不置可否,但到了那一天,还是带上了七枝。

谁也说不清和悦洲是因为什么繁盛起来的,可以解释的理由是它的位置正好处在长江中下游的中心地带,而且是通往佛教圣地九华山的必经之路。清末以来,和悦洲是江南一带最大的盐埠,大小轮船无论是上行还是下行,都必须在和悦洲码头过夜,和悦洲就这样兴盛起来了,竟然还有了"江南小上海"之称。

七枝当然熟悉江义芳的这一处房产,她记得,这处坐落在二道街,临近大关口的房子一开始是药店,后来是扬州人开的一家山地货铺,山地货铺歇业了,现在是一家照相馆。而在离此不远处的洄子巷,前年一个南京人开了一家妓院,妓院起了一个奇怪的名字:十三号。

江义芳说:"七枝你看到了吗?那家照相馆里出入的都是一些不三不四的人,我怀疑这个湖北佬干的不是正当营生。"

他这样判断,同样还有另外的理由,但凡一个生意兴起了,必然就招来相应的竞争。洄子巷的十三号开业以来,不知有多红火,他兀自认为,现在这湖北佬在相邻处开了这么一家照相馆,十有八九就是干那营生。

七枝自言自语地说:"如果是她就好办了。"

"七枝你刚才说什么?"

"我以前认识一个女的喜欢照相,这女的就是湖北人。"

“后来呢?”

“后来被人所逼做了那种女人,据说前两年发达了。上次姨夫说开照相馆的是个女老板,我当时就怀疑就是她。”

江义芳说:“原来这样啊。”

“那个湖北佬约你在什么地方见面?”

“就约在对面的那家茶楼,时间是下午三点。”他摸出怀表看了看,说,“现在正好两点半,我们准备准备吧。”

七枝说:“等一会儿如果过来的果然就是我认识的那个女的,我咳嗽一声,你就借故走开,让我同她来谈。”

江义芳的心情突然好起来,他说:“你是怎么同这个湖北佬认识的呢?”

“说来话长,这湖北佬原来是在省府安庆的一所卫校念书,因为参加了一次学潮,受到通缉,便逃到了和悦洲,租住在我家。她有一架手提照相机,没事喜欢带着我到洲头洲尾拍照,我们处得不错。人家是落难关头,母亲就没要她的房租。她总共在我家住了不到半年,后来听说她进了十三号,我们再没见面了。”

江义芳说:“啊,原来是这样。”但他又说,“也不一定啊。”他想起一句话:戏子无情,婊子无义。他想着这个占了他的房子,以开照相馆为幌子,却做着肮脏勾当的湖北佬,心情怎么都好不起来。

江义芳忧心忡忡,而坐在他对面的七枝却双眼微闭,双手合十,嘴里不知在默念着什么。江义芳摸出怀表看了一下,说:“七枝,你在干什么呢? 时间快到了。”

七枝睁开眼说:“我刚才在念观音菩萨呢,我在求菩萨保佑这个占了姨夫房子的湖北佬就是我曾经认识的唐小惠。”

看着七枝满脸稚气,一副认真的神情,江义芳似乎又得到些许安慰。或者那湖北佬良心未泯,念着与七枝往日的情谊,那事情就好办了。

“姨夫,你要丢点茶水钱给我,等一会儿要叫茶点的,我不想要她的钱。”

江义芳从腰里摸出一枚银圆从茶桌上推向七枝,不禁在心里感叹,江守业如果不死,将来娶了这么一个精明的妻子,难道不是他一生的福气吗? 可惜呀,毛头!

这时,从对面的照相馆里走出一个年轻女子,因为隔得较远,看不清面目。一闪身,那女人便隐在二道街密密的人群中了。而等到那女人登上楼梯,进入楼上的茶室时,七枝一眼就认出,她果然就是当年租住在自己家的女学生唐小惠。七枝咳了一声,江义芳连忙起身退出去了。七枝站起来,迎向那个四处张望的女人。

“小惠姐,小惠姐!”

那个叫小惠的先是怔了一下,也立即就认出了眼前的人,小惠夸张地叫了一声:“妈呀,七枝,你这小丫头,长这么高了,像个大姑娘样子了。你怎么在这里呢?”说着就扑上来,一把抱住了七枝。

“我在这里等一个人呢,这人约我三点见面,可到现在还不来。”

“我也是约了一个人来,时间也是三点。既然我们约的人都没来,不管它,我们喝茶,我们聊天!想死我了,你怎么不来找我玩呢?”

小惠要了一壶碧螺春,又要来两个茶点,就隔着桌子同七枝边喝茶边聊了起来。她们说着几年前的事,说她们怎样在洲头拍照时遇到一条狗,那条狗是如何凶,当时吓得她们不轻。

七枝说:“当时你太坏了啊,见到险情,撇下我就跑开了,哪儿有一点做姐姐的样子啊?”

“哪儿呀,不过是一条狗罢了,如果真遇到坏人,我还不是一马当先,保护我们韩家的七小姐。”

七枝问起小惠当年的一些同学近况,小惠就叹口气说:“兵荒马乱的,好多年不见了,我估计境况都不是很好吧。再说,我现在混成这样,还有什么朋友?”

“我不是来看你了吗?我听说这里一个湖北佬开了一家照相馆,我一猜就是你。看看,果然就是你啊。”

“七枝你就是聪明,从小就聪明,将来能找一个好婆家。”

“我已经有婆家了,只是,我的男人小我五岁,我要等他到十七岁才能结婚呢!”

小惠惊讶地说:“比你小这么多呀,等他十七岁,你都二十二了,他还能看上你吗?”

“他说了,我越长越好看,他说他就是喜欢比他大的女孩子。他说,我现在要比前两年好看多了,他还说,将来让我穿大红的嫁衣,穿大红的绣鞋,坐大红的花轿,要同我生一大堆儿女……”七枝说着江守业,说着毛头,说着她已经过世的小男人,她的眼前,就浮现出毛头那张尖削下巴的脸,这一刻,仿佛毛头骑在她肩上的体温依然还在。她不断地说着她的毛头,泪水就这样不自觉地流下来,她顾不得去擦脸上的泪水,直到泣不成声。

看着七枝哭成那样，小惠似乎意识到什么，她打断了七枝，说："七枝你有福呀，找了这么一个好的男人。一个女人，一生一世，有个好男人疼着爱着，一辈子也就知足了。只是，他太小了呀。"

七枝叹了口气说："现在婚是结不了啦，我婆家破产了。"

小惠一脸惊讶地说："真的？怎么会说破产就破产了呢？你公婆家是干什么的？"

"公婆家在对面江村，家里有几亩薄田，这几年收成一直不好，可我这婆公，这两年突然就好上了赌，他忘了他父亲当年说的，一个小康之家，吃不穷，穿不穷，上了赌台世世穷。他把家里的田、地，一块块都卖了，好还他的赌债。"

七枝在这边一把鼻涕、一把眼泪地说着毛头，说着毛头的父亲，江义芳在隔壁的包厢里听得明明白白，泪水悄悄地沿着他的脸颊流下来，流到他的嘴里，苦苦的，涩涩的。

七枝哭了一阵，接着又说："小惠姐你不知道，那边的田地眼看着就都成了人家的了，而他们江家原先在和悦洲的一处房产，现在又被人占去了，他可好，竟拿人一点办法都没有。"

"我明白了，七枝你真的不容易，你不要急，我明白你意思了，你找我，就是为和悦洲的这处房产吧？"

"你不知道，他的魂丢了，为什么丢了，以后我再慢慢地跟你说。现在，我要带着他离开那鬼地方，我要让他学着做一样正经事情，所以就想到和悦洲的这一处房子，我的意思是，把这处房子盘活了，做点正经事，他的魂就能找回来。"

小惠说："七枝妹妹，没想到你是这么一个有情有义的女人。你这主意不错，这房子在哪呢，位置好吗？"

"好个什么呀，这房子现在被人占去了，打了几年官司，银钱丢掉不少，可官司却越来越复杂。"

七枝就把江义芳的事情从头到尾地说了一遍，只是隐去了名姓，也隐去了房产的门牌号码。

小惠说："这种事，你应该早点告诉姐姐，不过我要告诉你，妹妹，这种事靠打官司没用，在和悦洲这地面上混的，哪个人没有背后的靠山？哪个人没有一点背景？"

"那姐姐你说怎么办呢，难道我婆公的祖业房产就这样让那些不相干的人占着不成?”

小惠想了想说:“这样吧,你把门牌号码告诉我,我替你摸摸看,看现在占着这处房产的是什么人,有着怎样的背景。这年头,靠官府没用,钱他照收,可就是不替你办事,都是这样,天下乌鸦一般黑。在这处码头上,管用的就是势力,谁势力大,谁就是老大。再有就是靠信义了,有时候,信义比势力更起作用,妹妹你说是不是?”

这天晚上,小惠请七枝在鸿庆楼吃了烤鸭,点了烧卖。在走进鸿庆楼的那一刻,七枝隔着衣服掂了掂她姨夫给她的那块银圆,她知道,进了鸿庆楼,这一块银圆是打发不过去的。鸿庆楼的名吃是烤鸭,还有烧卖,都是一些贵得要死的东西。但七枝还是坦然地跟着小惠走进了鸿庆楼,她想,这里的烤鸭是干净的,烧卖也是干净的,至于哪个汇账,管不了许多了。所以,直到走出鸿庆楼,江义芳给她的那一块银圆还沉甸甸地搁在她兜里。只是,她要告诉江义芳的是,江义芳一开始的判断并不靠谱,小惠的照相馆是正正经经的照相馆,小惠几年前认识一个阔佬,那阔佬本来要赎她从良的,可后来却在一次去山里办货的途中遇到了土匪,最后死在土匪的乱枪之下。好在那阔佬有情有义,事先就为小惠存了从良的钱,小惠从良后决心洗心革面,做自己喜好的事业,于是就有了这家照相馆。

七枝相信小惠所说的都是真的,她没有理由不信小惠。至于那一块银圆,七枝就不打算再还给江义芳了。重要的是,她把江义芳一桩棘手了几年的官司轻而易举地就了结了,这比什么都重要。

小惠拒绝了江义芳要收回房子的要求,她坚持认为,她已经妥协了,这完全是因为七枝妹妹。并且她提出,江义芳必须赔偿她一年的租金,否则她就亏大了。

江义芳见事情既已如此,也只好做了妥协。小惠的照相馆就这样继续开着,二人重新签订了合约,房子继续租给小惠,租金仍是每半年结一次。只是,他认为小惠的照相馆是以照相为名,行肮脏勾当的猜想根深蒂固,不可动摇,但也只好如此。

当家的女人

从和悦洲回来后,江义芳的心情似乎好多了。他把家里一串钥匙交给了七枝,并且一一交代哪把钥匙开哪个库门。

七枝说:“姨夫还是你自己带在身上吧。”

江义芳说:“我事情多,而且经常出门,有时难免会糊涂,你记着就行。”接着又补了一句,“这个家,将来就交给你了。我总是要出门的,我的那些同学总是讥笑我呢。”

七枝抬眼看了一下江义芳,说:“姨夫真要去上海吗?那是一个大码头。男人,总要出门闯一点事业的,况且姨夫才三十出头……”

“你想说什么呢?”

“我想,姨夫要是出门,方便不方便带着我一起呢?我也好一路照顾姨夫。”

七枝低着头,手揉搓着自己的衣角。果然,江义芳好长时间都没有回答她。过了一会儿,江义芳说:“呵,出门的事,也就是偶然说说吧,虽然上海的那些老同学一直希望我能过去,但这个世道,外面乱得很,我也一直拿不出勇气出门……”

冬至那天,江义芳带着七枝和哑巴去给蒋氏夫人以及毛头圆坟。母子俩的坟紧挨着,七枝先把祭品摆在蒋氏夫人的坟前,烧了几刀纸,接着再把祭品挪到毛头的坟前,又烧了几刀纸。那纸在风中打着旋,差一点把附近的山场烧着了,哑巴折了松树枝,赶紧把烧着了的山草扑灭了。烧完纸,一直没出声的江义芳坐在坟前说:“七枝,董店的一户人家看上了你,儿子是在警察局做事,你要不要同那人见见面?”

七枝像是被火烫了一下,说:“姨夫你怎么瞒着我做这个?你这是赶我走吗?我偏不走,你前天还讲,要带我出门呢。”说着就哭了。

江义芳说这话,分明也是带着一种试探的心思,看七枝哭了,江义芳赶紧赔着笑说:“呵,你不答应就算了,算我没说。”过一会又说,“你也不小了,是嫁,是招,总得有个着落。”

七枝说:“我不是同毛头办过喜事了吗?”

江义芳点着一根纸烟,说:“现在是民国了,旧社会那一套,我并不主张,就是江守业,他要是地下有知,也会让你这么做的。”

七枝犟着气说:“姨夫你趁早死了那番心思,我不嫁人,我要守着姨夫。”说了这一句,似乎觉得不妥,于是又补了一句,说,“姨夫要是不想出门,我就帮助姨夫把这个家维持下去,维持得红红火火的。”

也许是圆坟那天出门吹了风,受了风寒,七枝发着烧,出着冷汗。江义芳给她开了三服药,又过来给她在鼻梁上刮了会痧。他又让哑巴给她烧了一盆艾叶水,说:“你先把脚好好泡泡,过一会我过来。”过了一会儿,他果然来了,他把七枝的脚搁在他腿上,就开始捏、揉、刮、拍,两只脚反反复复地捏,直捏得七枝出了微汗,又好好睡了一觉,第二天果然就好了。

和悦洲的房产纠纷有了结果后,七枝在江家的地位明显提升,连哑巴也对她刮目相看。现在,这两个女人成了最好的朋友。每次烧饭,她们一个在灶上,一个在灶下,配合得相当默契。每天去河滩洗衣,也总是两个人一起来一起去。从河滩回来,一转眼哑巴就把人家地里的茄子摘了几颗,藏在裤裆里,有时是一只南瓜。她做这些事时不动声色,就像她顺手摘自家地里的东西一样。七枝也渐渐学会并看懂了她的手语,两个人交流起来已不像从前那样困难。

有时候,她回到房里,看到桌上摊着一堆紫红的桑葚,有时候是一捧野花。她把野花插在一只瓶子里,尝了一口,桑葚很甜。她捻起桑葚时,手指头就染着一层紫色,她用这些桑葚把指甲一个个染了,又对着镜子,在腮上涂着紫红的桑葚汁。她索性把那套嫁衣从皮箱里翻出来,对着镜子一件件地穿上,看着镜子里自己的样子,脸上泛起一片红,赶紧把那嫁衣脱下来,连同腮上、指甲上的紫,也一并抹净了。

这一年七月,日本人很快就从淮北以及蚌埠那边打过来了。皖省政府不得不从老城安庆撤离,安庆迅速被日本人占领。日本人的目标是下游的南京国民政府,因此,有着重要战略地位的江南和悦洲成了他们必须占领的一块跳板。先是日本人的飞机在空中朝和悦洲丢了几颗炸弹,炸沉了一艘民船,炸塌了一个荷兰人的圣公会,把在那里做礼拜的十几个圣徒全都埋在了圣公会的废墟里。紧接着,日本人的兵舰从安庆顺着长江一路开了过来。日本人的兵舰朝江南名镇和悦洲放了十几发炮弹,炸毁了洲头的电报公司和大关口的几家商埠,日本人很轻易地就占领了和悦洲。

早在日本人占领之前,和悦洲能逃走的都逃走了。小惠提着一只手提箱,跟随一支难民队伍,逃到了江村。小惠在江村一住就是一个多月。

小惠的到来,给韩七枝带来不少欢乐,也给她的江村生活带来一些新的内容。而直到这时,小惠才明白七枝与毛头的所有事情。

小惠说:“妹妹呀,你跟毛头说婚姻时,你们都不懂婚姻,你们不过是一对青梅竹马,两小无猜的小人啊。”

小惠知道,缺少母爱的毛头其实是把七枝当作母亲,而七枝则以一个少女对爱情的朦胧的渴望,把毛头当作一个虚拟的对象,她也就这样一直在这种虚拟的爱情中,陶醉着自己,培养着自己内心中那棵爱情的树苗。

“妹妹,听我的话,趁早找一个踏实的婆家,把婚结了,生个儿子,你的心也就踏实了。”

“你看,你一开口就没好话,我不同你说了。”

小惠赶紧把话题岔开,说:“江村离和悦洲咫尺之遥,日本人一伸腿就过来了,你要不跟我一起走吧。”

“你打算到哪儿去呢?”

小惠说她准备去徽州,她有个旧相好在屯溪开着一家古董店,不过许多年过去了,也不知他现在情况怎样。小惠说着,一脸的忧心忡忡。七枝问了她那个旧相好的情况,她有一种预感,小惠的此次徽州之行不会有太好的结果。

七枝说:“你暂去住一阵吧,情况满意更好,万一有不如意处,你还是回来,回到江村来,要死,我们姐妹死在一处。”

小惠说:“你一说就说到死,我不想死,我的好日子还没有开头呢。妈的,好不容易开了一家照相馆,却遇到了遭天杀的日本人。”

小惠在江村住了几天,有一天,两个人不知怎么又聊到老话题上了,她忽然问七枝:“你才十七岁,就甘心这样守着那个埋在黄土坑里的小人儿了结终生吗?”

七枝叹口气,说:“毛头死了,我姨夫心情一直压抑得很,我不能撇下他不管。”

小惠说:“这个江先生,年纪不大,老气横秋,你赶紧离开他吧。等我再回到和悦洲,我替你找一个好人,你这么漂亮,皮肤嫩得都能掐出水来,一定能找到好人家。”

七枝心里说,你还是给自己找一个好人吧,你要是能找到好人,你也不会是现在这样了。但她说:“我现在还不想嫁人,也没有比毛头更好的人可嫁。”

正好有一帮徽商从北方跑反路过江村,他们的目的地当然是他们的老家徽州。小惠就决定同这帮徽州商人结伴去屯溪。临走的头天晚上,两个人说了一夜的话,小惠突然说:“七枝,我说句话,你不要骂我啊!”

七枝似乎意识到她要说什么话,便打断她说:“还是留作以后再说吧,我都困死了。”但小惠还是把那句话说了出来,小惠说:“七枝啊,我感觉你爱的不是那个死去的毛头，而是毛头的爸。”

七枝蹦起来，打了小惠一掌，说：“要死，亏你想得到，你不晓得他是我姨夫吗？又是我婆公，而且他比我大那么多……”七枝越说越急，越急越觉得自己就像真有什么不能见人的东西被人看得透透的了，于是也越发心慌意乱。

小惠就像一个成功的猎人捕获到早就伺机捕获的猎物，她看着七枝，一脸的坏笑。

七枝背开身子，躲开小惠直视她的目光，说：“小惠我发觉你真学坏了，头脑里净是些古古怪怪的东西。”忽然就哭了，这一哭，小惠就更穷追不舍：“那你说说，你守在这个家里到底是为了什么？你都十七了，不会至今心里没有人吧？”

“不跟你说了，小惠姐你变了，变得一肚子坏水了。我困死了，睡吧睡吧。”

两个人睡下来，小惠扳着七枝的肩说：“妹妹，也许我真的想歪了，我这样说，是因为几年前，我也曾爱过一个足以做我父亲的男人。”

“那现在这个人呢？”

“死啦，”小惠说，“被一个劫道的土匪一枪就打死了。”小惠说着，嗓子哽了，一滴泪水滚落到被单上。

小惠同这个男人的风流韵事曾经在和悦洲流传了一阵，当时小惠正在十三号里，外界一般认为，小惠同那个男人的交往，不过是一场风月场上的即兴游戏。人都说戏子无情，婊子无义，可没想到小惠还真的对这个男人动了真情。这么一想，她对小惠又多了一份敬重。

小惠把身子转过来，脸对着天花板说：“不提它了，反正人都死了。我这次要去找的男人，仍然是一个上了年纪的男人。现在我还说不上对他有多少真情，我去投奔他，是把对那个死去男人的情感移到这个人的身上，明知道是没有结果的，可我还是要去试试。”

七枝说：“是的，你也不小了，该有个归属了，别总像一叶浮萍，四处飘零了。”

小惠立即反唇相讥：“看看，看看，你把我说你的话反过来说我了，问问你自己吧。”

小惠原本在江村住几天就走的，结果老胃病犯了，江义芳给她开了几副中药，每天嘱咐她用艾水泡脚，泡过再给脚上的一些穴位做按摩，她一住就将近一个月。临走前的那一晚，小惠忽然趴在七枝耳边说：“我发觉这个老古董还是个有些味道的人呢，怪不得你愿意一直守着他了。”

七枝吓了一跳，猛地在她肩上捶了一下，说：“要死，这种话你都说得出，你要觉得他好，你就留下来，我保证叫你婆婆。”说着两个人都笑，笑得床一摇一晃的，开心死了。

玩笑开过了，两人开始说正经的。话题不知怎么又扯到江义芳头上。七枝说：“没有人真正了解我姨夫，他心中一定还想着那个叫萱的女子，萱没了，他便把所有的念想系在萱生的儿子毛头身上，结果毛头也没了，他的精神一下子就垮了。我要是再不帮他，他可就真完了。”

小惠说：“你不要再姨夫姨夫地叫了，他到底是你哪门子姨夫啊？”说着，又在七枝的肩上掐了一下，说，“等着吧，你俩的故事刚开始呢。也许，你就是那个叫萱的女子。”

七枝猛地推了小惠一把，差一点将她推到床下，说：“你又使坏，我不跟你说了。”

两个人都背过身子，不一会儿都发出了均匀的呼吸声，其实都没有睡着，都在想自己的心思。小惠在想，那个老男人，的确有些与众不同，可也不至于让七枝这样不顾一切地把他当偶像来追随吧，人和人，就是不一样。七枝也在想同一个问题，她必须承认，自从十二岁那一年第一次走进江家的院子，就一下子被江义芳这个老男人吸引住了。这个被小惠口口声声地称作老男人的江义芳究竟是怎么牵住了自己的少女心？是他穿着白色的长衫在风中摇曳的姿态，还是他身上散发出来的淡淡的烟草气息，抑或是他脸上所特有的成熟和儒雅？也许，也许喜欢一个人就是喜欢一个人，喜欢一个人是不需要什么理由的吧。

日本人的军队在和悦洲驻扎了不到半年，就被派去增援正在吃紧的华北战场。虽然日本鬼子在和悦洲丢了十几发炮弹，但并没有对和悦洲造成多大的破坏。毕竟旧的商业气息还在，恢复通航的大轮和小火轮都还必须在和悦洲的深水码头停靠，这里毕竟是通往江南佛教名山九华山的必经之地，旧有的人气很快就恢复起来。于是，那些逃难外出的人陆续回到和悦洲来，他们把被日本人炸塌的房屋重新修起来，重新开张，生意也慢慢地做了起来。

小惠去了屯溪，不到半年就回来了。就像当初预料的，小惠与那个在屯溪做古董生意的旧相好同居了一阵，最终分道扬镳。但很快，她又搭上一个新相好，这一次，她是要跟这新相好去四川的江津。小惠说，他们是去那新相好的老家，准备在那里正式举办婚礼的。

小惠说："七枝啊，你也不小了，你要为自己的将来打算，总不能一直守在这个破村子里，守着那个老男人，你要出来走走啊。"

七枝说："我不像你，我当初只跟着父亲念了几天旧书，什么都不懂，我出去能做什么呢？"

"焦土抗战"

江义芳再次开始夜不归宿。他在赌场上越赌越凶，每赌必输，越输越惨。那一天，他走进七枝的房门，说："七枝，我眼下手头紧得很，上回我给你的那几样东西，能暂时借我用用吗？你放心，过一阵我一定会再还给你的。"

七枝就把那一副银手镯给了他，江义芳说："不够呢。"七枝又把那一对金耳环给了他，没想他仍然说："不是还有只金项圈吗？你放心，这些东西我都会再还给你的。"

七枝二话没说，就把当初江义芳给他的所谓"聘礼"全都还给他了。

江义芳夜不归宿的时候越来越多。一天清晨，他一身酒气地回到家里，迎门看见老夏和翠喜一个牵着牛，一个扛着犁正要出门，江义芳说："七里拐那块田不要去做了。"

老夏明白了，但他说："我今天不做七里拐的。"

江义芳说："八里冲那块田你也不要去做了。"

老夏快快地把犁放下，孬子见老夏把犁放下，也就把牛拴在香樟树下。老夏朝孬子甩过去一鞭子，说："作死，你呀！"他把犁重新扛起来，漫无目标地沿着那条巷子朝村外走去。孬子赶紧解下刚刚拴到树上的牛，跟着老夏的背影走出了村子。

江家的祖田一块一块减少，终于有一天，老夏抹着眼泪对七枝说，东家暗示他，他要是想回家，可以回家了。

老夏是在江义芳父亲在时就开始做的，做了几十年，没有什么亲人，他一直把江家当作自己的家，可东家让他回老家去，他不能不回去。

第二天七枝又在门口堵住了江义芳,说:“姨夫,我有桩心思,思量很久了,想跟姨夫说说。”

江义芳不好再出门,说:“呵,那你说吧。”

七枝说:“鬼子走了,那处房子幸亏还在,我想啊,与其把现成的房屋租给别人做生意,不如自己做点什么。”

江义芳说:“我懂你的心思,你是想把和悦洲的那片门面房盘活,做点什么生意是吗? 可你是个女孩子家,而且,你才多大? 生意的事,不是说着玩的。”

“人家小惠不也是姑娘家吗,要不是这该死的鬼子,她的照相馆不是开得好好的吗?”七枝抱着两只胳膊,靠在江义芳的门框上,死死地拦着江义芳出门的路。

“姨夫说得也对,如今在这和悦洲地面上,男人要做点什么事都是难上加难,何况我一个女孩子家。可我总想,那处房子的市口多好,不利用它做点什么,太可惜了。”

“这事再说吧。”

七枝将耳垂上她父亲当年从德国带回来的一对豆绿色耳环,连同银丝的耳钉全都取下来,说:“这个,请你收下。”

江义芳像被火烫了一下,说:“七枝,你这是要让我没脸见人呢,我再怎么难,也不能要你这个,你赶紧收起来吧。”

“不,”七枝说:“我们算是合伙做生意,合伙就按合伙的规矩做,这对耳环,就算是我入的股份。”

江义芳一时就僵在那里,不知所以。七枝知道,她这一军算是将对了,于是又接着说:“有些事,要做就要抓紧做,越往后拖,越做不成。日本人走了,江里轮船又开起来了,你没发觉和悦洲好像又渐渐兴盛起来了?”

江义芳看了看天,他知道,这一天,他别想出门了。他说:“你要想开店,也可考虑。你打算开什么店呢?”

“开一个米店怎么样? 你想,江村出稻米,江村离和悦洲这么近,运输起来也方便,开米店最方便不过。”

江义芳笑了笑,说:“你想到的事,别人也许早就想到了。人人都能想到的生意,那就不是生意了。”

经江义芳这一说,七枝不能不意识到有些事自己想得过于简单。她站在那里,歪着脑袋,很专注的样子,她想听江义芳继续就这事谈他的看法。

“现在不比从前了,日本人这一闹,和悦洲人口锐减,只怕生意一时很难做得起来。但那房子空着也是空着,不如先做点什么,再等机会。我在景德镇那边有个朋友,他用的是小窑,烧出的也都是上好的瓷器,我们可以做他的生意。他原先就跟我说过,可以先取货,东西卖掉了再付钱。”

七枝有些兴奋,说:“姨夫你这一说,我巴不得这个店早一点开起来呢。”

江义芳想说,你到底还是个孩子,但不管怎么说,他的心似乎也被七枝烘热了,两个人一个站门里,一个站门外,都有些兴奋。当下一合计,店号都想出来了:“义和瓷器”。

七枝脸红红的,说:“姨夫我其实什么都不懂,掌舵的还是你,你主外,我主内,不怕生意做不成。”说完了这句,她立即想起一个词:“夫妻店”。她怕江义芳会不自在,便有些心虚,但江义芳似乎并没有意识到什么,只是说:“既然你这么热心,我要是再说推诿的话,就对不住你了。”

江义芳这一次并不只是嘴上说说,他开始联系景德镇的朋友,或是太过劳累,竟然病倒在床,剧烈地咳嗽,腰弯得就像一只大虾。期间七枝像是热锅上的蚂蚁,她只想着店能早点开起来,巴望着江义芳早点从病床上爬起来,对江义芳的照顾也就更加细心。好在江义芳只是偶感风寒,吃了孙如霖几帖药,很快病愈,第二天就去了一趟景德镇。不过十来天时间,江义芳满面春风地回来,说:“事情很顺利,景德镇的朋友答应先派一个人过来帮助我们,这事都是你提起来的,你就跟在他后面学着做做生意吧。要晓得人家做生意要先从站柜台开始,三年学徒,三年伙计,这样才能渐渐入门。”

七枝说:“姨夫你放心,我保证会认真学,不过姨夫你要多点拨我才是。”

那些日子里,江义芳果然就一门心思在义和瓷器上,那处老房子经一番翻修,改造,一切准备就绪,景德镇派来的人也就到了,那是一个矮矮小小的老头儿,戴着厚厚的老花镜,一看就是一个老朝奉。七枝的哥嫂听说妹妹要开瓷器店,也赶来帮忙。

那段时间内,大家都在为“义和瓷器”忙碌着,前前后后忙了一个多月,一切准备就绪,就等着开业的那一天了。然而突然有一天,国民党军开回来了。国民党军开回来,据说是计划开赴皖南,去镇压那里共产党的一支游击队,但迟迟没得到开拔的命令。那一天，一个国民党军人偶然在被日本炮弹炸塌的一处房屋壁墙中发现有钱人逃走前藏在那里的一筐银圆，于是，国民党军像蝗虫一样扑到街上来，把那些炸塌的房屋一间间推倒，果然又有新的发现。紧接着，二道街、三道街，一处处房屋被推倒，连那些并没有被炸塌的房屋，看着像是没人住的，也一并被推倒。国民党军人手不够，警察局的人也被派上街了。一时间和悦洲狼烟四起，到处都响着墙壁轰然倒塌的声音。眼看离清字巷只隔一两家了，老朝奉急了，说："赶紧找人去打点，再拆，就拆到我们义和了。"

七枝的哥哥赶紧封了一摞袁大头去了一趟警察局，那边拆到义和隔壁就停下来了，但老朝奉收拾起行李，要回他的老家浙江了。

七枝说："爹爹你怎么要走啊？"

老朝奉说："日本人和国民党军轮番着来，和悦洲算是彻底毁了，就像人一样，精气神没了，人也就没救了。"

老朝奉走了，景德镇那边又被日本人占去了，那边的瓷器运不过来，生意迟迟不能开张，请来的几个伙计都走了。但七枝仍不死心，她觉得留得青山在，不怕没柴烧。可是，这只是她的一厢情愿。国民党军把和悦洲的房子拆得差不多了，一声命令，就要开拔，临开拔前，又奉了一道命令——"焦土抗战"，说是不能把一个好好的和悦洲留给日本人。于是，国民党军街头街尾各放了一把火，繁盛了近一百年的和悦洲顿时变成一片火海。

日本人到底没有再回来，但是，和悦洲就这样衰败下去了，包括那在日本人炮弹下幸存的义和号，也一并消失了。

第四章

戏子

和悦洲在国民党军的“焦土抗战”中变成一片废墟后，江义芳心里反而踏实下来。想着几年来为了这处房子打了一次又一次官司，劳心烦神不说，也搭进去不少银钱，现在，终于一了百了了，应了《红楼梦》中的那句话“落了片白茫茫大地真干净”。他似乎很少再去那个他熟悉的赌场，人们再次看到他扛着一把锹，在那条田埂上巡水的身影。

时光一滑，到了一九四五年，日本人输掉了太平洋战争。可日本人走了，内战又起，国共两方在华北一带打得不可开交。这一年，七枝二十一岁。

打从十二岁开始，七枝就盼着这个二十一岁，现在终于盼到这一天了，那件大红的嫁衣还在，包括那只画着一个小小人儿的檪木棒槌，都被她好好地收藏在她的那只皮箱里。只是偶尔，她会打开那只皮箱子，端详着那件大红的嫁衣，想着当年那个小人儿毛头天真的样子，伤心倒是没有了，有时甚至会暗自发一阵笑，为当初的痴情，为当初的执着与认真。

算起来，七枝在江村生活八个年头了。她穿着粗布浆染的蓝士林布斜襟上衣，袖边绣着碎花，领口开得很高，一条宽大的纺绸裤子，脚上是哑巴给她做的绣着豆花的圆口布鞋,整齐的刘海松松地遮住她光滑的额头。她皮肤白皙,太阳一晒,反而有着一种釉一般的纯净。她走在田埂上,无论什么人都能看得出,她绝对不是江村的女人。无论生活如何改变,她身上祖上遗传下来的气息总是显露在人们的眼皮子底下。

在农忙时节,七枝会提一只粗瓷茶壶,往田里送水。那些做累了的短工会拿她开几句玩笑。他们说:“七枝,打个谜语给你猜,老和尚捧书,猜得出是什么吗?”七枝左手托着胳膊,右手托着腮,搜肠刮肚,怎么都想不明白。那几个短工并不罢休,又说:“再打一个,乌龟进灶,猜是什么?”这个谜语,她上次听一个人说过了,她回了一句:“回家问你老爹吧。”水田里哄然大笑,她赶紧提了壶走人。

七枝似乎也习惯了同这些短工开这些玩笑,生活在江村,她就必须习惯江村人的习俗,包括这些不荤不素的玩笑。

自从有了毛头后,江义芳不再喝那种血红的药酒。现在毛头死了,那瓶药酒就更无人问津。那血红的药酒就那样泡在当初装雪花膏的玻璃瓶里,玻璃瓶子搁在碗柜顶上。

有一次,江义芳一进厨房就发觉孬子翠喜在偷喝他的药酒。他打了孬子一巴掌,说:“你作死,这种酒是你能喝的吗?”而等到第二天,当他看到孬子在自己所住的柴房自慰时,就把那瓶酒整个地赏给了孬子。他当然清楚自己禁欲的滋味,翠喜也是人,翠喜积郁在心头的欲火也需要通过某种方式发泄。直到有一天,当村里有人上门告状,说孬子翠喜在村头追赶一个要饭的女子时,江义芳这才意识到,或许自己又干了一桩蠢事。他不仅把那瓶药酒重新收了回来,还把哑巴翠花叫来,比画着,让她看紧她的兄弟,别在村里给自己惹祸。于是,翠花就将她的孬子兄弟绑在柴房的一根柱子上,用柴棍狠狠地抽了他一顿,直抽得他哭叫讨饶。

夏收到了,江义芳派人去请老长工老夏,他似乎对辞走老夏有些后悔,于是家里就又添了口人。同江村所有人家一样,因为要出工干活,早饭就匆忙些;中午那餐饭叫“吃点心”,就随便了,只有晚上那餐饭是最认真的。主人上桌后,翠花盛一大海碗干饭,夹些菜,端到柴房送给她的孬子兄弟。不论冬夏,孬子一般就捧着海碗,蹲在柴房门前呼啦呼啦地把一碗饭风卷残云般地吃个底朝天。翠花当然也是不上桌的,她要等一家人吃完后才将残汤剩饭和在一碗吃了。

一般说来,江义芳在吃饭时一言不发,也很少发出响声。只有七枝不断地说着，说村里发生的事情，说刚刚听到的一件俚闻，说到搞笑处，老夏附和着笑笑，或者就若有若无地插一句，倒像是一种礼貌，生怕冷落了七枝。江义芳照旧不动声色，像是沉浸在自己的某个思绪中。老夏走后，餐桌上就只有这两个人了。因为没有附和的人了，七枝话就少了，气氛就有些沉闷。

日子照常地进行着。但江义芳却突然在一天把当初他跟毛头说死了老子也不要卖的好田也一并出手了，而且似乎一点都没有后悔的感觉。人们对江义芳的行为普遍难以理解，一开始都以为他把那些钱又送到赌场上去了，但从那以后，赌场上再没有出现过江义芳的身影。也有人说，江义芳在外面一定有人了，他卖田卖地的那些钱，都用在那人身上了。

过了端午节，江义芳果然把当初从七枝那里拿走的金项圈、银镯子以及那对金耳环全都还回来了。他并没有说这些日子发生了什么事情，只是说："今年少请几个短工，送茶送水的事，有哑巴就行，你就不用跑了。"七枝说："呵，晓得了。"江义芳又说："你最近脸色不大好看，要不要请郎中来看看？"七枝说："没什么，最近夜里睡得不是很踏实。"说完这句，她又觉得不该这么说，幸好江义芳没再刨根问底。

六月初九，是江义芳三十六岁生日。按照当地的风俗，男人三十六岁是人生的一道坎，这一年生日，须由丈母娘置办白衣一套，白鞋白袜各一双以避邪气。蒋氏早就死了，江义芳同蒋家一门也早就断了来往。但七枝却别出心裁，说蒋氏托梦给她，让她代为置办此事。江义芳明知是她自己编的话讲，也懒得干涉，由她去做了。

生日那天，江义芳不想大动干戈，当然也什么人都没有惊动。清晨起来，第一件事就是到祖屋父母的牌位前上了香，供了碗，又磕了头，回来时，哑巴就把寿面下好了，上面浮着三颗煎得焦黄的鸡蛋。中午，又做了几样菜，一家人陪着江义芳喝了点酒，说些祝福寿星的话，各自散去了。

过了一会儿，江义芳又走了出来，他走到灶间，走到正在洗碗的七枝身边说："你为什么不问问我把那块凤形田卖掉做什么用？"

七枝说："你想告诉我的，早告诉我了，你不想告诉我的，我问了反而惹你不快。"

江义芳说："不问也好，免得你担惊受怕。"

他这一说，七枝就不能不问了，她说："你要那么多钱做什么？你可知道，那块凤形田，是江家的身家性命？你该记得你当年对毛头说的话：'死了老子也不要卖那块田。’”

“我在做一件大事，一件关乎你，当然也关乎我的大事。我不想再这样继续待在江村了，我的那些同学说得不错，我不能再做抱窝鸡，我要到外面世界去闯闯，成功了，我就对得起你了。”

“你没有什么对不起我的，我只要你活得自在就好。”

江义芳说：“但我必须对你有所交代，我总要对你做一个很好的安排。”

这句话说得比较隐晦，七枝无法猜出其中的内涵。七枝想说，你怎么安排我？我为什么要你安排我？我是你什么人，非得你来安排我？但她说出口的却是：“我什么都不要，只要你好好的……”说完这句，眼圈就红了。七枝把那只金项圈、银镯子以及那一对金耳环再次拿出来，说：“你既需要钱，这个你还是拿去吧。”

江义芳说：“你先留着吧，现在暂时用不上了。我答应你的事，我一定会兑现的。”

小惠又回来了，在回和悦洲前，她在江村又住了几天。小惠这一次的男人到底还是靠不住。小惠知道自己年过三十，人老珠黄，便决定收拢身心，结束前三十年的风尘飘零。她在和悦洲三道街找了一间房子，开了一家小诊所。她说：“男人，没一个靠得住的。好在这些年，我手里的细软也够我吃一辈子了，开这个诊所，不过是打发时光。”她又对七枝说，“你要是觉得寂寞，就来给我做伴，学着帮我给人打打针。在这个世间，我也就只剩下你这个妹妹了。”

这天下午，七枝到东山头给羊割草时淋了雨，在床上高烧三天三夜。第四天头上，江义芳回来了。他一回来，就径直走进七枝的房里。

“你怎么了？脸色这么难看？”

他的脸上流露出一种难得的笑容，看得出，那件事他办得不错。

“是的，”七枝说，“我在东山头给羊割草时淋了雨，烧了几天，不过现在已经没事了。”

江义芳在七枝的床前坐了下来，用手摸了摸她的额头，说：“你在发热？我给你配几味草药喝喝。”

过了一会儿，屋子里就弥漫着草药的那种苦巴巴的气味。他把药汁端进房来，看着七枝把药喝下去，这才放心地走了。再进来时，他端着一盆热水。其实，这些事他是可以叫哑巴来做的，但他却自己做了。他把热毛巾绞得半干，然后轻轻地敷在七枝的额上。过了一会儿,感觉毛巾凉了,再把毛巾取下来,如此三番。

“你的事办得顺利吗?”

“过两天我还要去澜溪镇一趟,还有最后一件要办的事情。”他说,“桂月香在澜溪天主堂唱《荞麦记》《乌金记》《罗帕记》三台大戏,你跟我一起去看看吧。桂月香现在红遍天,难得到澜溪来演戏呢。”

说桂月香红遍天,一点也不为过。有一种说法:北有梅兰芳,南有桂月香。所不同的是,梅兰芳唱的是京戏,桂月香唱的是黄梅戏。但对江南这一片来说,梅兰芳是可望而不可即的,而桂月香似乎就在身边,是真实的存在,关于桂月香在江湖上的传说,也是各种各样,年年翻新。虽然如此,一般人想看一场桂月香的戏,还是难上加难。

桂月香的戏要连唱七天。开演第一天,天主堂前就是人山人海。一艘美国兵舰泊在江心,兵舰上的美国佬也爬上岸来凑一份热闹。戏场就搭在老天主堂内。老天主堂是一座荷兰人的教堂,几百号圣徒们做做礼拜还差不多,哪里能容下这千余号戏迷?很多人因买不到票而在天主堂外闹事,砸门、放鞭炮,自己看不成戏,也不想让别人看成。最后由镇公所出面,摊派到浙江、蚌埠、南京等七家会所轮流包场,在天主堂外露天处搭了戏台,由镇警察局维持秩序,除了台前为达官贵人安排了座位,凡来看戏者都得以免费看戏,不过是站票而已。

江义芳陪着七枝看了一天戏,实在提不起什么兴趣,便把七枝托付给在澜溪邮政局做分拣员的孙如霖的女儿雅兰。偏偏那几天雅兰的癫痫病犯了,只好又把七枝交给药行的小伙计面瓜。

看得出,面瓜来前是经过一番精心打扮的,脚上的那一双在当时很时尚的大英皮鞋擦得锃亮,三七分头用头油抹得油光水滑。

下午来看戏的人比上午多,昨天的位置被别人占了,他们来得又晚了点,只能站在人堆里,踮着脚看人缝里那戏台上晃动的人头。

“这看人呢还是看戏?”七枝心里到底还是堵着一股气,气江义芳没能陪她到底,气江义芳将她托付给了雅兰,雅兰竟又把她托付给小伙计面瓜,她就像货物一样中转来中转去。

面瓜说:“妹妹你做做好事,你这一走不要紧,大小姐一发脾气就要犯病,她一犯病,老板就会怪罪我,我就吃不了兜着走。我这就去替你找一张条凳来,你站在上面看就能看清楚了。"

七枝到底还是舍不得桂月香的戏,只好站在那里。不一会儿,面瓜果然扛了张长条凳来了。面瓜说:"妹妹,只好委屈你了。"

七枝来时,《乌金记》正唱到第三天。对于大多数人来说,他们并不追求剧情的完整,大家都是冲着桂月香来的,能得见桂月香真容,也就满足了。

面瓜说:"妹妹你看得清吗?名角都是要到最后才出来,现在的这个主角,是桂月香替身,要看到真正的桂月香,你要耐得住性子。"

七枝说:"面瓜你叫错辈分了。"

面瓜连忙说:"呵,那叫你姑姑吧。"

七枝不再理他,嗑着瓜子,站到凳子的一头,凳子失去中心,七枝差一点摔下来。面瓜连忙将她一把扶了,自己也跳到凳子上,正好平衡了。眼前是一排排的人头攒动,一处处的人声鼎沸,又哪里听得清戏文,又哪里看得清演员的脸红脸白?七枝只能从人缝中看一点热闹,加上离戏台又远,心里烦透了。依她的性子,早就歇作回家了,但想着自己一门心思要来看大名鼎鼎的桂月香,总不能就这样离去。面瓜时不时就把胳膊伸过来搂着七枝的腰,七枝说:"你请自爱些!"

面瓜说:"妹妹,呵,姑姑你不要误会啊,我是怕你摔折了腰,我不好向雅兰交代,雅兰也不好向江先生交代。"

不等戏散场,七枝就乘着小划子过了江,在小惠家住了下来。

这一夜,她与小惠说了一夜的话,小惠说:"我告诉你件事,前几天我病了,我到怡和药行抓药,看到一个人,说到你,那人泪眼汪汪的,可见对你动心已久了。你怎么就一点都不撂人呢?"

七枝当然明白小惠说的是谁,便打岔说:"你好意思吗?桂月香来唱戏,你也不陪我去看。说好雅兰来陪的,她的癫痫病又犯了,结果派个小伙计面瓜来,让老娘闻了一下午的头油味,恶心死了。"

"我才说到怡和药行,你就跟我说药行的小伙计面瓜,你什么意思?"

七枝笑了,说:"呵,怡和药行的老板孙如霖,你是说遇见他吗?澜溪街哪个不认识他?那个糟老头子,黄土埋半截了,还一房接一房地讨小。他打听我,难道还有什么想法吗?"

"哎呀,七枝你太坏了。我要告诉你,那个漂亮小伙计沈仲景你要是不想要,我可要对他下手了。到时候你不要后悔。”

七枝知道小惠说这种话并不是瞎蒙人,对于小惠来说,不管年龄大的还是年龄小的,只要她看上了,就一定会伺机下手,而只要她肯下手,就没有不成功的。

小惠见七枝对沈仲景并不上心,只得把话再绕到怡和的老板孙如霖身上:“这个孙如霖,可不简单呢,过去是日本人、共产党、国民党三方通吃。现在日本人走了,他仍是两头混得熟络,家里经常摆着流水席,共产党的人刚走,国民党的人又来了。虽然一屋子见了,却都相安无事。这就是本事了。我还听说,”小惠压低声音,用手比画了一个八字,说:“这个孙如霖,都说他参加了这个,不知是真是假呢。现在局势不好,老孙的意思,还不是将来老蒋真不行了,在共产党的眼皮子底下他照样吃得香,混得开。”

这话也就说到这个份上了。第二天吃过早饭,七枝准备回江村,但面瓜又兴冲冲地找了过来,说他好不容易请朋友占了个好位子,请七枝务必再去看戏。七枝到底还是放不下桂月香,就又跟着面瓜回到澜溪镇。

面瓜说得没错,果然是在前排,而且是有座位的,虽说是靠边了些,但毕竟能看得清戏台上人的面孔,但这一天的戏却不是桂月香登台,而是桂月香的一个师兄弟。你想,这戏台下的人都是冲着桂月香来的,现在换成桂月香的师兄弟,这些人能答应吗?于是就有人开始砸场子,果壳皮、茶叶水,什么乱七八糟的玩意一齐朝戏台上扔去。戏唱不成了,班首就只好出场求情,说了实情。原来昨天散场后,桂月香被一个保安军头目请去喝茶,至今没有回来。班首说,他们正在托人与保安军交涉,请他们尽早放人,大家高抬贵手,给兄弟一口饭吃。戏台下一阵骚动,茶杯、果壳,甚至凳子都砸到台上。有人冲上戏台,扯烂了布幕,并将班首揪出来一顿乱揍。警察们吹着哨子,挥着棒子驱散人群,看戏的人终于作鸟兽散了,戏台下一片狼藉。

到了下午,事件开始升级,那艘兵舰上的美国水兵直接把大炮对准了澜溪镇,限保安军在晚饭前必须放出桂月香,否则就炸平澜溪镇。

到了上灯时分,桂月香仍然没有放出来,美国佬果然朝天主堂方向开了一炮,炮弹击中了一处棚户区,炸塌了几间贫民的草棚子,炸死几个孤老。澜溪镇一片恐慌,有学生上街游行,抗议保安军头目扣压黄梅戏名角桂月香。美国佬的这一炮总算起了作用,第二天清晨,桂月香终于被保安军头目放出来了。

面瓜的瓜脾气又犯了,他再次来邀七枝去看戏。这一回的座位又靠前了一些,能看清桂月香的脸了,也能听到几句唱腔。上午仍是《乌金记》,到了下午,因怕观众连着看一出戏会有审美疲劳,于是插了一段新编戏《槐荫后记》,是说七仙女下凡后嫁了董永,被玉帝降罪,责令返回天廷,一对鸳鸯被活活拆散,玉帝要将七女斩首,但在众姐妹的苦求下,玉帝终于答应让七女将腹中的婴儿诞下后再处斩。这曲戏一共四场,两场结束后,中间休息一刻钟,容人方便或是吃茶。

戏台周围早就有各种小贩等在那里,有卖茶叶蛋的,有卖油煎粑的,有炸油条兼卖臭豆腐干的,各种各样的吆喝此起彼伏。面瓜便买来几枚茶叶蛋以及一包瓜子,两人坐在凳子上吃。七枝吃不消面瓜一会儿东一会儿西的婆婆嘴,便抓了把瓜子,走开了。面瓜以为她要方便,便说:“妹妹你最好忍着,那里面脏得要死。”七枝摇了摇头,又点了点头,说:“我晓得了。”其实,她是想去后台看看那些唱戏的下台后是什么样子。

后台此时正一片忙乱,原来七姐妹中的二姐下了台就发起癫痫,正倒在后台抽搐着,嘴里吐着白沫,人事不省的样子。也是在这一刻,她看到桂月香坐在一把椅子上,一个肉头鼻子,捏着一根纸烟,那边乱成了一团,她这边却从容不迫,似乎那边的忙乱与她没有丝毫关系。有人给她送来一只紫砂壶,她接过来,呷了一口,就放下了,说了一句什么话,却是粗声粗气,完全不是刚才戏台上的那个袅袅婷婷的七仙女。而那个“大姐”,是一个高高大大的男子。此刻,他正为“二姐”的癫痫抽搐而发愁。

七枝第一次见到戏子们卸了妆的模样,好奇中又有些失望,心里说,是这样啊。“二姐”还在抽搐,“大姐”急了,说:“二姐上不了,怎么办啊。”却是细声细气,着实有几分女人的声腔。桂月香抽了口烟说:“这事还要问我吗?你不行下台去临时找个替身。不就是在台上绕一圈吗?有没有唱段?呵,有一句,对付一下就过去了。”

另一个人说:“邢大姐,救场如救火,这事就麻烦你了。”

七枝奇怪了,那人明明是个男的,且身材高大,壮实伟岸,为什么叫他“邢大姐”?那叫邢大姐的就跳下台来,正与七枝撞了个满怀。邢大姐朝七枝看了一眼,说:“妹妹,玩玩好吗?”

在七枝听来,这是一句近乎挑逗的带着一些猥亵的话。她把一粒瓜子壳吐出去,说:“呸,找你亲妹子玩去吧。”与此同时,她忽然觉得这个邢大姐有些面熟,像是在哪里见过，却又一时想不起究竟。她回过头来，再仔细地打量了一下，终于想起去年在准提寺看放焰口，有一个敲引磬的和尚，当时那和尚一边敲着引磬，一边与站在一旁的妙龄女子扮着鬼脸，说着笑话。再细看看，不错，的确就是那个和尚。但她不知道这个和尚什么时候还俗而改唱戏了。

邢大姐被七枝回呛了一句，却并不介意，他朝着后台看热闹的一群女孩子们说："喂，哪位妹妹愿意临时上台凑一个角，过一把戏瘾玩玩呢？"

女孩子们都明白是什么意思了，大家你推我，我推你，其实都想被邢大姐拉上台去，过一把戏瘾，毕竟，这对于女孩子们来说，是一件新鲜的也很难得的事。七枝也明白自己错怪这个男人了，便再回过头来，眼里也有了一股跃跃欲试的神情。有几个女孩子开始向前挤去，邢大姐却一把就拉住七枝的手，将她拉上后台。

邢大姐朝那边尖声尖气地叫了一声："这妹妹可以吗？"那边说："凑合吧，赶紧给她换衣。"邢大姐就说："妹妹你只跟在我后面走台就行。呵，中间有一句唱词，就一句，我唱'我为七妹整衣裳'，你就接着唱'我为七妹理云鬓'。就这一句，会不会？"

七枝虽然没看过桂月香的戏，但一般草台班子的戏倒也看过几回，黄梅戏，也就那么几句唱腔，邢大姐反复地唱了两遍，七枝就会了。期间，已经有人忙着给她穿上戏衣，又匆匆地往她脸上扑了一层粉，七枝一下就成了天上的仙女二姐。

锣鼓家伙敲起来，琴师呀呀地拉起了胡琴，桂月香把那根纸烟猛吸了两口，扔了，再端起别人递来的茶壶喝了一口，就扭动着腰肢，唱了起来：

蟠桃一熟三千年
父王寿诞宴众仙
玉旨已将我来赦
姐妹欢聚喜开颜
众位姐姐……

于是，七枝提着一只花篮，跟在邢大姐后面走出场来。她学着众姐妹的样子，轻移着莲步，当邢大姐甩起水袖时，她也依样把那长长的水袖甩了一下，居然有模有样。台底下喝了一声彩，仙女们在台上围着七仙女转了两圈，这时，"大姐"伸手在七妹的身上牵了牵，唱“我为七妹整衣裳”，跟着胡琴的音律，七枝就接着唱“我为七妹理云鬓”，并且，她还真的伸手在桂月香的头上比画了一下。

台底下是黑压压的人群，七枝知道，现在台下的人都在看着他们，也看着她在做戏，她的脸烧得发烫，内心里却又是说不出的满足。只可惜这场戏很快就结束了，等她回到后台，那个发癫痫的女子已经没事了。她冲着七枝说：“你跟邢大姐熟吗？”七枝摇了摇头，说：“我是被他临时拉上来的。”那女子说：“你还真像那么回事呢。”七枝天真地问着：“真的吗？这可是大姑娘上轿头一回呢。”于是，她把戏衣脱下，让那真正的二姐穿上，却是意犹未尽，不肯下台，只站在戏台的一侧，继续看戏。

直到这场戏散了，桂月香走到后台，接过别人递上来的紫砂壶呷了一口，她看了看七枝说：“你找哪个？”

七枝说：“不找哪个。”心里想，这么快就忘记了呀？

邢大姐一把扯下头上的发辫，说：“怎么样，好玩吗？”

她禁不住问：“你怎么不做和尚，改唱戏了？”

邢大姐打着哈哈说：“妹妹你看到的一切哪个不是戏？戏中人是我，我是戏中人，就那么回事，懂吗？”

这话说得有些玄乎，七枝还在云里雾里，邢大姐又说：“妹妹你要是喜欢唱戏，就来找我，保你好玩。”

有人搭话说：“妹妹，别听他的，小心老邢把你给卖了。”

桂月香别着兰花指抽着烟，说：“老邢你从哪儿找来这姑娘？”

老邢说：“你看，桂先生夸奖你呢，你就拜我们桂先生为师吧，就你这扮相，这嗓音，不出三年，保准能红。”

有人说：“呵呵，老邢你还真来事了。”七枝觉得，她该离开这里了。与此同时，她看到江义芳正站在不远处，一脸愠色地看着她。

七枝一边擦着脸上的粉，一边就嘻嘻哈哈地跑下台。面瓜在台下迎着说：“你可以呀妹妹，呵姑姑，你还有这一套。”

江义芳朝面瓜睨了一眼，说：“你出什么丑，什么人不好做，要去做一个戏子？”

七枝说：“他们缺一个人，临时拉着我上台跑了个龙套。帮人一个忙嘛。”

她问江义芳：“你的事办得怎样了？”江义芳仍是气咻咻地，说：“出丑弄怪。”

七枝脸色也开始变得不好看，面瓜当起和事佬，说：“台下的孬子，台上的疯子，就那么回事。”

七枝说：“面瓜，没你的事了，你走吧。”

面瓜朝江义芳笑了笑说：“你看，过河拆桥，连声谢都没有。”

一直到在一家饭馆把饭吃完，七枝问：“你的事办得怎么样了？我明天回江村了啊。”

江义芳的心情好起来，便把这些日子以来的事原原本本地说了出来。附近的铜官山矿前几年一直由日本人在开，日本人撤走后，国民党成立了“苏浙皖矿业特派员办公处”，但他们正忙于跟共产党打仗，铜矿由人自由承包开采。江义芳就跟一个叫于老四的人合伙承包了一眼矿井，要做铜矿生意。

江义芳说：“我不想再在江村待下去了，再守在那山疙瘩里，人都生霉了。”

七枝吓了一跳，说：“这靠谱吗？于老四是什么人？”

“放心吧，”江义芳说，“于老四是我的一个拜把子兄弟，青帮里的红人。前几天我跟于老四见了和悦洲的一个通字辈的老头子，没想到那老头子年轻时曾得过我父亲的好处，说我父亲是他的救命恩人，跟我称兄道弟。你想，于老四是悟字辈的，我算是他的长辈。老头子听说我要与于老四合伙做铜矿生意，特别交代于老四说：‘你要是敢坑我这兄弟，你知道是什么下场吧。’于老四连声说：‘哪里哪里，老师放心，我哪个也不坑，更不敢坑小爷叔。我和小爷叔合伙做事，也是前世的缘分。’”

江义芳说，拜香堂要连续七天，他一会儿还要过江去。

七枝说：“我要回江村了啊。”当晚再住到小惠那里，一晚上都在说她被那个“大姐”，也就是老邢拉上台临时充了一回戏角的事。兴奋得就像做了一件了不得的大事。

而江义芳也一直在兴奋着，为着他与于老四合伙做铜矿生意的事。然而直到出事后，江义芳忽然想起老头子曾说，做生意第一就是要把稳脚跟，把人看准了，这样才能立于不败。事后他才明白，这是老头子对他的警告：于老四并不可靠。但在当时，他的确是被鬼迷了心窍，并不明白老头子话中的意思。

沉沦

重新见到江义芳，是一个月以后的事。村公所来人通知，让七枝到澜溪警察局领人。

江义芳所说的那个于老四是附近董店人，日本人占领这一片后，于老四曾跟着汉奸吴慕白在日本宪兵队做过一阵小队副，因他之前开过煤矿，就被吴慕白派到日伪铜官山矿业公司，当然是协助日本人开采铜矿。抗战结束后，吴慕白被当作汉奸枪毙了，于老四则逃到乡下，一躲就是几年。他到底受不住寂寞，于是又重现江湖，打算重操旧业，开采铜矿，做铜矿生意。于老四自己当然没有什么资金，于是联络了一些人，他把那些人带到那个矿洞里，举着电筒，指着那在灯光下灼灼闪光的遍地矿石说："看看，这是中国最富铜的矿洞，我们根本用不着开采，只要把这些日本人来不及运上来的矿石搬到矿洞外，那就是大把的钱啦。"

禁不住于老四的蛊惑，江义芳头脑一热，就把那块祖上留下的凤形田卖了，凑了钱入了于老四的股。

于老四当然没有料到，他几乎刚一露面，就有人盯上了他。只是一开始觉得他身上没多少油水，所以那盯上他的人才没有下手。现在，于老四手上积聚了股东的一大笔钱，他这条漏网之鱼就再也逃不脱了。于老四被定上汉奸罪进了警察局，连那几个合伙人也难逃干系，一个个都受于老四牵连，进了号子。幸好那个通字辈的老头子出面，才将江义芳保了出来。只是，江义芳投入矿山的那笔钱，血本无归了。

七枝没有叫上哑巴，也没有叫上另外的人，她独自来到澜溪警察局，就站在警察局大门外等候着接江义芳回家。

那个人终于出来了，他一脸倦容，穿着一件走时穿的白色的对襟褂子，下巴上的胡子有一寸多长。在见到江义芳的那一刻，她忽然有着一种从未有过的心潮涌动。那个向她走来的男人，他有着山一样的沉静，看上去是那样坚毅和沉着，但他却又是孤独的，长久的孤独让他养成自闭的个性。这些年来，她一直试图走进他的内心，并希望能排解他内心的苦闷，但在他们之间，却横亘着一道坚不可摧的篱笆，这道篱笆，双方都没有勇气逾越。现在七枝才知道，他是那样不堪一击，就像一个孩子。

现在，她开始明白，还是在她十二岁第一次见到他时，就被这沉稳而又脆弱的老男人深深地吸引了。只是当时她并不明白，直到现在，她终于才承认，就像小惠说的，她爱的不是毛头，而是毛头的父亲，是这个外表坚韧，内心却不堪一击的老男人。

“没事了吗？”

“本来就没什么事，他们无非敲诈一笔钱。”

但七枝知道，那可不是一笔小钱，现在，他们不仅失去了那块赖以生存的祖田，也意味着，在江村，他们待不下去了。七枝想，这未必不是一件好事。

“是我不好，认错人了，让你担惊受怕了。”

只这一句，七枝的泪水就涌了出来，说：“我们回家吧。”从澜溪到江村的整个过程，他们没说一句话。

那些日子，江义芳一直待在那间长工老夏住过的屋子里，哪儿也不去。给他把饭菜端进来，他只吃了几口，就放下了。终于有一天，七枝说：“你打算就这样一辈子待在这屋里吗？”直到这时，他才用一副绝望的神情看着七枝说：“我得告诉你，我现在什么也没有了。”

七枝早就料到这一天，说：“人在就好。”她只说了这一句，泪水就不由自主地流了下来。她似乎觉得不该这样，赶紧抹去泪水说：“你打算怎么办？”江义芳说：“在警察局里我遇到一个从前在芜湖开米行的朋友，他是因为另外一桩事进了局子，早我几天出去了。他说，他的米店需要伙计，如我不嫌弃，可以去他的米店做伙计。”

七枝从屋里把那些他还她的东西拿出来，说：“与其去给人家做伙计，不如我们自己在澜溪镇盘一个店面，把上次没有做起来的瓷器店再开起来。钱不够，再找熟人借一些，天无绝人之路，只要人好好的。”

江义芳终于从憋闷了一个多月的房里出来了，走的那天，他特意又到了七枝的房里，支支吾吾地，似有什么难言之隐。最终，他还是说了出口：“你那几件东西，还是借我几天好吗？”

七枝便将那三大件再从皮箱里拿出来。江义芳回那间偏屋去了，过了一会儿，他再次进来，手里是一张纸条，说：“那几件东西，我写了借条压在你这里，你放心，我一定会还给你的。”

“看你说的，外人似的。”但她还是将那纸条收了，放进皮箱里。

江义芳这一去就是三天三夜。那天直到午夜时分，七枝才在毛头坟前发现了烂醉如泥的江义芳。她站在他面前，滚着无言的泪水，一脸鄙夷的神情。她知道这三天三夜，他都是在哪儿度过的。她知道，这个被厄运折磨得身心俱疲的男人再也站不起来了。她试图拉他起来，背他回家，他却一把拨开她的手，叫着：“你给我走开，走得远远的。我不需要你同情我，我本身就是一个坏男人，我在外面有许多女人，我滥赌，我不务正业，我身在江村，身不由己，又干不成一样正经事。我一把年纪了，我早就活够了，你为什么要守着我，守着我这把老骨头？你究竟是为了什么？”

他叫着，风把他的声音遮盖了，再加上他的醉，他歇斯底里的叫声含混不清，但她还是听清了他叫喊的全部内容。她蹲在毛头的坟地上放声大哭。自从毛头死后，这么些年，她没有这样纵情大哭过。她哭了一个多时辰，终于瘫倒在毛头的坟头，而那个老男人却躺在那里，就像一个死人。朦胧的月光下，她看到这个老男人的脸上同蚯蚓般爬满一条条泪痕。

村子里的狗一声声地长嘶，这狗吠声一直传到这坟地上，让人毛骨悚然。她站起来，扯起他一只胳膊，却怎么也扯不动他。七枝一甩胳膊，气着说：“那你就死去吧，那边有水塘，后面有杨树林，投塘上吊随你的便。”她这样气吼吼地骂着，江义芳果然就自己爬了起来，这时，哑巴也赶来了，两个人一边架一只胳膊，好不容易将江义芳弄到家里。打来水，两人一起为江义芳抹了脸，又为他换了衣服，做完这一切，就轻轻地带上门出去了。

过了一会儿，听到那边震天动地的呕吐声，而等到七枝进了那屋子，江义芳已吐完了，正昏睡着。七枝摸了一把他的脸，那张脸烫得吓人。七枝说：“我给你刮刮痧好吗？要不我给你捏捏脚吧。”

江义芳没有说话，于是，七枝就掀开江义芳的被子，搬出他的脚，为他一下一下地捏起来。她捏得也许并不到位，因而不时地问着“痛吗？”。江义芳仍然不说话，他闭着眼睛，任由七枝在他的脚上揉捏着。她捏完了这一只脚，把它塞进被窝里，再去捏另一只脚。江义芳似乎睡着了，他的鼻翼微微地翕动着，发出重重的呼吸声。七枝静静地坐在那里，看着那张满脸胡髭，却依然棱角分明的脸。眼前这个老男人，从年龄上可以做她的父亲，但她无论什么时候看来，他都还是一个孩子。有时候，她就是无法将他与毛头分开来。她伸出手，在他的满是扎人胡茬的脸上轻轻地抚摸着。

一滴泪水从江义芳的眼角流下来。她把手伸过去，抹去他眼角的泪水，那只手猛然被江义芳捉住了。七枝挣扎了一会，就任由那只粗糙的大手将她的手紧紧地捏在手心里。时间就这样一点一点地过去，直到确信他已睡去，她帮他掖了掖被子，带上门，轻轻地走了出去。

那一天，一向不大见到的孙如霖突然找上门来，他和江义芳在屋子里闭门深谈了很久。孙如霖走后，江义芳忽然开始魂不守舍。七枝意识到，孙如霖的上门，是与当前的局势相关。不久前，朱村那边的保安军一夜之间就被共产党的一支游击队端掉了。虽然共产党很快就被另一支正规军打跑了，但不断传来这方面的消息。江义芳找出先前的一些田契和房屋租批，统统在屋子里烧了。

除夕将近，家里接到一封信，哑巴连忙将它送到江义芳的房里。第二天，江义芳让哑巴把他多年前的藤条箱找出来，在院子里晒了晒，又去村头理发匠老阮那里理了发，刮了胡子。他默默地做着这些，偶然，会哼一两声什么曲子，显出从未有过的轻松。七枝知道，这一次，他真的要出远门了。

过完年，转眼就到了正月初七，日暮时分，“咣、咣、咣”的排锣声就开始在祠堂里响起来，火铳响过三响，整个村子就被此起彼伏的鞭炮声笼罩着。祠堂里傩神下架正在进行，等火铳响过三响，二十四尊傩神菩萨就会在年首的带领下，被二十四名童男簇拥着，沿着村巷，巡驾各家各户，并预祝这一年五谷丰登，六畜兴旺。哑巴在门前摆好香案以及一大挂长鞭，迎接傩神菩萨巡驾到来。按照往年的习俗，江义芳准备好祭祀的供品，端着各种牺牲托盘就要去祠堂祭祀傩神菩萨及历代祖先。他说：“七枝，你同我一起去。”

七枝有些意外，虽然向傩神祭拜并不限于男性，但外姓人一般不会被允许进入一年一度的盛典。她似乎意识到将有什么事情发生，心怦怦地跳着。

他们来到祠堂前，傩神下架仪式刚刚结束。江义芳将献祭的牺牲摆上供桌，又拉着七枝分别给傩神菩萨和江姓祖先行九叩大礼。人们无声地看着这一对年龄悬殊的男女。多年来，村子里的人早就习惯了这一对男女共居一室的事实，而对于他们之间关系的种种猜测一天也没有停止过。现在，他们终于出双入对，像一对真正的夫妇一样跪拜在傩神菩萨面前。

江义芳跪拜完毕，他拉了七枝一把，让她站得离自己近些，然后向众年首拱手致礼，说："列祖列宗，各位族长、年首，今天，我江义芳要宣布一件大事。我身边的这个女人，韩七枝，我要选一个日子明媒正娶她。"

就像点燃了一挂鞭炮，人群中轰的一声炸开了锅。他听到有人叫了一声："这是乱伦！"

他似乎早有准备，说："大家都知道，我与七枝并无任何血亲关系，乱伦是谈不上的，你们要说的，是很多年前，她与死去的毛头举行过所谓的婚礼，也就是冥婚。可是，现在早就是民国了，难道还要守着古人的规矩，让一个年轻的女子为一个死人守一辈子寡吗？我和七枝，虽年龄悬殊，但我们志同道合，只是这么多年，我们一直遵从着道俗，过着清心寡欲的生活。我们在一个院墙里生活着，虽然我们相爱着，但大部分时间，我们相互沉默着，而现在，我决定打破这种沉默，和她以夫妻相称。"

七枝站在那里，默默地流着眼泪，她感觉身边这个侃侃而谈的老男人今天就像是变成了另外一个人。

江义芳继续说："你们都不说话，我知道你们一时难以接受我这样的决定，我不为难你们。过了这个十五，我将出一趟远门，七枝就暂时留在这里，等到合适的时机，我会带着她远走高飞，或者很快就会回来，或者永远都不会回来。"

"你欠下的那些债务怎么办？"人群中又有人喊道。

"至于我欠下的那些债务，我会一一偿还的。万一我无法偿还，我祖上留下的那些田地、房屋，就任凭族人代为处理。"

人们听着江义芳的陈述，似乎都不好再说什么。祠堂里沉默着，只听到一群麻雀在天井里叽叽喳喳。这时候，听到年首说："义芳，你是读书人，懂得的道理比我们多，到底该怎么做，你比我们更清楚。"年首说完这一句，就挥了一下手，大排锣"咣、咣、咣"地敲起来，人们的吆喝声、鞭炮声将江义芳和七枝完全地淹没了。

天黑尽时，大排锣沿着村巷一路响过来，巡驾的红灯笼把这一片天空照得通红透亮。七枝帮着哑巴将门前的香案点着了，然而，巡驾的傩神队伍在那棵大香樟树下绕了一个弯，竟直接拐过这一片院墙，往七井村方向去了。哑巴愤怒地大叫着，她似乎在问："为什么？为什么？为什么？"

"咣、咣、咣"，大排锣一路远去，她听到江义芳在她身后说："七枝，你过来。"她的心怦怦地跳着，跟着江义芳走过中堂，穿过中堂与右厢房相连的走廊，一直走到江义芳的房里。她听到江义芳说："我要送一样东西给你。"江义芳捉住她的手，放在唇边吻了吻，随即将一枚戒指套到她的无名指上。一股巨大的暖流贯遍七枝的全身，她的耳边响起毛头稚嫩的声音："姐姐，我就喜欢看你穿大红的嫁衣……"她看到毛头沿着那深邃的走廊一直向这边跑来，她的眼泪喷涌而出，然而她控制着自己，努力不让自己哭出声来。江义芳帮她套上那枚戒指，接着就把她的那一只手紧紧地握在自己滚烫的掌心里，握得死死的，一生一世都不肯放开的意思。黑暗里，她感受江义芳身上那股淡淡的烟草气息，只觉得头有些眩晕。她站立不住地扑到眼前这个老男人的肩上，哭了起来，浑身颤抖着，哭得一发不可收拾。江义芳拥着她，一只手仍然握着她的手，另一只手则环抱着她，在她的背上轻轻地拍着，就像他当年拍着他的毛头。江义芳任由七枝哭着，他一言不发，只是偶然腾出手来，在她的脸上抹着，一遍遍地抹着七枝脸上的眼泪，直到那脸上的眼泪尽了，那只手却再也不肯离开。那只手轻轻滑过她的嘴唇，她一伸口，就咬住了一只手指，直咬得江义芳痛楚地叹息了一声，她这才放开。她仰起头来，感受着江义芳粗重的呼吸声渐渐逼近，她迎合着那急促迎上来的嘴唇，然而就在两股热浪相碰的一刹那，江义芳轻轻地推开七枝："七枝，我不能就这样随便地要了你。放心，你会等到那一天的。"

七枝也松开了手，说："那好，你过来，我也有一样东西要送给你。"

七枝回到自己的房里，她点亮了一对半斤重的蜡烛，屋子里立刻就亮堂起来。她打开那只皮箱，将那件大红嫁衣穿到身上。她仿佛听到毛头在说："姐姐，我就喜欢看你穿大红的嫁衣。"她打开粉盒，用粉扑在脸上很快地扑着，扑去刚才的泪痕。她做完了这一切，就听到江义芳沉重又有些零乱的脚步声向这边走来。

无疑，那是一个疯狂而沉醉的夜晚，对于七枝来说，无论她今后活到多大年纪，都无法将那天晚上的每一个细节哪怕一点点忘掉。

晚年的母亲一直受着阿兹海默症的困扰，她只记得遥远时期发生的事情，而无法回忆前一天吃过的某一道菜或是某一个来看望过她的亲人。在她的儿女面前，她毫不掩饰她年轻时的性事回忆，包括一些细节的描述。当性事的内涵早就化为往事的回忆时，七枝觉得，那不过是一件事，就像某一次的家庭聚会，某一次宴会上的一道好菜。是的，那不过是她一生中无数事件的其中一件。七枝说，她的初夜朦胧而又甜蜜。当大她十八岁的老男人江义芳将她一把拥入怀中时，她惊奇地发现，这个看上去温文尔雅并且弱不禁风的老男人居然有着惊人的力气。她说,江义芳在性事上有一套他长期练就的功夫,“他懂”,七枝说。母亲在说这话时,在场的孙辈们全都禁不住一笑,大家你推我一下,我推你一下,其实都在问对方:你懂吗?你懂吗?在母亲看来,性事是一门学问,就像其他学问一样,只有“懂”的人,才能从善如流。孙辈们都很想知道那是一种什么功夫,但母亲仅仅只是说“他懂”,除此别无下文。

母亲说,她后来的男人同样也在性上让她有一种欲仙欲死之感。“但那是不一样的。”她说了这一句,就再也没有下文了。

和悦洲码头

江义芳乘坐的英国太古公司的大通号轮船每五天一个班次。江义芳是要去下游上海,而从上游始发港武汉开到下游方向的大通号到达和悦洲码头的时间是当晚掌灯时分。轮船在江面上抛锚一夜,游客上岸在和悦洲歇宿,轮船也借机在此补充给养,第二天凌晨时分再次起锚。

江义芳接到上海方面的来信时兴奋了一阵,但临到出门的时候,却又磨磨蹭蹭犹豫不决。七枝摸透了他畏畏缩缩的性格,他对这次的出行并没有太大的把握,也缺少必要的信心。国民党军在淮北一线连连败退,虽然老蒋依仗着长江天险,号称有金汤之固,但蒋家王朝历经二十年统治,内里早就不堪一击了。他在这个时候前往上海,会有怎样的结果呢?

江义芳早年在上海的那些同学多半都混得不错。而对江义芳来说,多年的乡绅生活培养了他慵懒而散漫的性格,他明知自己并不适合上海那样的大都市,但他此刻的处境又迫使他不得不选择出走,离开这个他生活了二十多年的江村。

这些日子,江义芳实实在在地感受到一个家庭所带给他的温暖和舒适。他习惯了七枝周到地服侍着他的日常起居。早晨,他总是要赖在床上,一直等到七枝把桂圆红枣汤端到他的床前,他才披衣而起,有时,就让七枝把桂圆红枣一勺勺喂到他的嘴里,吃完了,再让七枝用热毛巾替他擦一把嘴,接着或懒懒地靠在床上捧一本书想着若有若无的心思,或继续睡觉,直到日上三竿。他就像一个孩子,在七枝的照看下过着衣来伸手、饭来张口的倍受呵护的日子。

江义芳一出生就没有母亲，直到现在，他都无法弄清他的生母究竟是谁。活了三十八年，他何曾如此被人像孩子一样疼过爱过？因此，越是临近动身的日子，江义芳心里越加忐忑，他甚至巴不得七枝能拦他一下，以打消他前往上海的念头。但七枝非但不拦他，反而在为他的出行做着各方面的准备：换洗的衣服，冬夏各两套；鞋子，单的，棉的；茶叶，止咳的枇杷露，必备的银钞等。但江义芳还是借口胃部不适或是还有一些事情未曾了结，一而再，再而三地推迟出门的时间。直到来自上海的第二封信寄到江村，他这才意识到，这一次是非出去不可了。

“你就一点都不担心我再也不回来了吗？”临走的那天晚上，江义芳半真半假地逗她说。

七枝心头一紧，但随即说：“你敢不回来，我就把你儿子卖掉，卖到远远的地方。”

江义芳赶紧把头贴在七枝的肚皮上，他聆听着那里面儿子的声音，说：“放心吧，除非我出了什么意外，或是死了，否则，我爬都要爬回来。”

“掌嘴，”七枝在他的嘴上拍了一下，说：“你要不回来，我走到天边，都要把你给找回来。”

他们是头天下午离开江村的，到达和悦洲时，三街十三巷早已是灯火通明。他们不想惊动任何朋友，悄悄在二道街的广发旅社要了一个房间，让侍役把饭菜送到房里，但七枝说一点胃口都没有，吃了一个烧卖，喝了两勺汤，便要睡觉。江义芳说，刚才他无意中瞟到电灯杆上的海报，今晚和平大戏院有最新电影《万家灯火》，与上海差不多同步上映的呢。但七枝说头痛，匆匆洗了一把脸，就睡下了。

第二天早晨，当他们赶到江边码头时，却得知，大通号因接到台风警报，不得不在码头停泊待命。江义芳求之不得，觉得这是上天在留他。于是，他们不得不再次回到广发旅社。这一天，他们都是在旅社的那张大床上度过的。直到临近傍晚，两个人才精疲力竭地起床梳洗，匆匆地吃了晚饭，然后趁着夜色，钻进一辆黄包车，来到和平大戏院。然而今天的电影却不是《万家灯火》，而是从美国新近进口的卓别林的一部滑稽默片。七枝合着满场的观众大笑不止，而江义芳却哈欠连天，不一会儿就在座位上打起了呼噜。不等影片结尾，七枝便带着江义芳回到广发旅社。

他们说了一夜的话，直到天亮，似乎刚刚迷糊了一会儿，侍役就来敲门了。室外风雨大作,正月里的寒风卷着清晨的空气,在头顶上发出尖锐的哨叫。七枝一把搂住江义芳,再也不肯放手的样子。江义芳说:“要么,我们回江村去吧。”他说完这一句,七枝猛然松开手,说:“我不想听你说这么没出息的话。”说着就起床穿衣。江义芳最后检查床铺时,发现一样东西,他把那东西递向七枝,说:“发卡,我母亲的陪嫁。”这是一句实足的调侃,他是为调节一下分别的气氛,但显然并没有达到预期的效果。七枝刚伸手要去接那只发卡,江义芳却将这只发卡揣到自己的口袋里,说:“你已经有一只了,这一只我带上吧,留个念想。”这话让七枝陡然感觉到了什么,她一把抱住江义芳,说:“你还回来吗?”

“说这种傻话,”他伸手刮去七枝脸上的泪珠,说:“我在那边安顿好了,即刻就来接你。我要在上海外滩举行最隆重的婚礼,向全世界宣布,我有一个多么好的妻子。”

七枝说:“我一想到哪天儿子生下来,你却不在身边,就有点害怕。”

江义芳搂过七枝,将他刚刚刮过的光洁的脸在七枝脸上磨蹭着,说:“难为你了,我会很快就回来的,接你,接儿子……”

“你给他起个名字吧。”

“是女孩,就叫江品莲,是男孩,就叫江守轩。”

“还是叫毛头好。”

她说了这一句,忽然觉得真有生离死别的意思在了。

江义芳又打趣地说:“如果是女孩,我们下一次就要个男孩,如果是男孩,下一次我们就要个女孩。不,我们要许多儿子,许多女儿,儿孙绕膝,我要让你做一个快乐的老祖母。”

“我就盼着那样的日子。”七枝依偎在江义芳的怀里,泪水止不住地流下来。

下了一夜的雨,江义芳指望今天轮船继续泊锚,但车夫却为他们撑开了一把雨伞。他们相拥着,一头钻进了黄包车。车夫拉了一下铜铃,甩开步子,雨哗哗地砸在车篷上,黄包车顶着风雨向和悦洲码头跑去。

到达码头时,雨停了,但风仍然很大。大通号拉响了第一遍汽笛,游客们排着队开始登船。

一九四六年的和悦洲码头还没有适合的趸船,只由一只木质摆渡船接送旅客上下轮船。七枝忽然拉着江义芳的手,说:“风太大了,要么……”但江义芳却坚决地说:“你忘了我是在和悦洲江边长大的,你要相信我的水性。年轻时,这样的江面,我能游两个来回。”说时,听到江面上一阵惊呼,原来一个浪头打来,那只超载的木船一个趔趄,将一个旅客甩进江里。幸好那人慌乱中抓住船帮,众人手忙脚乱,将他捞起。只是那人被江水整个泡过,惊魂未定,浑身冻得发抖,木船却又若无其事地向大通号靠近。

“我们今天不走了。”七枝又拉了一下江义芳说。但江义芳却拎起藤条箱,故作轻松地说:“不怕,即使那艘轮船在江心里翻沉了,我也能活着游到你身边来。”

七枝伸手在江义芳嘴上拍了一下,说:“乌鸦嘴,该掌。”

江义芳随着最后一批旅客小心地踩着跳板上到木船上,他放下手中的藤条箱,向岸上的七枝挥了挥手,示意她赶紧回去。江风烈烈,木船颠簸着,在风浪中打了一个旋,向停泊在江面上的大通号缓缓靠近,江义芳的身影渐渐模糊了。看着江义芳猫着腰钻进船舱,七枝忽然有一种不祥的预感,这个整整大他十八岁的老男人,也许今生再也见不到了。眼泪流下来,她不等轮船拉响第三声汽笛,赶紧离开码头。

七枝不想这会儿回江村,她想找一个地方好好地哭一顿,好好地整顿一番自己零乱而颓伤的思绪。江义芳走了,也把她的心整个带走了。她在湿漉漉的街头踯躅着,整个一个失魂落魄的样子。走到浩字巷,一个喝得烂醉的家伙向她凑来,并且伸出脏兮兮的手在她的脸上摸了一把,嘴里说:“妹妹,玩玩吧?”她怒不可遏,狠狠给了那醉鬼一巴掌,骂了一句粗话:“玩你妈的×。”

七枝去了哥嫂家里。

哥嫂早就知道七枝与江义芳的事,哥哥应来对她不冷不热,倒是嫂嫂对她却有着格外的热情。七枝说:“我有点不舒服,要在你家住一两天,你给我捡一个房间吧。”嫂嫂一眼就看出她怀孕了,悄悄地问:“你有了吗?”七枝知道瞒不过,只得点了点头。嫂嫂叹了口气说:“既然如此,就认命了吧。”说着就给她铺了床被子,带上房门,让她好好睡一觉。她躺进被窝里,流一会儿泪,想一会儿那艘轮船上江义芳孤单的身影,再流一会儿泪,渐渐地就睡着了。这一觉不知睡了多少时间,直到窗外天幕渐垂,她才从被窝里爬起来。抹了把脸,眼泪又莫名其妙地流下来,听到外面人声嘈杂,有一句话突地跳到她的耳根处:“大通号出事了。”她翻身而起,正好应来一脸惊恐地从外面回来,终于证实了那个令人心惊肉跳的消息:由于遭遇强台风,大通号在下游荻港江面整体倾覆,大多数旅客葬身水底。七枝眼前一黑,腿一软,人整个栽倒在地。

嫂嫂连忙将她扶上床,说:“十里路无真信,还是再等等消息吧。”

七枝想起早晨送江义芳走时两个人的对话,不想竟真的一语成谶。她不说话,也说不出任何话来,只是不住地哭。哥哥出门打探消息去了,很久都没有回来。七枝哭过一阵,站起来说:“我要回江村去。”

嫂嫂说:“这都什么时候了?你要回江村,明天早上走也不迟。”

七枝想着江义芳的话:“即使这艘轮船真的翻沉了,我也能活着回到你的身边。”她想着,说不定这时候江义芳正在家里等着她呢?嫂嫂明白她的意思,说:“如果天不灭他,他自会乘明天的上水船回到和悦洲来,你只管在这里等他就是了。”

她不得不在哥嫂家住了下来。然而不等天黑,应来就又带回来一个消息,说是在下游荻港翻沉的并不是那艘大通号轮船,而是接送旅客的摆渡船。果然就像嫂嫂所说,十里路无真信,在和悦洲这座水陆码头,外面世界有一点风吹草动,就会在鹊江掀起滔天狂浪。七枝的一颗心终于落定,当晚睡了一个踏实觉,第二天一早,她即来到和悦洲码头,眼巴巴地朝江面上望着,希望在洲尾方向的江面上会有一艘轮船出现。然而到了下午,守候在码头的乘客却被告知,由于战事,长江全面封航,何时启航,不得而知。七枝在哥嫂家再也待不住了,连夜就回到了江村。

这段时间里,七枝就一直往来于江村与和悦洲之间,她希冀着江面上有一艘轮船出现在她的视线中,希冀着江义芳回到她的身边,然而这希冀却是一日一日地落空。国共双方在东北一线的战事越来越激烈,而双方的地方部队在长江岸边小规模的交火几乎每天都有,轮船通航的日子真正是遥遥无期了。

尽管已经证实,在下游荻港翻沉的并不是江义芳乘坐的那艘大通号,而且和悦洲的谣言早就平息,但在江村,却流传着种种关于江义芳的消息,有的说江义芳早就在那天下游荻港的水上事件中沉入江底,有的说江义芳并没有等到达上海,就在荻港上岸上去了南陵,但却在南陵遇到一支国军,于是,他被国军抓了壮丁。更有说,江义芳去上海,是为找早年在上海读书时认识的一个女同学的,那是一个富豪的女儿,在江村身败名裂的江义芳再也不会回来了。只有一个事实,那就是江义芳离开江村快三个月了,却并没有他的任何消息传来。

七枝当然不相信江义芳在那次的荻港摆渡船事件中出事,她想着江义芳临走前说过的话:“除非我出了什么意外,或者我死了,否则,我爬都要爬回来。”迟迟得不到江义芳的消息，这让她不得不意识到，江义芳一定是出事了。

开始有人找上门来，他们是一些大大小小的债主。这些债主说的话越来越难听，他们甚至放出狠话，江义芳如果再不回来，就拿七枝抵债。

七枝把能变卖的都变卖了，然而上门要债的人仍然不断。家里所有稍稍值钱的东西要么被人搬走，要么被七枝卖掉抵债，现在，就只剩下几间空荡荡的屋子了。然而似乎这几间祖屋也保不住了，江义芳的侄子明奎认为，他当初是过继给他二爷的，现在二爷不在了，这几间祖屋有他的一份。他没有别的要求，只是要求七枝将属于他的一份还给他。

清明那天，七枝去给毛头上坟。她跪在毛头的坟前，哭着说："毛头，你走了，现在，你爸也走了。你爸欠下一屁股的债，那些人逼得我走投无路了啊。"风呼啸着，摇动着满山的松树，整个东山头都是一阵阵呼呼的声音。

七枝说："毛头，我给你生个小弟弟好吗，就像你棒槌上画着的那样？那样我就有伴了。"风还是在呼啸着，带起一阵尘土，坟旁的落叶打着旋旋，四周一片沙沙之声。直到现在，她才明白，她是那么想当母亲，她一直有做母亲的情结，从小就有，以前是把毛头当儿子，后来是把江义芳当儿子。一想到马上要做母亲了，七枝所有的无奈所有的苦和痛都似乎烟消云散了，至少，她现在不再是一个人了。

她开始给未来的孩子做起了小鞋，她做好一双，就摆在床上，仔细地端详着。她看着这一双双小鞋，仿佛就看到毛头鲜活的小脸呈现在她的眼前。这一切，都没能瞒过哑巴。哑巴"说"："多好啊，你要做娘了啊！"哑巴将那些小鞋一双双地拿在手里端详着，嘴里咿咿呀呀，好像那将要做娘的不是别人，而是她自己。哑巴比画着："毛头，尖尖的下巴，偌大的招风耳，还有小鸡鸡……"七枝同哑巴一起笑着，却突然哭起来，哭得一发不可收拾。哑巴一把将她抱住，一双粗糙的大手在她的背上轻轻地拍打着，"说"："你害怕吗？别怕，有我呢，有我呢。"七枝就哭得更凶了。

那一天，她在房里搜拣着江义芳留下的衣物，一只信封跳到她的眼前。她知道，那正是江义芳上海的同事写来的信，信被江义芳拿走或烧掉了，只留下这只信封。信封下方的地址为：上海巨鹿路265号慧公馆刘缄。字迹是娟秀的，不像是男人的字。这封信既让她有着莫名的兴奋，也让她对江义芳的上海之行心生疑窦，那些关于江义芳变心的流言也许并非空穴来风，或者，江义芳根本就没有爱过她，他只是被她自十二岁开始的一厢情愿的爱感动了。可是，又怎样解释自她十二岁进门时他打量她的那种犹疑不定的眼光，欲说还休的语言，还有，他们在江村的最后一晚他深情的爱抚以及那令人窒息的狂吻？

她要去一趟上海，去上海巨鹿路慧公馆，一切都会真相大白。然而战事日渐吃紧，长江全面封航，她想通过水路前往上海已不可能，而江南一线也时有战事，没有人知道她要走的那条道路、那个地盘归于哪支军队。她想起自己曾经当着江义芳的面发过的誓："你要是不回来，我走到天边，也要把你给找回来。"

前往上海寻找江义芳的念头一旦生起，就再也压不下去了。趁着肚子尚未显形，她已来不及做什么准备，决定第二天即刻动身。为了筹措去上海的盘缠，她把那天晚上江义芳给她的那枚戒指索性也当了。

然而事情的结果却出人意料。

断臂之殇

现在，我该写一写我的父亲沈仲景了。

我父亲对七枝的爱恋，是从少年时的一场恶作剧开始的。那一次在孙先生学馆，一个十一二岁的女孩子被孙先生带到教室里。女孩子的出现，让这个清一色只有男孩的学馆顿时亮起一片霞光。父亲已经记不得当时七枝究竟什么模样，他只记得七枝的那条乌油油的大辫子让他处在懵懂状态的心灵陡然一震，他感到自己活到十四岁时所有的人生密码都在那一刻打开了。偏偏孙先生将七枝的座位安排在他的前排，于是，那天孙先生讲《论语》，他完全不知所云，他的眼前就只有那条带着生发油气味的乌油油光亮亮的大辫子。在这条大辫子面前，他的身体内部仿佛有一种随时都要爆炸的欲望，因此他总要做点什么给自己来一次释放。他禁不住伸出手来，悄悄地把玩那条大辫子。他的心里痒痒的，他的下身有一股坚硬湿热的感觉。于是，他解下袜带，将那条大辫子绑在七枝的椅背上。

那次的恶作剧，让我的外祖母有了阻止女儿上学的理由。七枝从孙先生学馆退学后，从此没有再露面。直到在毛头的葬礼上，我父亲再次见到七枝。一个十四岁的少年，他的世界里有着太多的精彩，太多的故事，毛头葬礼上的一幕，我父亲很快就忘记了。可忽然有一天，那个执着的女孩竟然在他没有任何准备的情况下出现在他的梦境中,那么清晰——那是他的第一次梦遗,那么美好,那样荡魂摄魄,令人心旌摇荡。他这才知道,不管他是否还记得那个人,那个人却早已刻在他的生命里,抹都抹不去了。这实在是一种天意的安排,非人的意志可以左右。

我在前面说过,父亲出生于一个中医世家,祖父也是一名中医,却因输了一桩莫名其妙的官司进了监狱,从此再也没能回来。偏偏那场官司与孙如霖有着脱不掉的干系,这也是孙如霖兄妹反目的导火索。直到受到这场刺激的祖母不久后因病不治身亡,孙如霖迫于舆论的压力和良心的发现,把流落在乡野的外甥沈仲景收到门下。

孙如霖一把年纪了,尽管他走马灯似的更换着姨太太,但最终膝下只有一个女儿已成为不可更改的现实。他的药行里有上万种名贵中药,但却治不好女儿从三岁开始不定期发作的癫痫病。对已故妹妹的歉疚以及老来无子的危机促使他不得不作出选择:把唯一的外甥沈仲景收在门下。他的意思再明显不过了,沈仲景如果有一天娶了他的女儿雅兰,他的这一份家业,也就可以放心地交到这个外甥兼女婿的沈仲景手里了。雅兰十六岁从女子中学毕业后,就一直在澜溪邮政局做分拣员,如果不是癫痫,雅兰也不失为一个美人。世上总没有十全十美的人,也没有十全十美的事。后来人们说,沈仲景那么一个优秀的人,却偏偏断了一只手臂,雅兰可谓天生丽质,却偏偏有了一个要不得的毛病。如此说来,沈仲景与雅兰做夫妻,也算是绝配了。

孙如霖是有心栽培他,老爷子说:"作为一个药房的掌门人,你要学的不仅是对一个药房的整套管理程序,还需要做一名名医、神医。正如《黄帝内经》所说,最终决定人命的是神道而非医道。而这所谓神道,即使是《黄帝内经》,也是没有完全解释清楚的。"于是,他把这个外甥送到非非寺,皈依在担当和尚门下。或许,这就是当初担当和尚所说的"这小施主与我有一段因缘"的因缘所在了。

逢五的日子,父亲会去非非寺住上一天或是两天。担当和尚让他在黑夜里将一具完整的人骨一根根拆卸下来,然后再一根根装上;不仅让他背《黄帝内经》,背《古今医案按》,背汤头口诀,还让他学坐禅,悟"即心即佛":这心在何处,心究竟在何处?他当然是悟不出心在何处的,他只知道他的心一天也不得安宁。他读着宋代苏东坡写的禅诗:溪声便是广长舌,山色无非清净身。但他只觉得,他的眼前,整天拂之不去的就是七枝的那一张阳光一般明媚的笑脸以及她的红唇她的雪白的牙。

父亲开始在怡和药行学着做小伙计，跟着药行里的药师们学着怎样经营一个相当规模的药行：从药材的培植到中药的炮制，再到对店员的管理。他学得很认真，然而却完全心不在焉。

那是一个逢五的日子，父亲夹着书包从清字巷码头爬上第一班轮渡，准备前往对江澜溪，再步行去十五里处的上水桥非非寺，去悟担当和尚的“即心即佛”。随着和悦洲盐务局的成立，来往于澜溪与和悦洲之间的燃煤轮渡早就替代了当年的小划子船。这第一班轮渡上的人多是赶在第一时间去澜溪街做生活的，更有和悦洲小菜园里的菜农们，他们挑着水灵灵的青菜，是为赶澜溪早市的。

而澜溪那边，赶在第一时间乘轮渡到和悦洲赶生活的人同样很多。澜溪渡口排着队的人吵吵嚷嚷。在走下轮渡的一刹那，父亲一眼就看到七枝和小惠正排在过江的队伍里。七枝在父亲的视线中出现的一刻，他的眼前顿时亮起一道彩虹。他几乎没有一刻犹豫，立即转身挤到闸子口，他要赶这一班轮渡，再次回到他刚刚离开的和悦洲。他的鲁莽引起人们的不满，有人骂着：“抢死去啊！”立即有人回：“大清早的，什么死不死的，他和你乘同一班轮渡，他死了，你还能好活？”父亲顾不得许多，他拼命地挤着，好在他年轻，有一把好力气，当轮渡的跳板即将被抽回的一刻，他跳上了轮渡。

轮渡上挤满了人，他希望能挤到一个能够远远地看到七枝，却又不被七枝注意的位置，这当然又引起了一片骂声。他顾不得许多了。清晨的阳光带着凉润润的感觉照在轮渡上，照在七枝那张圆润而明丽的脸上。她正与小惠说着什么，说到什么开心处，两个人都旁若无人地笑着。七枝戴着白色的遮阳帽，遮阳帽用一根细细的带子系在下巴上，她穿着绿色碎花且镶着荷叶边的裙子，尽管轮渡上人流拥挤，但她的美丽和大方却是不能被遮掩的。

轮渡靠岸了，七枝和小惠下了跳板，上了清字巷渡口。父亲不知道她们要去哪里，他只是不即不离地尾随在七枝和小惠身后。因为昨晚的夜市，头道街店铺的朝门大部分都还紧闭着，街上也少有行人。七枝偶尔回了一下头，她与小惠耳语了几句，两个人一定发现有人在跟踪，她们加快脚步朝大关口那边走去。那正是和悦洲早市的所在，那一片空地上烟雾腾腾，人声嘈杂。他稍不注意，两个人就不知溜到哪儿去了。正纳闷时，从中山路那边传来一阵洋鼓洋号声，一家刚刚驻扎下来的马戏团正在街头做游行。一匹枣红色的高头大马驮着一个红衣女郎向这边走来。那红衣女郎在马上不停地做着各种高难度动作,或在马背上倒立,或翻身马下,从地上捡起同伴们特意扔下的一朵什么花,再抛向围观的人们。一条中山路立刻被人流拥塞得水泄不通。人们拥挤着,欢呼着,叫喊着,刺激着红衣女郎继续做更高难度的马上动作。围观的人够多了,那红衣女郎让音乐声停止,操着下江话说:“我这匹马是不是特别听话?有谁愿意骑上来试试吗?”人们你推着他,他推着你,都在跃跃欲试,却都不肯径直走过去。那红衣女郎用马鞭指着一处,说:“那位漂亮哥哥!”父亲朝后看去,那红衣女郎说,“指的是你呢,那回头的漂亮哥哥。”人们起着哄,一波一波地把父亲推到红衣女郎面前。父亲脸涨得通红,他摸了摸缎子般油亮的马肚子,马果然温顺地甩了甩尾巴。红衣女郎朝他伸出手说:“上来!”但他这一刻不想与这红衣女郎挤在同一匹马上,他说:“我能行。”红衣女郎爽快地跳下马来,他的一只脚踏上马鞍,用力一跃,上了马背。红衣女郎朝马屁股上拍了拍,那马便踏着蹄子跑动起来。人们叫着:“嘚,嘚……”那马突然长啸一声,接着就狂奔起来。人们纷纷向后退去,人墙哗地倒下,有人叫着:“踩死人了!”那被踩倒的人叫着、哭着,人们惊慌地喊叫着,一浪高过一浪。那匹马受了惊吓,越发狂奔着,父亲只感觉风在他的耳畔呼呼地啸着,他看不见周围的房屋,也看不见街道两旁的人流,这一刻,他完全不知所措,他只是紧紧地贴在马背上,任由着那匹失去理智的马载着他向一个不可知的方向箭一般狂奔而去。

那马冲出了中山路,冲出了大关口,那马撞倒一张张棚子,踢翻一个个早点摊子,水果和包子滚落一地,汤团和水饺顺水横流,人们惊呼着、咒骂着,场面完全失控。直到一条横亘的江水劈面而来,那马似乎意识到它的撒野应该适可而止了,于是,它跃起前蹄,直立起来,将背上的人重重地摔倒在那片潮湿的沙滩上。

那一次的风头,让父亲出足了洋相,也让他在非非寺里硬是躺了一个多月。他的那一条右臂,也就是在那一次的洋相中丢失的,从此以后,人们背地里叫他拽子,或沈拽子。拽子,在我们那里专指手臂残疾的人。

一九七一年四月,母亲去白湖农场看望正在那里服刑的父亲。两人不知怎么就谈到他的那条断臂。父亲终于将他的秘密第一次和盘托出。然而母亲却怎么都不买账。她说,他当时一定是瞄上了另外一个姑娘,因为父亲所描述的那起马戏团事件,她压根就没有印象。

父亲断臂的那年七月，和悦洲一河两岸被一股莫名的恐惧笼罩着，据说有一种驴一般大、狼一般凶残的动物，不断传来驴子狼大白天里突然闯进某一个人家，拖走一个孩子，吃掉一个少妇的流言。关于驴子狼的传闻让所有的人都宁可将自己关在古老的门洞里，也不敢像往年一样在大街上歇凉睡觉。后来我知道，这种莫须有的恐惧在很多城市都曾蔓延过，只不过在有的地方是一种像水牛一样大的动物，硕大无比的老虎，或是一只野象。在动荡的世界里，谣言总是有它特有的市场和温床。关于驴子狼的传闻传久了，它在人们心理上所造成的恐惧阴影是怎么都抹不去的，但毕竟只是传闻，于是，耐不住伏天的暑热的人们，还是把歇凉的工具搬到街道上，搬到石板路上。一整个夜晚，人们就在露天里歇凉和睡觉。

现在谁也记不清那天晚上一河两岸的骚乱究竟是怎样发生的。好像是在夜里两点或是三点，正当人们在星光下睡得正熟时，不知从什么地方传来一声惊恐的叫声，这叫声以极快的速度传遍一河两岸，于是，人们来不及套上衣服，甚至赤着脚四散奔逃。第二天清晨，街道上无数双散落的鞋子以它们特有的形体语言描绘了昨晚的那场骚乱。也就是在那天晚上，父亲慌乱中钻进一个黑暗的门洞，撞在一个赤裸而滚烫的肉体上，那人不由分说，将他拉到另一个靠近走廊的屋子里，并且将他扑倒在地，接着又迅速褪下他的短裤。那天晚上，关于驴子狼的骚乱足足持续了一两个小时，而在那个黑洞洞的屋子里，那个女人将年轻的父亲死死地压在身子底下，父亲的初夜就是这样在毫无防备的情况下献给了一个年龄足以做他母亲的女人。

事后，他和那个中年女人有过无数次相见，但无论是他还是那个女人，都像从来不曾发生过任何事情一样。

失去右臂的父亲从此破罐子破摔，一度显得十分消沉。不久，有人发现父亲不时地出现在洄字巷十三号里。父亲逛十三号的事后来发展到无人不知，以至他未来的岳父也有所耳闻，但孙如霖认为，一个成年男子的成熟是需要一次又一次的训练的。孙如霖毕竟是过来人，他觉得，未来的女婿既然能从卖春的女人身上获得快乐，他怎么会拒绝一个长相并不平庸，只不过患有间歇性癫痫病的姑娘呢？

直到有一天，父亲哪怕大白天也禁不住痛苦地用他那只完好的左手不停地挠着下身时，孙如霖知道，他如果再允许自己的外甥像这样胡闹下去，他就不能被称为一个称职的岳父了。于是，他把一纸婚书摊到父亲面前，并以此作为条件，以他的医技和过来人的经验治好他的杨梅大疮,并与我父亲交接怡和药行。

虽然失去了一只右臂,但父亲作为一个成熟男人的魅力依然不减,他走在石板路上高大的身影依然吸引了众多年轻女性火辣辣的目光。他也当然有足以应对舅舅的绝招,他向舅舅拟出一份协议,他必须先把本事学到家,他一定能让表妹成为一个正常人,如果他不能在二十岁前治好表妹的间歇性癫痫病,他就决定正式迎娶她,相反,如果表妹的病不再发作,婚约即可取消。这是什么狗血协议啊?以孙如霖几十年的行医经验,他知道癫痫病是世界性的医学难题,在这个世界上,没有人能够攻克这一顽固型疾病。但孙如霖还是在这份协议上签了字,于是,白纸黑字,孙如霖治好了准女婿羞于启齿的病,我父亲也从此洗心革面,把所有的心思用在准备在某一天接管一个相当规模的药行。

那个鼓荡在父亲心中的彩色的梦终于碎了。那天晚上,父亲把自己喝得酩酊大醉,走到孙如霖跟前,说:“你选个日子,我跟雅兰把婚结了。”

老丈人惊喜过望,说:“你终于省悟过来了啊。”

这年的腊八,父亲与孙雅兰,也就是我的生母在天主堂举办了澜溪街历史上最隆重的婚礼。为他们主持婚礼的是荷兰人牧师科尔。当科尔一把抓起父亲那只完好的左手,同雅兰的手交相握在一起,并问他们是否愿意终身相爱时,父亲说:“我愿意!”他的声音大得吓人,几乎就是在咆哮,以至新娘的间歇性癫痫病再次复发,当场晕倒在婚礼台上口吐白沫,人事不知。好在十几分钟后,雅兰终于醒来,婚礼继续举行。但是,人们却怎么都找不到新郎了。直到天亮后,当第一班渡船从清字巷渡口缓缓起锚,迎接第一班渡客时,有人发现一个西装革履的年轻人鼾声如雷地睡在江边沙滩上,这个人正是怡和药行的新掌门人沈仲景。

第五章

抢亲

我在前面说过，晚年的七枝再也记不清她一生中遇见的所有男人的姓名，她只知道，她的第二个男人姓邢，叫什么男（或者是“楠”，总不至于是“兰”吧）。为了叙述的方便，我只好给这男人起一个名字：邢男。邢男，这名字怎么看都有点像日本人。这或许是因为我不久前读过日本作家渡边纯一或者大江健三郎的某一个小说，于是就随便将那上面的某一个人物的名字安到七枝的第二个男人身上吧，权且如此了。

已经到了春播的季节，可之前江义芳把所有的水田都卖了，只留着那块留有当年陈友谅无数将士尸骨的山地。眼下并不是种荞麦的季节，但孬子翠喜一早就扛起犁，牵着牛去了那块山地。他们无须再请长工或是短工，这个破败的家里，也不会有人肯来帮忙，现在，就只有他们自己了。江义芳失去消息后，翠喜似乎也不再那样迷迷糊糊。

这一天是赶集的日子，一大早，哑巴就去了集上，她背了一袋荞麦，想换回一些红豆，好给七枝熬些红豆粥喝。时令有些反常，还是在二月里，大田里的油菜花就铺天盖地地开了，放眼望去，眼前尽是一片黄腾腾的世界。趁着翠喜出门了，七枝赶紧带上院门，沿着那条黄土路，一直向东南方向走去。

大路那边传来一阵嘈杂的脚步声。抬头处，从江村那边过来十多个人，那领头的，正是江义芳的胞侄明奎。七枝感觉有什么事要发生，可没等她多想，那几个人已快步走到她的跟前。

“七枝，你要出门吗？”

“义芳带信来，让我到和悦洲码头接他。”

“别做梦了，义芳要是能回来，还会等到今天吗？”

“你们想做什么？”

“我们要把你许一个好人家，你就痛痛快快地跟我们走吧，免得人家看笑话。”

她站住了，那些人已经将她围在中央，让她无路可逃。她的心怦怦地跳着，但她竭力让自己不要慌乱，说：“你们这么做，义芳回来绝饶不了你们。”

明奎说：“你是义芳什么人？”

“我是他妻子，我肚子里已怀着他的孩子。”

明奎冷笑一声，说：“你和他换过帖子吗？拜过堂，成过亲吗？自你来后，这个家就一天天地败下来，都败成这样了，你还好意思赖在这里？”

远远地，她看到一顶花轿停在麻塘边，她说：“光天化日之下，你们就敢这么干吗？”

明奎说：“那个人对你有意思很久了，他说，你也是认识他的。”

七枝问：“他是谁？他为什么不直接来告诉我？”

明奎说：“这个，等会你问他吧，反正他不让我们告诉你，我们就只好这样。”

七枝观察着四周，她说：“那我先回去收拾一下吧，等一会儿就跟你们走。”

那个叔伯兄弟说：“没什么好收拾的，你有的，那边都有；你没有的，那边也都有。”七枝说：“我还有只皮箱子，我必须带着它。”七枝把声音故意放得大大的，她在磨蹭着，她期望村子里的人会来帮她，会帮她从江义芳的这几个狼心狗肺的族人手中解救出来。这时就有人进屋去了，七枝说：“钥匙在床头小柜里，别忘了啊。”过了一会儿，那人果然就把那只皮箱提了出来，手里还拎着挂钥匙，问是这个吗。也就是这当口，七枝冲开一条人缝，没命地向村中跑去。她一边跑，一边哭叫着：“救命啦，抢人啦，快帮帮我啊！”但村子里没有一个人愿意帮她，她向人群跑去，人群便让开一条路，让她继续朝前跑。她刚跑到一个人家，那人家的大门就砰的一声关上了。她跑着，跑着，那几个大汉在后面追着，她终于筋疲力尽，一头歪倒在大路旁，继续声嘶力竭地哭叫着。

那几个大汉扑上来，将她拦腰抱起，她的眼睛很快被人用一块黑布罩了起来，一根麻绳将她像捆麻袋似的捆了起来，她不得不束手就擒。眼睛被罩了，什么也看不见，她知道，这一刻没有人会帮她，任她哭破了嗓子，冲破轿顶也无济于事。于是，她只得任人摆布。那些人将她捆严实了，扛着她，就像扛一只口袋，接着就将她塞进那顶花轿。

七枝静静地坐在花轿里，她要留一些力气，等到需要做什么时再把力气用上。过了一会儿，她感觉到了一个村口，于是便放开声音哭叫起来，然而喜乐班子的唢呐声让她的哭叫变成一种徒劳，她的哭声被淹没在一片嘈杂中。花轿外乱哄哄的，人们拦住花轿，讨要喜糖。纠缠了不到一袋烟的工夫，花轿重新启动，继续向一个方向而去。她想起明奎刚才说过的话："那个人对你有意思很久了，他说，你是认识他的。"她在脑子里把所有认识的人都过了一遍，终究想不起那个人是谁，那个人为什么要用这种方法强娶她进门。她忽然想到沈仲景，是他吗？继而又想，抢她的人是需要一定的实力的，目前的沈仲景不具备这个实力，也没有这个野胆。这一刻，她多么希望抢她的人就是那个死鬼沈仲景啊。

花轿过了一个村庄又一个村庄，但凡走过一个村庄，七枝就扯着嗓子哭叫起来。终于，她知道她一切的努力都是枉然，于是，她放弃了这种努力，安安静静地在花轿里睡着了。

不知过了多久，听到远处一阵鞭炮声，花轿停下了。接着，她被人牵下花轿，一个女人颤着声说："姑娘好好的，听话啊，嫁到这样一个好人家，福是有你享的呢。"她的身子仍是像粽子一样被捆绑着，一块黑布紧紧地蒙住她的双眼，她看不见四周的一切，只感觉鞭炮在一挂接一挂地炸响着，空气中呛人的硝烟味让她一连打了好几个喷嚏。周围一片乱蓬蓬的人来人往，在乱蓬蓬的声音中，她似乎听到一个熟悉的声音，她努力地捕捉着这声音的源头，却只是一片混沌。

她没有哭，也没有叫，她已经打定主意，今天晚上，无论如何都不能让这场被人设计好的一厢情愿的婚礼顺利进行，哪怕是一死了之。

似乎并没有什么环节的衔接，一切都在紧锣密鼓地进行着。她听到有人拖长着音调喊道："一拜天地！"声音刚歇，她猛地挣开那只扭着她的胳膊，瞅准了供桌的方向,撞了过去。然而她错误地估算了自己与供桌之间的距离,以致让她企图以一死了却万缘的愿望不仅没能得逞,反而被人更加死死地捉住了胳膊。

一阵忙乱之后,她听到那个熟悉的声音说:“不拜堂了,不拜堂了,都民国了,还拜什么鸟堂?”

有人叫着:“戒指,戒指呢?”

随即,她的一只手被人捉住,一只冰凉的东西被塞到她的手上,那是一只耳环,却不是戒指。

“戒指先欠着,宝贝,到时候,我一定还上。”一个热烘烘的嘴凑在她耳边说。

没等那人把话说完,她便将那只耳环闪电般塞进口中。然而不等她做出吞咽的动作,一只铁钳般的大手死死地掐住她的咽喉,让她几近窒息。她的嘴随即被人撬开,一只带着汗臭的手指野蛮地伸进她的喉咙,随着一阵难以扼制的呕吐,那枚耳环当啷一声掉到方砖地上。

七枝眼前一黑,栽倒在地。

不知什么时候,听到什么东西发出的山呼海啸般的轰响,紧接着,耳朵里传来当的一声锐响,那声音连续响了九下,她意识到,那是一架自鸣钟。她撇过头来,打量一下她所在的这间屋子。屋子很大,床的侧面有一张方桌,紧靠着方桌是一个长长的条台,那架自鸣钟就搁在那长条台上,自鸣钟的两边,一只帽筒,一面镜子。方桌上有一炉熏香,屋子里散发着一股淡淡的艾草气息。屋子里的摆设比较简单,让这间不大的屋子显得有些空旷。这并不是一个富裕大家,但看起来却还算殷实。她静静地躺在那里,似乎有一种渴望,是饥饿的感觉,然而,很长时间,没有一个人前来打搅她,仿佛是在考验她的耐性。那架自鸣钟又是当的一响,只有这一响,竟停下来了。这时,她听到一个声音:“她醒过来了。”这是一个老年的女人的声音。随着一阵脚步声,一个高大的男人走了进来,他说:“我说过没事的,就是没事。”烛光里,她吓了一跳,仿佛是在梦里,那走进屋来的男人不是别人,正是那个让她过了一把戏瘾的“邢大姐”。

七枝翻身而起,眼睛直愣愣地看着这个五官清秀,却比一般人大了一号的男人。

“你一定奇怪了,怎么会是我。”

七枝骂了一句粗话,她在想,我把所有想得到的人都在脑子里过了一遍,怎么也没想到会是你这天杀的。

“你好厉害呀,”老邢说,“要不是我拉得紧,你那一撞,就撞出人命来了。你想,你要是把你肚子里的宝宝撞坏了,你可怎么向你那老男人交代?”

七枝退到屋角,顺手抓起一支烛台,说:“既然知道我有男人,我又怀着他的孩子,为什么还要把我抢来?”

“你没良心,观音菩萨现前却不认识。那天我在和悦洲悦来茶馆听到江义芳的几个叔伯弟兄正商议着怎样把你卖掉,价钱谈不拢,他们争吵着,几乎要打起来,我当时想都没想,就出了双倍的价钱,嘿,成交了。如果不是我,他们或许就把你卖到十三号去了。”

她相信这是真的,那个遭刀的明奎,还有江义芳的那几个叔伯兄弟,这些人早就算计着霸占江义芳的财产,对于那些人来说,什么样伤天害理的事做不出?她想着这些日子以来的遭遇,心中有一股难以抑制的悲痛,终于翻江倒海地哭起来,直到她哭得声嘶力竭,老邢说:“怎么样,哭好了吗?没哭好,吃点东西,有劲了再哭。”

邢男一招手,一个老女人便端来一碗早就下好了的面条,面条上摊着一颗煎得焦黄的鸡蛋。面条诱人的葱花香味刺激着她的食欲,她不管不顾地端起那碗面,狼吞虎咽起来。

“慢慢吃,别噎着了,可怜的儿。”老女人站在一旁说。

邢男一挥手,说:“你出去吧,这里没你的事。”于是,老女人将那只空碗收拾了,很快就退出了屋子。

“你放我出去。”七枝吃饱了,果然就有了气力,“我不会让你得逞的。”

“好一个厉害的妹妹,可是你忘了有一句话了,道高一尺,魔高一丈。”

“你放我出去。”她把刚才那话又说了一遍,“你为什么要干这伤天害理的事情?”

“大慈大悲的观音菩萨就在眼前,你却有眼无珠。你要知道,是我救了你,要不然,他们说不定就把你卖到十三号去了。”

“救我?你怎样救我?你把我抢来,又逼着我拜堂成亲,你就是这样救我的吗?”

“好啊,我放你走,你打算去哪儿呢?”

“回江村,回我自己的家去。”

"江村？哪个江村？我要告诉你的是，江义芳那个院子，有新主了，江明奎得了大头，其他被江义芳的几个叔伯兄弟瓜分了。"

"天杀的，"她恶狠狠地骂着，"我本来要去上海的，我男人江义芳在那边等我。"

老邢哈哈地笑着，说："你想啊，江义芳要是还活着，你还会被江明奎像卖一头猪、一只鸭一样地卖掉吗？再说了，你要去上海，怎么去？水路封航了，陆路？国民党军与共产党的军队在皖南一带正打得不可开交，你七枝就是想插上翅膀，也休想飞到上海去。"

七枝感到了一种绝望。她骂着："江明奎，你个遭天杀的……"

"放心吧，狗日的江明奎，我会好好收拾他的。"老邢说，"他看准了我是真心喜欢上你了，硬是宰了我三百块大洋。"

"我要告诉你的是，你的三百块大洋肯定是打了水漂了。"

"好一个厉害的妹妹呀！"老邢仍是打着戏曲的腔调，"你是怕我玷污了你的身子？可我要是把我是什么人告诉了你，你就不会怕了。真人面前不说假话，现在，你知道人们为什么要叫我邢大姐吗？是的，我是个男人，可是，我的身子，早在十五岁那一年就废了。说来话长，那一次我上树掏雀蛋，不小心踩断了一根树丫，我从树上摔下来，麻雀蛋没掏到，倒把我的两只蛋，连同骚根，一同给废了……"

七枝看着他，看着这个说话女声女气的男人，他有着突出的喉结，而下巴上却不见一根胡须。

"既然你是这样，为什么又要把我抢来？"

"好妹妹，让我慢慢道来。"老邢又拖着戏曲的腔调说，"我父亲得了隔食病，三年了，怕也活不了几天了，可老东西就是不肯断这口气，他说他不看到我给他抱个孙子，就死不瞑目。你看，明天一早，我就把你带到我父亲的床前，让他看看，看看他儿子有多能耐，他儿子原本要抢一个来，结果却是两个，多省事啊，这样他就可以放心地走了。"

"可你明明知道，我肚子里的孩子并不是你的。"

"老东西他怎么知道呢？我事先就跟他说了，我在外面有女人了，她已经为我怀上了。我说：'大呀，这个女人怀上你的孙子了，可他却是别人的老婆。'老东西说：'你是男人，你不能把她给抢过来？'你可不知道，我的亲娘，当初就是这样被他抢来的。当时我在我亲娘肚子里都三个月了，是他下的种。"

七枝呸了一口,她想骂一句什么话,终究没有骂出来。

老邢说:“我知道你在心里骂什么话了,有其父,必有其子,是不是?你这到底是在骂我,还是在夸我呢?可我喜欢你,从你嘴里吐出来的每一滴唾沫都是香的。”老邢凑到床边,怔怔地看着七枝,她分明从他的眼里看到一个正常男人的欲望。

“你到底是什么人?”

“呵,你不问,我倒忘了,我该作一番自我介绍的。敝人姓邢,名男,做过和尚,贩过大烟,要过饭,唱过戏,说了你不要怕,我还跟着刘小瘌痢做过几年土匪。这世间九流三教,哪一样我没干过?总之,我是谁,我是什么人,我自己也说不清楚了。在江湖上,有人叫我邢大姐,有人叫我采花大盗,更有人说我能日淫十女而不衰,当然那都是鬼话。有一回官府把我捉去,将我全身的衣服脱净,可他们在我的裆下什么也没看见,于是不得不放了我。对了,你问我怎么会当上土匪的,让我从头告诉你吧。那一次我从江浙做完一趟佛事回来,正是七月,天气热得让人吐不过气来。在一个路口,遇到一个茶棚,我走进茶棚,找老头要了一壶茶,才喝一开,人就犯困,于是就趴在茶桌上,不一刻就睡着了。一觉醒来,正要继续赶路,看到两个丘八押着一个人往这边走来。我一看那个被他们用绳子牵着的人不是别人,正是我过去的一个兄弟。我不能走了,这时候我要是拔腿走人,那还叫人吗?那两个丘八也是又渴又累,他们进了茶棚,也找老头要了壶茶,就坐在那里拿帽子扇着阴凉,一边喝着茶。我朝我这个兄弟使了个眼神,索性再坐下来,又沏了一壶茶,慢悠悠地喝起来。没想到那两个丘八同我一样,一壶茶喝完,就犯困了,他们把我那个兄弟绑在茶棚柱子上,绑得结结实实,就趴在茶桌上睡着了。

“附近山林里知了一声连一声地叫着,连那个卖茶的老头也头一点一点地睡着了。我一看救我这兄弟的机会来了,于是我趁那两个丘八睡得正香,就很快解下绑在我那兄弟身上的绳子。我那兄弟来不及谢我,就脚底板抹油,嗖地一下钻进了附近的山林,很快就不见影了。我一看我这兄弟跑了,赶紧也跟着跑啊,可我不能跑啊,我一跑,那两个兵醒来要是发现他们押着的人逃了,那卖茶的老头可就要遭殃了。于是我捡起那刚才绑在我兄弟身上的绳子,把自己在那根柱子上绑得结结实实,然后继续睡觉。那两个丘八一觉醒来,发现我那个兄弟不见了,惊得大呼小叫。他们一枪托朝我打来,骂着:‘你他妈死尸你,你被人绑在柱子上,居然还能睡得这么香。’我装作什么都不知道的样子。那两个家伙商量了一番,索性把我再绑个结实，说要拉我去顶差。你想啊，我这人当过和尚，做过戏子，贩过大烟，讨过饭，所谓九流三教，哪样没干过？就是没当过兵，我正想当一回兵玩玩呢。谁也没想到，那两个穿着黄狗皮的家伙并不是什么丘八，而是土匪，刘小瘌痢的队伍，我那个兄弟，是被他们绑票来的。

"我就是这样糊里糊涂地被他们拉进了刘小瘌痢的土匪窝里，糊里糊涂地做了几年土匪。你要问我了，刘小瘌痢那样一个杀人魔王，怎么会大发善心，放我回来呢？那要从刘小瘌痢看上梅姑开始。梅姑你一定听说了，和悦洲周大先生家的小姐，那么漂亮的一个女学生，那次刘小瘌痢到和悦洲看戏，梅姑硬是被刘小瘌痢撞上了。刘小瘌痢这一次是对梅姑动了真心，他不知糟蹋过多少漂亮女子，可他不敢明抢人家梅姑。因为梅姑是大家闺秀，他要明媒正娶人家梅姑。可他是个土匪，谁愿意把女儿嫁给土匪呢？而且刘小瘌痢满头的瘌痢，梅姑又怎么能看上他呢？你知道，土匪们抢亲分两种，一种是武抢，一种是文抢。武抢我就不说了；文抢，就是这一次我抢你的这样，其实事先同女方的父母或是亲属私下里讲好了的，聘礼也是事先就送过去的，只是一切瞒过被抢的那人。梅姑的父母当然不想把宝贝女儿嫁给土匪，他们虽然没见过刘小瘌痢其人，可他们早听说刘小瘌痢在江湖上的狠毒，不同意也不行啊，刘小瘌痢便把这差事交给了我。我趁机向他提出，我帮他把梅姑弄到手，他要答应我，放我归山。刘小瘌痢爽快地答应了。

"就像你所知道的，那天梅姑刚从学校里回来，我们几个弟兄就在半道上劫了她，在她的脖子上挂了颗手榴弹，吓唬她说：'别动，动就炸死你。'没想到那梅姑不怕死，一路呼天抢地，我们不得不把她嘴给堵上了，硬是将她抢到刘小瘌痢的土匪窝里。没想到那梅姑不仅对刘小瘌痢死心塌地，而且在江湖上比刘小瘌痢干得还野。还几次叫人捎信来，让我再去入伙呢。"

邢男说完了他的故事，长吁了口气，说："阉人，采花大盗，土匪，恶棍，哈哈，你说我是什么就是什么。"他说着，又拍了拍他的裤裆，说，"妹妹，我把我的故事讲完了，现在，该说说你的故事了。你告诉我，你是怎么喜欢上江义芳那个老男人的？那一年，你十二岁，却要死要活地吵着跟那个死鬼毛头拜堂成亲，当时我就看出来，江义芳那个老男人已经像魔咒一样把你的灵魂整个都摄去了。"

在邢男的叙述中，那棵老香樟树下的往事历历在目，她怎么会想到，眼前的这个男人就是那个一边敲着引磬，一边同女人们调笑的小和尚？

“那个在老香樟树下敲着引罄的小和尚也是你?”

“可那未必就是我的本来面目。”邢男坏坏地笑着,“你大概不会想到,那天在场不知有多少男人被你搅得心潮澎湃,夜不成眠。所以我说,你是一个坏女人。”

看着这个似男似女的家伙,听着他的那一个个如真如幻的故事,七枝忽然觉得,这人世间的一切,似乎早就被一只巨手一桩桩安排好了。看来,她只有认命了。

“哪个人没有落难的时候?你且在我这里住上一年半载,把你肚子里的孩子生下来,你那个老男人要是不死,他总会回来的,或者哪天我在江湖上打听到他的什么消息,我帮你把他找回来,等他一回来,我立刻就把你完整地送到他跟前。”

鸡叫二遍了,屋里那架老自鸣钟当当当地敲了三下。闹腾了一天,七枝也真的累了。

老邢说:“我去给你打水,你洗洗好吗?今晚你不撞桌角了吧,你不骂人了吧,那么,我们就好好做一对夫妻好吗?不,假夫妻。我不碰你,打死我也不会碰你。你睡床上,我睡踏脚板,这总可以吧?”

可这时,村子里的狗叫起来,带着周边几个村子里的狗全都叫起来,在这一片狂躁的狗叫声中,夹杂着人的喧闹之声,那喧闹之声由远而近,听到有人在院子外高声地叫骂着:“姓邢的,你出来!”

老邢一骨碌从踏脚板上跳起来,他从抽屉里取出一样东西揣到腰里,说:“妹妹,你只管蒙着头睡觉,外面天塌下来你也不要出去。”

大铁门哐当一声打开,老邢叫着:“呵呵,这是在演三打祝家庄啊,我以为是谁呢,原来是你啊沈拽子,早在十几年前,在江义芳的那棵老香樟树下,我就料到我们会有一场巅峰对决,现在你终于来了。你那手上捏着什么?呵呵,从哪里弄来把破枪?你放一枪给老子看看响不响啊!”

“老邢,赶紧把七枝给交出来!”果然就是当年的小木匠,现在怡和药行的伙计沈仲景。他的手臂上正握着一支勃朗宁手枪。

“哈,七枝已同我拜过堂,成过亲,我们现在是真正的夫妻了,你不知道吗?”

“你个阴阳人,你连鸡巴都没一根,有本事你站着撒泡尿我看看!”人群爆发出一阵笑声。

“老子有没有鸡巴,你妈说了算。现在,七枝在我的房里,有本事你把她再抢回去吧。来呀,来呀。”老邢说着,挑衅地扬了扬手中那把在火光中闪着寒光的大砍刀。

“老邢,你不要逼我。今天我身后来的这些人,都是在江湖上干过的。好话告诉你,天要变了,共产党就要打过来了,你他妈不要作恶太多,还是给自己留条后路吧。”

“沈拽子,你个小屁瓜秧子,你也配来教训老子?你裤裆里毛都还没长齐,做事这么不牢靠,你也不看看你是在哪块地盘,你竟敢跑到我们牌坊村撒野来了。你说你身后这帮人都在江湖上干过,可你怎么就没听说过白衣大侠这名字?”老邢说着,朝他身后看热闹的几十名族人说,“牌坊村的弟兄们,我邢男平日里对你们都不薄吧,哪年春荒,青黄不接的时候,你们不是从我家里一担担地把粮食挑走?你们有的第二年还来了,有的挑走就挑走了,到了第二年,我一把火就把那账簿子烧了。今日我遇到事情,你们能说不帮我吗?大家知道,我早就不干土匪了,我邢男改邪归正了。我跟七枝已是结发夫妻,这狗日的沈仲景他不服气,就打上门来。我听说他最近跟西山游击队打得火热,所以今天就跑来要跟老子抢妻,还不知从哪里弄来把破枪,要杀我老邢,还说想要一把火把我们牌坊村给烧了,这不是欺负我们牌坊村没人吗?”

老邢的话起了作用,牌坊村人七嘴八舌地叫着:“杀了那狗日的!”“灭了他!”

沈仲景扬了扬手中的那支枪,说:“老邢,你不要逼我,老子手中的枪可不是吃素的。”

老邢把手中的那把砍刀举了举,说:“我说你是从哪里弄来把破枪,让我看看,啊,勃朗宁,好像是真正的德国造,只是太老了,我一看那枪筒就知道了,有本事你放一枪我看看,到底响不响啊!”

“老邢,你不要逼我。”沈仲景把先前说过的话再说一遍。说着,就把那支勃朗宁对准老邢果真放了一枪,听到砰的一声闷响,那枪子儿擦着老邢的耳朵,打到老邢家那扇大铁门上,击出一束火花来。老邢回头看了一下,说:“嗬,还真响呢。可惜你的枪法太烂,要不要老子教你?”

沈仲景算是铁下心来,再次把枪对准了老邢,听到咔嗒一声响,那是扳机的声音,但没有听到子弹射出枪膛的那一声闷响。

老邢乐开了,他拍着胸口说:“拽子,你到底从哪个角落捡了这么一支破枪来,原来就一颗子弹啊!哈哈!”

沈仲景退出枪栓,检查了一遍,里面明明压着好几发子弹。于是他举起那把勃朗宁再次瞄准了老邢,仍然是咔嗒一声,却没有那震裂空气的枪响。沈仲景怎么也没想到,他从一个枪贩子手里买来的这把枪竟然这么不争气。在老邢的羞辱下,他显得有些尴尬,他把枪横过来竖过去地检查,他想把子弹退出来再试试,然而无论他怎样努力,那子弹已经卡在枪膛里,再也不肯出来了。

“儿子,你玩完了吗?玩完了,现在就该轮到老子的了。”老邢说着,突然从腰里摸出一样东西来,竟然也是一把手枪。

“儿子,我这把枪没你那把漂亮,毛瑟,土得掉渣,可它管用,倒在这支枪下的冤魂总共有十几二十个了。要我试给你看吗?”说着,他把枪举向空中,一道火舌从枪口喷出,与此同时,空中砰的一声脆响,声音不大,却有着震裂空气的效果。

老邢一连朝空中放了三枪,接着把枪管对准了沈仲景,说:“那旁边不相干的,都给老子让开,老子好久没玩过枪了,只怕伤着了你们。沈仲景,你别怪老子心狠手辣,只怪你自己三番五次地打上门来,要坏老子的好事,记着,明年今日是你周年。”

忽然听到老邢身后的那扇大铁门哐啷一声打开,出现在门洞后的不是别人,正是这场乡闹的主人公韩七枝。

“沈仲景,我记着你的好处,可我现在嫁了老邢,就是他的人了,你别来惹事,赶紧回去吧。”说着,七枝就依偎在老邢身边,一副小鸟依人的样子。现场无论是老邢,还是沈仲景,大约都没料到七枝会说出这种话,做出如此举动来。

老邢把那支毛瑟插进腰里,说:“拽子,看在我老婆的分上,老子今天饶了你,你赶紧滚吧。”说着,便挽着七枝的胳膊,一头钻进门洞,接着就听到哐啷一声,那两扇黑漆铁大门便紧紧地关上了。

我的父亲,沈仲景,可怜啊,他一时竟失去了主意,方才的锐气也顿时消退一尽,他怔怔地看着那道黑漆大门,突然蹲在地上,抱着头痛哭起来。

采花大盗

七枝被老邢抢过门半个多月过去了,这半个多月的日子倒也算是平静。房门是敞开的,院子门也整日都是敞开着,没有人看着她,也没有人防着她,她要是想逃,早逃走了,可她到底还是在邢家住了下来。也许老邢的话是对的,她前头刚出了这狗窝,后头就会被人逼着进狼坑,与其这样,不如像老邢说的,在这个院子里把身子养好,再把肚子里的孩子生下来,或许有一天,江义芳回来了,或者老邢真的打听到江义芳的消息,到那时候她再离开牌坊村不迟。

经过那一场抢亲闹剧,七枝伤得不轻,至今身子依然虚弱。白天,她撑着身子到院子里晒晒太阳,晚上,没有人打搅她,她早早地就睡了。直到从踏脚板上传来山呼海啸般的呼噜声,七枝才知道,老邢回来了。听着这男人味十足的呼噜声,七枝再也无法入睡。偶尔,踏脚板上的呼噜声突然停歇,老邢咂咂嘴,轻轻的一声咳嗽会让她胆战心惊,然而很快,呼噜声会再次响起。虽说已进入四月,但夜里的寒气还是很重,老邢就这样和着衣服睡在踏脚板上,这反而让七枝有一些不忍。有时候,她甚至动了叫醒他,让他睡到床上的念头,但随即这念头就被她掐死了。有时雨天,老邢就待在家里,几乎一整天都围着七枝转。他给七枝讲笑话,讲他在外面听来的传闻。除了不能行人道,邢男这人哪方面都好,你饿了,他亲自下厨给你做好吃的;你心情烦闷了,他给你唱一段戏,嘴里拉着二胡,咿咿呀呀,一会儿旦,一会儿生,唱得有板有眼,逗得你不能不开心快乐。

四月末,五月初,正是青黄不接的季节,饥荒像蟥虫一样在西垅河一带蔓延开来。那一天,老邢打开仓门,站在院门口大声地说:"有揭不开锅的,都来老邢家借粮啊,春天借,秋天还,好借好还,再借不难。"于是,一批批村民来到邢家。老邢吩咐七枝说:"烧锅的,你识字,这记账的事就交给你了。"到了傍晚,那间仓房差不多就空了,仍有人拿着筐箩犹犹豫豫地走上门来。老邢接着又从地窖子里搬出两筐越冬的山芋来。这一天,七枝帮老邢在那本新的账簿上记下了几页。老邢的继母就说:"你记下又有什么用?到了来年,还不都是一把火烧了?"老邢于是就找出去年的账本,翻了翻,说:"你妈的,这去年的许多家的账都还记着呢。"说着,就真的随手扔进了灶门,灶门里卷起一把火,那些糊涂账目也就随着那一把火上了西天。

老邢的继母说:"好了,光打光,什么心思也没有了,可你就不想想你老子有病,你烧锅的下半年要坐月子呢。"

老邢说:"你不用担心,我自有办法,明天我就出门去。"

继母朝七枝摇了摇头,那意思是说:看看,他就是这个德行,又要出门了。七枝就想，他说明天出门，是要去做土匪，还是再去扮假和尚骗人呢？

半个月后，老邢终于回来了，喝得醉醺醺的，打着酒嗝。他把烛灯拨得大亮，将一只捏得紧紧的手伸到七枝面前，说："我要送你一样东西，你猜，这是什么？"

"不会是一颗毒药吧？"她说，"要么就是一颗子弹。"

"要不要？说啊，要不要？你要说一个不字，我明天就把它送给别的女人。"

"要又如何，不要又如何？"她的好奇心被他吊起来了，忽然想，该不会是一只戒指吧？她记得那天晚上邢男说过这样的话："现在，我就欠你一颗戒指了。"

"你还是送给别的女人吧，我才不稀罕你从哪里抢来还是偷来的什么肮脏东西呢。"七枝说。

邢男看出七枝的心思，却又故意岔开话题，说："你进我邢家的门有多久了？有两个月了吧。你说句实话，老邢我这人到底怎么样？"

眼前的这个家伙，可恶，却也好玩。然而七枝说："阉人，采花大盗，土匪，恶棍，小心，总有一天，阎王爷会一笔一笔算清你的账。"

邢男哈哈大笑，他一下子扑上来，说："你这个小母猪，坏女人，你敢这么说我，看我怎么收拾你。"他从后面把七枝的手扭住，又腾出另一只手来，开始不安分地在七枝的胸前游动着，不等七枝做出反应，他又主动松开手来，说，"暴殄天物，暴殄天物，天仙娘娘在此，邢男你是何等俗物？该打，该打。"说着就自己打了自己一巴掌，于是又伸出那只捏得紧紧的手，说，"可我一心只想把这件东西送给你，送给你这个小母猪。现在，你把眼睛闭上。眼睛一眨，老母鸡变鸭，变、变、变。"

邢男张开手来，果然就是一枚戒指，一枚镶着一颗蓝色宝石的戒指，而让她惊讶不已的是，这正是正月里江义芳戴在她手上的那枚戒指。为了筹措去上海寻找江义芳的路费，她不得不忍痛将它当了。而现在，这枚戒指却又鬼使神差地回到她的眼前。

"天啊！"七枝发出不可思议的叫声，这反而让邢男误认为她是被这枚漂亮的戒指迷住了。他得意地缩回手来，将那枚戒指举在空中，说："我说过，到时候，一定会还你一枚戒指，一枚最好的戒指，我说话算数吧？你这头小母猪，你这个坏女人。你说，要不要，要不要？你要敢说一个不字，我立即就把它扔到窗外河里去。"

"那本来就是我的东西，我凭什么不要？"说着，七枝就要伸手去抢这枚失而复得的戒指。

邢男当然不明白七枝话中的意思,但他从她的眼里看到一种迫不及待,似乎是要有意吊吊七枝的胃口,他把那枚戒指再次紧紧地捏在手心里,说:“我说过,等到我们洞房花烛夜,我要把一枚戒指戴到你的手上。今晚,我要同你好好地举行一个新式的婚礼,而不是又哭又跳的婚礼。”说着,他抓起七枝的手,将那枚戒指仔细地戴到她的无名指上。

七枝将那枚失而复得的戒指在灯下仔细地看了又看,又用手一遍遍地摸着它上面的纹路,那个演傩的夜晚,她与江义芳偎依在一起的情形仿佛就在昨天。她亲吻着那枚戒指,泪水不由自主地流了下来。那个幸福的夜晚每一个细节这一刻都栩栩如生地浮现在眼前。

七枝的神情无疑给邢男提供了错误的信号,他已经开始急不可待,于是,他一口吹熄了蜡烛,一伸手,就把七枝紧紧地箍在怀里。她挣扎了一会儿,知道无法挣脱邢男那铁桶般箍住她的胳膊,便索性放弃了。黑暗里,她想象着江义芳揽着她的情形,想象着江义芳那带着烟草气息的吻,想象着江义芳那细心而周到的抚摸,人也就渐渐地混沌了。

老邢把七枝紧紧地箍在怀里,然后就这样一动不动地箍着她,似乎只有这样紧紧地箍着她,才是他真正的意思,一直到七枝在他的怀里发出轻轻的喘息声。于是,他像剥玉米一样一点一点地将她剥得干干净净,这反而让朦胧中的七枝有一种急不可耐的感觉。她轻轻地叫着江义芳的小名,就像一个等待出壳的小鸡,小心地试探着,等待着出壳的那一刻。她听到江义芳在说:“宝贝,我开始了啊。”她感觉自己被江义芳小心地压在身子底下,时而和风细雨,时而雷鸣电闪,直到暴雨汹涌而至。

应该说,邢男是一个真正的戏子,他能把戏的节奏把握得恰到好处,知道哪儿该唱,哪儿该舞,哪儿该轻拢慢捻,哪儿该转轴拨弦。他控制着自己,也控制着观众的感情,他就是这样带领着他的观众,将剧情一直演绎到高潮。

忽然,七枝像被雷击了一般跳起来,她叫着:“骗子,骗子,你个遭天杀的,我一定要宰了你!”

西垅河

在西垅河牌坊村那一带，邢老三是最普通不过的地主，四十几亩水田，一大半租给了佃户，其余自己在做。

这几年，邢老三一直病着，那些田，多半都荒了，租出去的田一年也收不到多少租子。的确，邢老三算不得富裕，但也不愁没有日子过。邢老三直到快四十岁时才得了这么个儿子，抢来的妻子生下这儿子的第二年就得病死了。邢老三续弦的妻子没再给他生育，他就更拿这个儿子当宝贝疙瘩了。邢老三要让这儿子成龙成凤，但这个儿子偏偏不争气，从不肯干一件正当营生，他所好的就是玩。一开始是玩蟋蟀，玩弹弓，玩鸟，渐渐地，就玩大的了。一个草台班子到牌坊村唱了三天戏，草台班子前脚刚走，他后脚就跟上了。他在草台班子里做不了正当角色，就反串女角，扮一个大脚丫鬟，扮一个媒婆什么的。一次，一个游方的和尚上门化缘，他跟着那个和尚跑了一年多才回家。他跟着这个假和尚，把佛经歪了念，把咒语变成暗语，既骗了人家的钱财，又玩得痛快淋漓。偶尔，他会被土匪刘小瘌痢拉去玩一票，见好就收。还是十五岁那年，他去了一趟齐云山，拜一个古阳道人为师，据说练得几样绝密功夫。在江湖上，有人说他是采花大盗，传说他能日淫十女而不衰，官府也曾将他捉拿问罪，当将他脱得一丝不挂时，却发现他根本没有阳根。于是，有人说他只是一个阉人，一个怪物。但他究竟是怎样的人，谁又知道呢？只是他一晃四十出头了，至今不妻不子，这可急坏了他的老父亲邢老三，念着孔老夫子“不孝有三，无后为大”的经文。邢老三急于要抱孙子，可是，谁又肯把好好的女儿嫁给这样的人家呢？直到去年，他父亲得了隔食病，眼看不久于人世，继母求他：“好歹你也要弄个烧锅的回来，好让你老子安安心心地去西方极乐世界。”他终于跪倒在他父亲的床前，哭着说：“大呀，你再挺一两年好吗？明年，抢都要给你抢一个媳妇回来，后年一准给你抱孙子。”他父亲笑了，说：“你总算答应了啊，我就知道你是个孝子。”他继母说：“邢男，别再玩了，好好娶一门媳妇回来吧。”他说：“你们都放心吧，这一回，我要玩一个大的给你们看看。”就这样，直到在澜溪镇天主堂的那次桂月香的演出中，一个女子出现在他的眼前，也就在他见到七枝的那一刻，他在心里说，这个女人,我要定了。于是,在这个春天,他把七枝给抢回来了。

七枝的妊娠期反应比预期要来得晚些,那天,当她蹲在院子里的空地上呕清水时,老女人一边给她熬着红糖水,一边说:"活菩萨啊,这下你给老邢家积大福大德了。我的儿,也只有你能拴得住邢男的心呢,往日这时候,他早跑得不见人影了。"

那天早上,邢男一把拽着七枝的手,飞快地奔到他父亲的病床前,大声地说:"大啊,您老指望我给你抢来个儿媳妇,结果我却连同我儿子一同抢来了。你看,在这一点上,我一点也不比你老人家当年逊色吧?"

邢老三脸上泛着一个濒死的人常见的赤红,说:"你要好好待在家里,你不能再玩了。"邢男一把将七枝抱起来,说:"什么话,不玩,能玩出这个吗?"

整个夏季,邢男没有再离开家。他把去年夏天被雨水冲塌的院墙整修了一遍,又把开始漏雨的柴房翻盖了新瓦。接着,他把家里的那台织布机洗刷了一遍。邢男说:"家里并不宽裕,说不定到了明年,孩子就落地了,我得加把劲才行。"

七枝说:"你不要做土匪了,也不要去做假和尚了。你总得干点正当的营生。"

邢男笑了,说:"什么是正当的营生?这年头,饿死胆小的,撑死胆大的。你放心,我一准会给你玩一个大的。我说过,你在我家里一天,我就不会让你受苦。哪天你那个老男人回来了,我就把一个白白胖胖的女人送还他。"

七枝说:"你玷污了他的女人,他不杀了你才怪呢。"

"他只会感谢我,要不是我,他的女人早被人卖到十三号里去了。"

一想到江义芳,七枝顿时会有一种难言的愧疚,她不知道他是否还能回来,也不知道他现在究竟身在何处。

七枝的神情当然没能瞒过邢男的眼睛,邢男说:"他要是真不能回来,你放心,我这一生,就死心塌地地守着你。你把江义芳的这个儿子生下来,腾出地方,好让我下种插秧,我要让你给我生一打儿子,再生一打女儿,我要好好地做一个男人,不,做一个好人。"

他答应七枝,不再出门鬼混了,就这样守着七枝,守着家里的那些田地。为了表示他说话算数,他把那只小铜引磬交给七枝,说:"这个,你收着,明年等你儿子生下来,给他当玩具吧。"

整个秋天,邢男一家都在为七枝即将到来的临盆做着准备,一家人都把她的怀孕当作天大的事,这反而让她有一种受之有愧的感觉,到底,这个孩子并不是邢家的啊。难道就仅仅是为了让那个濒死的老头高兴吗?

西垅河牌坊村背倚牯牛山,那是一片山深林密的原始森林,人迹罕至。西垅河自牯牛山分支而下穿村而过,西垅河养育了大片肥沃的农田,西垅河也让牌坊村成为这一带最富裕的村子。西垅河一直流到澜溪镇,并从那里汇入长江。由于这条西垅河,牌坊村与澜溪镇、和悦洲就有了千丝万缕的联系。而因为这座牯牛山,牌坊村成了一座神秘的村庄。

我父亲说他当年搞农村工作队时,正是"四清"运动开始之时,在他们的那个村子里,但凡有过历史问题的人家,一律都在门头上挂上白布条。我父亲所在的村子有七八十户人家,但一大半人家的门口都被挂上白布条。这也就意味着,这个村的"地富分子""狗叛徒""狗特务""维持会长"等七类分子特别多。偏偏这个村子里有那么几个土财主是读过一些古书的,他们自认为读懂了"中庸"二字,日本人进了村子,他们就举着日本的膏药旗,站在村头迎接日军的到来,日军一高兴,就放过了这村子,而去另一个村子烧杀淫掠。日本人走后,国民党军来了,村子里又家家户户挂起了青天白日旗。日本人乖乖地滚出了中国,战争却继续进行。我父亲说,这一带过去就是国民党和共产党拉锯作战的地方,共产党来了,一个村的人都加入共产党,省下粮食来,一担担送到游击队手里。国民党来了,一个村的人都加入国民党。1951 年,第一个被枪毙的老地主朱子尚,国民党的县参议员,他时常在家里大宴宾客,觥筹交错的双方,或许就是战场上的死敌,眼下却是一团和气地推杯换盏,围在一张桌子上,除了朱子尚,谁也不识对方的身份。朱子尚从国民党地方武装的手中买来枪支,再设法送到共产党手中。

牌坊村不一样,牌坊村地处牯牛山下,西垅河的发脉之地,无论是陈友谅、日本鬼子、国民党军还是共产党游击队,牌坊村人都能对付,牌坊村人最头痛的是那些土匪武装。这些土匪武装不党,不国,不宗,不派,他们自成一党,自成一国,偏偏他们不读《中庸》《三国》《论语》《大学》,因此,他们不买任何人的账,不按常规出牌,这就让那些自以为有文化的土财主也拿他们一点办法都没有。他们平时深藏在牯牛山里,昼伏夜出,他在暗处,你在明处,你的任何动静都逃不过他们的眼睛,他盯着你,趁你不备猛然下手,抓你的人,绑你的票,让你防不胜防,躲都躲不及。从陈友谅到陈玉成,从英国人到日本人,再从广西佬到四川佬,牌坊村人把一切外来武装的到来都称为"过兵"。好在牌坊村人有牯牛山,在那些动荡的岁月里,每当"过兵”时,一个村的人只管往牯牛山跑。我的母亲韩七枝她们那一代人称这个叫“跑反”。

在我母亲韩七枝那一代,跑反是一个闲谈时的关键词。这关键词代表了一个动荡不安的时代,幸好现在的年轻人不明白这个词了。

在牌坊村,几乎每一家都遭遇过土匪绑票。邢老三家也不例外。当年邢男五六岁时,邢家就遭遇过一次绑票。那一次邢老三几乎没有半点犹豫,老老实实地把二百块大洋送到土匪们指定的地点,这才换回他的宝贝儿子。日本人打进来后,牯牛山里的土匪们也同仇敌忾,加入抗日的队伍,他们不再绑自己人的票。在牯牛山下对日本小分队的几次漂亮的伏击,据说都是牯牛山的土匪武装们干的。日本人走了,老蒋又接管了这一地区,这一带的土匪又多了起来。然而这些年来,牌坊村几乎家家都接二连三地遭遇绑票,唯独邢家鲜有此事。邢男常年在外鬼混,与那些土匪武装称兄道弟,谁都不会动邢老三家一根汗毛。

半年过去了,七枝肚子里的孩子似乎停止了生长。到了秋天,该是她怀孕八个月的时候了,但她肚子里似乎并没有太大的动静。在急迫与踌躇中,七枝一天天度过她漫长的妊娠期,但在邢家,为迎接新生儿所做的一切都在紧锣密鼓地进行着。邢男的继母开始摊米面,做粉丝,邢男的几个妹妹也要为小侄子的降生做一些力所能及的事情,譬如婴儿的衣服、鞋子以及包被等等差不多都由她们包了。邢男是邢老三唯一的儿子,所有关于中国人的传宗接代的理念,在这一家表现得淋漓尽致。由于七枝的怀孕,原以为将不久于人世的邢老三奇迹般地从躺了一年多的病床上爬了起来,他开始拄着拐杖,走到屋前的院墙根上晒着太阳,同偶尔路过他家门前的人拉着闲话。

“三爷,要抱孙子了啊,称心了吧?”

“是的,媳妇怀上了,说是十月里生呢。”

“邢男总算争气了,您老可要多操一份心了啊!”

“嘿,儿孙自有儿孙福,我都一把年纪,黄土埋到脖子下了。”

邢老三虽然这样说着,他的脸上却是堆满了抑制不住的笑。从邢家的上上下下,再到整个牌坊村人,几乎每个人都在扮演着一出“皇帝的新衣”,渐渐地,似乎每个人都意识到,七枝肚子里的孩子,的的确确是邢男的骨血。

这大半年的时间,除了去陵阳一带收蚕丝,邢男大部分时间都待在家里。他守着这个家,守着七枝,就像一个真正的丈夫,一个当家而负责的好男人。有时候,他把七枝压在身子底下,贴在七枝的耳边轻轻地说:“你说,到底是我好,还是你那个老男人好?”

的确,受着邢男悉心照护的七枝会有一种莫名的满足,她想象着如果江义芳不走,她会是怎样的生活,她会被这样宠着、爱着吗?他会像邢男一样没皮没脸地逗着她玩,变着腔调给她唱各种俚曲小调,荤的素的全都来吗?有时候,她难免不把邢男与江义芳作一番对比,邢男在她遭遇人生不测时给了她生活的安定和肉体的满足,江义芳却是她心中一个割舍不掉的痛楚。她比任何时候都更深切地体会到,喜欢一个男人与被一个男人喜欢是两种不同的感觉,虽然她永远都说不清自己究竟喜欢江义芳什么,那个老男人身上究竟是什么让她从十二岁开始就对他爱得如痴如醉。也许,爱就是爱,爱本来就不需要什么理由吧。但她无法将这种感觉告诉邢男,更无法回答邢男的问题。

“你答应我的事,为什么总是不肯兑现?我是说,你什么时候能带着我去一趟上海?”七枝说。

“你这个女人,原来你一直是身在曹营心在汉,我对你这么好,可你心里还是想着你的那个老男人。你那个老男人有什么好?我告诉你,他在上海一定早就有女人了,他都不要你了,可你还在念着他,你就是把他找到了又怎么样?”

七枝啪地给了邢男一个耳光,说:“我不许你这样说他,他不是你说的那种人。”

邢男不仅不生气,反而嬉皮笑脸,一把搂过七枝,说:“好,我不说他了,不说他了,说我总可以吧。你说,我对你照顾得够不够?我床上功夫好不好?自你进了我的门,我让没让你受苦?”

眼看着到了农历七月三十,是地藏菩萨的生日。每年这个时候,九华山人山人海,大放焰口,大做水陆,真和尚,假僧人,都一齐拥到神光岭上,借着地藏菩萨的一轮神光,一场热热闹闹的大戏正式开场。邢男过去的那几个朋友便来找他,邀他一同去九华山下的天界寺里放一堂焰口。邢男知道,每年一堂焰口下来,所赚的钱比得上他做一年蚕丝生意的收入。他却不过那几个和尚的邀请,便一同去了。

七枝当然不希望这时候邢男离开家,日子一天天近了,她怕到时候家里没个顶事的男人,但她似乎也不好拦着邢男,毕竟,这个时候家里需要钱。邢男安慰她说:“你别怕,不等你的儿子生下来,我就回来了。”

随着七枝分娩期的临近,邢老三的担心也与日俱增。他不担心国民党军,也不担心共产党游击队,他担心的就是那些拉杆子占山为王的土匪武装。的确,在牌坊村,邢老三算不得有钱的地主,但人们都知道,邢老三祖上做过一任知县,虽然几代过去,邢老三渐渐捉襟见肘,但瘦死的骆驼比马大,排下来,也该轮到邢老三了。

九月下旬的一天晚上,从牯牛山方向传来一声枪响,这枪声让整个西垅河都像来了一场地震,人们喊着:“土匪来了!”这枪声传到邢老三的耳里,他赶紧把他的老伴叫起来,说:“土匪来了,赶紧到救庵去。”他老伴说:“让他们来吧,他要绑票让他们绑去,绑去了,还要供我们吃喝,死了,还要赔一口棺材。”邢老三说:“你糊涂,媳妇不是怀着我的孙子吗?你赔得起,媳妇赔不起。”他老伴一听有道理,立即把衣服穿上,把七枝叫起来,说:“土匪来了,弄不好绑你的票就麻烦了。”

七枝的身子重重的,她不想挪身子,说:“土匪来了能把我们怎么的?家里也没有多少让他们抢的。”她婆婆说:“你糊涂,土匪知道你怀上我们孙子了,他也知道我们舍不得媳妇,舍不得孙子,票就绑上了。”七枝于是也把衣服穿好。这时有人从窗前跑过,邢老三问:“是刘小瘌痢来了吗?”那人慌忙跑过去,说:“管他是不是刘小瘌痢,来的都是祸,先躲起来再说吧。”

他老伴趴在窗口听了半天,说:“好像不是土匪,土匪没有这样明目张胆地放枪的。”邢老三说:“那就是过兵了。”

这时又有人从窗前跑过去,说:“刘小瘌痢遇到麻烦了,有一支军队要剿灭他呢。”

“是真过兵了。”邢老三说。他老伴说:“那就赶紧去救庵吧。”

救庵坐落在村子南面的一座火山岩山上,火山岩下有无数大大小小的溶洞。钻进那些石灰岩溶洞里,任你有多大的本事也发现不到一点人的踪迹。多少年了,每一次闹鬼子,闹土匪,闹国民党军,牌坊村人都是奔着救庵而来。救庵救庵,在那些年里,一座救庵让多少百姓从灾难中得了救。于是,人们在那里塑了一尊准提菩萨的像,供奉着一炉香火。

这时,从牯牛山方向又传来几声激烈的枪响,听到窗外有人说:“不是刘小瘌痢,是共产党的游击队跟县保安军打起来了。”

随着陈毅的部队在皖南山区的步步推进,在牯牛山一带,这样的小打小闹时常发生。一般说来,共产党游击队习惯昼伏夜出,他们往往趁着保安军不在意时,突然射出一排子弹,等到保安军从睡梦中醒来,架上机枪时,游击队早跑得没影了。但这一次的枪声从天黑时就响起,一直持续到午夜,可以听得出,战事打得相当激烈,全然不是过去的小打小闹。随着那激烈的枪炮声愈加临近,邢老三觉得,再不跑,就来不及了。

偏偏是在这时候,七枝感觉她肚子里的孩子正不顾一切地要出来。邢老三已经拄起拐杖,一手拉着老伴,踉踉跄跄地出了院门。他老伴叫着:"你不要拽着我,媳妇还在屋里呢。"老太太叫着,"七枝,你还待在屋里做什么?再不跑,来不及了。"

七枝不得不忍着越来越迫近的阵痛,拼命地跟在她公婆的身后。村子里人一批批,呼爹叫娘,拼着命地往那座山头的救庵跑去。

这时,炸鞭似的响起一排枪来,一颗流弹擦着邢老三的耳朵飞过去,老家伙头脑轰地一响,他歪倒在地,一边叫着:"老东西,看看我还活着不?"

他老伴喘着气说:"你活得好好的呢,不活着,哪还能讲话?"

七枝突然想起那只皮箱仍留在家里,返身就往屋里跑去,她婆婆说:"七枝你怎么往回跑啊?"

"我的皮箱丢在家里了。"

"你怎么就记着那只破皮箱?命都保不住了啊。"

七枝说:"我跑不动了,我肚子痛得要死,我怕是要生了。"

她婆婆急得小脚在原地打转,说:"不是还不到时候吗?"

"我怕不行了,你们先走吧。"说着,七枝就蹲在了地上,再也不肯走了。

她婆婆气得喉咙直冒烟,说:"你这不是在要人命吗?"

邢老三插话说:"这一阵跑,胎气动了,赶紧跑吧,跑到救庵就有办法了。"但他跑不动了,他老伴也跑不动了,一家人坐在山道上喘着粗气。那边有黑压压的人群向这边移动,邢老三说:"七枝,你往救庵那边跑,庵下面有一个洞,你躲那里就没事了。"

七枝蹲在地上啊啊地叫着,这一刻,一阵强烈的坠胀感压迫着她的下身,她感觉那个小东西马上就要下来了,可他却又不肯好好地下来,他踢蹬着手脚,仿佛是钻进了铁扇公主肚子里的孙行者。而在她们身后的另一座山头上,两对人马交上火了,他们一进一退,互射着子弹,子弹在黑夜里划着一道道弧光,在空中交织成一道密集的火网。战场向这边慢慢地移动着,眼看就要压到邢老三一家跟前了,邢老三不知哪来的力气，他拽着他的老伴，一同倒进路边的一条水沟里，他老伴正好拽着媳妇的手，于是，一家人一同滚进那条沟里。那队人马就从她们的头顶上飞快地跑过去。

七枝不顾一切地叫着：“救命……”

据卫生员金顺生后来回忆说，当时他们的大部队排山倒海般地压过去了，却遭到敌人的顽强反抗，好在他们伤亡不大，反倒是敌人，也就是国民党的残余部队丢下了十几具尸体。作为卫生员，他们当然是随后就冲过来的，当他们冲到一条水沟上时，他听到沟堤下有人在喊救命的声音。遇到这种情况，作为卫生员，他不能不停下身来查看究竟，哪怕是敌人，当他们受伤了，从道义上也该给予救治。但朦胧的月色中，小金看到的却是一对老夫妇和一个年轻的孕妇，当时那孕妇在半干的水沟中扭动着身子，那沟里的水被血染红了一片。

这场战斗最终以一方丢下十几具尸体而结束，而战胜的一方并没有进驻村子，而是在救庵四周集合着，准备向另一个目标进发。根本没有什么土匪，也没有什么刘小瘌痢，这支共产党小分队追杀的，是国民党的一支残余部队，这支部队与他们的大部队走散了，于是就成了被追杀的目标。

七枝醒来时，发觉自己躺在救庵的一间寮房里。大殿里乱糟糟的，挤满了附近村子里的百姓，谁也不会注意到在这个角落里，一个小生命开始了他的人生之旅。而据我母亲后来回忆说，当时她缩在那条水沟里，剧烈的疼痛令她生不如死，那一刻，她甚至希望有人给她一枪，以结束她那种痛苦的挣扎。后来的情况，她就不知道了。救了她性命，并帮她把难产的孩子生下来的，是一个叫金顺生的男卫生员，人们叫他小金。

那几个卫生员正在给婴儿洗着满身的血水和黏液，七枝听到她婆婆在那边大声地说：“恭喜你呀老头子，你添了个带把的，添了个孙子。”

“同喜，同喜。”邢老三的声音颤颤的，有着抑制不住的激动。

“你给起个名字吧。”老妇人说。

“先就叫毛头吧，等上学后再起大名。”

“毛头？好，好，叫毛头好，怪疼人的。”他老伴附和着说。

七枝大吃一惊，她万万不会想到，邢老三会给婴儿起这样一个名字。与此同时，一个渐渐模糊的形象清晰地浮现在她的眼前，白皙的脸庞，尖削的下巴，秀气的睫毛下一对亮闪闪的眼睛。毛头,唉,都说人死是要投生的,这个孩子,是毛头投胎来的吗?

那个帮她接生的卫生员在同另外两个女兵说着什么,他们的声音压得很低,但她还是听到他们在说:“是不是脑瘫,现在还看不出来。那要看他们是不是近亲结婚,还有,他们在行房前有没有喝酒都很关键。”

或许是这些话隐隐约约地传到邢老三的耳里,他问他老伴:“怎么了,怎么一直没听到哭?死的还是活的?”

他老伴说:“大概是吓坏了吧,也难怪,放了一夜的枪。”

邢老三说:“不会是个哑巴吧?”

“怎么会呢,他老子娘都不聋不哑的,小人怎么会是哑巴呢?”

临近中午,牌坊村的人差不多都陆续回到村里。村子里似乎并没有发生什么大的变化,只是个别人家发现丢了几只鸡,还有一户人家门口稻床上的稻草被人拆得七零八乱,如此而已。

邢男是在傍晚时才回到家里来的,他为自己的这次出门懊恼不已。他先把他老父亲背回家后,再返身回救庵,把七枝背下山。毛头就被裹在一块包被里,由他小脚的奶奶抱在怀里。途中,忽然扯了几声响雷,幸好并没有下雨。毛头像是被这雷声吓住了,终于张开嘴哭了两声,他奶奶赶紧说:“看看,谁说他是哑巴,会哭得很呢!”

邢男说:“我听到这边放枪,就赶紧赶回来了,结果还是出事了。”

邢老三说:“要早晓得这样,就不来回折腾了。”

“都怪我,都怪我。”邢男说着,他将七枝轻轻地放到床上,他问,“烧锅的,你没事吧?你把眼睛闭上,躺躺就好了。”

老妇人把那刚降临人世的婴儿放到七枝的身边说:“你让他吸吸奶,不吸,奶是出不来的。”说着,老太太就去厨房里忙碌起来,她从房里抱出一罐红糖,又从一只团篮里摸出三个鸡蛋。她还要忙着给一家人做点吃的。一天了,一家人连口水也没喝呢。

直到这时,七枝才有机会看一眼那个从她身上掉下来的肉球。这一看,她的心凉了半截,这哪儿是毛头?哪有白皙的脸庞,尖削的下巴,还有秀气的睫毛下一对亮闪闪的眼睛?眼前的婴儿耷拉着脑袋,神情呆滞,口眼歪斜,一对赤红的耳朵紧贴着那颗小脑袋，像刚生下的老鼠。这分明是一个怪物，这哪儿像江义芳？更不见毛头的影子。她实在不明白，自己怎么会生出这样一个怪物来。她的心里有一种被什么东西堵着出不来气的感觉，她抱起那怪物，一把就扔到床下，就像扔一件换洗的衣服。

那团肉球像是被摔晕了，他在包被里扭了扭身子，哼了哼，像是想对七枝的粗暴发出一点抗议。

听到婴儿被扔在地上的"咚"的一声，正在灶上给七枝煮糖水蛋的邢男赶紧跑过来，叫着："七枝，你疯了吗？你怎么把你儿子扔到地上？"他把那碗红糖鸡蛋搁在灶上，赶紧去抱地上的婴儿。

"什么怪物，摔死他也罢。"七枝哭起来，她恨自己怎么会生出这样一个怪物来。

婴儿不哭，也不叫，邢男以为被七枝这一摔给摔死了，他把婴儿抱在手臂上不停地抖着，嘴里发出哄婴儿的声音，说："宝宝你笑一个，宝宝你笑一个啊。"

老妇人说："哪有刚生下来就会笑的？"

"也是啊，他连哭都不会。"

爷爷在隔壁咳了一声，说："把孙子抱来我看看。"

可是，谁都不敢把那孩子抱给邢老三看。老头又一连咳了几声，拼尽力气大声地叫着："我就要死了，我最后看一眼孙子。"

邢男不敢把婴儿抱给他父亲看，老妇人只得摇摇头，从邢男手中接过那个一声不吭的婴儿。正当她颠着小脚，抱着婴儿往隔壁屋里走时，那婴儿却突然扯着嗓子大声地哭叫起来。老妇人抱着他，一路哼哼呀呀，一直走到邢老三的床边，她扯开包被，为的是让邢老三看那婴儿裤下的男根。没想到她刚扯开包被，从那婴儿的裆下冲出一股黄尿，那黄尿不偏不斜，当头浇到邢老三的脸上。

老妇人说："冲喜，冲喜，爹爹，你孙子给你冲喜来了，你有得活呢。"

邢老三抹了一把脸上的尿，却斜睨着眼朝老妇人怀里的婴儿看了一眼，这一看，邢老三立即就晕了过去。老妇人丢下婴儿，就去掐邢老三的人中，口中叫着："邢男，邢男，你大不行了，晕过去了。"

邢男飞快地跑过来，他知道邢老三一定是被婴儿吓着了，他跪在父亲的床边，哭着说："大啊，儿不孝，给你生了个怪物。你醒醒啊，儿子一定加倍努力，明年再给你添个大胖孙子。"

在邢男的哭声中，邢老三慢慢地睁开眼睛，他深深地叹了口气，把手挥了挥。于是，老妇人赶紧抱着那个怪物退出邢老三的屋子。

游方僧

卫生员金顺生再次见到七枝是在第二年的春天，即一九四八年三月。皖南大片的农田里，当金灿灿的油菜花漫天盛开的时候，共产党的一支小分队进驻牌坊村。金顺生是以农村工作队副队长的身份走进邢老三家的。当然，金顺生走进邢老三家，也是为了看望去年九月底经他的手接生下来的脑瘫患儿以及这患儿的母亲韩七枝。

毛头长到半岁时，仍然不哭，也不笑。甚至没有饥饿感——这一切都因为他从来不哭，因此，谁也无法知道他到底是饿了还是饱了。对于邢家来说，那不过是一个畜生，一个废物，因此，也就不会有人注意到他的饱或饥。突然有一天，他躺在那里，咯咯地笑了起来，老妇人颠着小脚跑过来，说："他笑了，看哪，他笑了。"但老妇人随即感到不妙，刚才的兴奋随之也没了，因为毛头这一笑，就再也停不下来，他一直笑着，接着就开始抽风，身子一扭一扭的。老妇人朝他瞅了一眼，做自己的事去了。

随着时间的推移，当毛头所有表现出来的症状与村子里那些随处可见的痴呆人并无二致时，一家人这才确信，他们盼星星，盼月亮，结果却盼来一颗歪瓜裂枣，一个孬子。对这一现实表现出极端绝望的是邢老三，老人家重新躺倒在那张他躺了三年多的病床上，一家人也都知道，邢老三离他要去的黄泉路已经不远了。

很长时间以来，七枝一直以泪洗面，她无论如何都无法接受自己生出一个怪物来的现实。江义芳说不上英俊，但他身上所体现出来的儒雅之气却是让很多女人为之心动的，况且他的大儿子毛头（江守轩）也是那么活泼，生得又是那样灵秀，怎么她就生出这么一个丑八怪来了呢？

"田是好田，种子也是好种子，只是我耕作得不好。"虽是玩笑话，但邢男一直觉得，他不该在七枝妊娠期内没完没了地把她压在身子底下只顾快乐，一粒好种子，就是这样被他无休无止的耕作弄坏了。

“有个叫‘孙大炮’的人说，革命尚未成功，同志仍需努力。”邢男安慰着七枝，也安慰着自己。他跪在老父亲的床边，信誓旦旦地向父亲保证：“要不了多久，七枝就会再为你生出一个白白胖胖的孙子，到那时候，您老人家真要走，我也不拦你。”到了夜里，他果然像他承诺的一样，在七枝的身上加倍地努力。

毛头的哺乳期还没结束，邢男的努力就有了结果。当得知七枝又有了身孕后，邢老三终于又挣扎着下了病床。六月，早稻开镰收割的季节，邢老三穿着厚厚的棉袄，老妇人在院子里放了一把椅子，再给他戴上一顶草帽，邢老三就坐在毒辣辣的太阳底下，看佃农们把一担担稻子送到他家院子里。

一个佃农说：“三爷，媳妇又要生了啊？您老人家又要抱孙子了，好福气啊。”

“托你的福啊。”

邢男一边忙着过秤，一边说：“哟，账本上记着，上一年你从我这里挑走的是五斗种呢。”

那佃农说：“今年我家也添口了，三月我老娘又生了一场病……东家你给我记着，到了明年，我保证一粒不少地给东家送来。”

“今年我不是要添口吗？你知道的，添一张口容易吗？”

“东家，我老婆说，七枝肚子尖尖的，这回生的，八九成就是男丁。等你下半年添了公子，我给您打一床小包被过来，顶好的小籽棉。”

邢男眉尖上都是笑，说：“如果我真的生了儿子，你欠下的，就免了。”一边又朝在灶上忙着的七枝叫着，“烧锅的，你小心，别闪着腰啊！”

邢男接着给下一个佃农过秤，他抓了把稻子，说：“养儿不孝，银田出瘪稻。你给我送的什么稻子来了？你自己看看，你自己看看。”

那佃农苦着一张脸说：“今年一开春就遇到旱，新苗灌浆时，又下了场冰雹，这你都是知道的。”

“都是一样的好田，一样的好种子，你的稻子怎么就瘪成这样了？是你自己耕作得不好，倒怪起老天爷来了。”他想起这句话他同样说给七枝听过，禁不住就笑了起来。

这时，院门口门框上靠着一个游方僧，游方僧脖子上挂着一只香袋，敲着木鱼，一边嘴里念着什么《七笔勾》，那是非非寺里的担当和尚经常唱的歌。邢男觉得奇怪，担当和尚该有一百岁了吧，怎么却做起了游方和尚？而等到那和尚走到门口，邢男才发现那不是担当和尚。只听那和尚唱道：

> 独占鳌头，漫说男儿得意秋，金印悬如斗，声势非常久。嗏，多少枉驰求，童颜皓首，梦觉黄粱，一笑无何有……

邢男并不知道那游方和尚唱的什么，只当他是一个混饭吃的假和尚，便不想搭理他。那游方僧便敲着木鱼，用北方方言对着邢老三用数来宝唱着："这个老爹真正好，穿蟒袍，戴官帽，他前世就是个四品官。"

邢老三说："邢男，给他铲一木锨稻子。"

邢男就铲了一木锨稻子倒进游方僧的香袋里。他见那游方僧的香袋上写着"南天竺西方寺无际大师"几个字，便说："哈哈，你是西天无际大师，我还是西天佛祖他老爹呢。"

游方僧又唱："这个东家不信邪，敢做西天佛他爹，明天你去趟金銮殿，保你能做万岁爷。"

邢老三朝屋里喊着："他奶奶，给和尚师父盛一碗饭来。"

老妇人便从锅里盛了满满一碗饭，又夹了一筷头菜堆在饭头上，给游方僧端了来。那游方僧几口就把饭吃了，空碗和筷子却不还给人家，一并揣进他的香袋里。又唱着："老太梳个巴巴头，一定能活到九十九。"

老妇人笑着，说："活那么大岁数，受罪呢。"

游方僧又唱："老太福大造化大，一定能活到九十八。"

邢男说："你一张油嘴，我一家四口你夸了三个了，我老婆你也给夸两句吧。"

游方僧说："大嫂肚子真正大，一定会下个小王八。"

邢男脸色变了，说："你怎么说着说着就骂起人来？"

游方僧又唱："龙生龙，凤生凤，老鼠生儿地打洞。"

邢男扬起木锨，就朝那游方僧打去。游方僧吃了他一木锨，赶紧从地上爬起来说："生只乌鸦天上飞，生个王八地上爬，生个老鼠地打洞，生只蛤蟆叫呱呱。"

见游方僧越说越不像话了，邢男扬起木锨又要朝他打去。游方僧在地上打了一个滚，利索地逃到院子外，说："东方来的东方去，西方来的西方去，我是来替你消灾的，你却不识好歹，我没能替你消成灾，不能白受你的供养，这些都还你吧。"说着，便将那只装着稻子和碗筷的香袋一把扔到院子里。

游方僧的这一招，倒是邢男未曾料到的。他看着游方僧唱着听不懂的歌词一步步远去的背影，忽然意识到什么，却又摸不着任何头绪。游方僧走出很远了，他才捡起地上的香袋，把稻子重新倒进稻场，却并不见刚才游方僧放进去的那只碗和筷子。他继续抖着香袋，竟从里面抖出两样活物：一只癞蛤蟆和一条小青蛇。邢男扬起木锨就朝那只小青蛇砍去，木锨却砍在一双筷子上，那只癞蛤蟆也不见了，仍是那只碗。邢男揉了揉眼睛，脸色突然大变，汗也紧跟着刷地一下流了下来。站在一旁看热闹的佃农不知道邢男的神情为什么发生了这么大的变化，只以为他是受了刚才那游方僧的一番疯言疯语的刺激，便安慰他说："一个疯子，不值得同他计较。"

邢男捡起那只香袋追出门去，又哪里还能见到那游方僧的身影？他站在大路上，想着游方僧最后的那句话，突然有一种丢魂失魄的感觉。

下午，邢男去了一趟非非寺，他去找担当和尚。担当和尚出门了，寺里只有担当和尚的徒弟了缘在院子里扫地。

了缘说："施主，你遇到什么事了吗？如果不方便与我说，就请过几天等师父回来再找他吧。"

邢男说："我只想问一下，我的罪孽究竟有多大？"

"阿弥陀佛，"了缘说，"往昔所造诸恶业，皆由无始贪嗔痴。"

邢男觉得，他说了等于没说，便想等过几天担当和尚回来再说。他走到门口，又回过头来说："我做过很多好事，也做过很多坏事，我无法界定自己，不知道自己究竟是一个好人还是坏人。"

"阿弥陀佛，师父说，这世上只有做了坏事的人，没有什么坏人。"

"我再问一句，我所造的恶业，不会落到我儿子头上吧？"

了缘放下扫帚，双手合十，说："一切都是因果，师父说，各人吃饭各人饱，各人因果各人了。"

"也就是说，我的罪孽，不会落到我儿子的头上了？"

"阿弥陀佛，施主慢走。"了缘又拾起那把扫帚，一下一下扫起地来。

邢男这一次虽然没见到担当和尚，但他似乎一下子丢掉一身的包袱，高高兴兴地回到家来。

枪声

那天当金顺生走进邢老三家时,正看到七枝在给毛头按摩脚掌。当他看到这一幕时,足足在院门口站了一分多钟。他问七枝:“你懂人体经络?”

七枝在自己的恩人面前恭恭敬敬地站着,说:“医官,我父亲在世时,教过我一些。他说脚底有很多穴位,按摩这些穴位,能治一些小毛病。”

作为一名中医大学的大学毕业生,金顺生研究过《黄帝内经》,虽然中医的经络学在调理人体机能方面有一定的作用,但对于这种先天性脑瘫患儿,他知道,七枝的努力是徒劳的。

金顺生就站在七枝身边,看着七枝继续给尚不满周岁的毛头做足底按摩。她做得相当熟练,摸、揉、搓、捏、刮。在其后不久的一次农村工作队的会议上,金顺生特别提到七枝给她的脑瘫患儿做足底按摩一事。在皖南山区,脑瘫患者相当普遍,金顺生说:“毛泽东同志说,重要的是教育农民,根据毛泽东同志的教导,当前摆在我们面前的首要任务是,我们要广泛教育农民,让他们避免近亲结婚,尤其要打击那些地主富农以及地方土匪对良家妇女的酒后强奸。”但他的讲话却遭到农村工作队队长郑州的批评。郑州认为,当前首要的任务是发动农民认识地主老财们的剥削本质,尽快把土地分到农民的手中,迎接新中国的诞生,至于先天性痴呆症问题,应留待医学界去讨论。

金顺生与郑州出生在完全不同的家庭。金顺生参军前是一所军医大学的大学生,他出生在上海的一个富裕的工厂主家庭,父亲读过哈佛,母亲是医生,金顺生从小在祖母的熏陶下,读莎士比亚,在钢琴上弹奏柴诃夫斯基的小步舞曲。后来,在他一个老师的引导下,毅然与资本家家庭决裂,以一种罗曼蒂克的精神参加革命,从上海投奔延安,再从延安被派到皖南。他在大学里学的是中医理论,但他却擅长接生,这缘于他一双柔韧的小手。遇到孕妇难产,他就毫不迟疑地将自己的手伸进女人的子宫去,直接把在孕妇子宫中的婴儿理顺,再轻轻掏出来。

哑巴很快就找到牌坊村来,哑巴来时,正怀着大肚子,哑巴的丈夫是在街道上烧老虎灶的老钱。老钱四十岁才娶了哑巴为妻,自然把哑巴捧在手里,疼在心里。

哑巴只有一个条件，那就是带着她的孬子兄弟翠喜，但翠喜也不吃闲饭，他专门给他姐夫的老虎灶挑水。到了冬天，他还能挣点外快，这时候的澜溪河退到了河滩下，澜溪街人吃水就真成了问题，翠喜赤着大脚，把他姐夫的老虎灶挑满后，再给一些人家挑水，挣的钱不多，但也够他隔三岔五地在早市上买一根油条、两个包子吃了。

哑巴知道邢家不待见毛头，便要把毛头带走，但七枝却不忍心把这孬子交给哑巴。这个孬儿子，他在哪里都是个累赘。况且，哑巴就要生了。两个月后，哑巴又来了，带着她刚刚满月的女儿团团。哑巴坚持要把毛头带走，她比画着"说"："我奶一个也是奶，奶两个也是奶，你就放心吧。"七枝只好答应了。

农村工作队进驻牌坊村，给古老的牌坊村带来新的气象、新的活力。每天清晨，阳光给西垅河涂上一层金辉，农村工作队员们就排着整齐的队伍，沿着西垅河跑步。他们喊着口号：一、一、一二一，一、二、三——四……跑步结束，西垅河畔就响起他们嘹亮的歌声：《解放区的天是明朗的天》《没有共产党就没有新中国》，他们演活报剧，演《白毛女》，宣传减租减息。然而这里的农民落后得很，他们不肯接受工作队分到他们头上的土地，也不肯去斗争地主。他们说，他们一般与地主处得都还不错，一个农民说，朱子尚心好，那一年闹春荒，家里揭不开锅来，不得不去他家借稻，回到家才发现，他在借给我的稻谷里偷偷塞了一块银圆。至于为什么有人天生受穷，有人天生富贵，农民们说，那是命里定的。

在一次工作会上，郑州传达了上级领导关于当前农村工作的任务时说，这里的封建势力相当顽固，他们必须要用血来炸开这顽固的堤坝。他提出，要来点狠的，必要时枪毙几个罪大恶极的地主，才能对地主阶级产生极大的震慑，从而让农民认识到，革命就是要推倒压在农民头上的三座大山，不彻底将地主阶级打倒，就不会有农民的好日子。

我在前面说过，西垅河一带，邢老三并不算什么真正的地主，他只有四十几亩田，由于近年他一直在生病，那些田几乎都荒废了。但邢老三心里并不踏实，就因为他在日伪政府时期做过一阵维持会长。但工作队似乎并没有追究这些，邢男甚至还被吸收参加了工作队组织的业余剧团，在一曲戏里扮演一个地主婆子。不久，他又把七枝一同拉到业余剧团，两个人合演了一出表演：《夫妻识字》。邢男和七枝扭着秧歌，唱着："公鸡，公鸡，高呀么高声唱，高呀么高声唱……"

业余剧团的团长齐大山对七枝的表演天赋十分欣赏，专门对邢男夫妻进行了特别辅导，并且动员邢男正式参加他们的业余剧团。齐大山说，一个人的出身不能选择，但走什么道路却可以选择，你们要与自己的地主家庭彻底决裂。

就在邢男犹豫着要不要参加齐大山的业余剧团时，西垅河的农村工作正式开始了。大大小小的地主都被戴着高帽子游了一趟街。接下来，运动深入，批斗的对象扩大了，那些曾经为害乡里，鱼肉过百姓的地痞流氓也都被押着游村批斗。这一下，邢男坐不住了。终于，邢男被勒令停止参加演出，邢男的角色，由另一个人来担任。

邢老三似乎闻到了什么，他让邢男带着七枝一同离开牌坊村，但邢男却不以为然，他说："我怕什么，我至多算一个迷信职业者，我没有剥削，没有祸害人命，我还对革命有功。"但接下来的风声让邢男开始警觉起来，邢老三再次催儿子赶紧逃离牌坊村。虽然邢男开始意识到他所有的硬气都将会在即将到来的运动中不堪一击，但邢男是孝子，他说什么也不肯丢下病入膏肓的老父亲独自逃走。

经过一次次访贫问苦，大会报告，小会动员，农民终于被发动起来了，他们以血和泪的事实，揭露地主阶级的剥削本质，农民们说，过去我们是被地主们的花言巧语蒙蔽了，被他们伪装的面纱欺骗了，现在，我们终于明白，天下穷人是一家，只有紧跟共产党，斗倒地主阶级，穷人才有活路。

西垅河的农村工作按照计划在有条不紊地进行着。在西垅河，够得上被划为地主或富农成分的人分别有雨潭的夏军辉，方村薛家大屋的二儿媳萧玉渊，姚坡的姚启亮，五里亭的刘士杰等十来人，其他有历史问题的有牌坊村的邢老三等五六人。

一九四九年二月的某一天清晨，农民们举着小旗子，扛着梭镖，从四面八方拥向西垅河畔。那天上午，当工作队员带着几名民兵杀气腾腾地闯进邢男家时，邢男正在院子里刮胡子。他的下巴上沾满了肥皂泡沫，当看到那些人闯进院子时，邢男随手抓起身边的一把锄头，说："你们要干什么，我到底犯了什么罪？"

工作队员说："请你配合一下好吗？"

他们从邢男的身边小心地绕过去，一直走到邢老三的病榻前。邢男这才知道，工作队员瞄准的并不是自己而是自己的老父亲。

临近中午，被押到现场的地主富农以及地痞流氓等十二人被推到审判台上，他们头上戴着高帽子,被五花大绑在台前一字排开。民兵们扛着三八大盖枪把守在重要的路口或是渡口,少年儿童们也扛着红缨枪帮着维持秩序。台上的那一排中有一位六十开外的老太太,那是方村薛家大屋的掌门人萧玉渊。

说起方村薛家,方圆百十里地没有不知道的,薛家祖上有人在朝廷做过官,到目前为止,薛家仅在西垅河地区就有良田一千多亩,还不包括远在上海、南京的几家店铺。薛家世代书香,亲戚遍布京城以及上海的知识界和工商界。薛家大屋的掌门人萧玉渊上过洋学堂,曾在日本留学过,回国后跟随从医的丈夫在沈阳定居。九一八后,因目睹市民被日本人用木刺刀当街刺杀,丈夫精神失常,不能继续从医,萧玉渊不得不带着丈夫选择归隐西垅河安度晚年。

那一天,当工作队带着几名民兵闯进方村薛家时,薛家的掌门人萧玉渊正在读《王国维词话》。工作队副队长金顺生宣布了逮捕令,萧玉渊说:“为什么要逮捕我?”金顺生说:“我们这是在执行上级的命令。”萧玉渊说:“我要见你们的司令员。”金顺生一挥手,说:“你不配。”民兵们将她推倒在地,一根麻绳将她像粽子一样捆得结结实实。直到萧玉渊在被梭镖和大刀押着穿过街巷,走向设在西垅河滩上的大会现场时,她才知道,她遇到了一生中最大的危机。而且,她刚被人像提着小鸡一样提到审判台上,就有人将一只坚硬的木牌插在她的衣领里。她注意到,台上的十多人中,唯有她一人被插上这只象征死刑的尖削的牌子。

她大声地喊叫着:“为什么这样对待我?”没有人再理她,西垅河地区农村工作队队长郑州宣布了她的六大罪状,其中包括她家院子里的一口井中曾经溺死过丫头,包括因挡不住暑热,在她家田里中暑而死的长工,还包括她曾经逼着一个还在坐月子的村妇为她多病的丈夫做奶妈的事实。

审判大会很快结束,萧玉渊被押到那个开阔的河滩上。作为陪杀,包括邢老三在内的十多人也一起被押到河滩上。人们奔跑着,踏着刚刚返青的油菜地向这片河滩拥来,那一片河滩挤满了黑压压的人群。

萧玉渊被推倒在地,但接着有人将她扶起,让她改为跪姿。她挣扎着,大声地说:“我有话要说。”她把这话一连喊了数遍,金顺生制止了正要射击的民兵,他问:“你要说什么?”

萧玉渊说:“我儿子在给你们做事。”

金顺生说:“你说什么?”

萧玉渊把刚才说过的话再说一遍:“我儿子在给你们做事。”

金顺生强调了语气问:“你儿子给谁在做事?”

萧玉渊说:“我儿子在给你们做事,给共产党做事,他是中共一个重要的地下党员。”

金顺生觉得,如果他不把这一突然发生的情况报告给上级领导,他就是对党的不负责任。他让民兵们一定维持好现场秩序,自己挤出了人群。

西垅河农村工作队队长郑州立即赶到这片河滩,他问那个老太太:“你现在告诉我,你儿子是谁,他在哪里?”

“我不能告诉你太多,否则我儿子就没命了。”

“那我就没办法了。”郑州嘴里咂出一声响来,他挥了一下手,发出执行死刑的命令。萧玉渊用最后的力气大声地说:“你最好把你们的领导叫来,否则,我儿子将来不会放过你。”最后一句,她是用尽平生的力气喊出来的。

民众把现场围得里三层外三层,他们终于看到那个平时深居简出的地主婆子,看到那个梳着整齐的发髻,保养得与其年龄极不相称的老太太,他们不断地举着右手,呼喊着口号,一层层向河滩围来,现场的气氛到了随时都要爆炸的程度。

郑州看了一下表说:“给你最后三十秒时间,你如果再不说出你儿子的姓名,我们的民兵将射出他的子弹。”说着,郑州举起手来,发出“预备射击”的手势。

萧玉渊抓住最后的机会说:“我儿子在上海,他是中共一个重要的领导人。”说着,萧玉渊的眼里是那种大家闺秀所特有的凛然。她觉得,她说了这一句也就够了,她不打算再多说一个字,不就是一个死吗?她不能用儿子的死换自己的生。

郑州终于把他举起的手缓缓放下来,最后一刻,他妥协了。他与副队长金顺生商量了一下,决定把枪毙萧玉渊的时间往后再推一个小时。他吩咐金顺生,一定不要让好不容易调动起来的群众热情冷却下去,一定不要让现场失控。他自己立即骑马赶往总部,向司令员汇报这突然的情况。

过了一个小时不到,郑州回到河滩上。金顺生迎上去说:“怎么样?”

郑州说:“萧玉渊不能杀。”

金顺生说:“那我们现在怎么办?要知道,群众都已经等不及了,您说过,一定不要让好不容易调动起来的群众热情冷却下去。”

郑州点燃了一支烟,以平定自己将要失控的情绪。金顺生说:“怎么办?时间不早了,你看看现场,不开杀,今天收不了场啊!”

郑州显得有些心烦气躁,他冲着金顺生叫着说:“你吵个什么呀?司令员说了,一定要杀。”

金顺生明白了,人,一定要杀。既然萧玉渊不能杀,那该杀谁呢?

郑州在那一排跪着的人身后来回地走着,看得出,他一时也难以取舍。因为跪得时间太久,那一排人不少都支撑不住了,尤其是邢老三,本来就是一个行将就木之人,哪里禁得住这样的折腾?那一刻,邢老三口吐白沫,一头倒在河滩上,邢老三瘦削的脑袋重重地硌在一颗卵石上,一股血流涌到河滩上,眼看着就剩下最后一口气了。

郑州再次举起手,做出射击的命令,一颗枪子儿射出去,射到邢老三的脑袋上,现场一片高呼:啊……

刚刚埋葬了邢老三,邢男的继母便在一根梁上吊死了。邢男把他继母同老父亲葬在一起。他跪在邢老三的坟前哭着说:“大呀,儿不孝,不能每年都给你烧纸了。”

他回到家里,把那支毛瑟枪藏在腰里,回头一把将七枝死死地搂在怀里,说:“七枝,今生今世,如果我回不来了,你要把我儿子带好。”

“你要去哪里?”

“看不出吗,他们杀了我父亲,下一步,就该是我了。老子要革命,但他们却逼着老子去做反革命。七枝,我没有别的活路了。”邢男哭着,把一对沉甸甸的金镯子塞到七枝手里,说,“这个,你拿着,日子过不下去时,会有用的。”

“你要干什么去?邢男,你不能乱来。”

老邢一把推开七枝,说:“我没有别的活路了,只能再去投奔刘小瘌痢。”

七枝一把拉住他,说:“你还要再去当土匪?你不知道那是一条不归路吗?”

两个人正在院子里拉拉扯扯,金顺生带着一名卫生员背着医疗箱出现在门楼里。

“他们果然要对我下手了,七枝,快跑……”邢男掏出那支毛瑟枪,熟练地打开保险栓。

七枝扑过去,死死地抱着老邢的胳膊,说:“邢男,你不能乱来,他是医官,救过我的命。”

那边的金顺生或许是被眼前的情形震住了,但他很快意识到什么,迅速闪到门楼下的一根石柱后。

“姓金的,就是他杀了我父亲。”邢男说着,朝金顺生那边开了一枪。那一枪打在那根石柱上,溅起一团火星。七枝再次扑上来,紧紧地抱着老邢,她喊着:“他救过我的命,他是我的恩人……”

“他杀了我父亲,就是我的仇人!”

老邢无论如何也不会想到,七枝的力气大得要命,他好不容易甩开七枝,一边又向金顺生开了一枪。或许是这两声枪响,一名战士循着枪声迅速向这边跑来,并很快明白这里发生的事情,他朝着邢男开了一枪,那一枪擦着地皮,溅起一团灰尘。邢男猛地推了七枝一把,倒在地上的七枝又扑来,死死地抱着他的大腿,声嘶力竭地叫着:“邢男,求求你了……”

邢男举着枪,他想摆脱七枝,却又怕伤着了七枝肚子里的孩子,枪头摇摆着,无法瞄准,他放出的第二枪打到门楼右侧的一只腌菜缸上,缸破了,里面的腌菜水涌了出来。那战士又朝邢男开了一枪,那一枪打在邢男的胳膊上,邢男的枪掉到地上。

金顺生朝那战士大声地叫着:“你干什么?! 会伤着那女人的。”

眼看着那战士扑了过来,邢男猛地用胳膊肘朝七枝的腹部捅了一下,七枝“哎哟”一声,她只感到身子底下一热,人跟着歪倒在地,她朝邢男大声地喊着:“邢男……”

慌乱中,邢男又朝金顺生胡乱地开了一枪,飞身跃上围墙,一颗子弹击中了他的后腿,他轰的一声摔倒在围墙那边。金顺生捂着受伤的胳膊,朝围墙外跑去,一边回头向那名卫生员叫着:“快,救这名妇女,她可能流产了。”

围墙外“砰、砰”接连响了两枪,有人喊着:“抓住他,抓住他……”

腿部中了一枪、从围墙跌落的邢男没跑出多远,就被闻讯赶来的战士一枪毙命。

后来七枝才知道,金顺生刚刚给一个妇女接完生,路过邢男家门口,想到正处在妊娠期的七枝,便顺道过来,想给七枝做一个产前检查。

第六章

澜溪街66号

七月,七枝产下第二个男婴。虽然这又是一个早产儿,但这个男婴一生下来就皮肤白皙,面貌俊朗,睫毛下一对亮闪闪的眼睛像会说话一样。男婴没有了父亲,金顺生替七枝做主,给男婴起名邢玉超。

牌坊村是住不下去了,七枝想再去江村看看。从那里传来的消息说,四月,农村工作队进驻到那里,首先镇压了一批恶霸地主,江明奎被枪杀了,然而他祸不单行,七月,明奎唯一的儿子淹死在那口方塘里。江村人并不承认七枝在江村的归属,因此,工作队依照群众的反映,没有分给七枝一寸土地、一片房屋。七枝不得不回到澜溪。

家里的房子被哥嫂占去了,她先在家住了一阵子,觉得不方便,便不顾哑巴翠花的反对,在上街头租了一间房子,打算给人做些缝缝补补的活计来养活自己和她的两个儿子。

澜溪街66号是一栋通街的房子,原是一家饭店,饭店倒了,房东便把房子稍作改造,租给了四五户人家。一对国民党军军医夫妇,丈夫姓胡,因为胖,人称胡胖子;一个徽州茶叶商人老仇,四十来岁,十天半个月才回来一趟;一个看不出年龄的女人，是做卖笑生意的，因长得有点像当时的电影明星叶秋心，人便叫她小秋；一个放印子钱的孤老陶奶奶，小脚，人称小脚婆。上街头原本冷清，而澜溪街66号里的住户非老即孤，相互间更是少有往来，现在，七枝带着哭声嘹亮的邢玉超住了进来，屋子里就一下子热闹起来了。虽然营养缺乏，但邢玉超长得白白胖胖，只要吃饱了，就躺在摇床上踢蹬着手脚，自说自话，唱歌一般，见到有人要抱他，便露出两只浅浅的酒窝，笑得妩媚而灿烂。

玉超很快成为澜溪街66号的开心宝，尤其是那军医胡胖子，每天回来，第一件事就是把玉超抱在怀里，颠着，逗着。胡胖子喜欢用手拍打着玉超的小屁股，嘴里念着："打打打，打生光，不生虱子不生疮。"有时候，他一边把玉超抱在手里颠着，呵着，一边说："玉超啊，给我做儿子好不好？"胡胖子夫妇三十来岁年纪，却一直没有子女，可见他要玉超给他做儿子并不完全是玩笑话。小秋与胡太太处得不错，便帮着说："他要是给你做了儿子，那就是从糠箩跳到米箩里了。"分明是一唱一和。胡太太一边织着毛衣一边说："韩大姐哪里舍得？"这是在探我母亲七枝的底，看我母亲到底舍不舍得。

小秋的生意多在晚间，而整个白天，她都闲在屋里。她对七枝说："大妹子，你也不容易，你要是放心的话，你出门，玉超就交给我，保证饿不了他，也吓不了他。"

七枝说："难为你了，我就怕他吵了你。"

见七枝并不嫌弃她，小秋有些激动，说："我的春宝要是活到现在，也差不多和我一样高了。大妹子你不知道他有多聪明啊，多得人疼啊，那一天活该要出事，我的眼皮子跳了一天。我去河里洗衣，他要跟着，说'妈妈，我一个人在家怕怕'。我不得不把他带着，一直带到河边。也怪我啊，我低着头只顾在洗，就听到有人叫着，小人掉河里了，小人掉河里了。我回头一看，哪里还有我的春宝？只看见那河心里有一团毛茸茸的小脑袋一浮一沉的，也就一口气的时间，等把他捞上来……"小秋说不下去了，赶紧撩起衣襟去抹眼泪。

天黑了，小秋把自己打扮一番，就抓一把瓜子，站在门口一边嗑着，一边等着客人上门。有时候，那房门里的动静难免大了些，住在隔壁的小脚婆就敲锅砸盆，大声地骂着："哪里的怪事，把卖×当大戏唱了……"

做茶叶生意的仇老板十天半月也不见回来，一回来，家里就酒一桌，肉一桌，一整个下午，猜拳行令之声不绝于耳。酒席散了，仇老板就把吃剩下来的猪耳朵、咸鸭蛋用荷叶包了，送到七枝房门口，说："这盘猪耳朵还没动筷子呢，你要不嫌弃，热热给玉超吃。"

七枝何尝看不出老仇喝红了的眼里有一种邪邪的神情，说："玉超在喝奶呢，他哪里能吃这个？"

"他不能吃，你不是能吃吗？天天捡那些烂菜帮子，又哪里有奶喂他？"

老仇与小秋有一腿，但只属于打打情，骂骂俏，并不真的来事。老仇喜欢从七枝手里把玉超接过来抱，趁机揩点油水。他把玉超抛到空中，再接住。玉超就疯笑，老仇就在玉超的小屁股蛋上咬一口，说："我咬，我咬，我咬掉你的小棉袄……"

玉超对澜溪街66号每一个人的热情都是来者不拒，唯独小脚婆不能近他的身。小脚婆平时总是板着一张颧骨突出的脸，只有在见到玉超时，才会露出一丝笑容。只是，每当小脚婆伸出手来要去抱他时，小东西就像杀猪一样发出尖锐的哭叫，小脚婆很没面子，只得讪讪地走开，嘴里咕哝着："到底是来路不正，一个野种。"这样的次数多了，小脚婆便也对那小人儿生起一些嫉恨，甚至听不得玉超的哭声，但凡听到玉超在哭，便在隔壁敲锅砸盆，骂着："小短命的，魂丢了吧，这么扯劲地叫，还让不让人活？"

七枝少不得要同小脚婆争几句，小脚婆就高声大腔地骂着："一个来路不正的野种，你还当是皇子龙孙吧？"

小秋看不过，便帮着七枝，说："您老人家不要说今生今世是孤佬，下八辈子你还是做孤佬。"

小脚婆便一并骂了："你两个要是好货，哪会一到晚上一个在屋里接客，一个在外面招客？我不好说的，澜溪街66号都快成洄字巷十三号了。"

澜溪街66号的骂仗开始升级，门口围聚的人越来越多，有帮着七枝的，也有帮着小脚婆的。胡胖子屋里，胡太太给丈夫温一壶烧酒，炖生腐烧肉的炉子锅的锅盖突突地跳着，那台从旧货市场上买来的老牌维克多留声机悠悠地转动着，红遍上海滩的金嗓子周璇那特有的颤音在唱着："春季到来绿满窗，大姑娘窗前绣鸳鸯，忽然一阵无情棒，打得鸳鸯各一旁……"

国民党与共产党的军队正处在相持的阶段，国民党依靠长江天险把守在江南一线，共产党的解放军就驻扎在江北对岸，两军对江而峙，时不时地，双方会朝对方的营盘开上一炮，炮弹落到江上，炸毁一艘木船，溅起几人高的水花。有时，那不长眼的炮弹就落到一处广场或是棚户区，腾起一团大火，那大火一连烧上几个时辰，天主堂的那口大钟就一直惊人魂魄地响着，一直响到天亮时分。

街道上人心惶惶，有钱的人家把值钱的细软统统转移到另外的地方。做茶叶生意的老仇回徽州老家去了，放印子钱的小脚婆被她的侄子接到了乡下，小秋家里出了点事，回她的老家太湖了，澜溪街66号就只剩下七枝娘俩和胖子胡军医夫妇。

七枝给人做些缝缝补补的活计，本来就没有多少收入，现在又遇上这兵荒马乱的年月，找她做活的人就更少了。有一天，七枝出门了，小惠过来，见玉超扯着嗓子在死命地哭叫，便把带来的饼干用开水泡化了，一勺勺地喂着他。玉超咂巴着小嘴，一口等不到一口的样子。玉超吃饱了，便被小惠托在手里呵呵地说着什么。这时，七枝回来了，见到牛奶和饼干，说："总要你接济，小惠姐你结识我这个妹妹，也算你倒了八辈子的大霉。"

"好歹我有个妹妹呀，"小惠说，"在这条街上，我不就你一个亲人了吗?"

小惠是受人之托而来，几句话开场，便开门见山地说："七枝啊，有句话不知当讲不当讲，你看你一个女人拖着三张口，又遇上这年头，怎么过啊？有一个浙江盐商夫妇看上你家玉超了，说你要是肯把玉超给他做儿子，他愿意给你送两担盐来。两担盐，能在恒昌米行换四担米呢。"

七枝把怀里的玉超抱紧了，说："小惠姐，你也是为我娘俩好，可邢男过枪子了，他在地底下要是知道我把他儿子卖给不三不四的人家，他会放了我?"

小惠说："那对夫妇倒不像是不三不四的人，只是没有生养，玉超去了他家，也等于有了一条生路。你先考虑考虑，不急着回答我。"

两个人的话也就说到这里，不想却被那胡太太听到。小惠前脚刚走，胡太太后脚就进了七枝的门，说："刚才我听那女的说有一个浙江盐商要买你家玉超，你以为真是买去做儿子吗？才不是呢。你知道那些铺子里的海参是怎样从海里钓起来的吗？我要说起来，会吓死你。海参专吃小孩的肉，那些浙江佬就买些白白胖胖的孩子作钓饵，用根绳子拴了，放到海里……"

七枝当然不相信海参是这样钓上来的，但她对那些浙江佬总是不放心的，说："胡太太好意，我现在虽然是难些，但还不到卖儿子的时候。"

等过了两天小惠来，七枝便把胡太太关于用孩子钓海参的话说给小惠听，小惠笑得几乎岔气，说："那些海产品铺子里摆着多少海参，一年又一年，那得要多少白白胖胖的娃娃才能钓得上来？"

哑巴不知从哪里听说七枝要把玉超卖给浙江盐商，专门撵上门来，呜里哇啦把七枝大骂了一顿。老钱也来了，说："七枝你不能犯糊涂，再难也不能卖儿子。为了毛头，你还是积点阴德吧。"

七枝苦笑着，说："这真是十里路无真信，我何曾说过要把玉超卖掉？竟传得像真的一样。"

之前说过，哑巴夫妇坚决地把毛头抱走了。当时，老钱说："你这个儿子，暂时放在我那边养着，将来他得力了，还是你的儿子。"

老钱有空就抱着毛头，给他讲故事："从前啊，有一个白胡子老公公……"有月亮的夜晚，老钱把毛头抱到街心看天上那一轮灿灿亮亮的月亮，一边给毛头念着童谣："好大月亮好卖狗，捡个铜钱打烧酒，走一步，喝一口，问声养狗的奶奶可要小花狗。"月光下，他俯身看看毛头，毛头的眼竟然睁开来，他看了看头顶上那一轮月光，真的笑了一下。老钱兴奋地说："你来看啊，毛头笑了。他真的笑了呀。你个死哑巴。"老钱确信毛头听懂了他的童谣，听懂了他讲的故事。老钱说："这个毛头，你别看他现在蔫儿吧唧的，再过几年你看，他就是个人才。"人们笑笑，说："老钱，你埋块烂砖头到你的后门菜园里吧，过几年，那砖头就变成金砖了。"

两岁半的毛头依然不会哭，也不会笑，差不多大的孩子早就满地乱跑了，但他至今仍躺在摇床里，屎一坨，尿一泡。老钱和哑巴忙不过来，因此，老虎灶前总是有一股无法驱除的尿骚味。来冲开水的人都禁不住皱皱眉头，说："钱老板，你的开水里有一股尿骚味，泡出的茶怎么喝啊？"

老钱说："小人尿，桂花香，闻多了，你都肯长些。"

澜溪街上老虎灶有的是，人们情愿多跑几步路，再也不到老钱的老虎灶前冲开水，老钱的生意越来越淡。七枝看不过意，把毛头抱回了澜溪街 66 号。

大约过了半年，江那边很少再有炮打过来，于是就有消息说，江北那边的共军部队撤到徐州一线去了。局势稍稍稳定，那些躲到乡下的人都陆续回到澜溪街，澜溪街 66 号的老住户们也都相继回来了。然而七枝的境况依然如此，在澜溪街，缝缝补补的女人总有十来个，从早到晚，大家在老邮政局门口排成一排，都在等着活做，有时候，一天也难得接到一件活。七枝终于向小惠提出，如果那浙江盐商真想把玉超抱走,她不要盐,就请他直接把大米挑到澜溪街66号来。那盐商很爽快地答应了,然而这时候玉超就出事了。

那天七枝直到天黑仍没有进门,小秋便把玉超抱到门口,一边逗着玉超,一边等待生意上门。不一会儿,来了一个老相好的,玉超正好也睡着了。小秋把玉超放回七枝的屋里,再把客人带到自己房里。小脚婆放出的印子钱很久都收不回来,头痛病又犯了,这天她早早睡了,刚刚有了睡意,却被隔壁的地动山摇搅得不堪忍受。她拿根棍子猛捅那堵墙壁,一边骂骂咧咧。那边的动静刚刚停歇,这边玉超又哭了起来。小脚婆真是烦透了,她点根蜡烛,一边骂骂咧咧地向玉超这边走来:"两个烂货,一个在家卖×,一个出门招客,丢下小讨债鬼哭得沸反盈天,还让不让人活命啊?"

看到红红的烛火,玉超立即停止了哭叫,他踢蹬着小腿,呵呵地好像在说:呵呵,我饿了啊,你终于来给我喂吃的了啊,呵呵……当看到小脚婆那张颧骨突出的瘦脸庞时,玉超先是吃惊地怔了一怔,接着就又大哭起来,他扭动着身躯,踢蹬着小腿,仿佛在说:我不要看到你,你给我走开!

小脚婆原本是发了一点善心,是想来哄一哄这小讨债鬼的,没想到却又是一次拿自己的一张老脸去贴玉超的冷屁股,她骂了一声:"小讨债鬼,我俩前世有仇吧?"对这张秀气得令人心疼的脸蛋,小脚婆突然有着说不出嫉恨。一股无名怒火让小脚婆做出一个令她自己也吃惊的举动,她要毁掉这张小脸蛋,她要让那些见到玉超就欢喜得发癫的人再也不想看到这张脸。她把蜡烛凑近玉超,手轻轻一抖,一滴烛液不偏不斜,滴到玉超的眉心,玉超撕裂般的哭叫声似乎唤醒了陶奶奶母性的本能,她意识到自己在做些什么了,她收回蜡烛,不承想,一滴更大的烛液滴到小玉超的胸口……

玉超的惊叫让小秋不得不停止了她与老相好之间的游戏,她来不及披上衣服,立即向这边跑来,与正要慌张地逃走的小脚婆撞了个满怀。

在这个深夜,澜溪街66号里的喧闹惊动了半条街的居民,人们看到,在黑暗的门洞里,小秋与小脚婆相互揪着对方的头发,在地上滚来滚去,她们都用最恶毒的语言咒骂着对方。得了一个方便,小脚婆赶紧逃进自己的屋子,关上房门,任外面地动山摇,再也不敢出来。

有人抱着玉超,一边大声地叫着:"胡胖子,胡胖子死到哪儿去了?"

有人叫着:“江猪油,谁家有江猪油?”

然而这天晚了,又到哪里找到江猪油?胡胖子终于回来了,他取出一包云南白药,小心地洒到玉超的烫伤处,摇了摇头说:“真下得了手啊,这么好的小人,怕从此要留下残疾了。”

红发卡

自从发生蜡烛油烫伤事件后,七枝再也不敢把玉超独自放在家里了。她拆了一件旧衣,做了一只结实的背囊,她出门时,玉超就放在那只背囊里。她给玉超穿上带着花色的衣服,将那只当年毛头送给她的发卡夹住玉超的头发,玉超就活脱一个丫头片子了。不管什么年代,丫头片子都是赔钱货,谁还会把“她”放在眼里呢?

这是一九四八年十一月,一艘江轮停泊在久违的和悦洲码头。这一年多来,国共两党的内战阻隔了多少匆忙的脚步,阻隔了多少有情眷属。谁也不能确定当天通航的大通号第二天是否会再次在长江拉响它洪亮的汽笛。当英国太古公司的大通号停泊在和悦洲码头时,那小小的码头被各路旅客挤得满满当当。

大通号是中午停泊在澜溪码头的,启航的时间是傍晚五时三十分。

街道上来了一个摇拨浪鼓的男人,一个货郎。但他那货郎担子里的货的确是太少了,人们在他的货郎担前瞄了一眼,很快就离去了。那摇拨浪鼓的男人一直在摇着他的拨浪鼓,从上街头到下街头,再从下街头到上街头,一遍又一遍。但凡遇到看上去可能会买他东西的女人,货郎就说:“大姐,要发卡吗?带银丝扣的。”但他的发卡样式太老了,且要价高得离谱,没有一个人与他成交。他掏出怀表看了看时间,于是又摇着他的拨浪鼓,开始向码头方向走去。他似乎有些失望,于是,他一边摇着他的拨浪鼓,一边四处张望着。这时,他遇到了一个将孩子背在后背的女人。

“大姐,你不想要点什么吗?”

“呵,有清凉油吗?虎标牌,能治头痛的。”七枝说。

“我有发卡,带银丝扣的。”货郎说着,从他的货郎担里取出一只小小的发卡,递了过去。

七枝的眼睛顿时一亮,那是她的发卡,带银丝扣的,表面镶着一层红色的珐琅质。这支发卡她太熟悉了，很多年前，一个叫毛头的孩子把这只发卡别到她的头上，那时候，他八岁，她十三岁。还是这只发卡，三年前的一个早上，在广发旅社，江义芳说："我带上它，留个念想吧。"

"你怎么会有这个？"七枝的声音都变了，她的心在剧烈地跳动着。

"有个人让我把它捎给他的妻子。"

"天啊，他还活着？"她的心脏剧烈地跳动着，几乎要跃出她的胸口。

"他交给我这个，说如果你没有变心，就请你跟我走。时间很紧。"

那是一只发卡，带银丝扣的发卡，毛头当年送给她时原本是一对，那一年在和悦洲码头，江义芳带走了一只，另一只就夹在玉超的头发上。现在，这只发卡又回到七枝手里，只是，那个带走发卡的人却没有回来。

"你没有收到他的信吗？"

"什么信？"但她随即明白了，"天杀的明奎，报应啊。"七枝禁不住长叹一声，想着被农村工作队枪毙的明奎以及明奎的那个淹死在方塘里的儿子，原来老天真的有眼。

"他说，他有个儿子，可你这背上的却是女儿。"

"这不是他的儿子。他的儿子有三岁了。"七枝对着天空一声长叹，"天哪，这不是做梦吧。"

大通号拉响了第一遍汽笛，开船的时间快到了。

"别哭了，快跟我上船。要打大战了，这可能是最后一班船了。"

"他在哪里？为什么不亲自来接我？"她的心扑通扑通地跳着，她怎么也不会想到，江义芳还活着，并且派这个货郎前来接她。

"不要问许多，我能告诉你的，都告诉你了。"

"好吧，你等等。"说着她把背上的邢玉超一把塞到货郎的手上，转身朝一个地方跑去。

货郎在后面叫着："船可不等人。"

"儿子，他的儿子。"七枝说着，就头也不回地朝清字巷渡口跑去。她一口气跑到老钱的老虎灶前，将正在摇床里傻笑的毛头一把抱起。然而等她气喘吁吁地跑到和悦洲码头时，轮船已经离岸。大通号在江面上转了一个U形的弯，开始调正船头，向下游驶去。她看到那个站在船舷上的货郎一手抱着邢玉超，一手挥舞着手里的一顶旧毡帽,向她大声地叫着什么。只是,轮机卷起的浪涛疯狂地拍打着江岸,发出震耳欲聋的声响,她根本听不清那货郎究竟在喊些什么。她抱着毛头,沿着江岸疯了般地跑着,一边大声地哭叫着:“玉超,我的玉超……”

大通号终于消失在远处的雾岚中,轮船螺旋桨搅起的一阵浑浊巨浪也渐渐消歇,长江又恢复了往日的平静。刚才的一切就像一场梦,现在,梦醒了,一切又恢复了原来。她掐了掐自己的大腿,确信刚才发生的一切并不是在梦里,她把怀中的毛头狠狠地扔在地上,接着就一屁股坐在江滩上,对着滔滔江流痛哭起来。

一连几天,每到傍晚,七枝都要抱着毛头朝和悦洲码头跑去。有时候,街道上的任何一点响动,在她听来都是轮船的汽笛声,于是,不管是傍晚还是清晨,只要她觉得听到了轮船汽笛声,她就不顾一切地抱起毛头朝码头跑去。然而大通号再也没有出现在江面上,和悦洲码头再也没有停泊过任何一艘轮船。

国共双方的战争日渐升级,接下来的日子里,澜溪上空不时有一两架飞机贴着江面低空掠过,可以清楚地看到机翼上那蓝色的青天白日标记。飞机的螺旋桨在江面上搅起一团水花,又很快飞去。偶尔,它们会对着江面上并不存在的目标丢下一两颗炸弹,巨大的爆炸声在江面上击起几丈高的巨浪,停泊在岸边湖北佬的小划子船有的被浪头推到沙滩上,有的仰面朝天直接翻沉在江水里。

澜溪街66号却再也没有了玉超嘹亮的哭声。一连几天,七枝粒米未进,神情恍惚,然后她大病了一场,在床上躺了半个多月。直到有一天,小惠出现在她的床前,用冷冷的眼光看着她。

“求你,别用那种眼光看着我。”七枝说。她心里在责怪着小惠,这么多天,竟一次也不来看她。

“你做的好事,”小惠说,“你把玉超卖给什么人了?卖了多少大洋?”

“什么,玉超卖了?大洋?”她意识到小惠是怎么猜测半个月前发生的事的了,不仅是小惠,就是这澜溪街66号里所有的人,都会与小惠有同样的想法:七枝在神不知鬼不觉中,把玉超卖了。否则,该怎样解释玉超的突然消失?

她不想解释什么,她知道,任凭她用怎样的语言叙述那天发生的事情,人们都不会相信,她会把玉超交给一个素不相识的货郎。但这是事实,江义芳派人来接她,接她和儿子毛头,她把背在身上的玉超交给来人,转身去澜溪街66号,而等到她好不容易带着江义芳的儿子毛头来到和悦洲码头,轮船却开走了,她的玉超,就这样被那个货郎带走了，谁也不知道他被带到哪里去了。而这一切，就像是一场梦，一场玄虚而真实的梦。

七枝一遍遍地想着那天下午的拨浪鼓声，想着那个货郎站在大通号的船舷旁一手抱着玉超，一边向她挥舞着一顶旧毡帽的情形，的确是恍恍惚惚的，时间久了，连她自己也难以相信那天下午发生的事情究竟是不是一场虚玄的梦境。但她相信，江义芳一定还活着，他活在这个世界上，他在找她，找他的儿子，只是，他不方便回来。江义芳，你在哪里？

“戳妈妈”

有一段时间，在澜溪镇，一直流行着一句调侃的话。这种调侃的话有固定的模式，有些程式化，内容却因时因事而变化。这句有着固定模式的调侃首先流行在一些医院或大小诊所，医生常常是带着某种戏谑的口吻说：“我要是治不好你的病，就收你一笔诊费，治好了，你可以一分钱不付。”

“这药你要是吃不好，就收你药钱，吃好了，分文不取。”

后来这种很程式化的调侃开始蔓延到街道生活的各个层面。卖瓜的说：“这瓜我替你切开了啊，要是坏了，你再付钱，没坏，你把瓜抱走吧。”

“这批货，你若收不到，务必把货款打来，收到了，就不必了。”

这句调侃的话，正是源于我父亲沈仲景与他的老丈人签订的那份狗血协议：“我要是没把雅兰的癫痫病治好，我就把雅兰娶进门，要是治好了，雅兰就可以嫁别人了。”

我父亲到底还是没能在雅兰二十岁前治好她的癫痫病，他也就不得不按照他与老丈人孙如霖签订的婚约，与我的生母孙雅兰在荷兰人的天主教堂举行了结婚大典。然而造物弄人，婚后的第二年，雅兰的癫痫病却奇迹般地没有在她固定的日期发作。但父亲与母亲的婚姻已成事实，父亲只得与母亲在这种苦涩的婚姻中度过了一年又一年。

父亲早就顺利地接下怡和药行。他的老丈人在一次前往皖南山区运送药材的途中遭人暗算，腰部中了一枪，从此没能再站起来。后来有人说，那次孙如霖往皖南山区运送的并不是药材，而是一批枪支。有人说，那批枪支是准备送给皖南山区的一支共产党游击队的。如果不是他受了重伤，如果不是和悦洲青帮老头子出面做保，如果不是他自己破费了一大笔，他那一次就一定会死在县党部的大牢里了。现在，他只能坐在曾做过木匠的女婿沈仲景为他特制的轮椅上艰难生存，他的身体也一天不如一天，说话都不太灵便了。

那一天，父亲来老钱的老虎灶，当他看到哑巴翠花像平日里一样，不厌其烦地在给毛头捏脚时，便带着不屑的口吻说："捏脚要是有用的话，他早就站起来了。"

老钱说："你都把你老婆的癫痫病治好了，难道就不能把毛头弄站起来吗？"

"我要是把他治好了，这个儿子就是我的了。"

这话传到七枝耳里，七枝说："歪瓜裂枣，他沈仲景要是稀罕，就抱走吧，只要他不把毛头做成药引子就行了。"

父亲说："老钱说你儿子将来有大造化呢。送给我了，将来你不后悔？"

老钱于是把那句澜溪人一直流行的话又说了一遍："你若治不好他的病，他就做你儿子了。"

父亲无法阻止人们用这种话来调侃他，尽管母亲的癫痫病三四年都没发作了。或者是老钱的话刺激了他，他当时就用他的一只手抱起睡在摇床中口眼歪斜的毛头，回到怡和药行。

"你弄来一颗烫手的山芋。"他的老丈人孙如霖说。

"烫手的山芋才好吃。"

他把药行交给面瓜暂管，自己却抱着毛头一头扎进了非非寺。

担当和尚老了，他不再行走如风地四处讲经，不再逢人便说些半儒半佛的禅语，他的眼睛都快看不见了，他住在一间没有窗户的屋子里，不吃不喝，已经很多天了。当父亲抱着毛头走进那间黑暗的屋子时，老和尚立即就说："你来做什么？"

父亲把毛头抱到老和尚面前，说："师父看看这孩子吧，您老曾经说，他将来有大造化。"

"我不知道，你把他抱走吧。"

"现在，我得让他站起来。"

"阿弥陀佛，我不认识你。"

"师父，桶底脱落了。"

“一切都是因果,业力是谁也不能改变的。你走吧,我不认识你。”

“多谢师父开示,我明白了。”

“阿弥陀佛,我何曾开示你。”

父亲知道,人体都有一种奇特的自愈能力,这自愈能力的大小、快慢,是与人的不同的体质相关的,这就是担当和尚所说的“业力”。是的,正如老和尚所说,业力是任何外力所不能改变的。可父亲知道,就像雅兰不治而愈的癫痫病,眼前的这个小生命,只能等待命运的造化了。

从非非寺下来,沈仲景意识到,这或许真是一颗烫手的山芋,但即便是烫手的山芋,他也必须把它捧在手心里,一刻也不能放松。他在药行收拾了一个房间,带着毛头就在药行住了下来。药行里洋溢着一股浓浓的中药气味,这气味正是《本草纲目》所述中药的酸辛甘咸苦五味和寒热温凉四气。任何一味中药,都是气与味的综合体,而人有阴阳,阴阳失调,则人有病。中药的气与味,能起到化阴调阳的作用。虽然父亲目前还找不到让毛头摆脱病况的良方,但药行里的这股浓浓的中药气味,对毛头是有益的。此外,药行里成天药杵捣碓之声不绝于耳,这种有节奏的敲击声自然会带着老祖宗们对病体搏击的信息,起到调节毛头神经的作用。

一个月后,父亲要去上海进一批西药,他便把毛头架在肩上,带到上海这座十里洋场,这一去一回,就是半个月时间。这半个月里,父亲既要当爹,又要当妈,真是吃尽了苦头。毛头要么一天不哼一声,要哭起来,能号个半天。他骂着:“戳你妈妈,你这么一个小东西。”毛头尿了,拉屎了,他要给毛头换尿布,他骂着:“戳你妈妈,养一个小人这么难!”有时候,毛头咿咿呀呀,谁也不知道他要说什么,父亲就逗他:“戳你妈妈,笑一个,笑一个给你干爸看啊!”毛头果然就笑了一下,这一笑,真正是暖到父亲的心里去了。他说:“儿子,叫大,大,大。”毛头果然张了下嘴,哼了声:“大,大,大……”父亲那个激动啊,他用他唯一的那只手臂把毛头抱起,抛向空中,再抛起,一下又一下,毛头笑着:“大,大,大……”

沈仲景抱走了毛头,在那条石板路上必然会引起一番议论。有人说,沈仲景不过是拿毛头做一次试验,更多的说法是,沈仲景要巴结七枝。虽然沈仲景与妻子孙雅兰育有一个女儿,但他从来就没有爱过那个有过癫痫病史的妻子,他的心思只在七枝身上。他曾经在一次醉酒后公开说,哪怕八十岁,九十岁,他都要把七枝正正式式地娶进门。

得了老丈人孙如霖和担当和尚真传的父亲无疑成为这条石板路上不可多得的传奇人物。在他的身上总会有传奇，总会有奇迹发生。人们不禁会想起不久前发生的事情。一个公公爬灰，结果翁媳二人光着身子贴在一起，再也分不开身子了。家人急了，顾不得出丑，不得不去找我父亲，我父亲去时，果然就看到梨花压海棠的奇景。他离开了一会儿，再回到现场时，突然在那一对蒙着头不敢见人的翁媳床边点燃一挂鞭炮。那一对做了丑事的翁媳受到惊吓，一下就分开了。

还有一次，下街头老佘家嫁女儿，新娘在几个嫂子的帮助下忙着换衣，新娘想起衣柜上格的一件衣服，就踮着脚去够那柜门，只听“咔嗒”一声，新娘的胳膊脱了臼，那一双举在空中的手怎么都放不下来了。花轿就等在门外，新娘却出了这么一档子事情，娘家人一个个急得像热锅里的蚂蚁。有人说：“找沈仲景吧。”父亲闻讯进了屋子，那新娘就站在那里，双手僵在头顶，满脸涨得通红，露出半边肚皮。父亲在新娘面前坐下来，说：“姑娘，今年多大了？”

“二十一了。”新娘回答着，手仍举在空中。

“这新娘子长得嫩，看上去还不到十八呢。”说着，一伸手，抓住新娘的裤腰猛然一拽，新娘一急，手放下来了。

半个月后，父亲肩上驮着毛头，重新回到澜溪街上。毛头穿着父亲给他买的新衣，手里拿着一根棒棒糖，口水一直拖到父亲的头上，然而看上去口眼倒是端正了不少，人也精神了许多。

“沈老板，哪里捡个儿子来？”

父亲悄声在毛头的耳边说：“儿子，你叫声大，我给你买糖吃。”

那肩上的毛头就从嘴里蹦出一句话来：“戳妈妈。”

一街的人哄然大笑。父亲说：“戳你妈妈，老子教你许多，你怎么就学会了这一句？”

“拽子”，这一次，毛头却是无师自通。

父亲走到老钱的老虎灶前，喊着：“老钱，我把毛头给你送回来了。看，我没有把他当药引子泡了吧。”说着，就把毛头放到地上，说，“儿子，走几步，让你干爸看看。”毛头刚被父亲放到地上，就一头栽倒在石板路上，接着就咧开嘴大哭起来，这一哭就哭了半个时辰。父亲一脸尴尬，嗫嚅着说：“戳你妈，你这不是在出我的洋相吗？”

奇迹发生在半个月后,那一天傍晚,七枝把毛头放在摇床里,她要去给人送水。谁也没有想到,她刚转身,毛头突然翻身而起,他越过摇床的护栏,重重地摔倒在地。然而他接着就没事似的从地上爬起来,沿着老虎灶滚烫的灶壁,一直走到老钱跟前,嘴里骂了一句话:“戳妈妈……”

一家人全都大笑起来,七枝放下水瓶一把抱住毛头,嘴里喊着:“毛头,我苦命的毛头……”

毛头虽然还是呆呆的,但真的能够满地跑了。这个三岁零五个月的孩子,每天在街道上跑来跑去,逢人只会一句话:戳妈妈。人们都知道这是沈仲景的口头禅,这孩子被沈仲景带出去半个月,不仅学会了走路,也学会了这一句骂人的话。偶尔,他在街上看到父亲,于是便对着父亲那截空洞洞的袖筒说:“拽子……”

每天晚饭桌上,老钱都要喝两口,那天毛头就站在他身后,痴痴地看老钱喝酒。老钱就夹一筷头菜送到毛头的嘴里,毛头却把头扭得像拨浪鼓一样,两眼只看老钱酒杯。老钱骂了一声:“小狗日的,你也想喝酒吗?”说着,便用筷头蘸着酒,塞到他嘴里,小东西皱着眉头,骂了一声“戳妈妈”,接着就被那酒辣得大哭起来。但到了第二天,当老钱喝酒时,毛头仍然站在那里痴痴地看着老钱的酒杯,老钱就又用筷头蘸着酒送到他嘴里,这次他辣得呵呵几下,却不哭了。老钱觉得好玩,就每天玩着这游戏,几次下来,毛头竟上瘾了,但凡老钱在喝酒,他就站在老钱身后,让老钱喂他酒喝。后来就不是筷头蘸酒了,而是汤匙,开头是汤匙尖上的一点点,慢慢地就多了,竟能喝下小半杯。很长时间里,走过那条石板路的人看到老钱与一个毛头孩子推杯换盏时,都禁不住停下来看一看那老虎灶前的西洋景,看一看那个叫毛头的孩子怎样把苦辣的老酒一杯一杯、老滋老味地咂出声来。

不管怎么说,毛头总算能下地走路了,他所能说的话,除了“戳妈妈”,还是“戳妈妈”。街坊人家递给他一块米糕,他说“戳妈妈”,有比他大的孩子欺负他,他也是说“戳妈妈”。对于一个先天性脑瘫患儿来说,他能下地走路,而且还能骂人,这一切都得归功于沈仲景。七枝兑现了承诺,既然沈仲景那么在乎她的这个歪瓜裂枣儿子,那就许给他做干儿子吧。但人们知道,做了沈仲景干儿子的毛头不过是替沈仲景的不着边际的爱情做了一回药引子,沈仲景的心思澜溪人谁能摸不清?

有一次小惠又在七枝面前提沈仲景,说到沈仲景这些年来在七枝身上所用的心思。七枝说:“老沈这人对我有恩,我将来是会报答他的。但一码归一码,再说了,沈仲景有妻子,我又得到老江的消息了,我们都是有家室的人,胡来的事,我是万万不能做的。”

让七枝去做沈仲景的小固然没有可能,但在小惠看来,虽然沈仲景与雅兰有过两个女儿,但两个人早就过着分居的生活,沈仲景与七枝,一个孤男,一个寡女,做一对地下情人也未尝不可。但她知道七枝的脾气,也不好把这一层意思说破。

“江义芳在哪里呢?兵荒马乱的,只怕……”

“他在上海,只是现在不方便来接我,我要是有办法,一定会去找他。”

小惠说:“你不妨给江义芳写封信,你告诉他,他要是再不回来,你就改嫁了。”

七枝在家里闷了两天,却一个字也没写出来。当初她在孙先生的学馆里刚上了半年学,就遇到沈仲景的那次恶作剧,原本就不想让女儿上学的老娘借着这个事,坚决地将女儿领回家。她一开始想去找正在邮政局分拣处做分拣员的雅兰,但后来她还是找到专在邮政局门前替人代写书信的佘先生,请他帮着给江义芳写封信。佘先生铺好信纸,等她口述,她却一时不知说什么好。有些话,她不好直接告诉佘先生,譬如,她想告诉江义芳,她从十二岁第一次走进江义芳家门时就爱上了他,但那时候她的爱并不明确,于是,她只能把对他的爱寄托在毛头身上。譬如她想说,义芳,每当夜深人静时我是多么想你啊,想偎在你怀里,闻着你身上淡淡的烟草气味,闻着你嘴里喷出来的带着马樱花气味的口气,想着被你死死地揽在怀里……可这些话怎么好对佘先生说呢?譬如她想说,义芳啊,你说要让我给你生许许多多儿子女儿,你怎么说话不算话呢?这话更不好对佘先生说。她想说,义芳啊,你回来吧,我们好好在一起过日子,我不要你有多少田,也不要你有多少地,我只要你每天陪着我,这就够了。我情愿看着你一边静静地翻着那些线装书,一边将一粒花生米扔进嘴里;我愿意看你迈着方步,悠闲地走在田埂上,愿意你抱着我们的儿子,逗他笑,哄他哭;我愿意在夜里给你捏腿捏脚,让你舒舒服服地睡上一觉。这样的话,她又怎么能跟佘先生说呢?

佘先生见她不说话,便问她:“你要给你男人写信吗?你晓得他在哪里吗?你心里的话,不用说,我替你写好了,再念给你听,你满意,我就替你在这邮局里寄出去好吗?”

她点了点头,说:“麻烦你老人家了,你替我写,好好。”

佘先生用毛笔蘸着磨好的墨汁,开始在一张信纸上写了起来,佘先生一写就写了满满一张纸,写好了,佘先生自己默念了一遍,便放下笔说:“我念给你听好吗?”

义芳良人,光阴荏苒,日月如梭,忆昔澜溪一握,趋往远途,别来物换星移,几经屈指,每怀靡及,翘首空劳,能不依依。今贱妾独守床帏,每念良人昔之笑貌,顿成空幻,相思之切,与日俱增,不觉泪洒罗帕,尽湿襟衫……

这封信,除了“义芳良人”,其余她一概不懂。但她觉得,只要江义芳接到这封信,知道她在思他、念他,这也就够了。她说:“佘先生,多谢你了。”

佘先生说:“你的信,往哪儿寄呢?”

七枝想了想说:“上海慧公馆。”

佘先生摇了摇头,说:“上海大着呢,慧公馆也多着呢,你没有门牌号码,这信是寄不到的。”

“佘先生,你只管寄出去吧,他总会收到的。”

佘先生说:“你让我寄出去,我也只好替你寄出去了。能不能寄到,那就不是我的事了。”

信果然很快就退回来了,信封上盖着戳号,上面写着:地址不详,原信退回。

忽然有一天,一个字跳到她的脑海里:鹿。她再去找邮政局前的佘先生,把她想起的这个字说给佘先生听,佘先生见多识广,连忙说:“是巨鹿路吗?”

“是的,是巨鹿路,我想起来了。”

于是,佘先生把上封退回来的信重新装入一只信封,信封上写着:上海巨鹿路慧公馆转交江义芳先生收。

过了很久,一直过了很久,那封信没有退回来,当然也没有江义芳的任何消息。

大运河

怡和药业的进货渠道一般是两处,中药从云南进,西药从上海进。虽然战事吃紧,但大通号仍然不时停泊在和悦洲码头,在上游武汉和下游上海之间不定期来回地航运。父亲决定去上海进一批盘尼西林。其实他不必亲自去的,但这一回他要亲自去。临行前,他请小惠转告七枝,要不要他替她去打听一下她男人的下落。父亲又加了一句,她要是愿意,他也可以带着她一起去一趟上海。

七枝当然想跟着他一起去一趟上海。"可是,那算什么呀,孤男寡女的。"她说。但她心里还是想去的,一是想看看那传说中的十里洋场到底是个怎样的热闹非凡,更主要的是想打听一下江义芳真正的下落,是死了,还是活着,是在上海还是去了海峡那边,那就真的一辈子也见不到面了。

小惠看出她的犹豫,说:"要不我陪着一同去吧,这样就不怕别人说话了。"

父亲说:"好啊,有小惠去,路上就热闹了。"

一行三人,一男二女,从澜溪上了大通号轮船,父亲替两个女人买了一个二等舱,自己也是另一个二等舱,同舱的是一个姓吴的徽州人,到上海做茶叶生意的。虽然做的生意不同,但说起生意经来还是比较投机。小惠跑过不少大码头,但七枝却是第一次出远门,当然更没有坐过二等舱,一上船就趴在船窗边看江上风景,看江上来往的船只,觉得很新鲜,心情也就大不一样。第一天午饭,当然是父亲做东,他买了酒菜,让人送到舱里,父亲便将两个女人叫了,一同到他的舱里喝酒。小惠能喝,但她节制着,七枝能喝一点,但不多,也不敢喝多,而父亲滴酒不沾。吴老板就笑他:"哪有男人不会喝酒的,你是男人吗?"小惠知道父亲为什么滴酒不沾,说:"他要是真喝起来,谅你也不是他的对手。"

吴老板说:"能喝不喝,那不明摆着看不起人吗?"

父亲便说:"我是一个管不住自己的男人,一沾上酒,必定收不拢窠。这一辈子,我因为酒,不知坏了多少事情,所以我就下决心戒了。"

吴老板说:"原来这样啊。"

吴老板同小惠干了两杯,到底喝得没意思,就放下杯子,开始吃饭。午饭后,人有些困倦,父亲有心,随身带了一副纸牌,提议四人打纸牌。于是把舱里的桌子拉开来,四个人捉对打牌。虽然父亲只有一只手臂,但却一点都不妨碍他熟练地摸牌,出牌。小惠偶尔打过麻将,但对纸牌并不熟悉,虽然父亲一再地说,麻将和纸牌道理是一样的,但小惠仍不入门,与她配对的吴老板就一边出着牌,一边转过来指点小惠如何出牌。吴老板每转过身来,父亲便把牌遮掩住,叫着:"嘿,嘿,不带这样,不带这样啊。"当然并不是认真的。

我的外祖父晚年最好的就是纸牌,我在这本书的开头就说过,因为打牌,一天晚上被人捉弄送了性命。母亲韩七枝是家中最小的女儿,我的外祖父出门打牌时,偶尔会带着她,自幼耳濡目染,她也多少会一些,只是不精,偶尔也会出一张错牌。牌出错了,父亲转过来指点一二,吴老板也就反唇相讥:“不带这样,不带这样。”四个人真真假假,吵吵嚷嚷,倒也热闹,关系一下子都近了。尤其是吴老板,一次次逗着小惠,小惠出什么牌,他就出什么牌对付,好像他的对手就是小惠,而不是别人。小惠一会儿气,一会儿急,就骂着吴老板,澜溪方言夹杂着湖北土话全都乱七八糟地骂出来了,其实并没有恶意。一下午就很快过去了。

晚饭时,吴老板一定要回请,叫了酒菜,仍然是在船舱里。父亲仍然不喝,而那个吴老板却放开来喝,一次一次要与小惠干杯。小惠索性也放开了,与吴老板较上了劲,明显的,两个人都有些意思了。七枝当然是帮着小惠,两个人两张嘴专门对着吴老板。吴老板叫着:“沈老板,不带这样欺负人吧,你也不帮帮我。”父亲只是笑,摆出一副长者的姿态,一边叮嘱七枝:“你该吃药了。”

吴老板明明知道七枝并不是父亲的什么人,却故意调笑说:“嫂子,你看我们沈哥对你多好,处处护着你,有沈哥,是嫂子的福气啊。”

父亲连忙说:“你不要胡说,她是我妹子,至亲的妹子。”

吴老板就用徽州话唱起情歌来:

小妹妹家住徽州城
粽子店开在那城北门
昨晚打门你不应
今晚你该开了门
……

余下的唱词就有些听不得了,好在他及时地打住了,免得在场人尴尬。

轮船要在江上漂三天两夜,父亲与吴老板轮流地请客,时间过得也很快。到了第四天头上,大通号靠到上海十六铺码头。吴老板提议住到他们徽州会所,父亲当然不能答应,他要住他每次来时住的黄浦路的一家东升旅馆。吴老板与小惠似乎都有些意思了,还是小惠说,那就都住到东升旅馆吧,晚上接着打牌。吴老板便改变主意,随着父亲他们住到黄浦路的东升旅馆。但吴老板坚持这天晚上一定要由他安排。他安排的地点是靠近黄浦江的一家徽州饭馆,上的全是徽州菜,有臭鳜鱼、毛豆腐以及其他徽州菜。吴老板又要了一坛绍兴黄酒,还是四个人,一个包间。

说好了晚上去逛外滩的,但刚出那家徽州菜馆,吴老板和小惠就不见了。七枝知道,小惠还是无法收拢自己,她的老毛病又犯了。不过看上去,这个吴老板倒像是真的对小惠动了心,就不知道他们是否真的能拢到一起来。

七枝刚回到房间,父亲在外面敲门,说:"你有兴趣去逛外滩吗?"

七枝知道父亲怕她一个人在屋里寂寞,便来陪她。她不好逆父亲的好意,这一路下来,沈仲景这人倒并不像原先想象的那么讨厌,相反,倒显出上了年纪的人的沉稳和成熟,处处约束着自己,却也随顺着别人。

七枝说:"坐了几天的船,人有点累了。"其实心里还是想跟着父亲到外滩逛逛的。

"路倒不远,出门就有黄包车。"

"我洗把脸,你在门口等我。"

没想到两个人刚要出门,正遇上吴老板和小惠说说笑笑地回来了。吴老板一路上已经感觉出父亲对七枝的意思,刚才一定又听小惠说了,所以这一刻调笑说:"怎么,你们要单遛啊? 我还说请你们到彭浦的一家徽州茶馆喝茶呢。"

小惠说:"茶就不喝了,这一晚吃的东西太多了,走走才好。"

父亲说:"那就去外滩吧,那里风凉快。"

于是四个人要了两辆黄包车,两个男的一辆,两个女的一辆。黄包车打着响铃,不一刻就到了黄浦江边。

在外滩,吴老板在父亲耳边说了一句什么话,父亲笑笑,作为回答。但很快,四个人就分了两拨走散了,自然是吴老板与小惠一拨,父亲与七枝一拨。直到这时,父亲才说:"你不要急啊,明天我们把要紧的事情办好,后天一准带你去找你要找的人。"

七枝反而不好意思起来,说:"不急的,不急的。他人在,自然跑不掉,不在,急也枉然。"

父亲说:"你的头痛现在怎么样了? 要不我哪天带你到一家洋人开的医院看看。"

"呵,头痛好多了,总是劳烦你,真不过意。"

“你说的哪里话，谁跟谁啊？”父亲这句话说得有点过头，七枝一时就有些发窘，一时都没有话说。

过了很久，父亲说：“你知道我为什么戒酒吗？”他还想说，你知道我的这只手臂是怎么丢的吗？但这句话他是不会说的。

七枝当然知道他要说的话，便故意把话支开，说：“酒是好东西，但过头了就不好。”

好在父亲也就没有把这个话继续下去，而是换了一个话题，说：“我那次说你儿子将来要做大事，我不是瞎说的。你知道，我会看相，我看人，一般不会错的。”父亲这是在撒谎了，因为他明明知道，说毛头将来有大造化的是担当和尚，他只是把担当和尚的话贩过来，不过是讨七枝的欢心。

七枝说：“我不想他将来做什么大事，他能够像正常人那样活着，我心就放踏实了。”又说，“见到老江，我要让他好好谢你。”

“谢什么啊，见到他，你踏实了就好。”其实，父亲心里清楚，这一趟来上海，对七枝无非就是一种心理上的安慰。依他分析，不外乎两种情况：江义芳要不出什么事了，要不就是变心有外人了。在上海滩，什么样的可能都有。他思虑再三，还是把这个意思明说了，他只怕明天找到江义芳，万一江义芳变心了，不买账，或是一开门就见到另一个女人，七枝一时无法接受，会闹出什么事来。七枝说：“你说的，我也不是没想过，不过我总是要找一找，我总是需要一个结果。”

这样，话就说不下去了，似乎是为了打破尴尬，父亲把几张法币塞到七枝手里，说：“明天我们要去办事，我安排了，由一个朋友带你跟小慧去逛城隍庙，总要花钱的，这个你拿着。”

七枝不肯接，说：“这一路你已破费不少了，我不要买什么。”

“先拿着吧，用不了再还我就是。”

四个人结果又在外白渡桥会面了，小惠兴致不减，说要租一艘游船去兜黄浦江，父亲说：“坐了几天的船还不过瘾？不早了，回去歇息吧，有空再来。”遂又要了两辆黄包车，两男两女回到东升旅馆。

第二天吃过早饭，两个男人分别要去办事，父亲的朋友果然就派一个听差来了，是个二十岁左右的年轻人，很精干的样子，领着小惠和七枝去逛城隍庙。逛累了，中午便在城隍庙要了几笼小笼包子，吃五香豆，喝豆沙粥，吃饱了继续逛，一直逛到天将黑了，这才一身臭汗地回到东升旅馆。两个男人也回来了，父亲说："你们先洗洗吧，今晚有朋友接风，在二马路一带，过一会儿朋友来车接。"

慧公馆

第三天他们还是没有办七枝的事，直到第五天头上，父亲才有空陪七枝去巨鹿路慧公馆，小惠当然也得陪着。吴老板说，他的事办得差不多了，休息一天，也一同陪着去。四个人坐电车到静安寺附近的巨鹿路，一行人沿街找着门牌号码，好不容易数到265号，但并没有什么慧公馆，而是一个店号为"大华"的绸缎庄。他们想着也许是从前一个有钱人的公馆吧，现在改作绸缎庄也未可知，于是便报了要找的人的姓名。

"没，没这个'林(人)'。"一个伏在柜台上打算盘的账房先生头也不抬地说。

"安徽来的，江义芳。"

"说过了，没这个林。"

七枝想起那个摇拨浪鼓的汉子，说："有个摇拨浪鼓的，瘦瘦长长的个子，脸上有几粒麻子。他给的我这个地址。"

那账房先生至此才抬了一下头，说："侬去看看门口贴的布告。"

七枝于是出了大华的门，果然看到临街的墙上张贴着一张布告，布告被雨水打得有些模糊了，那上面印着一个男人照片，剃着平头，正是那个摇拨浪鼓的男人。只是，那人的名字被红笔打了一个大大的叉，罪名是"散布谣言，抬价收兑银圆，破坏治安"。布告下方是上海警备区司令汤恩伯的手谕。七枝注意到，布告贴出的时间是：一九四八年十一月二十五日。按日期推算，布告上的男人几乎是刚一回到上海，即被上海警备区逮捕、处决了。

七枝惊出一身汗来，脸也倏地变色了。她不敢再进门询问究竟，赶紧离开大华绸缎庄。几个人也不好再问什么，也跟着离开这一片街面。走了不到百十米，后面有人追了上来，正是那个账房先生。

"你们是他什么人？"

父亲就指着韩七枝说："这是他妻子。"

“他是从安徽来的吗？胖胖的，中等身材，四十岁左右？”

“是的，”七枝说，“他在哪里？”

“你们不要再找他了，找也枉然。”

“我们好不容易找了来，总要得到个究竟的消息。”

账房先生看了看四周，说：“想到你们大老远地赶来，我还是把有些情况告诉你们吧。那个叫李元庆的人，就是布告上的那个人，曾是本店的店员，你的那个，呵，江先生像是同他很熟，见他来过一两次，后来突然消失了。李元庆好像也急着找他，他们之间好像有什么约定。再后来，你们也看到布告了。因为他的事，我们老板，也被警备司令部带去审问了几天呢。”

账房先生所说的情况，让这一干人原本简单的寻人计划变得复杂起来，七枝一时不知道再说什么。还是父亲老练些，说：“那个李、李元庆，他究竟犯的什么罪？”

“这个是说不清的，这年头的事。究竟是什么人，谁也说不清的。”

几个人谢过账房先生，默默地走了一截路，那账房先生再次转回来，说：“我记得江先生最后一次来时，听到他们说有一个河南朋友姓王的在杭州岳王庙附近开了家生丝店，要请他去做朝奉。你们要方便，可去杭州问问。”

如果这位账房先生所说的是事实，那就证明，江义芳并没有在那场传说中的轮船倾覆事件中丧生，如果没有别的意外，至少，他目前还活在世上。至于他现在的行踪，仍是一个谜。七枝突然想起来，江义芳确曾提起过一个姓李的同学，那么，就是这个李元庆了？就像那账房先生说的，李元庆究竟是因为什么犯在警备司令部的手里，是谁也说不清的，是金融，还是政治？

父亲问：“七枝，你怎么打算？”

七枝说：“我不想太麻烦你们，我想自个儿去一趟杭州，我要把他的消息打探到底，好知道他究竟是什么情况。”

小惠说：“我劝你不要再去杭州了，到了那里，还不是这个情况？”

父亲选择站在支持七枝的一边，说：“既然来了，就要弄个水落石出，否则总有个念头在心里挂着。”

父亲这一说，小惠就不再坚持，说：“既然要去，就不劳两位了，我陪七枝去吧。”

父亲说：“我那批货还要过半个月才能提到，反正没事，我陪着去吧。”

小惠说：“也好，兵荒马乱的，有你们男人陪着，到底踏实些。”当然她的意思还是希望徽州佬吴老板也能一起去一趟杭州。吴老板哪能不明白她的意思？便说："上有苏杭，下有天堂，杭州我也有几年没去了，我们不妨走水路，从上海到苏州，大运河方便得很，也好一路赏景。"吴老板的意思是，从杭州走水路到徽州，似乎更近一些。七枝明白大家的好意，只有感激的分了，真正是皆大欢喜。

第二天一早，父亲雇了条船，船沿着大运河，一路向杭州进发。

刚上船，仍然是打纸牌，吴老板提议来点真格的，否则提不起兴致来。七枝就有些为难，她原本身上拮据，所带的钱不多，而这一路都是我父亲沈仲景开销，她哪敢来真格的呢？我父亲说："七枝你放心打，吴老板输了便罢，要是赢了，我们三人对他一个，不到杭州，就把他给做了。"

吴老板就说："你怎么就断定你们是三个我一人？"说时，就拿眼瞟着小惠。

小惠说："要是沈老板使个眼神，我第一个就动手把你给做了信不信？"

吴老板就说："那就来吧，看到底是谁把谁给做了。"

从上海到杭州，中间必定经过苏州。在苏州，船主把船靠了岸，要上岸做些采买。吴老板提议，何不顺便请船老板从岸上雇个唱曲的来，大家一边打牌，一边听曲子？小惠当然第一个叫好。于是，船老板上岸，不一刻就叫来一对唱评弹的，自己再去采买。这唱评弹的一老一少父女俩，女的模样相当俊俏，可惜是个瞎子。女子的父亲弹着三弦，女儿弹着琵琶，开口就唱了一段《琵琶行》：

浔阳江头夜送客
枫叶荻花秋瑟瑟
主人下马客在船
举酒欲饮无管弦
醉不成欢惨将别
别时茫茫江浸月……

七枝一开始听不懂那一对父女的苏州评弹，并且她实在是没心思听这些，连打牌也是很勉强，一心只想着去杭州的事。她现在最担心的是江义芳会不会卷入李元庆的案子中，万一被卷进去，无论那账房先生所说的哪一种可能，只要被政府查出，都是要掉脑袋的事。

心里有事，牌就连连出错，那三个人当然明白她的心事，也都不加指责，她出错了牌，就把那牌让她再拿回去，继续出别的牌。这样牌打得就没什么意思了。那卖唱女子完全进入《琵琶行》的诗意中，只见她忽而悲，忽而叹，而当她唱到"去来江口守空船，绕船月明江水寒，夜深忽梦少年事，梦啼妆泪红阑杆"一段时，情绪忽然激昂，又唱道："我闻琵琶已叹息，又闻此语重唧唧，同是天涯沦落人，相逢何必曾相识……"七枝手里握着牌，人却怔在那里，早已是泪眼婆娑，不能自已了。恰在这时，那老头的三弦断了。老头说了一声"对不起"，重新接了根弦，继续弹唱。

船老板采买上船，那一对唱评弹的父女正好把一段《琵琶行》唱完，又加唱了一段《闺房怨》，这是一段诙谐的曲子，三弦和琵琶的旋律就轻快起来。这边四个人都把手上的牌放下，听那一对父女弹唱，直到那一对父女收工。那女儿略一弯腰，说："唱得不好，客官多多包涵。"

吴老板那里早有准备，抢着把钱付了。我父亲知道吴老板这一路有小惠陪着，浑身都在兴奋着，就乐得让他做了好人。

船继续往杭州而去，船娘做好了午饭，烧了糖醋鲤鱼、清蒸河鳗，炖了乌鸡排骨汤，另外还有竹笋木耳干丝等几个地方小菜，都烧得很精致，四个人就喝了一点黄酒，都不多，吃毕，倦倦的，就前舱后舱地搭了铺睡下了。

不知什么时候，我父亲被后舱的哭声惊醒，那哭声分明就是七枝的，且她一边哭，一边絮叨着什么，小惠在劝她。再细听，七枝是在诉说自己的不幸，从幼时丧父，到十二岁寄身江家，再到毛头的死，说起来就是一段长长的故事。我父亲听了，也觉得心酸，却也不好去与后舱搭话，只是在铺上翻来覆去，想着心思。而那头，吴老板早已是鼾声如雷。

我父亲问船娘："晚饭烧好了吗？"

船娘说："早烧好了，看几位客官睡得好沉，没好叫醒你们。"

于是，父亲把吴老板叫醒，又拍着船壁，让那边两位到这边吃饭。小惠先过来，七枝过来时，是洗了把脸的，但眼仍是红红的，脸色也不似前几天那样鲜亮。

船娘把饭菜端到桌上，除了中午吃剩下的乌鸡排骨汤，另有红烧狮子头和香芹干丝，荤素搭配，吴老板喝了点黄酒，其他三位只是喝汤，把红烧狮子头拨开来分吃了，连饭也不吃了。这一餐晚饭吃得比较沉闷，一个个像是下午的觉没有睡醒似的。吃完了，几个人坐在船头上看运河夜景。

夜风瑟瑟，运河上夜航的船亮着盏盏灯火，正衬着天上繁星点点，人又困倦了。

吴老板打着哈欠说："睡吧睡吧。"于是接着睡觉，这一睡就睡到第二天清晨。

早饭后，船到嘉兴。徽州吴老板就叫船家把船停停，说嘉兴的红菱和糟蛋不错，想上岸买点来吃。吴老板问谁愿意同去，我父亲说不如在船上睡觉，七枝当然也不想去，只有小惠听到风就是雨，一定要去买嘉兴红菱，二人就下船了。

"七枝，你昨天哭了？"二人刚走，我父亲就问。

七枝便有些尴尬，说："出鬼了，午觉也做梦，而且做的净是不好的梦。"

"我睡午觉也做梦的，但我醒来根本就记不住梦到什么了。你昨天下午梦到什么了？"

"梦见毛头死了。"

父亲不知道七枝所说的毛头是哪个毛头，便说："梦是反的。"

"幸亏你啊，让他下地走了，要不然我更没法出门。"

我父亲知道她说的是江守轩了，便岔开话题，说："这一趟到杭州，如果还没有消息，你打算怎么办？"

"只要他没死，总会有消息的。"这一句话，是带着一点恨说的，说时，七枝眼就红了。

父亲安慰她说："江义芳娶了你，真是福气啊。"

"我发觉你现在跟从前像是两个人了，看来是雅兰调教得好。"

父亲叹了口气，说："家家都有难念的经。"只说了这一句，就打住了。七枝便知道，他不肯说家里的事，不肯在外人面前提妻子雅兰。两个人的谈话就再次陷入僵局，空气顿时沉闷起来。

那两个人一上岸，就迟迟不见回来。过了五月，白天就更长了，父亲掏出怀表看了看，说："这两个痴货，都快七点了，还不回来。"

船娘在船尾探过头来说："要不你二位先吃饭吧，他们回来要是还没吃，再热给他们吃。"

父亲说："也好。"这天晚上，船娘熬的是绿豆粥，熬得稠稠的，就粥的菜就是嘉兴糟蛋，两人各吃了一小碗绿豆粥。刚搁下筷子，那两个人就回来了，除了嘉兴红菱、粽子等，吴老板竟然还带来一副麻将牌。小惠一上船就把大包小篮往桌上一丢，大呼小叫着说："累死我也！"

吴老板递给她一块手帕,说:“你是身子累,我是心累。”说时又解释说,“见着个店铺就要进,进去了就出不来,真把人给急得七处冒火,八处冒烟。”

七枝说:“没等你们,船娘熬的绿豆粥不错,我们喝过了,你们也喝一碗吧。”

小惠说:“我们在岸上吃过了。”

这时月亮升起来,把一条运河照得通彻透亮,几个人就又来到船头坐下。七枝把小惠买的红菱拿到船头,大家剥着红菱,说着闲话。

吴老板说:“我就吃不出这嘉兴菱角跟我们徽州的菱角有什么不同。”

小惠说:“没看出来吧? 普通的菱,角是尖的;嘉兴的菱,角是圆的。”

吴老板仔细看看,说:“还真是呢。”

小惠又卖弄,说:“说是清朝时乾隆皇帝下江南,吃嘉兴红菱时,尖角把手给刺了。后来观音菩萨就说,乾隆是好皇帝,不应该被菱角把手刺了,就让嘉兴红菱的角变成圆的了。”

七枝说:“还真的呢,这红菱的角果然是圆的。”

吴老板起身说:“我要在后舱洗个澡,你们不要过来啊!”

小惠说:“什么话,谁要看你洗澡?”

我父亲说:“吴老板还是红花郎一个,当然怕羞了。”

小惠说:“他要还是红花郎,除非全世界的女人都死光了。”话越说越不上台面了。

七枝说:“不早了,睡吧,明天一早该到杭州了吧。”于是几个人都回到舱里睡下。

还有大半天路,第二天吃过早饭,几个人就用吴老板带来的麻将牌玩起来。这是小惠的强项,却强不过我父亲,偏偏小惠是在他下家,似乎他能看到下家的牌,小惠要的牌,他偏偏压在手里,而他打出的牌,却正好被对家七枝或碰或吃。这一天的麻将打下来,七枝一吃三,情绪真是好得不得了。这一场麻将直打到昏天黑地,真到听船老板说,到了。

晚饭过后,吴老板邀我父亲去一家名叫“红遍天”的地方喝花酒,说那儿有个名叫小桃红的妓女色、艺都不错。我父亲不想再去这些地方,况且同行的还有七枝,他不想让七枝再看到他从前放荡不羁的一面,便婉拒了。吴老板似乎也正等着我父亲的这句话,这天晚上的情形与到达上海当天晚上的情形相仿,小惠与吴老板很快就走了，至于什么时候回到旅馆，就不得而知了。

七枝倒是早早地睡了，为的是养好精神，明天好去找江义芳。我父亲独自在街上转了转，也早早地回来睡了。

第二天早饭后，几个人就去了岳王庙，专门找生丝店招牌，找了半天，也没见一家生丝店。父亲说："我们这样没头苍蝇似的乱找也不是办法，何不去河南会馆问一下？说不定在那儿能打探到些什么。"

中午，几个人在岳王庙附近的一家湘菜馆吃饭，问这家湘菜馆的老板，附近可有生丝店。湘菜馆老板说，以前好像是有一家生丝店，老板是湖南人，姓黄，去年搬走了，至于搬到哪里，就不知道了。

我父亲分析，那上海佬说河南，说不定就是湖南，只有湖南才出生丝，又出湘绣，河南哪有什么生丝？几个人又辗转了一上午，终于在虎跑路打听到了湖南会馆。会馆里人说不错，有个黄老板曾经在岳王庙附近开过一家生丝店，发了一笔财，后来就不开生丝店，改开金店了。

我父亲说："这就对了，上海人王、黄不分，那个账房先生说的王，说不定就是这位黄老板了。"

会馆里的人帮他们在一本名册上查了一下，说："你们去东礼士路 28 号吧，他店的招牌是大光明金店。"

天色已晚，几个人只得回到旅馆，准备第二天继续去找。一天的劳顿，几个人都累了，七枝不过意，说："大家为我的事操心了，今晚我做东，请大家吃一顿便饭吧。"

小惠说："哪里会要你做东，吴老板前天赢的钱还揣在兜里呢，他当然要请客了。"

吴老板说："小惠你做东，我付账好吧。"

这一晚没有什么内容，一夜过后，四个人直接坐黄包车来到东礼士路 28 号，果然就看到一间临街的店面，派头很大的，门头的招牌上写着"大光明金店"，老板果然是姓黄。但伙计说，老板今天带夫人去灵隐寺烧香去了，要到下午才能回来。看看表，已是十一时许，几个人找了一家四川人开的饭馆吃了担担面，又到一家茶馆要了壶碧螺春，估计时间差不多了，再次来到"大光明"。

黄老板已经听说有四个安徽人找他，这时便将四人请到里间坐下，说："你们是他什么人？”

我父亲便介绍了。黄老板对一旁的朝奉说：“这就对了，他可能真的……”说时，就打住了。原来这黄老板是江义芳以前在徽州做茶叶生意时认识的朋友。黄老板在岳王庙附近开金店时，算是初创时期，所以急需江义芳前来帮忙。江义芳也不负黄老板所望，帮黄老板处理了几宗棘手的业务，黄老板就越发信任他，江义芳来金店不久，就被升为朝奉。当时黄老板的金店有一笔款子在湖州，就派他去了，没想到后来就没了消息。派人去湖州问，湖州方面说，款子给来人带走了，他没回杭州吗？看来这个江义芳算是失踪了，当时黄老板就向杭州和湖州两地警方报了案，警方也查了，却至今没有任何消息。

黄老板说：“我们也一直很纳闷，如果说是携款潜逃吧，所带的款子并不是很多，凭他的能力，将来在我们这里必有他的半壁江山，以我以前在徽州时对他的了解，他是个地地道道的读书人，也是个重义气的人。”

父亲说：“依黄老板分析，可能会是什么情况呢？”

“那不好说。从杭州到湖州分水陆两路，水路远些，但一向安全，陆路近，但那条路上那一阵一直在打仗，我们不清楚当时他走的哪条路，如果他当时为求近走了陆路，就怕……”

七枝一听，身子一软，要不是小惠扶着，当场就倒下了。

孤男寡女

本来是要在杭州住一两天的，但七枝的状况不好，一干人便不再提游西湖的事。还是七枝自己提出：“各位陪着我跑了一趟西湖，总得沾点湖气吧，否则我也过意不去。”

父亲说：“是这话呢，不然不是白来了一趟吗？”

小惠说：“怎么说是白来呢？”

父亲引她的话说：“此话怎讲？”

小惠说：“到底把老江的情况打探得有几分眉目了，要不就是出什么事了，要不就是变心了，这两种情况任何一种，七枝都应该释怀了。”

于是，几个人在柳浪闻莺处雇了条船，在湖上游了个把小时，吃了西湖藕粉。吴老板是要从杭州取陆路回徽州了，便要与大家就此分别。吴老板与小惠这一路走来，各自都很上心了，说到分别，无论小惠或是吴老板，都眼睛红红的，看来都动了真情。两个人唧唧歪歪了半天，小惠刚才还泪眼婆娑，忽然又骤然一亮，说："我早想去爬趟黄山，吴老板答应陪我，这个机会我不能放过。"这分明是给我父亲和七枝创造机会，真是一举两得的事。

七枝忽然就扭捏起来，说："小惠姐，不带这样捉弄人的啊，两个人一起出来，现在你把我一人丢下，叫我怎么办？"说时，像是真生气了。

小惠说："沈老板比我更会照顾你，你放心好了。"又对我父亲说，"沈老板，我妹妹就交给你了，她要是有个好歹，我放不过你。"

父亲似乎有些兴奋，却故意掐着情绪，说："放心吧，我不是老虎，吃不了她。"

小惠说："你真要是囫囵吞枣地吃下去倒也好，怕就怕吃得不生不熟……"

这话就说得够清楚了，我父亲又是一笑，说："你们俩爬黄山要小心，别闪了腰才好。"

吴老板打着哈哈说："放心吧，有我，她怎么会闪了腰呢？"

小惠就在吴老板腰里捅了一把，说："怎么说的话？"

四个人分作两批，就此分别。

仍然是坐原来的船，只是情形有些不同。船老板见来时两对，现在只剩下一双了，这一对夜里仍分前后舱住下，白天则玩着一种二人纸牌的游戏，不像是情人关系，且也有某种看似暧昧的东西。偶尔到了夜里，舱里闷热，这一对男女就坐在船头嗑着瓜子，喝茶说话，话也是淡淡的，各自小心得很，倒像是生怕捅破某种似明非明的瓜葛。船老板夫妇在这运河上营生，什么样人没见过？船公对船娘使了个眼色，船娘心领神会，两个人就什么都明白了。于是便不多打搅，只顾自己把桨使好，把舵摆正就好。

到了太仓，船在这运河上就只剩下最后一晚了。下午下了阵雨，运河上透着一股凉气，夹杂着一股腐蚀的鱼腥气。船娘烧了我父亲爱吃的糖醋鲤鱼，炖了一锅王八汤，外加两样时令小菜。我父亲见了，便要酒喝。七枝说："这一路都没有喝酒，怎么今天又喝起来？"

"有那个徽州佬在，一喝便刹不住，我一个人，喝起来就有节制了。"

“我要是陪着喝呢?”

“好啊,那今晚索性就放开喝一次吧。”

说是放开喝,但父亲还是很节制,只喝了两小盅,七枝也喝了半小盅,就都放下了。天气还是有些闷热,两人又来到船头喝茶,谈心。父亲说:“明天就到上海了,这一趟杭州之行,你有点失望吧?”

“要说失望,倒也没什么,起码,打听到他的一点下落。只是,让沈老板费了许多心,想想真过意不去。”

父亲说:“这一说,就见外了。”又说,“你跟我跑了一路,对我这个人,也多少有了些认识吧?”

七枝说:“是的,原来只是听别人说这个说那个,这一趟路走下来,倒觉得沈老板并不是那种人?”

“呵,哪种人呢?”

经他一逼问,七枝倒不好意思起来。她也是因为这一路的接触,两个人熟络多了,说话也随便了,便又说:“你这么好的一个人,早先怎么就染上那么些毛病?真不敢相信那就是你。”

经七枝这么一说,倒真的触到了父亲的痛处。父亲想:“难道这一切不都是因为你吗?如果不是因为你一直在拒绝我,一会儿是江义芳,一会儿又是无卵大侠邢男,我怎么会自暴自弃,在酒色场沉醉得不能自拔呢?”想到这一层,父亲一阵心酸,再也说不出话来。

父亲这突然的情绪变化,似乎让七枝意识到什么,却又接不上什么话来。气氛又顿然沉闷起来。终于,父亲说:“你还因为那根辫子的事记恨我吗?”

“你还记着那事?我早忘了。”七枝说,“不过恨是恨过好一阵子,也是因为你,我母亲才坚决不让我再上孙先生的学馆,一想到我的前途生生是被你葬送掉的,我哪能不恨你呢?”

“我对你,也就是从那时……”他哽咽着,余下的话,他没能说下去。但七枝也算是懂了,两个人便不再说什么,也不好说什么。

过了很久,七枝说:“雅兰也可怜,你要好好待她。”

“我有一个请求,希望你不要拒绝。”

“我要是拒绝呢?”

“你总得给我一个赎罪的机会。”

“看你说的，什么罪不罪的，人不弄人天弄人，有些事……”便也把要说的话打住了。

“我想把怡和药行我的那些股份拿出三分之一给你和毛头，这是我的一点心意。”

七枝说：“我怎么好平白无故地要你的股份呢？让别人知道了，还不知道怎么说我们呢？不要，千万不要。”

七枝话说得硬气，父亲便没再坚持己见，他听到七枝说“我们”，心里暖暖的，便又说：“毛头是我的干儿子，我总有抚养他的义务吧，起码，要与他的姐姐一碗水端平总可以吧。”

夜渐渐深了，船娘打来热水，让他们各自抹了澡，两个人就都睡了。两个人中间只隔了一层船板，船板的那边哪怕有一丁点儿响动，这边都听得一清二楚。也许是那王八汤作怪，父亲听着隔壁的动静，就有些躁动，他知道，隔壁的人迟早都会是自己的，并不急于这一个晚上。依七枝的个性，倘若莽动，说不定反而坏事。于是便把那躁动的心暂且按捺住，很快就睡着了。

半夜里，运河上卷起一阵狂风，响了几声炸雷，船晃动得厉害起来。沈仲景听到那边的人也醒了，在铺上翻着身。沈仲景便也故意把声响弄得大了些，好让隔壁人听到他也醒着，可隔壁反而没有动静了。

到了下半夜，风停了，雨却仍在下着，雨打在运河上，发出细细密密的声响，好听得很。沈仲景再也睡不着了，想着刚才七枝说“我们”，他又是一阵躁动，气也就粗了起来。而正在这时，隔壁那边忽然传来隐隐的啜泣声。沈仲景拍了拍船板，喊了声：“七枝，七枝。”

隔壁那边的啜泣声立即就止了。沈仲景又说：“七枝，你没有不舒服吧？”

隔壁那边翻了个身，一声轻轻的叹息。沈仲景再难按捺那从心里涌上来的躁动，说：“我过来好吗？”隔壁没有回应，但沈仲景确信，他刚才的话七枝是一定听到了，她听到了，没有反对，那就是答应了。沈仲景不再犹豫，悄悄地爬起来，绕过船舷，一把推开后舱门，立即就被一阵女人肉体特有的香气熏晕了。他向那肉体摸过去，触到了一只冰凉的胳膊，随即，七枝像触了电似的坐起，说：“你不能过来。”

他伸过手去，捂住七枝的嘴，但他并没有做出进一步的行动，他捂住七枝的嘴，只是让她不要发出声来，以免被船老板夫妇察觉。七枝迅速地拉过被子，掩住自己半裸的身体。而这时，父亲已是欲火烧身，他喘着粗气，又要扑过来。七枝掀开船窗，说："你要再上前半步，我就从这里跳下去。"

事隔半个多世纪后，母亲在向我们叙述这件往事时，她的神情是凝然的，她说："我已经错过一次了，我不能再错第二次。"我们都明白，她所说的"错过一次"一定是指与邢男的那天晚上。

我父亲沈仲景就真的在那里止住了，但他说："你明白我为了你真是生不如死吗？"

"如果你为我所做的一切，都只为这一刻的欢娱，我可以给你，但是，你却永远得不到我的心。"

"我要怎样才能换得你的心？"

"我要你，好好照顾雅兰，"七枝说，"至少，我现在的心还在老江身上。我不能心给了江义芳，身子却给了你，我做不到。"

父亲那蒸腾的欲望开始一点一点地退去，他说："我等着你，一直等到你肯把你的心给我的一天。"说着，就推开舱门，回到自己的舱室。

第七章

盘尼西林

小惠从黄山回来,发觉沈仲景与七枝之间的关系并没有预想的那么密切,相反,七枝像是总在躲着沈仲景。这反而让喜欢造事的小惠有一种失落感。她借一个话题问七枝:“那一次杭州一别,我去了黄山,一条船上只你们孤男寡女。你告诉我,沈仲景没怎么样你吧?”

“怎么可能,沈老板是个很规矩的人。”

运河的那天晚上,七枝的冷绝,多多少少让我父亲觉得有些失望,但他也更佩服七枝的为人,他对七枝的感情更深了一层。只是,从杭州回来后,七枝有意无意地躲他,也伤了这个男人的自尊。这内心的隐曲,也只有向小惠倾吐。

小惠问他:“那次我借机去爬黄山,是有意为你创造机会,你们在船上,就什么事都没发生吗?”

父亲不知该怎样说,他不好说发生了什么,也不好说什么都没发生,他低着头,瘟瘟地说:“七枝告诉你什么了吗?”

“我问你呢。”

父亲只好说:“七枝是个很规矩的女人。”

“有意思啊，七枝说你是个很规矩的男人，你也说七枝是个很规矩的女人，一个很规矩的男人加上一个很规矩的女人，我的天，简直就是一对圣人，那还会有什么故事？”

那是一九四九年三月，国民党军的一个连队进驻和悦洲。这支军队刚一进驻和悦洲，就立即封锁了清字巷渡口，盘查一切过往鹊江的乘客。和悦洲所有过往船只，一律停泊在洄字巷一带，没有命令，不准启航。他们刚来的当天，大关口一家米行被强征一百袋大米，其中六十袋给打了借条；广发旅馆的被条也被他们全部抱走，连借条都没打一个。

也是因为这场战争，沈仲景去年就从上海订购的盘尼西林，直到不久前才从上海发货过来。他的货刚从水上发过来，轮船就停运了。他庆幸这批货到得及时，然而越来越紧张的形势让沈仲景不能不担心他药店的存亡。不断有人撤出这个长江孤岛，随着战争的逐步升级，和悦洲这片连接南北的繁华闹市必将成为国共两方争夺的焦点，他从上海进这批盘尼西林，本想赚一笔的，但这一刻，他的主意变了，他决定把这批药品暂时封存起来。

他去找小惠商量，小惠当然明白他的意思，便爽快地说：“你那里的确太惹眼了，不如暂时放到我那里吧，我那个小诊所不会有人怀疑的。”

果然，那批药品刚转移到小惠的三道街诊所，当晚国民党军的一位连长就带着几名士兵来到恰和药业，说他们的士兵在不久前的一次与共军的交火中受了伤，要借一些盘尼西林。父亲打开柜子，从里面拿出两盒盘尼西林。不想那连长突然就给了父亲一个大巴掌，骂道：“老子的士兵给国家卖命打仗受了伤，你们就用这几支盘尼西林打发老子，惹急了老子，一把火把你这药店烧了。”

父亲说：“老总说话客气点，到处都在打仗，盘尼西林是紧俏药品，我这小小的和悦洲药店，能进多少货？”

连长说：“你不是刚从上海回来吗？你以为你去上海的目的我们不知道吗？”

“我去了一趟上海不假，我去上海也的确进了一批货，现在都摆在那里，你可以自己去看看，到底有没有盘尼西林。”

连长嘴里骂着：“我看不给你这货来点真格的你都不知道老子是干什么吃的。”说着，就朝手下说，“来人，给我把这货捆起来，装进麻袋，扔进江去，这个药店我们接管了。”

我父亲毕竟只有一只手，他一边挣扎，一边骂道："怪不得你们被共产党撵得像耗子似的到处乱钻，你们这样对待老百姓，又怎么能打得赢仗？"

连长从腰里拔出盒子枪，对准了我父亲，骂着："你他妈的肯定是共产党，说的话跟共军一个样，老子现在就崩了你，看你还嘴硬?!"

药店的伙计面瓜一看情况不妙，连忙上前说好话，求情，一个副官样的人也操着山东口音说："他说到上海进的货不是盘尼西林，我们查一下他的仓库不是就晓得了吗，何必与他动粗？反而让老百姓觉得我们是在欺负他们。"

连长听从了副官的话，下令对怡和药业做彻底搜查。一时间，楼上楼下，门前房后，一片烟尘弥漫，堆放在仓库里的药品被一箱箱打开，除了药柜里有少量盘尼西林，真的没有发现更多的盘尼西林。面瓜便又给连长封了一沓法币，一摞银圆，一并揣进连长的口袋，这伙丘八这才离开怡和药业。

父亲把货藏在三道街小惠的诊所，一定是走漏了风声，从怡和药业出来，连长就带着原班人马直扑到小惠的三道街诊所。七枝因为渡口被封，过不了江，不得不住在小惠那里。当这几名士兵闯进来时，诊所药台上的酒精炉子上架着饭盒，饭盒冒着热气，里面煮着针头。两个女人正在院子里对一只乌脚鸡围追堵截。这几天小惠刚来月经，而七枝刚生了一场病，两人就想杀一只乌脚鸡进补一下。院门是开着的，几个丘八直接就闯进来。一个排长样的人说："有人说你这儿藏着怡和的一批药品，我们奉命前来搜查，请你们配合一下。"

小惠说："他沈仲景为什么要把药品放我这儿，他吃饱了撑的？"

排长说："有没有，过一会儿就知道了。"于是一挥手，让他的士兵开始搜查。那几个士兵搜完了前厅搜后院，搜完了楼下，三个士兵就背着枪，沿着木楼梯准备上楼。小惠抢先一步往楼上跑去，一边解着裤带，一边叫着："七枝，七枝，你把我晒在院子里的月经带收下来，我这里已不成样子了。"上到楼上，就一头钻进自己的房间，关上门，再也不肯出来。几个士兵在楼上搜了一通，仍一无所获。一个操着湖北口音的士兵向他们的连长报告："报告长官，该搜的地方都搜了，没有发现要找的东西。"

连长皱了皱眉头，指着小惠的卧室说："把这个房间给我砸开。"

几个士兵端起枪托就开始砸门。门很快就被砸开，门开处，小惠坐在马桶上，一手扯着裤腰，另一只手上是一根血糊糊的月经带。几个士兵进也不是，不进也不是,一时都僵在那里。小惠从马桶上站起来,把月经带高高举在手里,说:“你们不是娘生的,不是娘养的吗?你娘当初没怀你时,没来过月经吗?这女人来月经有什么好看的?好,既然要看,就让你们看个够,来呀,儿子。”说着,她把那月经带在那些士兵面前像挥舞国旗一样来回上下地挥舞着,那些士兵叫着“晦气、晦气”,被小惠逼得连连后退。大兵们退一步,小惠就进一步,一直把那几个大兵逼到楼下,逼到院子里,直到那些自认晦气的兵们相互调笑着落荒而逃。

几个国民党军士兵前脚刚走,七枝说:“看来东西不能再放在楼上的卧室里了,必须转移到更安全的地方。”两个女人商量着,先是打算转移到院子里的那一堆柴火里,觉得不放心,又说藏进灶屋里,最后觉得,还是藏在楼上卧室更安全些,如果那些丘八再来,仍如法炮制。天下的男人,没有不怕女人月经的,尤其打仗的兵们,遇到这种事,都会躲得远远的,生怕沾上晦气。

七枝说:“要是他们明后天再来呢?你不能总是月经吧。”

小惠抬了一下头,那上面有一扇天窗,天窗下有一间阁楼,原是这屋主人藏放杂物的地方。于是搬来一只梯子,两个人一个站在楼梯上,一个站在楼梯下,把那几箱原先塞在床下的药品全部搬到阁楼上。这边二人刚刚把事情做停当,那几个士兵又来了。这一次他们直接就闯进了楼上小惠的卧室,掀开床单,打开柜子,连放马桶的卫生间也进去了一趟,依然没有新的发现。这时,连长发现头顶上的那扇阁板露出一道缝隙,原来两个女人忙中出乱,没关好阁板,而天窗下正放着一只木梯。李连长站在阁板下抬头看了几眼,说:“你们哪个上去看看?”

小惠说:“那上面只有一口棺材,什么也没有。”

李连长说:“好好的家里,放口棺材做什么?”

小惠说:“你到和悦洲每一家去看看,有老人的家里,哪一个屋里不放具寿材?”

听说棺材,那几个士兵都不肯爬上去,这些打仗的士兵,但凡见到跟死有关的器物都退避三分。那个操湖北口音的士兵说:“棺材,棺材,见到棺材,不是做官,就要发财,我上去看看。”说着,就把那架梯子移靠到天窗下。小惠稳稳地坐在椅子上,她感觉到七枝扶着她肩的手在微微发抖,她伸手在七枝手上捏了捏,示意她不要慌乱。那湖北兵上到楼上,突然脚步急促地下来了,口中叫着:“这个地方怎么会有这种怪风俗?寿材就寿材,连老衣、盖脸纸都准备了。”说时,就是一脸的惊恐。

几个士兵走后,小惠明显感觉七枝扶着她肩的地方湿了一片。七枝说:“那个湖北佬怎么那么配合你呢?"

小惠说:"他是湖北人,可能听出我的湖北口音了,老乡帮老乡,这是情理中的事。"

这天晚上,两个女人喝着乌脚鸡汤,啃着鸡腿,说着,笑着,小惠说:"一定要找沈老板打点回扣,否则,就太对不起人了。"

七枝说:"要不要告诉沈仲景,让他赶紧把这批东西撤到更安全的地方?"

小惠说:"现在不能再搬来搬去了,反而招人耳目。"

正吃着,小惠忽然神秘兮兮地问:"去年杭州一别,我们去了黄山后,你们孤男寡女在一条船上,真的什么事都没发生吗?"

"会发生什么事呢?你看出我们中间会有什么事发生吗?"

小惠不罢休,继续问:"以沈仲景那样的男人,与你共处一室,就没有一点动静吗?"

七枝拿块毛巾擦了把汗,说:"沈老板倒不像外界所传的那样坏,他规矩得很。"七枝说这话,倒不像有意编话,小惠就奇怪了,难不成这个沈仲景出毛病了?七枝知道沈仲景过去与小惠有一腿,但他们之间现在已经不再有什么,倒也是公开的事实。

过不了江,七枝心急如焚,第二天一早,她要小惠陪她去洲头看看有否私渡的小划子。刚走到大关口,小慧迎面碰上昨天情急中帮了她们大忙的那个湖北籍士兵。

小惠说:"长官买菜吗?"她不好说昨天幸亏他帮忙,现在恰巧碰上了,便主动打了个招呼。

湖北兵朝小惠笑笑说:"你老家是湖北吗?听你讲的是孝感话。"

小惠说:"是啊,我出来多年了,家乡话还是有的。你哪里?"

"仙桃。"

"呀,隔不远,隔不远,真正的老乡。兄弟,昨天……"

"老乡嘛,其他话不说了。"湖北兵看看四周,突然小声地说,"大姐哪天回老家,能代我去看看我老娘就感激不尽了。我家在仙桃桂家河村,我哥叫桂双喜。"说着,眼睛就红了。

小惠说:"放心吧,如果我回湖北,一定去看你老娘。希望你好好的,什么时候不打仗了，回家好好孝敬老娘。”说着就分手了。

一个国民党士兵

大战在即，形势越来越紧，沈仲景忙着把药库里一些紧俏的药品分别掩藏到不同地方。他知道，国民党也好，共产党也罢，他们的目的都是要占据以南京为中心的江南大片土地，而长江孤岛和悦洲岛恰是连接南北的要塞，更是国共双方都想要占据的地方。

突然在一天清晨，一支国民党军进驻和悦洲。接下来的两天，进驻和悦洲的国民党军把一座教会学校整个都占据了，连操场上都扎满了帐篷，住着士兵。然而就在第三天凌晨，这支国民党军乘着那些从洄字巷强征来的几十只木船慌乱地渡过鹊江。接着，澜溪渡口腾起一团大火，天主堂那口报警的大钟嗡嗡地响了很久，后来知道，是那些木船被国民党军一把火点着了。钟声不再响起，江岸边仍是烈焰冲天，这把火一直烧到第二天黎明。

从江北方向传来零星的枪炮声，那枪炮声越来越近，越来越清晰。天亮后，一个士兵提着枪突然闯进小惠三道街的诊所，那个兵不是别人，正是湖北籍的国民党军士兵桂响锁。

“大姐，我睡过头了，赶不上我们的大部队了。”

“那怎么办？你到洄字巷看看还有没有渡船。”

桂响锁犹豫了一阵，说：“我不想再去给他们当炮灰了，趁这个机会，我溜出来了。”

小惠明白了他的意思，说：“你拿着枪，我害怕，你把枪丢到江里，你再回来。”

桂响锁刚要离开，七枝说：“慢着。”她去了一趟楼上，给桂响锁取下一套衣服，说：“你把你那一身黄狗皮也扔了，就穿着这衣服回来。”

桂响锁顺着那条巷子去了江边。江对岸的澜溪镇枪炮声响成一片，一发炮弹打在江面上，激起几丈高的水浪。三道街上不断有人仓皇跑过，有人在说：“过兵了，过兵了。”这边屋子里，两个女人以为桂响锁不会再回来了，但桂响锁却换了一身衣服，空着手跑了回来。小惠似乎有些为难，她不知道怎样安排这个当兵的老乡。从不远处传来的枪炮声越来越密集,屋里的两个女人急得团团转,桂响锁却是一脸的兴奋,说:“听着好像很近了,其实还远着呢。”

小惠着急的不是那若即若离的枪炮声,而是随时闯进来搜查的国民党军,万一他们发现桂响锁穿着这一身衣服出现在她的家里,那可就麻烦大了。

街道上有急速的脚步声跑过,有人在大声地喊着什么。小惠一把将桂响锁往楼梯口推去,说:“上阁楼,昨天你去的地方。我不叫你,你不要下来。”

桂响锁若无其事地说:“不怕,大部队都撤走了,即使有零星的部队经过,他们自身都难保,哪里还顾得上我?”但他还是猫着腰爬上了阁楼。

到了傍晚,和悦洲果然再不见一个国民党士兵。但此时的街道上一片狼藉,石板路上到处是丢下的皮箱、散乱的衣物,甚至是成包的面粉和大米。和悦洲人纷纷走上街头,去拣拾这些意外之财。孩子们叫着,他们把被丢弃的钢盔戴在头上,腰里挂着军用水壶,或者敲击着废弃了的掷弹筒,就这样在街道上追逐着,模拟着刚刚结束了的那场战争。对于他们来说,大人们的这场战争其实就是一场游戏,好玩得很。

一直等到那批国民党军全都撤出了和悦洲,小惠这才把藏在她阁楼上的桂响锁叫下来。

“你打算怎么办呢?”小惠说。

“大姐,我能在你这里躲一阵吗?”桂响锁试探着说。

他没想到小惠竟爽快地说:“可以呀,我这里房子多,我住楼上,你住楼下。”

桂响锁说:“我不会给大姐带来什么麻烦吧?”

“有什么麻烦?有人问起,我就说你是我老家来的表弟,要在和悦洲谋一份事做的。”

桂响锁立即趴在地上给小惠磕了一个头,说:“从现在起,你就是我姐姐了。”

“那好,我家里也缺少一个人手,从今以后,你就是我表弟了。”

为了掩人耳目,精明的小惠并且给这位表弟起了一个新名字:桂向松。她特别强调说:“志向的向,松树的松。”

桂响锁说:“等局势稳定了,路上太平了,我想回一次家,我家里还有一个老母亲。我被抓了壮丁后,一直不知道家里的情况,不知我的老母亲是不是还活着。”

这一天终于在枪炮声和人们的惊恐中过去,当夜,鹊江两岸竟是异乎寻常的一片宁静。偶尔,从对岸国民党军临时修建的工事中射出一排子弹,子弹打在江面上,溅起一排水花。探照灯的光柱在江面上扫来扫去,以监视着江上随时可能出现的船只。七枝着急澜溪街的老钱一家,更着急她的脑瘫患儿毛头,但她也只得耐下性子,在小惠家住下来。

第二天清晨,当人们打开店门时,顿时被街道上的景象惊呆了,只见一排排士兵抱着枪半卧在街道上。从这些军队与前几天驻扎在街道上的军队完全不同的装束来看,人们知道,这就是传说中的解放军了。夜里一点动静都没有,谁也无法知道这支军队是怎么来到街道上的。

早饭后,解放军一支军队在大关口运动场上喊着口号进行操练,引来了一群看热闹的孩子。孩子们学着那些军人,一二一地练着踏步。一些居民也站在运动场边看热闹。那天我父亲沈仲景要去大关口一家钱庄取一笔款子,正好路过运动场。这时,那些士兵们已操练完毕,听一个军官在训话。他听出这声音好熟悉,便好奇地挤过去看看,这一看,他就也加入了那围观的人群中,原来,这训话的军官不是别人,正是前几年从他的药店离开的伙计周蕃茄。

听到周蕃茄说:"解放军是共产党毛主席的军队,共产党是为解放人民而创建的,所以我们的军队就叫解放军。"周蕃茄接着说,"老蒋就要完蛋了,我们要解放全中国,建立一个完全民主自由的新社会。"周蕃茄的这番讲话,也是有意讲给围在运动场边看热闹的老百姓听的。他又说:"我们是人民的军队,所以一定要遵守三大纪律八项注意,不拿群众一针一线,还有一条,不准调戏妇女,这一条大家务必记住。"

我父亲听到这里,就失声笑了起来。这个周蕃茄才二十几岁,是十七八岁经亲戚介绍来怡和站柜台的,人很精干,办事很老到,就一门毛病:好色。第一次是因为与一个有夫之妇有染,被当场捉奸在床,少不得受些皮肉之苦,顺带着赔些钱财消灾。后来,他被我父亲派到江南药场,又犯同样的事,那一次是与一个士绅的千金。那士绅的千金倒有意于他,只是那士绅却死都不肯将女儿嫁他。一对生死冤家决意以死殉情,结果那士绅的女儿死了,周蕃茄却在最后一刻犹豫了。这件事当时闹得很大,惊动了当地氏族力量,他们要把周蕃茄当场活埋,我父亲听到消息,火速赶到,当然还是破财消灾了事。当时父亲警告他,事不过三,下次再发生类似的事,决不饶他。所以刚才周蕃茄说到不准调戏妇女时,父亲就失声笑起来。

大约两年前，周蕃茄突然不告而别，想不到他竟参加了解放军，并且做了一名下级军官。

听到周蕃茄又说，毛主席已经发出命令，打过长江去，解放全中国。他要大家做好打大仗、打恶仗的心理准备。这后面的话是针对他的士兵讲的。周蕃茄讲话结束，就由一个年轻士兵打着拍子指挥唱歌，《没有共产党就没有新中国》《解放区的天是明朗的天》《向前向前向前》。仅仅两年时间，周蕃茄变得这样能说会道，而且把国家的事、老百姓的事，概括在一个短短的军队训练课中。解放军果然是老百姓的军队，能把一个有着太多毛病的年轻人改造成这样一个有思想觉悟、有能力的人。

父亲不去取款子了，他就站在那里，等待周蕃茄训练课结束，他想跟周蕃茄好好拉拉呱。

周蕃茄讲话结束，就背着手站在一旁，看他的士兵唱歌。他像是意识到有人在注视他，扭了一下头，果然就发现了正在注视着他的旧时老板沈仲景。他朝沈仲景点点头，微笑了一下，就走到队列前宣布训练结束。军人们唱着歌，迈着整齐的步伐回他们借宿的教会学校去了，周蕃茄背着盒子枪，走到我父亲跟前，并且叫了一声"沈老板"。他向我父亲大方地伸出手来，父亲一时有些不能适应，但还是接住了周蕃茄伸过来的手。两个人站在那里，都有些兴奋。

"你们的军队对百姓秋毫无犯，这让人想起宋时的岳家军。"

"我们的军队与岳家军不一样，我们是人民的军队，是为人民服务的。这些，毛主席早就讲得很清楚了。"

"是啊，还是解放军好。"

周蕃茄说他正准备到怡和去看老板。他说那一次他不告而别，是因为江北汤沟那边有一个老乡开了家药店，请他去做朝奉，半路上，他遇到一支军队，而那支军队中有一个认识的老乡，在那个老乡的鼓动下，他放弃了去汤沟那家药店当朝奉的计划，参加了解放军。现在，他是这个连队的指导员。

周蕃茄继续侃侃而谈："我们是前沿部队，我们的大部队马上就要过来，而国民党为阻止我们渡江，把所有的渡船都一把火烧了。我们的战士只有在最短的时间内赶制木船或者加紧多扎一些木筏，好为我们大部队强渡长江做好准备。"

父亲说："需要我做什么，就尽管说，国家要新生，我们也要多做贡献呢。"

“老板过去对我不薄，刚才我说找你，除了看你，还有另外一件事。我们很多同志在刚刚结束的战斗中负伤了，但我们缺医少药，这些伤病员随时都有生命危险，希望沈老板能给予支持。”

因为见到周蕃茄，而且亲眼看到他变化如此之大，父亲就有些激动，他想到那一批藏在小惠家的药，说：“没问题，我那里有几箱盘尼西林，是刚刚从上海进来的，我无条件地、全部献给人民解放军。”

周蕃茄握着他的手说：“我现在没有钱给你，我只能给你打一张借条，等解放了全中国，我再用钱来兑现这张借条。”

父亲有些兴奋，说：“好的，一言为定。”又说，“想不到你变化如此之大，就像是换了一个人。”

周蕃茄脸微微一红，他当然还记得过去的一些事，便说：“以前没参加革命，哪里懂得那些道理？我现在带着一连的兵，感到肩上的担子很重呢。老板你比以前年轻了，脸上的气色也比前些年好。”

父亲说：“我下决心戒掉了大烟，还戒掉了酒，洗心革面，重新做人。”父亲还想说，你是解放军的部队让你变成一个新人，我则是因为一个女人。看来爱情和革命，都有同等的力量。当然，他没有把这个话说出口。

这边沈仲景正在与过去的伙计周蕃茄畅叙着别后的情谊，而小惠也在偶然中见到过去在安庆卫校读书时的低年级同学阮幼青。阮幼青现在是周蕃茄连队的卫生员。她们是在一条小巷里相遇的，阮幼青说：“你来了正好，我们正愁没有人手。”阮幼青正要去圣公会礼堂为伤员换药。小惠便跟着一起去了。礼堂的地上躺着几十名伤兵，因缺乏抗生素，一些伤兵的伤口开始化脓，发着高烧。

“我们没有盘尼西林，只能用盐水来给伤员们疗伤。”

“我去给你想想办法。”小惠说着，就朝怡和药业跑去，但店里伙计说，沈老板到三道街去了。小惠立即又去了三道街，正好与沈仲景在她的诊所相遇。小惠把她的意思说了，我父亲说：“我来，也正是这个目的。”于是，小惠一边搭好楼梯，一边笑着说着那天国民党军的一个连长带着人前来搜查的事，一边就把那几箱盘尼西林从阁楼上搬下来。

关了几天的店铺终于重新打开，街道上又恢复了往日的喧闹。镇公所组织街道居民连夜赶制了几十条欢迎解放军的标语挂在大街两旁的电灯杆上或门头上，并且组织了腰鼓队、秧歌组，准备在第二天来一场大游行，迎接解放军的到来。一些青壮年则帮着解放军到洲头砍伐树木，赶制木船或是将这些树木扎成木筏，在洄字巷一带集结待命。

解放军的大部队是在当天晚上从江北方向乘着木船悄然渡过长江到达和悦洲的。仍然像上次的小股部队到达和悦洲一样，这支大部队到达和悦洲时，居民们都还在睡梦中。只是到了第二天清晨，人们才发觉，洲头的树林里、圣公会院子里以及和悦洲三条大街的众多的巷子里，黑压压地坐满了枕戈待旦的解放军。

就在解放军的这支大部队到达和悦洲的第二天清晨，国民党军的飞机对和悦洲进行了一次狂轰滥炸。从飞机上丢下的炸弹不仅落在和悦洲的土地上，也落在国民党军占据的澜溪镇上。现在上了年纪的人都记得澜溪镇历史上的这次飞机扔炸弹的情形。

当时哑巴正在江边洗衣，一颗炮弹就落在她不远处的江面上，她拎起衣服，赶紧往家里跑去。老钱说："怕是要过兵了。"他让哑巴赶紧带着毛头撤到老虎灶后面的柴棚里，她却怎么也找不到毛头，急得大声哭起来。老钱比画着说："刚才你到江边洗衣，那小东西不是跟着你一起去的吗？"于是她返身再去江边，远远的，家里一老一小两个傻子正站在一处沙堆上，看着头顶上飞机在盘旋环绕。只见毛头指着天空兴奋地叫着："鸟，大鸟，好大的鸟！"他或者觉得奇怪，怎么会有这么大的鸟呢？哑巴顾不得她兄弟，一把将毛头抱起，赶紧往家里跑去。一颗炮弹落在不远处的育婴堂附近，育婴堂的窗玻璃被巨大的爆炸声浪震碎，散落的碎片发出一阵尖锐的声响。

这支大部队在和悦洲一直待到当天晚上，午夜时分，一道红色的信号弹划过夜空，大部队的强攻终于开始了。几声巨大的爆炸声从清字巷方向传来，对岸国民党军的工事里的机枪咯咯地响着，向江上喷吐着密集的火力。那巨大的闷声是来自重型火炮，一颗颗炮弹落在江面上，掀起山一般高的巨浪。一发炮弹就落在怡和药业门口。人们在街上奔跑着，喊着："大兵过江了，大兵过江了。"说不出是惊恐还是兴奋。当天下午，澜溪镇就恢复了平静，江面上开始重新有了往来的船只。

解放军大部队似乎并没有费多少力气就顺利地打到长江对岸，继续向江南一线集结，周蕃茄却奉命留在了和悦洲。和悦洲撤销了原来的镇公所，建立了街委会，街委会主任就是周蕃茄。

周蕃茄

最近有两个人总是往唐小惠的诊所跑，一个是街委会主任周蕃茄，另一个是怡和药店的伙计面瓜。这两人跑唐小惠诊所都是为了女人，但目标却各有不同。前者说最近患头痛病，夜夜失眠，他找唐小惠要安眠药吃；后者则是胃不舒服，要韩七枝给他捏脚、刮痧。韩七枝给他捏了、刮了，当然费也收了，还收得不低。对于周蕃茄来说，战争结束了，他一时竟无法适应这过于安宁的环境，他需要带些刺激的生活。周蕃茄当兵前家里给定了一房亲，当兵这几年，跑的地方多了，见过的女人也多了，周蕃茄难免对家里那个黄脸婆有些抵触，而唐小惠的带些放荡的开朗正迎合了他的这种逆反心理。唐小惠总是没遮没拦地拿他的名字开玩笑，她问："你为什么会叫这么个奇怪的名字？是不是你娘在摘番茄时一不小心就生下了你？"

周蕃茄并不计较小惠这带着戏谑的玩笑，他说："这个，你得去问她，我有个妹妹还叫周棉花呢，有可能是在摘棉花时一不小心就生了她吧。"他的随和及幽默让唐小惠的诊所常常爆发出阵阵笑声。

面瓜与七枝是在一条街上长大的，属于街坊。他对七枝有心思也不是一天两天了。那次在天主堂，他和七枝站在一张条凳上看戏时，七枝软软的身体所发出来的特别的香气曾让他失眠了好几个晚上。七枝重新回到街道上，她的一颦一笑中都透出一种少妇的成熟，这更是让面瓜魂不守舍。面瓜当然知道老板对七枝的长达二十多年的追求和爱慕却苦于没有得手的机会，面瓜掂量了一下自己，于是，他到唐小惠诊所，是来碰碰运气的。

七枝在有一天突然问小惠："周主任是不是要向你求婚？"

小惠说："怎么可能，我会爱上一个大兵？他妈的那也太没档次了吧。"然而过了几天，小惠却告诉七枝说，这个周主任果然向她表白了，他说他在一见到她时，就不可逆转地被她的开朗和美丽俘虏了。

七枝说："周主任看起来人还不错，你不是不可以考虑。"

"怎么可能？怎么可能？笑死人了，笑死人了。"小惠最近很喜欢用这句口头禅：笑死人了，笑死人了。可这有什么可笑死人的呢？

七枝说:“你也老大不小了,你的心,也该收一收了。”

“他怎么会叫这么一个奇怪的名字?周蕃茄,周蕃茄,是不是他妈在番茄地里一不小心就把他给生下来了?笑死人,笑死人了。”

不久,唐小惠也有了新发现,她问:“那个面瓜,怎么总要你给他捏脚?你没发觉他是在揩你油水吗?”

七枝说:“他能揩到我什么油水?我给他捏一次,收他五毛诊疗费,不是也给你的诊所增加收入了吗?”

然而就在唐小惠对周蕃茄的进攻模棱两可时,周蕃茄却受到组织上的警告,组织上说,唐小惠曾有过不光彩的历史,周蕃茄作为一名党的领导干部,为前途计,他要慎重考虑同唐小惠的交往。周蕃茄开始犹豫,想着好不容易得来的目前的仕途,大有掉头就走的意思。唐小惠对周蕃茄的情感本来并不稳固,周蕃茄前后两重天的态度无形中刺激了唐小惠,反而让她有种欲罢不能,要把一件事做到底的犟劲。

每到周末,镇里会在天主堂举办一场小型舞会,以满足那些刚有小资情调的人。每次的舞会,小惠不仅是积极的组织者,也是热情的参与者。那天的舞会,她特邀周蕃茄参加。周蕃茄不太习惯参加这样的舞会,但拗不过小惠的软磨硬泡,只得勉强参加。那天的舞会不仅从外地请来了一支爵士乐队,连女子中学也有十多个女学生前来助兴,这一切都让周蕃茄大开眼界,于是,他也在小惠的邀请下与几个女学生跳了几支恰恰。临到舞会将要结束时,小惠不慎把脚踝扭了,最后不得不提前退出舞会,由周蕃茄护送回家。

那天的小惠多喝了几杯葡萄酒,她显得有些兴奋,也有些语无伦次。一路上,她向周蕃茄诉说着自己的不幸,诉说她怎样从省城卫校的高才生沦落为小镇市民,如今不得不开了这家小诊所勉强度日。她诉说自己曾经的几次恋爱经历,每一次都惊心动魄,但每次她都被深深地伤害。她说一阵,哭一阵,她的泪水濡湿了周蕃茄的肩头,也深深地打动了周蕃茄的心。

在她的三道街的住所,小惠打开所有的灯,她让周蕃茄坐在沙发上,自己则坐在周蕃茄的身边,她脱下鞋子,让周蕃茄替他按摩。周蕃茄一开始还是按照她的指导,在相关穴位尽可能到位地按摩,但接着,周蕃茄的手开始沿着她光光的脚杆向上移动。小惠的头就靠在他的肩上,小惠的头发撩得他脸部痒痒的,他伸手想撩开小惠的头发,却又不自主地去抚摸小惠雪白的脖子。小惠开始发出低微的哼唧声,这哼唧声越发刺激着周蕃茄膨胀的情欲,两个人倒在沙发上滚作一团。

事后,唐小惠开始要挟周蕃茄,说如果他不娶她,她就告他强奸。周蕃茄经不住唐小惠的软硬兼施,不得不勉强同唐小惠把婚订了。澜溪街大多数人都不看好这桩令人费解的婚姻,唐小惠到底是个水性杨花的女人,结婚并不意味着她会在风月场上偃旗息兵。

周蕃茄原本要拿下唐小惠,结果却是被唐小惠拿下了,两个人演了一出游龙戏凤,最终总算功德圆满,但面瓜对七枝的进攻却以惨败而告终。

那天面瓜与几个朋友在洄字巷吃花酒,吃得耳酣脑热,回来时,正路过三道街小惠的诊所。他原本是要找七枝捏脚的,但七枝正在洗头。于是,他主动走过去,提着壶,帮着往七枝头上浇水。七枝的外套脱下了,只穿着一件紧身的毛衣,她佝着身子,长长的头发垂下来,一直垂到面盆里。盯着七枝性感的腰肢和撅起的臀部,被酒精和荤段子弄得正难以自已的面瓜顿时一股热血冲上脑门,他不顾一切地扑上去,从背后一把就抱住了七枝。他自己似乎也被这突然的举动惊呆了,接下来他不知如何是好。但是,这样贴身搂抱着七枝的感觉是如此美妙,这一刻,他完全沉醉在那种美妙的感觉中了。

七枝被面瓜从腰后死死地抱着,动弹不得,同时,她感觉面瓜硬硬的下身正顶着她的臀部,她叫着:“面瓜,你要干什么?”

此时的面瓜已不能控制自己,他嘴里哼哼唧唧,一边腾出手来,要去扯七枝的裤带。七枝挣扎着,她用足力气,朝面瓜的那根硬硬的东西来了一次成功的打击,面瓜哎哟一声,捂着下身,蹲在地上,半天也爬不起来。被这突然的羞辱惹恼的七枝并不就此罢休,她端起那盆浮着肥皂泡沫的水兜头朝面瓜泼过去。那盆水浇灭了面瓜因酒精而刺激起来的情欲,也让他意识到自己的荒唐,他不得不湿漉漉地逃出了诊所。

抓特务

一九五〇年十月一日,中华人民共和国成立后的第一个国庆节,澜溪镇组织了一次盛大的庆祝活动。上午十时,庆祝大会在运动场举行,然而不等街委主任周蕃茄讲话结束，从天主堂那边突然传来令人心悸的火钟声，与此同时，从西南方向窜起一股凶猛的大火，大火腾起的烟雾遮蔽了澜溪的大半个天空。会场顿时陷入骚乱，人们惊慌地四散而去，很快，偌大的运动场上只剩下遍地彩色的三角旗以及一些在慌乱中被扯烂的标语。

当消防人员抬着压水式救火机赶到那一带时，却发现街头那些自清朝就开始设立，并一直储足了水的水槽的塞子早就被人拔掉。大火不仅烧掉六十多间民房，怡和药行的一处药材仓库也在那场大火中受到极大的损失。那天晚上，老天主堂的那口大钟一直响到第二天上午。

这样的纵火案此前在其他乡镇已发生多起，政府要求全国各地提高警惕，说国民党撤退前，一大批敌特人员潜伏下来，他们炸铁路、毁桥梁，甚至杀人、放火。政府号召群众擦亮眼睛，注意身边一切可疑的人员。

那天上午，父亲带着伙计面瓜在大关口附近的茶楼喝茶。大关口是清朝至民国初年督销局所在处，以检查往来鹊江的船只并收取税金。中华人民共和国成立后，和悦洲的督销局改为税务所，办公点也移到了对江澜溪街，现在的大关口就成了一片鱼市和菜市。沈仲景喝着茶，面瓜忽然指着楼下鱼市的某一处说："老板，那个蹲在地上买菜的人不是那一次到我们怡和搜查药品的国民党士兵吗？"

果然，父亲也一眼就认出那家伙了。那天国民党军的连长带着一帮人闯到怡和药行时，那个操着湖北口音的士兵显得特别活跃。奇怪啊，这个国民党士兵怎么会在这儿呢？他怎么没跟他们的大部队一起撤走呢？他又怎么会脱下国民党的那一身狗皮装，穿着老百姓的衣服在这里买菜呢？

他想着前天夜里的那场大火，脑子里的一根弦立即绷得紧紧的。

"面瓜，跟着他，看他到底去什么地方。"

面瓜远远地跟在那人的身后，那人穿过中山路，进入三道街，让他大跌眼镜的是，那人一头钻进唐小惠的诊所。

因事关唐小惠，我父亲决定还是先不打草惊蛇为好，他让面瓜继续监视唐小惠的诊所，看他下一步会有什么动向。不到下午，面瓜急匆匆来向老板汇报："老板，那家伙要溜了。"

我父亲觉得，他不能再犹豫了，他让面瓜赶紧去向周蕃茄报告，自己则快步来到清字巷渡口。沙滩上，渡船正缓缓靠岸，不等那湖北佬跨上渡船，父亲扑过去，在那人的肩上猛地拍了一下,说:“兄弟,你要去哪里?”

湖北佬一怔,说:“呵,先生有什么事吗?我要赶今天的上水船。”

“兄弟,事关我的两个朋友,我们最好不要把动静闹得太大。你跟我下来,我们好好谈谈。”

湖北佬只得下了渡船,跟着我父亲来到一处江滩。

“我注意你很久了,我问你,你是干什么的,究竟是唐小惠什么人?”

“我是一个棉匠,小惠是我的表姐,我来投靠她,看在这里能不能寻到活干。”湖北佬沉静地回答着,仍然是一口很浓的湖北口音。

“你不要再伪装下去了。你瞒得过所有人,瞒不过我的眼睛。去年这时候,你在你们连长的带领下闯进我的怡和药行搜查盘尼西林,虽然你现在换了行头,可我还是一眼就认出你来。你就是一个国民党特务。”

“老板你认错人了,小惠是我表姐,我来贵地不久。”

父亲一把扒开他的肩头,看到一道厚厚的皮质层,那是他长期扛枪留下的印记。父亲说:“棉匠的那张弓是插在腰里的,不应该扛在肩上吧。”

渡船已经离岸,湖北佬一把就拨开父亲,一个箭步跨上渡船。父亲大声地说:“渡船不要开,这里有一个国民党特务。”

一船的人都怔住了,这一阵到处都在抓特务,就在不久前,听说还在一座寺庙里抓住一个正在用电台向台湾发报的和尚,结果从寺庙的放生池里搜出好几枝裹着油布的机枪。而现在,国民党特务就在自己身边,在这条船上,这实在是一件新鲜而又刺激的事情。

渡船已经离开船头,但还是缓缓回到岸边,而清字巷那边,周蕃茄带着几个人急匆匆赶过来。父亲一把抓住这湖北佬的领口,将他扯下渡船。

桂向松被周蕃茄带来的人用绳子五花大绑着带走了,父亲很是得意,因为他做了一件在全镇人面前都很长脸的事情,面瓜似乎也出了一口恶气,他只等着看七枝和唐小惠的难堪。然而那个国民党士兵刚被带走,父亲忽然觉得,他处理这件事时,哪个环节似乎有些不对。周蕃茄是小惠诊所的常客,小惠家里突然多了一个外乡男子,他不可能不知情,那么,周蕃茄知情却瞒而不报,这是什么情况呢?

在那片江滩上,父亲来回地踱步,终于理出一些头绪,他觉得有必要把这件事在第一时间向小惠解释。

小惠当然还不知道发生在清字巷渡口的事,当我父亲来到她的诊所时,她正在为一个因械斗而受伤的菜农清理伤口。当时这个菜农正与他的几个叔伯兄弟在清理一个废弃的屋基场,在一片瓦砾堆中,他们发现一只陶罐,打开那只陶罐,里面是满满一罐袁大头,于是,叔伯兄弟们开始为这罐银圆的归属发生争执,从而引发了家族内的一场械斗。前来小惠诊所的菜农伤在额头上,好在并不严重。小惠为他做了简单的缝合,为他注射了盘尼西林,又把十几粒抗生素交给这个菜农,嘱他一定要按时服药,以免伤口感染。

小惠见我父亲铁青着脸色,便打趣说:"沈老板今天吃错药了吗?"

"吃错药的肯定有人,但不是我。"

小惠把那些带血的纱布扔进垃圾筒里,说:"呵,那我就不用再给你开药了。"

父亲没空跟小惠打嘴仗,于是便单刀直入:"小惠,你家里的男人是怎么回事?"

小惠知道瞒不过他,便漫不经心地说:"我表弟啊,刚从湖北过来,想在这边找点弹棉花的事做。你那边有人需要打被子什么的,就把这业务给我啊。"

"可他去年就来和悦洲了,去年这个时候,他还穿着国民党的军装,参与搜查我的药库。"

小惠不动声色,说:"沈老板你看花眼了吧,我表弟怎么会参与搜查你的药库,他怎么会是国民党士兵?"

"事到如今,你如果再瞒我,那我们就只好在镇委会见面吧。"说着,掉头就走。小惠发了一阵愣,她打发走病人,把门锁上,在清字巷渡口,她与刚刚下了渡船的七枝正好相遇。

"不好,出事了,沈仲景刚才来我诊所发了一阵威,是关于桂向松的事。"

"我在那边上渡船时就听说了,也怪我们,这件事不该瞒着他,应该事先同沈仲景商量的。"

小惠双手叉腰,站在那里,她在考虑这件事该怎样向周蕃茄说清楚。

"这事有点麻烦,解释不清,弄不好会连累到我们。"

二人商议,不如直接把事情说清楚得来方便。没想刚上了渡口,再次遇上沈仲景。

小惠说:"沈老板,你也太不够朋友了吧?你做这件事之前,就没想到要同我们通个气什么的吗?"

“这不能怪我,这家伙一早就爬上渡船,让他溜走,那是我的责任。你知道前几天的那场大火,怡和的损失有多大吗?”

“那场大火是不是国民党特务干的我不清楚,但肯定和我表弟无关。你不问青红皂白,就上前抓人,你知道他为什么住在我家吗?你知道他为你做了哪些事吗?”

“我不用知道太多,我只知道,他是一个国民党兵,他们的大部队撤走了,他却潜伏下来,潜伏在你家。这件事你怎么解释?”

“你真的想知道这其中的秘密吗?那好,你跟我来。”

小慧把我父亲带到一个僻静处,她知道,到了必须向我父亲解释清楚这件事的时候了,她需要得到我父亲的帮助。于是,她就把这个国民党士兵那天如何帮了她大忙,国民党军队撤退那天,这个士兵又如何潜入她家,表示再不当炮灰的过程全都说了出来。只是,她隐瞒了她用一根月经带退走国民党官兵的事实。

父亲蒙了,他实在没想到事情的原委会是这样,他一拍脑袋,说:“原来是这样啊,千误会,万误会,发生这样大的事,你们为什么一直瞒着我?”

“你在街道上一心要做积极分子,我们敢把这事告诉你吗?再说,我们也是怕,不知道像桂向松这样放下武器,却并未向政府正式投诚的人,是否应当受到政府的处罚。”

街道上的人纷纷朝大关口跑去,嘴里说着,看啊,抓到一个国民党特务。

在大关口,桂向松的上衣被人扒掉,他被绑在一棵大树上,面瓜正拿着一根竹条,一下下地朝他赤裸的上身抽打着,血从他的身上一丝丝流下来。面瓜一边抽打着桂向松,一边说:“老实说,你受谁指派潜伏到和悦洲来?你的同伙是谁……”桂向松只是咬着牙,痛苦地扭动着身子,不吭一声。

我父亲觉得,现在只有把他所知道的事实原原本本地向政府以及在场的群众做一个交代,才是化解这一场误会的唯一办法。

告密者

一九五一年的“镇反”运动刚一开始,怡和药业的老板孙如霖即被列入铜川县人民政府第一批逮捕名单中。

孙如霖的背景太复杂了，从民国初年震动皖省首府安庆的朱雁秋被杀事件，到日本人占领澜溪后的澜溪日伪维持会，再到国共两党西垅河一带的拉锯战，几乎每次都有孙如霖的参与。

有一条材料列举了发生在一九四三年秋末的那次西垅河大汉奸吴智平围剿新四军据点的行动，虽然是扑了个空，但有人认为，给吴智平通风报信的就是孙如霖。名单上孙如霖的名字也很快被用红笔划了一个对号，第二天他即将与其他十多名罪大恶极人员一同在公审后执行枪毙。然而行刑的头天傍晚，孙如霖却堂而皇之地回到澜溪镇。而且事后不久，他作为开明士绅，竟被提名本县副县长的人选。只是短短一个月不到的时间，孙如霖的命运发生了如此巨大的变化。人们不禁想起孙如霖在那个年代与各种派别各种人的周旋。后来人们才知道，他所做的一切，都不过是中共铜川地下县委的安排。尤其是在长达十多年的对日战争中，孙如霖利用自己的资本为新四军筹备了大量军火，而那次吴智平围剿新四军据点，正是孙如霖提前得到消息，才避免了新四军西垅河据点遭受一次血腥屠杀。

这一年的铜川县委组建中，孙如霖以民主党派人士的身份当选副县长。于是，他把怡和药业放心地交给了女婿沈仲景。然而就在上任的当天，当老先生第一次坐在人们为他肥胖的身躯而特别提供的一张宽大椅子上准备阅读第一份文件时，竟再没能爬起来。

孙如霖的葬礼在县委会大礼堂举行，然而县委大院外的整条马路都被自觉前来为孙如霖送行的群众挤得水泄不通，后来人们说，用“天下缟素”来形容那天的葬礼一点也不为过。参加葬礼的大部分人都是孙如霖的病人以及他的学生以及学生的学生。这些年来，孙如霖凭着自己出色的医术，不知让多少人摆脱了病魔的纠缠，孙如霖也被人们称为神医、良医、华佗再世。

行署专员孙振东也特地赶来参加孙如霖的葬礼。孙振东在悼词中特别提到当年他在上海求学期间，因他参加了学生运动，家里停止了他的一切费用，是孙如霖帮助他完成在上海美专的全部学业，直到他离开上海前往延安，孙振东每月均准时收到孙如霖以氏族公堂的名义寄来的十五元大洋。孙振东说：“没有孙如霖老先生，就不会有我孙振东的今天。”

但沉浸在老丈人盛大葬礼氛围中的我父亲沈仲景却认为，孙如霖是凭着他出色的医术而受到人们的尊重。在那一刻，父亲忽然意识到，这些年来，他并没有从孙如霖那里真正学到多少东西,孙如霖的死,也许是他一生中最大的损失。他想着雅兰的病,想着这些年来他在癫痫病方面的艰难摸索,他知道,他有很多事要做。

葬礼结束后,孙振东接见了孙如霖的家属。孙振东握着我父亲的手说:"你们家属还有什么其他要求?"

"感谢共产党,感谢人民政府,我们没有什么要求。"父亲激动地说。

"好,你要加倍努力,不要忘记自己是孙如霖的女婿。"

"请孙专员放心,我会加倍努力的,争取做一个像父亲那样受人敬重的良医。"

孙振东对这样的回答似乎并不满意,他拍着我父亲的肩说:"有一个叫鲁迅的人说,救治一个病态社会比救治一个人的病体更有意义。"孙振东转身对站在一旁的县委第一书记郑州说,"现在,我们党需要更多年轻而又有作为的干部,像小沈同志这样有革命血统的年轻人,一定要多加培养。至少,他们将来不会造我们的反。"

郑州书记连忙说:"受孙老先生影响,小沈同志为我们做了很多事情。"

从县里回来不久,父亲把家里几件明代官窑以及一些古画拿出来拍卖,筹集的钱无偿献给国家的经济建设。父亲以浪子回头的决心和毅力,在澜溪镇树立起一个全新的形象。这让很多人开始对他刮目相看的同时,也让一些人对他恨之入骨:沈仲景你为了政治上的上进,让别人怎么过啊!

不久,父亲被发展入党,在接下来的澜溪镇政府委员会上,父亲顺利进入镇领导层,负责后勤及战后重建方面的工作。现在,人们不再叫他沈老板,而叫他沈镇长。对于这样的变化,父亲显然并没有多少思想准备,他希望自己的从政不至于影响他在中医学方面的研究,不影响他刚刚开始的对癫痫病这样一种复杂病症的攻克,然而接下来形势的变化,已非他所能左右。作为分管副镇长,他要为志愿军筹集药品,为在两年前被国民党军炮火炸毁的几座学校修复和重建落实具体方案。他要去一家家筹钱,一处处筹物,一个个做思想工作。他开始发现,他有很好的口才,他讲起共产党的政策来一套一套的,他的领导能力真正是无师自通。

这一年三月,怡和药行并入公私合营的澜溪药业股份有限公司,成为镇上最大的药行,父亲在公司享有百分之八十的股份,而作为私企代表,我的生母雅兰从邮政局分拣员的位置退下来,代替从政的丈夫走进澜溪药业股份有限公司,开始参与公司的管理。

此时的雅兰已不再是那个温文尔雅,像林黛玉一样气息衰危的大家闺秀,也不再是那个在丈夫面前唯唯诺诺、百依百顺的贤妻良母。现在，她就坐在她父亲当年的那间宽大的办公室里。因常年服用激素药物，她开始发福，但精力旺盛，时常表现出神经质般的亢奋，每天清晨的第一件事就是在药行前前后后巡视一遍，以随时训斥那些不按时上班的职工。有时候她会突然走进加工间，抓起一把刚刚加工好的黄芪，并用尺子检查黄芪切开的厚度是否符合标准。她昔日握着绣花针的手指捏起笔来一点也不含糊。那支笔原来是她用来写诗词歌赋的，现在，她用这支笔详细地审点每天药材进出库报货单，哪怕一丁点错也逃不过她的眼睛。有时候，她双手叉腰，站在店堂里骂人，那种样子很难让人们将她与往日的那个弱不禁风的大家闺秀相提并论，人们在背地里送她一个绰号：母老虎。

九月，我的二姐沈桂子降生。就像她将第一个女儿取名沈半夏一样，沈桂子的名字同样取自一味中药。而从与父亲结婚那年算起，母亲的癫痫病已经被控制在大约每半年才发作一次。这对于她来说，已是一个很不错的结果。

长期服药，虽然抑制了雅兰的癫痫病的发作期，但使她的内分泌系统发生紊乱。她有时性欲异常亢奋，一天要几次，有时几个月都对丈夫的热情毫无反应。虽然还不到四十岁，雅兰的更年期就已经提前到了。父亲与七枝之间这几十年间的情感纠葛，始终让雅兰如鲠在喉。她既知道丈夫对七枝的苦苦追求，也知道七枝对父亲的严防死守。生活在同一条街道上，虽然她与七枝也相处得不错，但她与七枝之间的隔膜却是明显的。她知道男人都是花心的，尤其是像父亲这样出色的男人。现在，父亲成了街道上的红人，抛头露面的机会更多了，接触的人也更多更广了，雅兰知道，她现在不仅要防着七枝，还要防着一切同沈仲景接触的女人。

澜溪镇妇女联合会成立那天，父亲要代表镇政府致辞。妇女们组织了一个合唱团，她们要求我父亲一定要担任合唱团指导。父亲明知道自己并不擅长这个他完全陌生的行业，但他以极大的热情参与了妇女们的活动，并与妇女们一起一遍遍唱着《妇女解放歌》：

旧社会
好比那黑咕隆咚枯井万丈深
井底下
压着咱们老百姓

妇女在最底层
看不见太阳看不见天
数不清的日月数不清的年
做不完的牛马受不尽的苦
谁来搭救咱
共产党,毛泽东
他领导咱全中国走向光明
从此砸断了铁锁链
妇女就成了自由的人
……

谁也没有注意到,雅兰不知什么时候闯进来,突然大声地说:“沈仲景,你把小老婆交出来,你别以为大家不知道你是个什么货色!你做的每一件事情,都别想瞒住我。还有,你以为别人真的不知道你的那条手臂是怎么丢的吗?”

父亲尴尬地向妇女代表们致歉,说:“我家里出了个疯子,我今天忘了给她吃药了。”随后便仓皇出逃。从此以后,没有哪个女人敢找沈仲景,沈仲景也只好把他分管的这一部分工作交给另一个副镇长。

雅兰对丈夫生活细节的监管认真到让他无法忍受的地步。她每天不厌其烦地将父亲脱下的衬衫放在鼻子上闻了又闻,甚至对父亲换下的内裤也不放过,看是否有什么不同于往日的异味。

“沈仲景,你不要自以为聪明,你所做的每一件见不得人的事情都瞒不过我的眼睛。”每隔几天,雅兰就要把这样的话重复一遍。父亲当然也不是省油的灯,常常是在半夜里,我的两个姐姐听着隔壁瓷器或玻璃碎片飞溅的刺耳声以及母亲雅兰肆无忌惮的哭叫声,她俩只好搂在一起,嘤嘤地哭着。

那一天父亲到县里参加一个会议,回来已经是后半夜了。卧室的灯仍亮着,从打开的窗户里透出一股烟味。母亲披着衣服靠在床上。父亲说:“雅兰,你怎么抽上烟了?”

雅兰怒气冲冲,她把烟头扔在地板上,再伸出脚在烟头上死劲地碾踏着,说:“沈仲景,你不要自作聪明,总有一天,我会把你的所有丑恶暴露在光天化日之下。”

这样的场面当然不止一次了,父亲已失去了在妻子面前解释的耐心,他脱下衬衫扔给妻子,既然闻他衬衫上的气味成了她特别的嗜好,那就让她满足就是了。他把自己脱光后,再去厨房打水洗澡。然而雅兰却冲进厨房,对他大打出手。澡盆里的水泼了一地,他们双双倒下,在湿漉漉的青砖地上滚来滚去,雅兰的睡袍被撕开一道口子,父亲就势扒掉雅兰的衣服,于是,恶狠狠的撕打变成了两具赤裸裸肉体的交相缠绵,这样的性爱当然比在床上要来得刺激。有时候,他们的动静太大,难免会惊动睡在隔壁的两个女儿。当我的两个姐姐赤着脚站在厨房门口,带着好奇和惊恐目睹了全部过程后,她们终于明白,原来她们也就是这样被父母“造”出来的。

当一切风平浪静后,雅兰又恢复了她往日的温存和体贴,她依偎在父亲怀里,开始为自己的失态而悔恨。“仲景,原谅我,我实在是太爱你了。你回来吧,别再在外抛头露面了,怡和药业自从公私合营后,就一天不如一天了。”父亲当然明白,雅兰总是不放心他,但他也知道,自己再也回不去了。权力真是好东西,人一旦尝到权力的滋味,享受到权力所带来的自尊和满足,就像吸过一次鸦片或毒品,就再也放不下了。

有时候,雅兰说:“仲景,我恨你,我们离婚吧,你虽然与我睡在一张床上,但我感觉你离我太远,我知道你心里只有她。”

一九五一年十二月,一批志愿军新兵开赴朝鲜战场。澜溪街组织了盛大的欢送会,志愿军新兵们穿着崭新的军装,胸佩大红花,登上江华轮,准备开拔到丹东一线。在这批新兵中,有中国人民解放军某部二连前指导员周蕃茄以及他原先连队的卫生员阮幼青。周蕃茄不久前刚与唐小惠举办了一场还算隆重的婚礼。新婚宴尔,却必须开赴前线,周蕃茄难免心有戚戚,但他也不得不接受这样的现实。朝鲜战场正缺少像他那样有过作战经验的军事指挥人员,他被安排在某舟桥连担任连队指导员。

而对于与周蕃茄闪电结婚这件事,小惠似乎一直心怀忐忑。她说:“这也许是我一生中做的最大的错事,但我也只好接受了。”

一同赴朝的还有原国民党湖北籍士兵桂向松以及怡和药业的伙计李一瓜,外号面瓜。在那场著名的上甘岭战役中,面瓜永远地留在了那里,桂向松丢失了一条腿。而周蕃茄是在第二年头上就回到澜溪的,后来知道,在朝鲜战场,周蕃茄曾因作风问题受到处分。在丹东的一个边防小镇,他所在的舟桥连接到命令,要修复一条被美军炮弹炸塌的桥梁。周蕃茄第一个跳下冰冷的江水,同战友们一起将一袋袋沙包塞在随时会被江水冲毁的桥洞下,以稳固刚刚扎下去的桥桩,直到他被冻僵。战士们将他送进营房,作为卫生员,阮幼青一直守护在他的身边。谁也没有想到,第二天,阮幼青哭着向上级首长控告了周蕃茄的流氓行为。周蕃茄在向军事法庭进行申诉时说,当时他被脱得一丝不挂,小阮用酒精棉球为他擦拭冻僵的身体,一直擦到身体开始发热,当他突然听到小阮哭叫着跑开时,他这才发现自己下身的那根东西不知什么时候竟不争气地呈勃起状态。"就是这样。"他说。

很多年后,当垂垂老矣的周蕃茄与几个敬老院的老伙计们再次回忆当年让他犯错误的那件事时,他眯缝着那双因白内障而长年流着浑浊泪水的眼睛,说:"那时候真好,当一个姑娘柔嫩的小手轻轻划过自己身体时,那东西不由自主地就立了起来。"

周蕃茄最后的处理是功过不抵,他被记三等功一次,接着又被宣布关禁闭一个月。然而厄运并非就此结束。一九五二年三月,周蕃茄终于被解除了禁闭,在他的再三请求下,他被获准与另一支部队进入朝鲜战场。经过长途急行军,他们到达熙川附近,奉命与其他集团军一起向美军王牌战队第九坦克师形成包抄局面。然而战斗刚刚打响,像是上帝对他的某种惩罚,一颗榴弹炮在他附近爆炸,一块弹片击中了他的下身。他在医院里躺了一个多月,不得不带着二级乙等残废的荣誉证书回到澜溪。

周蕃茄的前线负伤虽然没有任何值得炫耀之处,但他毕竟是一名军队干部,因他曾在怡和药业干过,到底不能算是外行,于是,他被安排在澜溪镇药业股份有限公司担任党总支书记。

雅兰与党总支书记周蕃茄之间的矛盾也日渐加剧,这缘于雅兰一直不能摆正她与周蕃茄之间的位置。在一个单位里,党总支书记应是第一把手,负责全面,但雅兰却一直以老板自居。譬如在每天的晨会上,她总是第一个发言,就像过去她父亲孙如霖在怡和药行时一样,她习惯在每天开始时将当日工作程序做一番必要的安排:哪些货今天必须发往码头,哪几项款子今天必须打到对方的账上等。她会对药材的加工进行必要的评判,对那些消极怠工者给予严厉的批评。她把这一切完成之后,再由周蕃茄宣读上级刚刚发下来的关于公私合营以及即将进行的三反五反运动的文件。直到有一天,镇领导对她与周蕃茄的工作责任进行了再一次的认定,她这才意识到,她不是孙如霖,而这家澜溪镇药业股份有限责任公司已不再是从前的怡和药行。

人心相背,没有人肯听雅兰的,她只能躲在家里独自生气。有一次,她在加工间批评一个偷工减料的师傅,这个过去怡和药业的伙计公开对抗他过去老板的女儿,他说:"你不过是个臭资本家的女儿,剥削阶级,你要知道,过去许多年,到底是谁养活了谁?你一个女人有什么资格教训我?"

雅兰气得火冒三丈,很久没有发作过的癫痫病再度发作,她当场倒地,口吐白沫,人事不知。尽管那个顶撞她的员工被开除回家,但雅兰的癫痫病从此开始频频发作,她的身体也越来越糟。她开始后悔不该让丈夫坐了副镇长的位置,自己也不该走出闺房,去做一个女人无法胜任的工作。

这一年年底,药业公司开始出现亏损,甚至连应该发出的货款也发不出去。那些过去的老客户仍然习惯把意见反馈到做了副镇长的父亲这里,他们说,再这样下去,明年的合同就没法订了啊。然而父亲一点办法也没有,他只有干着急的份。

雅兰去找会计,你必须在今天下午把云南那边的货款发过去。但会计说:"账户上连一分钱都没有了。"雅兰大为惊讶,说:"前天浙江不是打过来一笔款子吗?"会计说:"那笔款子昨天被周书记提走了。"雅兰说:"你这个会计是怎么当的,会计制度还要不要,这么大的一笔款子,怎么就这样随便让他提走呢?"会计说:"他是书记,第一把手,他要把款子提走,我能有什么办法?"会计甚至反唇相讥,"有时候他需要提哪笔款子,你作为私股代表,不也照样在那条子上签字吗?"

问题似乎还不止这些,一些贵重药品常常被周蕃茄拿去当作礼品送给县里的一些领导。有时周蕃茄会跟雅兰商量,说这是送给某某领导的,雅兰不得不同意。她知道,即使她不同意,周蕃茄照样会把这些东西拿走,连招呼都不用给她打。

与此同时,周蕃茄的家庭生活开始出现危机,他同小惠三天两头地吵架,每次吵架,小惠总会哭着来向雅兰诉苦:"我早说过,同周蕃茄结婚,是我一生中最大的错误。"

那一年熙川的榴弹炮让周蕃茄男性功能受到极大的破坏,对于夫妻双方来说,每次的性生活都成为一种折磨。常常会在半夜里,从他们的居所里传出器物被摔碎,或者小惠尖锐的哭叫声。第二天早晨,她的诊所里一片狼藉,到处都是散落的书籍以及被撕碎的衣物。也就是那时候,外界开始知道周蕃茄那不为人知的身体秘密以及他由此而产生的心理上的变态。

像过去一样,唐小惠的诊所常常是几个女性亲密聚会的场所。当七枝和雅兰来看她时,唐小惠捋起衣服,让姐妹们看她身上一块块紫斑和一处处淤血,她说,我嫁了一个野兽。小惠向雅兰提出,能否为她弄点砒霜。雅兰大吃一惊,说:“小惠你千万不要干傻事。”

“他变态,简直太变态了。”小惠说,她连死的心都有了,但临死前,一定要把周蕃茄扳倒。

七枝和雅兰只能陪着一起流泪,雅兰说:“你为什么不同他离婚?”

小惠说:“他背后有人,这婚能离得了吗?”

原来,周蕃茄威胁她说,离婚可以,但他一定要把小惠过去的一些事情在澜溪镇公开,好让她臭不可闻。

雅兰愤愤地说:“我就不信没有办法扳倒他。”

当下一次小惠再次来向她哭诉时,雅兰说:“我一定要扳倒他。”

小惠说:“没用的,就这些事,你扳不倒他。”

“我会有办法的,”雅兰说,“药业公司就要倒台了,那么多钱,那么多贵重药材,都不翼而飞了。”

那些日子里,雅兰把自己关在屋里,她开始写一份关于周蕃茄的材料,她一连写了几十页,她把这些材料亲自送到县里,送到曾经得到她父亲救助的县委第一书记郑州那里。郑州书记看完雅兰写的材料,猛然将茶杯往桌上一掼,说:“太不像话了,周蕃茄从肉体到精神上都完全腐化了,我一定要狠狠地批评他。”

雅兰说:“他把药业公司都快搞倒了。”

郑书记说:“雅兰啊,周蕃茄同志毕竟在抗美援朝战争中做出过牺牲,而且荣立三等功,对这样的同志,我们应当保护他,爱护他,容许他犯错误。而且,周蕃茄同志的事很复杂,弄不好,会拔出萝卜带出一筐泥,那将会牵涉到很多人的利益。”郑州书记又说,“雅兰啊,我听说你们夫妻经常闹些矛盾,仲景同志现在在镇里担任重要的领导工作,他前途无量,你一定要支持他的工作。”

那份材料,就这样被郑州书记一把锁锁进了他的抽屉。雅兰知道,就像小惠说的,“他背后有人”,郑州书记就是周蕃茄背后的人。

雅兰到县里告周蕃茄状一事很快被周蕃茄知道了。他也当然知道是小惠的主意。那一天周蕃茄把自己灌醉了,他买下了一个乡下杀猪佬的半片猪,然后把这个杀猪佬带到家里,将正在生病发烧的小惠绑在床上,强迫这个杀猪佬当着他的面强奸小惠。周蕃茄说:“你不是说我不能满足你吗?这个人总可以了吧?现在,就让他代我满足你总可以了吧。你这个臭婊子,你以为我不清楚你过去是干什么的吗?”

雅兰继续把自己关在屋里,她以一种不屈不挠的精神,把周蕃茄的贪污事实以及他在家里对妻子的暴行写了一份更加详细的揭发材料。这一次,她把材料直接送到行署专员孙振东那里。

孙振东沉吟了很久,说:“三反五反运动刚刚开始,我们正要找一些典型,对一切贪污腐化行为给予最严厉的打击,周蕃茄等人就直接撞到我们的枪口上了。”

一九五三年六月,中共中央结束了对农业、手工业和资本主义工商业的改造,三反五反运动宣告结束。事件的发展,真像当初郑州书记所说,拔出萝卜带出一筐泥,周蕃茄用药业公司的钱和物在供自己挥霍的同时,也贿赂了一大批党的干部,连郑州书记也脱不了干系。沈仲景这才知道,雅兰的祸越闯越大了。

“我孙雅兰一定要扳倒他”,这是雅兰说的,现在,她终于扳倒了这个周蕃茄,她沉浸在胜利的喜悦之中,为自己能扳倒周蕃茄而得意,也为自己让人无法想象的能量而得意。她说:“我想扳倒谁,就能扳倒谁,不信走着瞧吧。”

这一年底,一个弱小的生命开始在我母亲的子宫中孕育,那个即将来到人世的人就是我——沈知柏,就像我的两个姐姐一样,当我尚未出生时,母亲已将一味中药安在了我的名下。母亲对公司的事情不再像从前那样热心,她总喜欢把自己关在屋子里,伏在桌子上不知疲倦地写着,谁也不知道她在写些什么。直到有一天,雅兰对自己的这种不知疲倦的认真开始厌倦了,当她把最后一份材料塞到邮筒之后,便向丈夫提出:“我要带着孩子们一起出去玩一趟,你去不去,随你的便。”父亲问她想去哪里,雅兰说:“苏杭,我要走趟大运河。”

父亲看着这个同自己睡在一张床上的女人,他万万没有想到,雅兰那看似简单的内心隐藏着怎样的阴险和刻毒。但父亲最终还是答应了母亲的请求。父母带着两个姐姐以及还在母亲肚子中的我,从澜溪乘江汉轮出发,所走的线路,完全同父亲几年前一样,只是换了不同的旅伴。他们在上海逗留了几天,然后乘车到苏州,在运河渡口,居然又巧遇几年前的那位船老板夫妇。看到父亲带着的妻子并不是当年的那个女人,船娘夫妇只当并不相识。在这条大运河上,船娘夫妇什么人没见过?

那天晚上,母亲把丈夫安排在后舱,自己却带着一双女儿住在前舱。船还是那条船,舱还是那间舱,只是隔壁住着的却是不同的人。躺在舱铺上,父亲想,那一年他如果不顾七枝说“你要是再上前一步,我就从这里跳下去”的话,大着胆子扑过去,会是什么结果呢?

夜深了,我的两个姐姐闹了一阵很快就睡着了。从隔壁的舱里,母亲轻轻地打了一个哈欠,从她的舱里传来一阵窸窸窣窣脱衣服的声音。母亲睡眠一直不好,此刻,她正在铺上辗转反侧。运河上刮起一阵风,船轻轻地摇晃着。

父亲敲了两下舱壁,说:“雅兰,我过来好吗?”

母亲没回答她。父亲把舱壁又敲了一遍,母亲贴着舱壁低声地说:“老老实实睡觉,明天要带着孩子们玩西湖呢。”

“我睡不着。”

“睡不着也给我好好躺着。”

此刻,他情欲亢奋,说:“我要是过去,你会从这窗口跳下去吗?”

母亲当然不明白他的话究竟什么意思,说:“我又有了,你要是不想要他,你就过来。”

母亲说了这么一句,父亲刚才还膨胀的欲望顿时消退,他打了一个哈欠,说:“好的,你也睡吧。”

从杭州回来,第一天上班,父亲就在办公桌上看到一封署名“正义者”的信,而与此同时,在镇政府的每一张办公桌上,都搁着一封同样内容,用钢板刻印出来的信。那封信中除了对韩七枝的身世及她的几任丈夫的复杂背景做了夸大其词的介绍外,并对父亲沈仲景作为有妇之夫却与七枝多年来暗中勾搭成奸做了十分露骨的描述。尽管人们都把那封信在第一时间交到父亲手中,并纷纷对这封信的制造者表示谴责,但他明显感觉到人们看他时的不一样的眼神。只有父亲知道,谁才是这封匿名信的制造者。母亲拙劣的伎俩原本是想把她的丈夫重新拉回她身边,但她不知道,她亲手制造的怨恨只会让他们原本并不稳固的夫妻关系出现更大的危机。

那天因匿名信事件弄得灰头土脸的父亲照例回来得很迟，雅兰穿着一件粉红色睡衣，正坐在灯下读一本清人谭献的《复堂词话》。父亲刚一进屋，母亲立即就迎上去，说："仲景，你回来了？我给你打水洗澡吧。"

父亲没有说话，他默默地洗了澡，却把一方铺盖搬到隔壁女儿的房里。母亲知道，她又失败了。她知道再无法挽回丈夫的心，开始伤心地哭起来。为了不影响女儿，父亲只得又把铺盖搬回来。那一夜，他们真正是同床异梦。雅兰想，这个男人，我还能让他回到我身边吗？沈仲景翻来覆去，他也在想，这恶梦般的生活到底哪一天是个头？

终于有一天，母亲在父亲的桌上看到一份文件：《关于任命沈仲景同志为泥河乡卫生院院长的通知》。母亲怎么也不会想到，父亲会以主动申请到本县条件最艰苦的泥河乡的举动，结束了他与自己长达数年的家庭内战。

"这一次，我彻底输了。"母亲感叹着。

下部

第八章

泥河小镇

泥河是位于本县东北角的一个偏远小镇,早年以出产龙窑瓷器闻名,所烧制的龙缸体大瓷白,多被当作贡品送往朝廷。只是,泥河濒临大清河,乡内又遍布洲汊湖泊,也是血吸虫病流行最严重的地区。由于血吸虫病的流行,人口自然减少,近几年分布在几处的龙窑一个个熄火,地方经济十分落后。乡党委书记老魏是一个老革命,参加过长征,自己没有什么文化,自称是“大老粗”,但他对文化人比较重视,而且对在他看来“有本事”的人尤为敬重。沈仲景的到来,让他觉得这个乡血吸虫的防治工作就有搞头了。

自从毛主席发出“一定要消灭血吸虫病”的号召以来,泥河乡曾先后组织几次大规模的灭螺运动,全乡小学生都被发动起来,每到星期日,洲汊湖泊人头攒动,到处都是灭螺大军。沈仲景此前对脑神经类疾病,尤其是对癫痫病有过一些研究,也取得一些经验,但对于血吸虫病,却缺乏治疗经验。因此,在泥河乡,他忽然有一种英雄无用武之地的感叹,寂寞也在所难免。

血吸虫主要是幼虫通过血液进入病人的肝脏,从而破坏病人的代谢系统。走在泥河乡的任何一个村子,随时能发现挺着大肚子的男人或女人,这些病人一般骨瘦如柴,面黄肌瘦,在缺医少药的时代,这些人只能是等死的命。在当时,治疗血吸虫病最主要是西药涕剂,而涕剂的副作用又太大,一个病人在住院期间需经过少则三十天,多则半年多的涕剂注射,虽然病人体内的血吸虫能得到一定的控制,但病人的体质也受到极大的破坏。

沈仲景也并非没有可供研究的内容,譬如怎样利用中医的脏腑理论,用中医药的原理对脏腑进行积极的干预和调理。

泥河乡卫生所只有包括他在内的三名医生还有两名护士,而收治的病人多时达五六十人,工作量之大可想而知。那段时间,沈仲景很少回家,回家后也只能住一夜两夜。对于丈夫被任命为泥河卫生院院长这一事实,当然并不是雅兰当初所预料的。雅兰知道,由于那封匿名信,她与丈夫的关系已到了无法修复的地步。当这场家庭战争的硝烟稍稍平息,雅兰又为自己的行为痛悔不已。她请求沈仲景原谅她,原谅她是一个病人。她希望能再偎在沈仲景的怀里,像一只受伤的小猫,她需要沈仲景的抚慰,需要沈仲景原谅她,希望他们能像从前一样重归于好。然而在沈仲景心里,他已经失去了对妻子最起码的耐性,但为了妻子的病,他只能与雅兰保持着这种若即若离的关系。他知道,这就是生活,就是担当和尚所说的"五蕴八苦"中的"怨憎会苦",他注定要与雅兰这样痛苦地厮守终身了。

他们不是没商量过协议离婚,父亲也一次又一次地在母亲所拟的"离婚协议"上以"你要怎样就怎样"的态度签字或是按下手印,但不到第二天,那份离婚协议就被母亲送进了灶膛。父亲不是没认真考虑过与母亲分开,但他得考虑,三个孩子怎么办,母亲的癫痫病再度发作怎么办,而且她的病是每周一小发作,每月一大发作。他知道,癫痫病只能控制,不能治愈,药物的能力毕竟是有限的,最重要的是病人健康的生活方式以及平和的心境。现在,母亲的身体一天不如一天,母亲的情绪也一天比一天坏下去。

父亲与母亲的关系越来越糟,他也以一种破罐子破摔的心境放任着自己。父亲回家的次数越来越少,每到周末,他都要花很长时间纠结到底要不要回家。有时候他就会一狠心:算了,不回去了。但到了晚上,他又开始为母亲而担心,不知道母亲的病是否犯了,不知道母亲的药是否吃了。于是,他连夜往家里走,一直走到天亮,但看到家里一片安澜,他为自己的纠结和多疑而发笑。他说,到下一周,打死他也不回来了。

泥河乡灭螺经验在全县推广开来,成为全县的典型。县里便组织其他有血吸虫的乡镇不定期到泥河乡学习先进经验。泥河乡卫生院所在地有一条鸡肠子小街,每个星期天早市过后,不到中午,鸡肠子小街冷清得难见一个人影。那天晚上,他在小街上闲逛着,突然身后有人在叫他:“沈老师。”回过头来,是一个陌生的姑娘。他说:“是叫我吗?”

“是啊,沈老师,”姑娘说,“你忘了?我是你的病人。”随即又说,“不怪你,你病人多,哪能个个都记得呢?”

“是的,找我看病的人太多了。”他不好问姑娘当初找他看的是什么病,只好说,“你看上去身体很好嘛,你在哪个乡?”

“我在花塔乡卫生院,今天临时被乡里派到这里学习灭螺经验。”

姑娘又自我介绍说:“我姓戚,戚继光的戚,名叫戚芝,灵芝的芝。”

“戚芝?”他在听到姑娘自我介绍的一瞬间立即就联想到另一个名字“七枝”。

“是的,这个姓很稀少,但据我父亲说,我们这个戚与戚继光真还是一个宗呢。”

他们就站在街角,有一句没一句地聊着,戚芝没有走的意思,他也没有要紧的事情。戚芝说:“我正要找您呢,我是自幼年时期就有癫痫病,但自从吃了沈老师的药后,现在好多了,但最近受了点刺激,偶尔有些小发作,我就怕还像那时候一样会来个大发作,那可就要人命了。”

“是的,癫痫病是脑神经元细胞受到了破坏,吃药只是对脑神经元细胞进行某种修复,而最主要的还是依靠病人自己对情绪的调理。”他不好问戚芝因为什么事而受到刺激,他只能说,再大的事,在生命面前都是小事。他只能说这些,他实在说不出太多的理论。

戚芝侧着头看着他,听得很认真的样子。

“沈老师不愧是名医,其实你也是一个很好的心理治疗专家。你要是能在我们学习期间开一堂心理咨询课,我一定会来听的。”

他笑了,说:“嗨,我哪懂什么心理咨询?我自己……”他说着,就打住了,他本来想说,他自己也有太多的精神负担,需要有心理专家来给他上一堂心理咨询课呢。

天渐渐黑起来,天空开始下零星雨点。父亲说:“你住在哪里?要不要我送你回去?”

戚芝指着身后的一家小旅社说:“我就住在这里,今天是第一天报到,其他人都还没来呢,反正也没什么事。”

父亲不好说要回去了,也只好陪着戚芝站在这家小旅社门口,所谈的话题越来越广,从癫痫病的心理干预到血吸虫的中医防治。而关于心理咨询方面,戚芝似乎更感兴趣。她说,她在卫校时学过一点心理学,她觉得心理学目前虽然不大被人们所重视,但若干年后,随着社会压力的增大,人们的心理疾病会越来越多,心理医生在现代医学领域就显得尤为重要了。

“今天见到沈老师,真是高兴得很。你不知道,我们那里,好多人一谈起沈老师来,都崇拜得不得了呢。沈老师一定经常收到女孩子们的求爱信吧?”

父亲没想到戚芝会说出这种话来,一时毫无准备,他笑着,说:“哈,我有什么好崇拜的,你看,一个拽子。”说着,风趣地扬了扬那截空洞的袖筒。

“哪里,沈老师这个样子,在很多女孩子看来,是很有魅力的。”

戚芝的话已经说得很大胆了,从戚芝的眼神中,父亲分明看到一种隐隐的东西,这是父亲一向所熟悉的。

雨越下越大,他们不得不缩到屋檐下,而随着夜晚的到来,气温也越来越低,而他们都没有穿足够的衣服,两个人都感觉到一股彻骨的寒冷。

戚芝提议说:“沈老师到我房里坐坐吧,等雨小了再走不迟。”

他原本要说,不了,他该回去了,但两只脚却不由自主地随着戚芝往旅社里走去,一直走到戚芝所住的107房间。正如戚芝所说,今天是报到的日子,这间107房间暂时只住了她一人,他们就一人坐在一张床上。雨下得够大的,戚芝关上了窗户,又随手将被子掀开,搭在身上。父亲也如法,这样才不会感觉太冷。

话题从医疗方面又扩展到生活方面,戚芝知道,沈老师有一个妻子,并且有了三个孩子,两个女儿,一个儿子,而沈老师只谈自己的三个孩子,却闭口不谈妻子。于是戚芝知道,沈老师的夫妻关系并不和谐,要不然,他怎么会离家并不远,星期天也不回家呢?

夜已经很深了,他们的交谈越来越热烈,越来越投机,戚芝说:“沈老师,外面雨下得这么大,你就不要回去了。”又大方地说,“怕什么,我们和衣而睡,一人一张床。”于是,他们各自把鞋脱了,把被子裹在身上,各自躺下了,但话题却像脱缰的野马,收都收不住了。

不知怎么,父亲就说到他年轻时在非非寺的那段经历。父亲劲头来了,他说担当和尚怎样训练他的胆量,怎样让他在伸手不见五指的夜晚让他把人的尸骨一根根拆下来,再一根根接上去,以此来了解人体骨骼的构造。父亲原本的意思是要告诉戚芝,作为一个医学工作者,是需要扎实地打好自己的基本功的。

戚芝说:"沈老师,你不要说了,我有点怕呢。"

"呵,那我就不说了。"然而,他的心有一种无法言说的悸动,活到这把年纪了,他又何曾这样敞开心扉地说着话,说着自己的往事,说着他的忧伤和烦闷?从不过两尺距离的那张床上,传来一个女孩子特有的体香,他有点把控不住自己了,说:"你要是怕,就睡我这边来。"他说出这一句话,把自己都吓了一跳,他一个四十多岁的中年人,怎么能向一个年龄上可以做自己女儿的女孩子提出这样的建议?他的心突突地跳着,他等着戚芝发怒,等着戚芝的哭叫声。然而,对面床上沉默着,他分明听到戚芝越来越沉重的呼吸声。过了一会儿,戚芝掀开被子,一屁股坐到他的床上。于是,他一伸手,就把她拥进了被窝。

第二天没等天亮,父亲就离开了那家小旅社。

父亲的课程被安排在第三天,即学习班结束的当天上午。这堂课他早就准备了,但准备得并不充分。在《中医药在血吸虫病防治上的积极干预和治疗》的研究方面,他缺乏必要的理论研究。奇怪的是,他从学习班开始的第一天就怀着一种忐忑,同时又是那么迫切地等待着这节课。终于到了上课的时间,他刚一走进教室,就看到戚芝坐在第一排的座位,两只眼睛水汪汪地迎接着他,并聚精会神地听着他的讲解,一边认真地做着笔记。

这节课,父亲发挥得很好,不时有诙谐的比喻,作为回应,教室里也不时爆发出阵阵笑声和掌声。下课时,戚芝还抱着笔记本向他问这个,问那个。他们之间,就像一对平常的师生,连他们自己似乎也忘记,他们曾经有过一个极不安分的夜晚。

整个夏天,父亲都在担惊受怕中度过,然而他所担心的事情却并没有发生。一直到秋天,他收到一封信,是戚芝写来的。她在信中隐隐地告之,她怀孕了,但是,她知道他是一个有妻室的人,她不会给他带来任何麻烦。至于肚子里的孩子,她决定生下来。她请他放心,她至死都会保守这个秘密,连她的父母至今都不知道她究竟和什么人,在什么地方发生过那样一件不齿的事情。

盐场

七枝在澜溪镇盐业公司下属的盐场找到一份运盐的活干。澜溪镇自清代末年就是江南一带最大的盐的集散地,这些盐从外地运来,再运往外地。澜溪码头每年仅盐一样,就有着相当大的吞吐量,因此,在澜溪,搬运工虽然听起来不怎么样,却是一个很实惠的工作。

盐业公司每年必须雇用大批的临时工担任搬运工,这些搬运工一般是两两合作,他们把盐装入柳条筐,从一艘船上卸下,再抬到另一艘船上。平常的日子里,临时工们就守在盐场,男人们打着赤膊,一堆一堆地坐在地上打扑克,下象棋,女人们就聚在一起缝缝补补,说家长里短,看起来闲适得很,而一旦江面上出现运盐的船只,人们就迅速丢下手中的扑克或者正做着的活计,赶紧抓起工具,在最短的时间内完成装卸任务。

搬运工不需要任何技术,所需要的就是足够的力气,还有能打架、能骂街的本领。搬运工并不是固定的,一般是运盐的船靠岸后,盐业公司就丢出一些竹杠和筐来,临时工们一拥而上,去抢这丢出来的筐和竹杠,抢到就是一份工作,而抢不到的,只好歇在一旁,看别人哼着搬运号子,踏着有节奏的步子一筐筐把盐运到船上。

七枝邀了邻居大脚一起去了盐场。听说七枝要去盐场,邻居们都说:“就你那大小姐的身坯,能当搬运工?”七枝说:“有什么不行的,事不都是人干的吗?”

果然,七枝一到盐场,立即就引起人们的注意,当然也会引起一些关于她的高贵但却并不富贵的出身的议论。七枝不管这些,她早就习惯了别人对她的议论。她和大脚站在那里,看那些人甩着扑克,嘴里骂着脏话,看那些生得五大三粗的女人坐在那里盯着她小声地议论着什么。七枝不管这些,她在寻找机会,她要探探运气。

上午快到十一点时,江面上才有了动静,再一看,不得了,一下子来了十多艘运盐的船,果然,盐业公司的人把库门打开,一下子就丢出十多副工具。临时工们一拥而上,他们扑向这些用藤条编成的筐子,扑向那些被肩膀磨得光滑如玉的竹杠,他们叫骂着,呼喊着,一场你死我活的争夺后,有人抢到了筐子,有人抢到了竹杠,只要你抢到其中任何一样,你就能够找到合作的伙伴。七枝当然也不示弱,她扑过去,头被一个家伙的屁股撞了一下,脚被一个女人狠狠地踩了一下,她不管这些,她终于扑向一只筐子,但这筐子却被一个男人从她怀里夺走了。她无望地站在那里,而在她的旁边,大脚抱着一根竹杠死也不肯松手。

所有抢到工具的人都迅速找到了合作伙伴,只有大脚仍抱着竹杠站在那里,她抱怨七枝真是没用,她白白地抢到一根竹杠。有人抬着盐筐从她们身边走过,大脚不断地埋怨着七枝,说她一点×用都没有。我说过了,澜溪人骂人,什么字都可以脱口而出。

七枝无助地站在那里,任凭大脚一句一句地埋怨她,心里也充满着怨气。这时,她看一个拄着单拐的人向这边走来,这人是盐业公司的经理桂向松。桂向松一定早就注意到七枝了,他走到七枝跟前,说:“七枝,你怎么干起了这个,你行吗?”

七枝说:“试试看,也许行吧,可我没抢到工具。”

过了一会儿,桂向松手里拿着一只筐子走过来,有人开玩笑说:“桂经理,你应该给她一根杠子,怎么扔给她一只筐?”

桂向松并没有把这只筐子递给七枝,而是拄着单拐走向船头,他用那只单拐指着那个专门坐在跳板头发筹子的胖女人说:“你该减减肥了,这个让她来干。”

那胖子背后是有人的,她叫着:“凭什么呀?我干得好好的,你有什么资格要我让给她?她是你什么人?”

桂向松说:“我告诉你,第一,我是这个盐业公司的经理,我有权力分配工作。第二,她是我一个兄弟的妻子,我叫她嫂子。”

有人对胖子说:“哥哥不在了,小叔子代替哥哥也是讲得过去的,让出来吧。”

那胖子背后的人显然没有桂向松硬,她不得不丢下正干的活,骂骂咧咧,一把夺过桂向松递过来的筐子跟大脚配对“减肥”去了。七枝站在那里,她一时无法决定到底是接过那胖子的工作,还是把那只筐子拿过来,就像原来打算的那样,跟大脚一起合作抬盐。

有人指着桂向松的背影说:“这个瘸子,不知道他干那个事时会不会把握不好中心。”

另一个人说:“他只要有一个支撑点就行了。”

盐场爆发出一阵笑声。那胖子与大脚配对,正把一筐盐抬过来,七枝走过去,说:“我清早就跟大脚说好了的,这个还是让给我吧。”

胖子说:“你不发筹子了?”

七枝说:“我不能抢你的饭碗。”

胖子高兴地歇下担子,七枝和大脚抬着盐走过来,她把两只筹子发到大脚手里,算是对七枝的一份感恩。

船靠在岸上,船与岸之间则由一块又窄又长的跳板连接,人走在跳板上,跳板晃晃悠悠,跳板下的江水也是晃晃悠悠,晃得人头晕目眩。七枝第一次干这样的活,尽管她不断叮嘱自己,小心,小心啊,但就在她跨过一大半跳板,船头在即时,她的腰闪了一下,脚下一滑,摔进江里。

人们七手八脚地将她从江里拉上来,幸好没有伤着什么,只是她被江水泡得一身透湿,她不得不在人们的笑声中离开盐场。然而不过半个小时,人们看到韩七枝换了一套衣服再次出现在江边盐场。有人喊:“七枝,你还想试吗?七枝你要钱不要命了?”

“你行吗?别再栽下去啊,洋相出尽了。”

“再试试吧。”

她和大脚重新抬起一筐盐,她在前面,大脚在后面。她感觉大脚把那只筐尽量往后挪过去,挪到自己的一边。她来不及感谢大脚,再次向跳板上挪动着脚步。所有的人都停止了活计,他们看着跳板上的韩七枝,他们或许是要再看一次笑话,或者是要看看这个不屈的女人最后到底又会怎样从跳板上栽下来,栽到江水里。她听到大脚在后面说:“七枝,脚踏稳了!”她也听到桂向松在岸上朝她喊着:“你不要看脚底下,你只看前面的人,头就不会晕了。”

有男人叫着:“桂经理,你索性把她娶回家吧,她就不用再来干这活计了。”

又有人说:“你把那根拐给她吧,让她晚上再还你。”岸上又是一阵笑声,在这笑声里,七枝终于跨过跳板,落到船舷上。

大脚喘着气说:“七枝,桂经理派你去发筹子,你却要来抬筐,你这不是让桂经理难堪吗?”

“我要是抢了胖子的活,难堪的就不是他一个人了。”

“七枝啊,桂经理人不错,可惜他是一个瘸子。”

这一天下来,七枝和大脚一共拿到十四根筹子,每根筹子二角钱,一共是四元八角。二一添作五,她与大脚各得二元四角。

七枝回到家里,浑身就像散了架一样。她倒在那里,一刻也不想动弹,很快就睡着了。不知睡到什么时候,窗外的天差不多黑尽了,她爬起来,想到应该做晚饭了,然而却怎么都爬不起来。

她叫着:“毛头,儿子,给你一角钱,你去街上买点什么吃吃吧,妈累了,不想做饭了。”

她听到从毛头的房里传来吱吱的噪音。她知道,毛头这一阵都在鼓捣一种矿石收音机:一个可变电容,两根简单的二极管,一根天线,接在一块电板上,通过耳机,据说就能收听到好几个无线电台。

“你丈夫,找你……”不知什么时候,毛头站在她的面前,闷生闷气地说。

“什么? 我丈夫?”

“你丈夫,江义芳。”

她用手撑着床沿爬起来,伸手摸了摸毛头的额头,确信这不是他在发烧的癔语,于是说:“你说什么? 谁的丈夫?”

“你丈夫,找你……”毛头把刚才的话又重复了一遍,“江义芳,台湾……军界,干得很大。”

七枝明白怎么回事了,她吓了一跳,赶紧用手捂住儿子的嘴,说:“毛头你在偷听敌台,要是给政府知道,你要被判刑的。”

但到了晚上,她还是忍不住来到毛头的房间,将窗户用被单罩死了,让毛头把那台简单的矿石收音机打开,调到最小的音量,一阵吱吱的噪音过后,她听到一个声音说:“自由之声广播电台,现在对大陆同胞广播。”然而却不是寻亲节目。一连好多天,七枝都无法克制自己要听到江义芳声音的那种冲动,她让儿子一遍遍地把收音机调到她希望听到的频道。她开始怀疑毛头的话了,说:“你不是为了骗我的钱好去买那些零件吧?”

毛头看了看七枝,转身关掉那台矿石收音机,关掉灯,倒在床上。

七枝叹了口气说:“毛头,好儿子,这件事对任何人都不要说,让政府知道,那是要坐牢,要杀头的懂吗?”七枝说着,不由分说,就把那只矿石收音机的部件统统没收了,她不想儿子为她惹事。然而仅仅过了两天,毛头又把他曾经说过的话又说了一遍:“我看见,那个人了……”

这一次,她开始相信毛头是在说梦话了,她知道,毛头的脑子一直都有毛病,他总是生活在一种虚妄而不实的空间,他的世界有时候是一片混沌。

那些日子里,毛头几乎每天一吃过晚饭就出门了,直到大半夜才回来,有时甚至通宵。七枝知道,她可以没收掉毛头的那台矿石收音机,却无法阻止他去任何一个对矿石收音机着魔的同伴那里悄悄收听广播。直到这年冬天,县公安局刑侦科根据一个神秘的电波,突然冲进澜溪街钟表修理铺,从魏驼子那里搜出一台小型收发报机,魏驼子被当场抓获,澜溪街的矿石收音机之风才被迫叫停。

我的生母雅兰死于一九五七年六月。死之前,她请人把后来成为我养母的七枝叫到自己的床榻前,她让我父亲以及照顾她的人都暂时离开,而单独留下七枝。那天的雅兰穿着她年轻时穿过的白色的连衣裙,死亡前的回光返照,让躺在那里的她容光焕发,她拍了拍床沿,让七枝坐在她的床前,并且拉着她的手说:“姐姐,我时间不久了,我这一生,最对不起的就是你了。我一想起我对你所做的那件伤天害理的事情,老天爷怎么惩罚我都不为过。”

七枝以为一定是那封关于她的匿名信的事,她说:“我不怪你,你也没怎么伤害我。”

“你还记得那一年我在邮政局分拣处工作吗?那一天我看到一封从上海寄来的信,是寄给你的,出于好奇,我就悄悄地拆开了那封信,是老江,江义芳寄来的,他说他很快就会离开上海,去另外一个很远的地方,他已经安排了人去接你和毛头,他让你做好去上海的准备。那封信在我身上藏了好几天,最后,我还是一把火把它烧了。如果我说,我仅仅是因为嫉妒你,嫉妒你的优雅和漂亮就做出这种伤天害理的事来,你会相信吗?姐姐,你应该恨我,也有理由恨我,如果不是我,你的今天也许不会是这样的。”雅兰说着,放声大哭。

七枝平静地听着雅兰诉说这些,诉说这些已成云烟的往事。她不能说不恨她,雅兰说得没错,如果她当初接到老江的那封信,如果当时她没有错过那班轮船,如果……然而就像父亲当年所说的,所有的事情都是当下发生的,一切“如果”都是没有意义的。

“妹妹,你说出来,你心里畅快就好,我不会怪你的。”

“这是上天对我的惩罚,”雅兰继续说,“我是后来才知道老沈这人身在我这里,心却在你那里,我如果早知道这样,我怎么会做出那件伤天害理的事呢?我后来写你的匿名信，还是因为嫉妒你，嫉妒你占据了我丈夫的心。姐姐，我一直想把这些事说给你听，可我一直说不出口。现在，我就要死了，我说出来，也许就能安心地去另一个世界了。”

雅兰死后，我父亲沈仲景也曾想让七枝答应两家并一家，即使不是为了自己，为了毛头哥哥以及我们姐弟三个，也应该这么做。但戚芝的到来，打破了他原有的计划。那一天，当一个女人抱着一个尚在襁褓中的孩子走到泥河卫生所，一直走到父亲的屋子，人们才知道，早在沈仲景的妻子雅兰生病期间，沈仲景居然有了一次神不知鬼不觉的婚外恋，并且有了一个私生子。

戚芝坦然地向人说：“这不怪他，早在他当年治好我的癫痫病时，我就不能自已地爱上了他。我现在嫁给他，也是对他的报答。”

把戚芝和小外孙一同送到泥河的是戚芝的父亲戚昌明。他是一名老中医，他说，早就听说沈仲景在治疗癫痫病方面有独到的研究，因此，作为一个行医五十多年的老中医，他愿意把自己的经验与沈仲景分享，因为，他的女儿戚芝就是一名癫痫病患者，虽然偶尔她会有小的发作，但那种大发作，已经多年没有过了。

对于雅兰的死，父亲是有责任的，但他又觉得，死，对于母亲来说，未必不是一种最好的结局。只是，母亲丢下的我们姐弟三个以及那个零乱的家简直让他焦头烂额。当时大姐半夏十岁，二姐桂子八岁，最小的我六岁半，他不知拿我们姐弟三个怎么办才好。思虑了一个晚上，第二天一早，他把我们三个一齐带到七枝面前，说：“七枝，雅兰走了，这三个小的，我只能暂时交给你了……等那边安顿好了，我会很快把他们接过去的。他们的伙食费，我会按期送来的。”

七枝似乎早就料到会有这一天，她知道，父亲把我们三个带到她跟前，该有多大的勇气！泥河那边，父亲的另一个儿子还不到一岁，他妻子肚子里据说又有了，他不可能把我们三个带到泥河去。

“你放心吧，我答应雅兰的。毛头，知柏来了，带你弟弟玩去。”

父亲一个个地叮嘱说：“半夏，从今天起，七枝阿姨就是你们的妈妈，你是姐姐，你带头，叫妈妈。”

半夏低着头，嗫嚅着说：“阿姨，七枝阿姨……”

父亲一巴掌扇到半夏的头上，半夏蹲在地上抽泣着，泪水爬了她一脸，像一条条蚯蚓。

七枝把半夏拉到自己怀里,说:“老沈,你干什么呀?下手这么重!妈妈是那么好叫出口的吗?”

父亲又去哄桂子:“桂子,听话,叫妈妈。”

最后临到我了,父亲说:“知柏,你呢?”

我无论如何都叫不出口来,无论是妈妈还是阿姨,尽管平时我一直就是叫她阿姨的。这时,我看到毛头站在房门口朝我招招手,我赶紧随着他进屋去了。他让我看他刚刚装好的矿石收音机,我拨弄着按钮,一阵呲呲啦啦的噪音过后,一个女人用非常好听的普通话说:“……郭沫若同志说,我不如工人,我不如农民,我不如士兵……”我又试了一个频道,一阵咚咚锵锵的锣鼓声后,传来家喻户晓的黄梅戏女皇严凤英的歌唱:“这班灯逛过了身,那厢又来一盏灯……”

整个暑假,毛头就在家里鼓捣着,他用一些废旧的布头为哑巴的女儿团团做了一个会哭会眨眼睛的布娃娃,他用几块破木板,再加上几只废弃的轴承为我做了一辆滑轮车,又用废弃的无缝钢管为自己做了一支弹簧火药枪。后来,这支弹簧火药枪在县里召开的运动会时被借去当作短跑的发令枪,之后就再也没有还来。很长时间里,我的这只滑轮车在石板路上都是最拉风的玩具。

资本家的儿子

一九四八年十一月,七枝的第二个儿子邢玉超降生。就像第一个儿子毛头出生一样,替她接生的仍然是军医金顺生。时隔十年,七枝在澜溪大街上再次见到金顺生。

她在一艘渔船上贩了几条鲥鱼,打算送到镇招待所厨房里,那里的一个厨师是她的邻居,总是照顾着她的生意。出招待所大门,她看到金顺生在几个镇干部的陪同下迎面走过来。金顺生之于七枝,是有救命之恩的,但她与金顺生毕竟身份悬殊,而且自己的境况一直不好,也就没好主动打招呼。然而她刚到家,街委会就来人,说金副县长要见她,此刻正在招待所105房间等着呢。

她找到金顺生住的那个房间。

“金县长。”她叫了声,怯怯地站在那里。

金顺生的桌子上铺着一张密密麻麻的地图,他正用一支铅笔在那张地图上画着,听到七枝的声音,头略微抬了抬,说:“呵,七枝,你请坐,我这就完。”

桌上的闹钟滴滴嗒嗒地响着,七枝就一直站在那里,她心里忐忑着,不知道金顺生找她究竟是为什么事。

时间过去很久,或许只是短暂的一刻,金顺生站起来,他给七枝倒了一杯水,说:“七枝啊,你请坐,请坐。我找你来,是要告诉你,我就要离开这个县了。”

“呵,是荣调吧,去哪里呢?”她当然不明白金顺生为什么要把这个消息告诉她,而且是特地让人将她叫来。

“什么荣调,哈哈,恰恰相反……不过,我很喜欢那个地方。那是陶渊明当年种菊的地方。‘采菊东篱下,悠然见南山。’‘青箬笠,绿蓑衣,斜风细雨不须归。’”

“做官是一时的,做人是一世的,金县长是好人,到哪里都是好人。”

“七枝,你倒很会说话,”金顺生说,“不过你这话我听着受用。我其实并不是做官的料子,我还是喜欢做医生,做妇产科医生,看着被自己接到这个世上的孩子蹬着腿哇哇地哭叫,那感觉真是太妙了。”

金顺生又回到那张地图前,说:“七枝,你是老和悦洲人,你看这和悦洲的三街十三巷,我画得如何?”

她看到那图上有一行大字:和悦泽国图。她仍是不明白,金顺生为什么要让她看这幅图。因为金顺生问她画得如何,她只好说:“是的,三街十三巷,可惜都叫鬼子给炸了。”

金顺生向她招招手,示意她上前来看那幅图。

“以前有孩子尿床,大人们总是说,又游了一趟和悦洲,现在我明白是怎么回事了。哈哈。这和悦洲四面环水,你看,真正是一幅和悦泽国。七枝啊,这两年,我走访了不少老人,又在和悦洲实地勘察了无数遍,这才绘制了这张图。你简直无法想象,在这弹丸之地,上一代人竟建立起这样一个规模庞大的商业帝国,简直就是奇迹,一处真正的世外桃源。”他将图在手里抖了抖,说,“战争,硬是把一个美好家园给毁了。而我的理想,就是要重建一个新的水上泽国,除了三街十三巷,我还要在这里建一座公园,在这里建一座学校。到那时,我什么都不干了,在和悦洲置一处房子,就在这里养老,过我的安静的日子。”

七枝看着这个充满激情的副县长,觉得他有时候就像一个孩子,有着孩子般的纯真,有着孩子般的可爱,却并不像一个领导人。

"金县长有这份念想,和悦洲人会感谢你的。"

"可是,就因为这幅图,他们说我幼稚,说我是小资产阶级情调。和悦洲,和悦洲,祥和、安谧,人皆乐于其中,我们共产党人抛头颅洒热血,难道不正是要让人民过这样的日子吗?"此刻,金顺生就像一个诗人,浪漫而又抒情。

他把那张图方方正正地叠起,塞回他的包里,忽然回身打量了一下七枝,不无感慨地说:"一晃就是十年过去了,七枝同志,你看我们都生老相了。"

她听到金顺生说"我们",顿时有些忐忑不安,说:"金县长一点都不老,看起来还像当年一样。"

"岁月不饶人,七枝啊,我知道你这些年过得不容易,可我没能帮你。"

"难得你还记挂着我们,这就够了。"

"我请你来,是有件事要同你商量,"金顺生挪了把椅子在她的对面坐下来,说,"你愿意到我家做保姆吗? 不,应该是叫生活管理员。"

她舒了口气,她怎么都不会想到,金顺生找她,是为这事。

"金县长,您想帮我一把,我怎么会不知道呢? 可我现在……"她觉得她只有把实话告诉金顺生了。

金顺生打断了她,说:"我都知道了,沈仲景把他的三个孩子都交给你了。你不要有什么顾虑,说起来滑稽得很,我参加革命,就是要革我父亲这样的反动资本家的命,但革命胜利了,我却还得依靠我父亲的定息生活。我父亲留给我的钱足够我用两辈子,不要说你那边有四个孩子,再多两个我也养得起。而且,我这人特别喜欢孩子,你看,这个'家'字,宝盖头,下面偎了一窝猪。一个家,有了孩子,有了鸡鸣狗叫,才是一个完整的家。你要知道,每个孩子都是上天派来的天使,他们的哭啊,闹啊,其实是世间最美妙的音乐。"

七枝笑起来,说:"等到哪一天你真的有了一群孩子,你就尝到滋味了。"

"老沈这个人有能力,有魅力,可就是……"他想说"可就是生活作风上把守不住自己",但打住了。

"据我所知,雅兰生前也没少伤害你。"

"雅兰临死前说的那番话,够让我感动的了。我既然答应了她,这个十字架,我就必须背起来。"

“七枝同志,你知道你有多了不起吗？你不是什么英雄,也不是什么杰出人物,但我打心眼里敬重你,敬重你的为人。”

“金县长,看你说的……”

“七枝啊,我也不仅仅是要帮你。不瞒你说,我同妻子离婚后,我就成孤家寡人了,工作又忙,回到家里,常常连口水都喝不上。不怕你笑话,我换下的衣服就堆在屋角,等到身上的这件脏得不能再穿了,再去屋角把那前些日换下的穿上。”

“的确,你也够不容易的。”

“怎么样？希望你能答应我,带上你的那些孩子,同我一起去至德。”

“你要知道,这三个都不是省油的灯,还有毛头,他是一个脑瘫患者,他会不断给你制造麻烦的。”她想说,我把该说的都说了啊。

金顺生知道,七枝算是答应了,他说:“你知道,我是医生,我研究过《黄帝内经》,我对针灸也很在行,我可以帮他做些治疗,我有信心让他成为健康的孩子。好,七枝,我不勉强你。我明天必须先去至德报到,你要是想好了,就给我写封信,我立即派车来接你。呵,还有那几个孩子,不,一群天使。”

金顺生还有一句话没好说出来,一场政治风暴即将来临,以七枝的政治背景,她如果继续待在澜溪,日子会更加难过。他必须把她带离澜溪,并以自己尚未折断的羽翼来保护她,以免她在这场狂风暴雨中遭受更大的伤害。

澜溪街66号门前,桂子和几个邻居的女孩子在跳房子,半夏在教毛头读知柏的一年级课文,她一个字一个字地念着:“马来了,马来了,你到哪里去？我到北京去。你到北京做什么？我要去见毛主席。”

毛头一个字一个字地跟着半夏在读:“摸、来、了,摸、来、了,恩、到、哪、里、去,饿、到、不、京、去,恩、到、不、京、做、西、么,饿、要、去、见、毛、主、席……”虽然毛头的语言能力还不及一个四五岁的孩子,但他读得很认真。

“都到屋里来吧,有件事要告诉你们。”

半夏他们一定是看到七枝脸上挂着难得的轻松,于是使一窝蜂地进了屋子。

“金县长要带着我们离开澜溪,到至德去。”七枝说时,有着抑制不住的兴奋,她也不知道为什么。

“带着我们？为什么？”

“我去给他做保姆,你们呢,就尽情地闹吧,哭吧,叫吧,他说了,这是世间最美妙的音乐。他喜欢孩子，喜欢你们这些上天派来的天使。”

三个人你看看我，我看看你。七枝赶紧又补了一句：“金县长工作太忙，他需要有人照顾他的生活。而且，他单身怕了，他想要一个完整的家庭，他想听你们的哭叫，看你们吵闹，他认为，这才是最美妙的音乐，明白了吗？”

“你会嫁给他吗？”桂子猛然说了一句。

“桂子，你这小脑袋瓜子想到哪儿去了？他只是想帮帮我们，仅此而已。”

没想到桂子把头一扭，说：“你去吧，反正我不去。”

半夏说：“我也不去，我不念书了，我在街道上找点小工做，我能养活自己。”

半夏的话明显带着情绪，这让七枝有些意外。她想，到底不是自己生的孩子，一时便僵在那里。这时，从屋里传来毛头的半导体收音机的噪音，七枝有些烦躁，朝毛头吼着：“毛头，你把那个关掉，吵死人了。”

半夏似乎觉得有些过分，便凑到七枝身边，说：“阿姨，我们跟人家非亲非故的，凭什么要跟他生活在一起？你不怕别人在背后叽叽咕咕，我们还怕别人说闲话呢。”

半夏的话倒是让七枝刚才发热的大脑迅速地冷静了下来，她觉得半夏的话也不是没有道理，这件事缓缓再说吧。

一场改造旧澜溪的工程即将开始。那是一个火热的年代，人们朗诵着农民歌手殷光兰的“端起巢湖当水瓢，哪方干旱哪方浇”的诗歌，朗诵着“天上没有玉皇，地下没有龙王，喝令三山五岳开道，我来了”，一场大规模的战天斗地的斗争开始了，“撕片白云揩揩汗，凑着太阳吸袋烟”。镇上一批批人被派到那场改天换地的斗争中去，他们多半是一些家庭背景复杂，或是有着某种政治污点的人。他们是一支义务的劳动大军，一天要干十几个小时，没有或只有很少的一点报酬。七枝意识到，逃离澜溪，投靠金顺生——这也许是她目前最应该选择的。

一辆帆布吉普来接七枝一家去至德，唐小惠一直把七枝一家送到公路旁。临分手时，唐小惠附在七枝耳边悄悄地说：“他早就看上你了。”

七枝吃了一惊，她打了小惠一巴掌，说：“你有病啊，说出这种话？”

“你看着吧，我的眼睛能出火。”

她怔在那里，一时失去了主见。小惠的谐趣与此前半夏的话都有相同的意思，然而此时此刻，她已没有后退的余地。

吉普车刚刚发动，毛头突然发出一声歇斯底里的尖叫，像是受到什么惊吓。司机不知道发生了什么事，赶紧把车停下。不等车停稳，毛头就打开车门，跳下车，拼命地跑了，一直跑到站在公路边送行的翠花身边。翠花就一把揽住他，不住地用手拍打着他，像是捡到一个失而复得的宝贝。

看着毛头在那边招手，吉普车内的姐弟三个也开始动摇了。七枝一边让司机赶紧开车，一边说："毛头自小在翠花阿姨身边长大，他舍不得翠花阿姨，翠花阿姨也舍不得他。就让他留在澜溪吧。"她心里却说：撇下亲生的儿子，却带着沈仲景的三个儿女去投奔另一个男人，这都是个什么事啊？

金顺生从副县长的位置上到行署所在地做局长，其实算是平调，而且从生活待遇上看，这个行署所在地要比原先的县城好很多。分给金顺生的是一套带有一个花园的两底两楼洋房，据说从前是一个有钱人的私宅，改造了，就成了现在的公寓。院子里居然还有一个车库，暂且用来堆放杂物。所有这一切，倒让金顺生有了又升了一级的感觉。

楼下中间是一个客厅，客厅左边是金顺生的卧室，楼梯右侧一个房间，那里是原先一个保姆住的，现在就留给七枝了。厕所就在楼梯口边，是带冲水的。半夏和桂子都是一脸的沮丧，眼里含着泪水。唯有沈知柏对这个家里的一切都好奇，他不断地拉着厕所的线绳，听着水哗啦一声冲下来，再哗啦一声冲下来。

七枝不好说他们，她把这姐弟三个带来，是带点勉强的，她知道这三个孩子现在巴不得她死的心都有，她不想再激怒他们。

行李零乱地堆在客厅里，金顺生回来了。

"欢迎你们，我的上帝，我的天使们！"

金顺生的谐趣并没有让半夏他们快乐起来，三个孩子挤在一起，就像三只瑟缩的刺猬。

"怎么，好像都不高兴。这也难免，毕竟刚刚离开你们生活惯了的地方是不是？过一阵，习惯就好了。你们上学的问题，我都联系好了。一个四年级，一个三年级，一个一年级，我没记错吧？"

金顺生开始帮着七枝解开捆行李的绳子，说："饿了吧？等一会儿我们出去吃饭。"

"你看啊，他的手那么小。"桂子附在半夏的耳边说，声音很低，但屋子里的人都听见了。七枝顿时有着说不出的尴尬，说:“半夏，你带着桂子把你们的房间收拾一下。”

“真的，比我的还小。”唯一的男孩比画着自己的手说。

七枝脸上挂不住了，金顺生却把自己的手伸到姐弟面前，带着几分炫耀地说:“你们可别小看我这双手，就因为这双手，你知道人们称我什么吗？送子观音。”

“观音是女的，可你是男的。”

“这个你就不懂了，观音是菩萨，他能随缘变化。”

直到这时，金顺生才发现，毛头并没有一起来。

“怎么，还有一个呢?”

“临阵脱逃。”沈知柏说。

“他舍不得翠花……”七枝说着，喉头有些哽。她想着毛头拼命逃向翠花的身影，泪水禁不住流下来。

“好的，过一阵我要去澜溪开会，他如果愿意，我再把他带来。我说过，我要让他成为和你们一样的孩子。”

标语墙

一条长长的巷子，一边是县武装部的后壁，一边是县委会大院长长的围墙。围墙早先用白泥抹过，白白的墙面很光滑，不知什么时候便成了孩子们的标语墙。那上面起先是一个男孩的脸，上面有几粒夸张的麻点，图画下有配文:这就是钱大麻子。

一个光头男孩和扎着辫子的女孩的头凑在一起，“李兵和吴小慧在搞对象”，还有“刘强是个大坏蛋”“何小牛是小狗”“李东海要死了”等等。而这半年来，这墙上的内容有了变化:“打倒陈保国”“曹向东爸爸是大地主”“马小辉不投降，就叫他灭亡”，后面是几个大大的感叹号。

被字和漫画涂抹得密密麻麻的标语墙上，沈知柏忽然看到自己的名字:“沈知柏妈妈是地主婆子!”字迹很清晰，看来是不久前刚写的。看到这条标语，沈知柏气不打一处来。他知道，这一定是他的死敌余大马棒写的，于是，他毫不犹豫地用那只捡来的粉笔头在一个空隙写上“余大马棒是……”。还没等他把这条标语写完，一回头，竟发现余大马棒就在离他不远处。此刻，余大马棒的眼里射出恶狠狠的光。顺着余大马棒的眼光，他看到那墙上有一条标语：“余大马棒是妓女的儿子。”

据说余大马棒的母亲曾在上海的一家妓院干过，后来从良了，先后嫁给几个男人，因此，学校里普遍的说法是，谁也不知道余大马棒真正的父亲是谁。但可以确定的是，余大马棒现在的父亲姓李，名李子枫，是水利局的一名高工。无疑，对于余大马棒来说，这是一条最恶毒的标语。沈知柏与余大马棒是死对头，这缘于一学期前沈知柏的一支最心爱的弹簧枪失窃事件。这支弹簧枪后来出现在一个高年级同学手中，于是，真相大白。那高年级同学说，这支弹簧枪是他花了巨资从余大马棒手中买来的。为了这事，沈知柏和余大马棒打了一场恶架，其结果是两败俱伤，余大马棒得了一个窃贼的恶名，而沈知柏的脑袋被余大马棒用一截烂砖头砸伤，被医生缝了四针。虽然如此，沈知柏从来就没想过要把这条最恶毒的标语写到标语墙上。但是现在，当那条标语就赫然地出现在公众的眼前时，沈知柏忽然觉得自己就是那偷斧子的家伙，他慌张地解释说：“那不是我写的，真不是我写的。”

“当然不是你写的，你怎么会写这种下流的话呢？”余大马棒大度地笑了笑说，“再说，你哪能写出这么好的字呢？”或许是余大马棒的这句话伤了沈知柏的自尊心，他觉得没必要再同余大马棒解释什么，便从地上捡起一块石头，死劲地铲着关于他的那条标语。这时，他看到余大马棒用一块从地上捡来的粉笔头在那面墙上写了一条大大的标语：“打倒李子枫！”看到这条标语，沈知柏大吃一惊，忽然想起前天晚上在县委小礼堂看到的一幕。

那天晚上被拎到台前的就是余大马棒的继父——水利局高工李子枫。李子枫佝偻着腰，可怜巴巴地站在那里的身影就像是一只被晒干的大虾。人们轮流地站出来，像对待一只狗一样指着他的鼻子责骂着什么。李子枫哭丧着脸，用一种无可奈何的声调极力地申辩着。有人冲上前去，猛地朝李子枫脸上扇了一大巴掌。李子枫捂着脸，蹲在地上像个女人一样呜呜地哭了起来。人们喊着口号：“打倒李子枫！”

目睹这一幕，沈知柏知道，余大马棒这下真的完了。现在，余大马棒亲手写上那条标语，到底是什么目的呢？他觉得，他真的搞不懂余大马棒，就像搞不懂为什么要有这面标语墙一样。

六月里的一天,中午还是艳阳高照,临近傍晚却下起雨来。雨下得不大,但丝丝绵绵的,一时半会也是不会住的。七枝想着金顺生马上要下班了,便让沈知柏去给机关大院里的金伯伯送把伞去。

门卫老头问:"你找谁?"

他说他找金局长,说:"我给他送把伞来。"

老头说:"你放在这里吧,一会儿我交给他。"

这时从会堂的方向传来一阵口号声,知柏听不清所喊的内容,但感觉到气氛的凛冽。就在知柏一回头间,他看到院子两边的墙上刷满了标语,有关于金顺生的,也有关于一个叫齐新民的,还有一个人的名字比较怪:卓别林。那一条条标语下面画着一张张人像漫画,笔法随意而又夸张,但还是能让人认出,其中一个就是金顺生。

一阵口号过后,他听到金伯伯用沙哑的喉咙在辩白着什么,但他的辩白很快就被一阵更加激烈的口号声淹没,就像六月里的风暴,就像大海涨潮时的潮汐。他明白金伯伯这一阵总是很不开心的原因了。

"你必须老实交代,你把一个地主婆子弄在家里,你们究竟干了什么见不得人的勾当?你说你们不是夫妻,可那群野小子是怎么来的?是天上掉下来的吗?"

知柏的心怦怦地跳着,他一分钟都不想再在这里待下去,他顾不得背后那个看门老头朝他喊着什么,以百米跑的速度来到那块标语墙下。他从地上捡起一块石头,开始铲那墙上的标语,他哭着,眼泪遮住了他的视线,他用袖子擦干眼睛,可那不争气的眼泪又模糊了他的眼睛。由于用力过猛,他的手虎口开始流血,他顾不得痛,只是拼命地铲着,他只想把那面墙上所有的标语都铲净,包括自己的,包括余大马棒的,包括马小辉的……

雨还在下着,在一条街口,远远地他看到半夏和桂子正沿着街檐踮着脚,躲着雨往这边走来。沈半夏像刚刚哭过,桂子看到他,说:"她刚才同人打架了。"

"你们为什么要打架?为什么要打架?"他叫着,全然不顾街道上走过来又走过去的路人。他哭着:"我们为什么要打架?为什么要这样相互打来打去?为什么……"

"他们骂我,还污辱阿姨。"半夏终于还是哭起来,她哭得一发不可收拾。桂子也哭起来。姐弟三个,就那样站在马路上毫无节制地哭着,人们开始远远地看着他们，看着这哭泣的姐弟三个，没有人明白究竟发生了什么。

不知什么时候，他们停止了哭泣，姐弟三人几乎同时发现，七枝阿姨就站在他们的不远处，她手里拿着伞，脸色比那堵墙还要灰暗。

他们回家时，雨已住了。一家人坐在那里，谁也不说话。

“阿姨，你为什么不哭？”桂子说。

“哭如果有用，我把天都哭塌下来。”

她说完这句，就开始做饭。厨房临近一条小河，河的那边，天边露出一道彩虹，雨后的郊野一片翠绿。她进了厨房，打了米，淘了两把，兑上水放进锅里，然后就靠在灶上，看着那条河流远处那被大雨洗刷得青翠碧绿的山岚。过了很久，她才意识到没有生火。她坐到灶间，往灶门里塞了把松毛，划了根火柴点着了松毛。但柴火受了潮，松毛燃尽了，柴仍没有烧着。她再往灶门里塞一把松毛，架上柴，拿过吹火筒鼓起腮帮子吹了一阵，火终于点着了。厨房里弥漫着一股呛人的烟雾，她的眼泪不由自主地流下来。

“阿姨，你不是说哭如果有用，你会把天都哭塌下来吗？”

她说：“我不是哭，我想毛头了，我把他丢给翠花，到底还是不放心。”

三个孩子都明白七枝的意思，都知道，他们在这里待不下去了。

雷声一阵阵从天边滚过来。雨拍打着铁皮的窗棚，发出很响的声音。从厨房传来一股饭的焦煳味，知柏说：“阿姨，饭煳了。”她看了看台上的闹钟，都已经七点半了，幸好日子长，天还没全黑。她赶紧进了厨房，把灶里的火熄了，再把饭菜端到桌上。

“你们先吃吧，吃完自己洗洗睡觉，我去看一下，金伯伯可能没带伞。”

她撑着把伞走进院子，那间旧车库里有烟火在一闪一闪的。她过去，说：“你回来了，淋雨了吧？”

金顺生坐在车库的台阶上，一口一口地抽着烟。

“真对不起，我们一再地连累你。”

“七枝，我的报告被批准了，我请求去一个山区卫生院，我情愿去做一名妇产科医生。”

七枝不说话，黑暗中，她轻轻地叹了口气。

“七枝，我知道你很不容易。当初我把你们接来，原本是想相互有个照应，但现在看来我做不到了。”

七枝沉默着。过了很久，她说：“刚才我跟他们姐弟三个说，我们准备回澜溪去了，但现在我改变主意了。如果你不嫌弃我们几个，我愿意带着他们，跟你到山区去，我们可以开一片荒地，日子总会好起来的。”

“七枝，我明白你的好意，在这个时候，你不肯撂下我。”金顺生又接了根烟，说，“你们还是回澜溪去吧，澜溪镇镇长老莫过去是我的下级，我给他写一封信，他也许会照顾你的。你说得没错，日子总会好起来的。”

不知什么时候，三个孩子一齐围到车库门口。半夏说：“金伯伯，求你了，别让我们回去。”

“我们不回澜溪去，我们要跟着金伯伯。”

金顺生把烟扔了，他站起来，抚着孩子们的肩说：“孩子们，伯伯感谢你们。七枝啊，到头来，还是我连累了你们。”

“我们都不要再说连累不连累的了，这就是命。”

杂耍班子

六月底的一天，我们离开至德，前往官渡。

离别那座小洋楼，我们忽然都有一种复杂的感情。毕竟，这座小洋楼给了我们很多的温馨回忆，我们在这里度过差不多一年的时光。现在，我们就要离开它，前往一个不可知的地方，谁也不知道明天会怎样。

所有属于我们的物件该带走的必须带走，带不走的要抓紧处理掉。金伯伯找人要了几个纸箱子，把一些衣物及从上海寄来的各种罐头、饼干、糖果等分别装进了纸箱子，还有气炉子、钢精锅、睡衣以及咖啡壶等，金伯伯知道，再也用不上这些东西了。金伯伯大哥新中国成立前夕就离开上海去了香港，两个姐姐一个在马来西亚，一个在印尼，嫁的男人都是橡胶园园主，唯独他这个弟弟参加了革命。他们生怕弟弟苦了，每年没少把吃的、用的乃至钞票设法寄到上海，再由上海的继母寄到金伯伯所在的单位来。金伯伯父亲在上海解放前夕死了，继母是父亲最后一房姨太太，跟了父亲后，一直没有生育，老太太也就把金伯伯当作亲生儿子，指望着将来好靠这个儿子养老。现在,金伯伯自己也没想到会落到这种境地。他让南京的一个表姐转告继母,让她今后不要再往这边寄东西,免得再惹什么麻烦。

一切都办停当了,走的那天,七枝阿姨从街上借来一辆板车,把几个纸箱子全都堆在板车上,再用绳子捆扎好,一板车拖到了长途汽车站。司机嫌东西太多,我们只得又丢掉一箱子包括气炉子、咖啡壶等在山区用不上的杂物。汽车在沙石公路上颠颠簸簸,每一座村庄,每一块稻田,每一头从车外一闪而过的牛从我们的眼前倏忽而过,就像一个个逝去的日子,零乱而又残缺。临近午后,汽车到达终点站,却不是我们要到的官渡。来接我们的是一个四十来岁的中年人,幸好,他牵来一头毛驴,拖着一辆驴车,驴车上沾满了白色的石灰泥。他自我介绍说:"我姓纪,纪念的纪,是官渡乡的副乡长,你们叫我老纪就行。"

显然,他完全没有料到,我们是一大家子,而不是金顺生同志一人,而且,我们携带的行李,那辆驴车根本装不下。他开始不断地抓着自己的脑袋,看得出,他不知道拿我们这一大家子怎么办才好。偏偏这时,雨点开始砸下来,雨越下越大,我们顾不得矜持,一边搬运着行李,赶紧跟着他跑到附近的一座破旧的准提寺里。

准提寺大殿里已有一群躲雨的人,那是一个杂耍班子,六七人。这个杂耍班子我是熟悉的,在至德的大街上,我曾不止一次看过他们的演出,没想到竟在这里遇上了,我的心情没来由地好起来。很多年后,我曾在报纸上撰文狠狠地嘲弄年轻的追星族,可那时候,我就是一个不折不扣的追星族。尤其是那个演丑角的家伙,他能一个人把一台戏演活。那家伙说起乡间俚语夹杂着下流话一套一套的,"我劝怕老婆的你们不要笑我,世上的男人都差不多",还有"乖乖隆的咚,韭菜炒大葱",他屁股一扭一扭的,学着一个刚刚买了一双新皮鞋的小媳妇,嘴里模仿着卖皮鞋的人说话"七块八角,七块八角",他的滑稽和搞笑,让围着他的观众笑得都直不起腰来。

雨越下越大,雨点打在破庙的铁皮瓦楞上,噼噼啪啪地响着,就像电影中打机关枪的声音。这个杂耍班子是临时拼凑的,人员并不固定,除了那个小丑以及唱花鼓戏的女人,其他几个我都不熟悉。现在,他们就随意地坐在大殿里铺着稻草的方砖地上,小丑的身旁倒着一尊缺了头的佛像。杂耍班子的演出总是不固定的,不知道他们下一站要去哪里。

那个丑角紧绷着脸,好像正同谁在生气,而那个琴师却显得相当活跃,他把二胡搁在腿上,反复地拉着一段即兴的曲子。

“二妞，你把借罗衣的那段《二嫂跑驴》再唱一遍，我就喜欢听你唱这一段。”

那个叫二妞的似乎也不开心，她坐在一堆稻草上，双手抱着膝盖，脸扭向一边。

“牙齿跟舌头也还有打架的时候，两口子过日子，没有不吵架的，吵架时的话，当不得真的，别老把那一句话嚼过来嚼过去。”琴师劝慰着二妞。

“要过就过，不过拉倒。”小丑说时，一副气呼呼的样子。

“拉倒就拉倒。”唱花鼓戏的二妞就真的站起来，一边收拾着自己的一只藤条箱子，像真的要离去的样子。琴师再次劝她：“你去哪里？这上不巴天，下不着地的，说不定你刚出这庙门，就被野狼吃了。”

二妞把藤条箱子猛地掼到地上，一屁股坐在那里，哭了起来。

“你还不去哄哄她，有你这么做丈夫的？”

小丑站起来，我以为他会去哄那个女的，没想到他却是一边解开裤带，一边走到大殿的一角，哗啦哗啦地撒起尿来。他把尿撒完，似乎也把烦恼都撒尽了，他回来时，一边系着裤带，一边哼着小曲，好像刚才的不快都是遥远的过去。

“乖乖隆的咚，到底年轻，这一泡尿能把这倒在地上的菩萨熏跑掉，你不能走远点儿？你也不怕准提菩萨割掉你的骚根？”

“他就是这德行。”二妞说。

琴师说：“他要不是那根骚根厉害，二妞能被他哄得乐乐转？”

二妞噗的一声笑起来，庙里的气氛立时就活跃起来。

直到这时，我才知道，小丑与二妞是两口子，但我不知凭什么觉得，二妞根本配不上小丑。我倒觉得，小丑与先前那个玩魔术的女孩子很般配的，但不知那个玩魔术的女孩子去了哪里。

雨还在下着，雨从窗户里打进来，小丑换了一块地方，他捡起地上的一只鱼皮鼓咚咚地敲了起来，在他的渔鼓声中，我倒在一堆稻草上睡着了。也许只睡了一小会儿，总之我醒来时，雨已停了，太阳透过准提寺大殿破旧的窗户射进来，射到那栽倒在地上的准提菩萨身上。

纪副乡长走过去，说：“你们这是要去哪里演出？”

“四海为家，走到哪里是哪里。”琴师说。

“是的，我的渔鼓敲到哪儿，哪儿就是我们的家。”小丑说。

“如果你们愿意，就请去我们官渡演出好吗？”纪副乡长说，“我是官渡的副乡长，我们那里很穷，但我能保证你们不会白演。”

“好啊。”琴师说着，就站起来。小丑也站起来，包括唱花鼓戏的二妞。

“我们带的行李够多了，还有好几个孩子，你们能帮着扛点行李吗？”

“行啊。”小丑愉快地答应着，他看着我说，“我带着这个小弟吧。”

“你真滑头，小弟也不要你抱，也不要你背，你倒轻松。”

小丑刚才的话我听了很高兴，我倒情愿跟在小丑的后头，用今天的话说，我会毫不忌讳地向他表示，自己就是他的铁杆粉丝。

小丑把鱼鼓挂在脖子上，走过去将二妞的那只藤条箱子接过来，挎在臂弯里，腾出一只手来牵着我，我摆脱了他的手，紧跟在他的身后，一路上听着他有节奏地敲打着那只渔鼓，嘴里梦呓般地哼着一首什么曲子。我想问他，你是怎样在一只空碗里变出那么多鸡蛋来的？怎样用眼皮吊起一只装满水的水桶的？还有，那个玩魔术的女孩子，她现在去了哪里？可是，没等我把要问的话问出来，我的眼皮早就开始打架了。等我醒来，已到官渡了。我这才知道，这一路上，我一直是伏在小丑的肩膀上，听着小丑的鱼鼓声，闻着他身上的汗酸味，走过了那条长长的山路。

韶云雅居

不知什么时候，金顺生被不远处村子里的鸡叫声惊醒，睁开眼，一缕霞光已透过木格子窗照进屋里。他爬起来，走到堂屋里，见七枝正把一束刚刚采摘的杜鹃花插在一只废酒瓶里。因为这束杜鹃花，这间土墙屋子一下子就亮堂起来。也是这束映山红的缘故，金顺生多日来压抑的郁闷心情一下子就释放开来，情绪说不出的好。天边露出一抹灿红，不远处一座山峰高插云天，他们所住的屋子就正对着那座山峰。这是一间用山茅草搭盖的屋子，有七成新的样子，建好不过两三年吧，造型很像毛泽东在韶山的故居。看着自己的新居，金顺生一时很兴奋，他回到屋内，找出笔墨纸砚，在一张纸上写下“韶山居”三个隶体大字，写好后，觉得不妥，再写一幅“韶云居”，便用图钉钉在门楣上。他退后几步，看着那幅墨迹未干的斋号，甚觉满意。屋后是一片竹林，从林里传来一片鸟儿的叫声。空气清新得有些醉人。他看见附近一户人家屋顶上冒着炊烟，便向那人家走去。

一个老者正在堂屋里侍弄一个类似华盖样的东西,他把一根根废旧布条用细麻绳捆扎在一根圆盘上,圆盘插在一根竹棍上。屋子里有一股青涩的烟草气味。他走进去,叫了声:“老伯早啊!”

老者抬起头来,笑了笑,说:“是县衙里下来的吧,坐啊。”

“我是来卫生院工作的,以后要多麻烦你老人家了。”

“呵,是医官啊,我听我儿子说了。”老者朝屋里叫着,“医官来了,泡茶啊。”

金顺生指着老者手里的活计,说:“老伯,你这是在忙什么呢?”

“龙伞,是演罗(傩)用的。”

金顺生没听明白,再问一句:“罗?”

老者拉过他的手来,用食指在他的手心里先写了一个“人”字,再写一个“难”字,再把两字合为一字,一字一顿地说:“人,立在天地之间,你晓得有多难啊,难就不活了?越是难,越是活着,活着不容易啊!老天爷不肯下雨,乡里要演傩祈雨呢。”老者说着,又朝屋里喊,“水开了吗?给医官泡茶。”

金顺生说:“茶以后再来喝了,我要借您老家水桶用用,一家人都还在等着做早饭呢。”

老者从灶房里把一担水桶给他找出来,又指给他看水源在哪里。他挑着桶,就沿着老者所指的方向找到了水源。一条清澈的山溪顺着山沟一直冲刷下来,水哗哗地流着,五月了,水塘边一株桃花竟依然开得一片浪漫,正如古人所言,“人间四月芳菲尽,山寺桃花始盛开”,山崖上的杜鹃花也是一簇簇、一丛丛地开着,风将一股兰草花的清香一阵阵地带到这里。他禁不住说:“多好啊!”他挑不了满桶,只汲了半桶,趔趔趄趄地往回走。

四野一片鸟的叫声让孩子们早早地醒来,三个孩子把头伸出门外,好奇地看着这个新奇而陌生的地方。

金顺生说:“那边有一条小溪,里面有好多鱼呢。”

孩子们听说有鱼,立即就精神起来。那片水塘里果然游动着一些小鱼儿,孩子们赤着脚跳下冰凉的小溪去捉鱼儿,又哪里捉得到一条?

早饭前,纪副乡长带着一个年轻的姑娘来了,姑娘戴着眼镜,一副弱不禁风的样子,他知道,这就是纪副乡长昨晚说的“被他骗来的”乡卫生员了。他们给金顺生一家带来了米、油、南瓜、一坛咸菜以及一刀腊肉。看到门楣上刚写的“韶云居”几个字，纪副乡长说："这屋子给你这么一起名，就有了一股仙气。"

七枝把这些杂七杂八的东西拿到灶房去了，南瓜看上去很面，这一袋米，她打算节约着用，早饭就先煮一锅南瓜粥，把咸菜炒了就粥吃。

外间屋里，金顺生与纪副乡长等人在谈工作，纪副乡长说："我们这里很落后，地方病也相当严重，血吸虫病、粗脖子病、痴呆症以及孕妇的难产问题都影响着山民的健康。金县长不仅是老革命，而且又是医疗专家，你来了，我们这里就有希望了。"

"我可谈不上什么专家，但我年轻时在上海医专学的是临床医学，后来到部队后，由于临时需要，我又兼做战伤科、产科，其实是个杂家。"说时，就免不了有几分得意。

"山区就需要像金副县长这样的杂家，山区的情况太复杂了。"

"我刚来，对情况也不熟悉，必须先做些调查，希望山区的同志们支持我。"

"好，我过几天要去县里参加三干会，等我从县里回来，我一定陪同你，把全乡走个遍。"

"你工作忙，叫小李陪着我就行。"

"我肯定要全程陪同，你不知道，山区环境很复杂，有野狼出没，而且随时会有山洪暴发。你们不熟悉环境，很容易出事的。"

南瓜粥的甜香味从厨房里溢散出来，纪副乡长说："唔，好香。"说着就站起来，准备离去。

"一同吃个早饭吧。"

"那就不了，等哪天我要专门给你们一家接风，好好请你们一家吃餐饭。"

金顺生把纪副乡长等人送到门口，说："纪副乡长，我爱人有一个请求，她想找你要一块地。"

"呵，这个好办，从我父亲的菜地里划出一小块来就是了，就在你这屋子后面，基本保证你们一家的吃菜问题。"

"不，我爱人的意思是要种麦子，种玉米，你晓得的，我们一家有五张嘴要等着吃饭。"

"这些都不是问题，金副县长尽管放心。"他又说，"我也想请你爱人帮个忙，不知她答应不答应。"

“呵？你说吧，如果她能做到，她不会不答应的。”

“乡政府里有一所小学，其实是个扫盲班，原来有一个年轻教师，但他来这里不到一个月就走了。我们没有工资给他，只是年终以粮食结算，他当然不满意了，扫盲班只好停了。”

金顺生打断了纪副乡长的话，说：“这个，我代她答应了。”

回到屋里，七枝埋怨他说：“你怎么能替我答应扫盲班的事？我没正规念过一天书，我怎么能做扫盲班的老师？”她还想说，你怎么可以说我是你爱人？我怎么是你爱人呢？

金顺生笑着说：“我说行，你就一定行。那时候我们做战时卫生员，一场仗打下来，伤病员很多，哪有许多正规的医生、护士？都是临时凑合着上。扫盲扫盲，就是识识字，做做简单的加减乘除，晚上我教你，白天你教人，我保证你行。”

“你把什么事都看得很容易……”

“好了，别想太多了，你看，这里的人对我们多好。鲁迅说，躲进小楼成一统，管他冬夏与春秋，我们现在是躲进山里做草民，管他骤雨与狂风。”

金顺生希望很快投入工作，他想对这里的乡村做一些调查，把山区的落后情况向上级领导作一次书面汇报。他一边等着纪副乡长回来，好同他一起去走访调查，一边想趁机读一些书。只可惜他们来时，因司机嫌他们带的东西太多，他不得不扔掉一箱子书。好在扔掉的都是一些政治经济学方面的书，而他所学的专业书，却在另一个箱子里被带来了。

现在，他决定好好做一个医生。打开箱子，看着那一本本几乎没有翻过的新书：《巴甫洛夫高级神经学》《黄帝内经》《伤寒病杂论》《人类免疫缺陷综合征》，这些大厚本的著作，过去一直没有时间系统地阅读，而现在可以了。他想起一则京戏《林冲夜奔》，林冲被押解在沧州是何等凄凄切切，而且满目杀机，而几乎有着同样命运的他却在这里找到了自尊，受到了尊敬。

然而他的旧毛病又上来了，过没几天，那些书又被他弃之一旁，他开始拉着七枝一趟趟去爬那些山崖，一边对七枝说：“七枝你看，这山区的水资源这么好，要是在那地方建一座水电站，山区的用电问题就解决了啊。”

七枝想起那张让他吃够了苦头的“和悦泽国图”，她有心拦住他，让他不要再鼓捣那些东西了，但本能却又告诉她，金顺生的念头是多么好啊，她相信他总是不会错的,可事实上每次结局却不好。那么,错在哪里呢?

金顺生说干就干,他开始在一张纸上画起了草图,一边幻想着水电站建起来的美景。他利用两个多月的时间跑完了韶云乡以及周边的好几个山区乡镇,对山区农民的经济状况、民生状况以及疾病防治等方面都做了认真的调查,最后,他写了两份长篇汇报,内容大致分三个方面:一、血吸虫病的危害及其防治;二、近亲结婚问题;三、山区饮水安全问题,四、山区水利资源利用和开发问题……洋洋洒洒两万余字,他把这些汇报从附近的邮局寄到了县委书记也是他的战友郑州那里。

送子观音

九月,扫盲班开学了。开学第一天,沈家三兄妹一齐来给七枝助阵。

临走进祠堂的一刻,七枝要打退堂鼓:"我一天学都没上过,现在却要给人家当老师,这不滑稽吗?"

"你就按金伯伯说的那样教,没问题的。"知柏说。

"快进去吧,你看那些人早来了。"

"教室"临时安排在一座祠堂里,来了二十多个学生,其中有一半是成年男人和妇女。因为白天有活干,扫盲班只能在晚间进行。祠堂里亮着汽灯,孩子们在祠堂里追逐打闹,妇女们敞着怀奶着孩子,或是纳着鞋底,搓着麻线,用他们这里的方言相互打趣,祠堂里热闹得很。

她想她应该开始了,可总得有个开场白,她想说"同学们",觉得不太适合,又想改为"妇女同志们",仍然不适合,因为不仅有妇女,还有男人。她清了清嗓门,说:"我叫韩七枝,你们也可以叫我韩大姐,都行……"

"韩先生。"有人叫了一声。她愣了一下,不知道叫谁,终于明白是在叫她,脸上一阵潮红,于是她转过身来,以免被人看到她的尴尬。她在黑板上写了几个字:人、口、手、左手、右手……

她说:"你们人、口、手都学过吧?今天我们学左手,右手。哪个手是左手呢?"她举起左手,说,"简单讲拿碗的手是左手,那什么是右手就晓得了,对,拿筷子的手就是右手。大家跟我念:手,左手,右手……"

有人叫起来:“我婆娘是用这只手端碗,这只手拿筷子,怎么办?”

有人笑起来,说:“把你婆娘手砍下来,对换一下就成了。”

“别吵了,听先生上课。”

她接着在黑板上写:牛、马、狗。

沈知柏叫起来:“阿姨,牛字逗笔了。”他说完这一句,忽然意识到什么,赶紧止住。

纳鞋底的妇女说:“他怎么叫她阿姨?”

搓麻绳的纠正她说:“大城市里的人都是这样叫的,阿姨就是姆妈,姆妈就是阿姨。”

“其实先写哪个都一样。”沈半夏说,但她也知道,阿姨的确是逗笔了。

沈知柏觉得半夏真虚伪,但他知道,这一刻沉默才是对的。

她觉得应该下课了,她只准备了这么几个字,再接下来,她无内容可教了,只得宣布:“今天就先学到这里,我讲得不好,请原谅啊。”

然而祠堂里却传来一阵哗哗的鼓掌声。她红着脸,被学生簇拥着,回答着他们的各种问题,譬如今年多大了,为什么长得那么水灵,到底吃什么仙丹了,等等。

走出祠堂,从山谷里传来人们说话的声音,有人唱起一首山歌:

一条手巾用线挑
白纸包包挂郎腰
手巾系坏用线补
千针万线姐来挑

那边接唱:

四条手巾四拐清
四拐金珠有半斤
只怕小郎担不动
转过桥拐有情人
……

“真好。”她说。

“阿姨,你说什么真好?”

她说不上来什么好了,她只觉得这儿的山好,山道上的火把好,山里的山歌调调好,还有,山里的人好,这儿的人没有歧视她们,他们把她当姐妹,当家里人,说话掏心窝子,这就是好。

一支手电筒光照过来,那边山路上传来金顺生的声音:“知柏,是你们吗?”

“伯伯,你回来了?”

“回来了,有没有想我啊?”

“想了,弟弟一天都问好几回呢。”

“我也想你们了,所以那边会议一结束我就连夜赶回来了。我本来要赶回来给你阿姨助阵的,但紧赶慢赶,还是迟了。阿姨今天表现好吗?”

“好极了,”半夏说,“阿姨说,端碗的是左手,拿筷子的是右手,我还第一次听到这样说的呢。”

“他们叫阿姨韩先生。”

“韩先生,辛苦了。”金顺生打着哈哈说,“你们都辛苦了,今天犒劳你们吃夜宵。我回来时,一只兔子被我手电照晕了,结果一头撞到一棵树上,让我做了一锅红烧兔子肉。”

沈桂子说:“守株待兔。”

沈半夏说:“那怎么叫守株待兔? 那叫顺手牵羊。”

沈知柏说:“那更不对了,那兔子是自己撞到树上的,应该叫自投罗网。”

“好了,别争了,都对,都不对。金伯伯是属兔的,它来认亲了,可投错门了,一头撞在了大树上。”

远远的,兔肉的香味顺着山风飘过来。

半夜里,沈知柏在梦里不知说了一句什么梦话,金顺生忽然意识到,到了叫醒沈知柏尿尿的时候了,然而已经迟了,沈知柏已开始在和悦洲游荡了。他搓着手,围着那张床不知道该怎么办好。他只得敲响对面的房门,说:“七枝,小家伙又游和悦洲了,快换床被子吧。”

七枝披着衣服起来,那张床被知柏尿湿了大半个床位。她不得不把知柏抱到对面的床上，再拿床干净的被子过来铺上，趁着天还没亮，金顺生可能还要再睡一会儿。

煤油灯下，金顺生仍在挥笔疾书。她站在他后面，忽然想起唐小惠当初讲过的话："我看上的男人是外表的强大，你看上的男人是内心的强大。"眼前的这个男人，他身材瘦小，皮肤白皙，看上去有些弱不禁风，甚至带有一丝奶油小生的感觉，但他的内心是强大的，而且，他就像一阵风，带动着周围的人。

她把一床毯子轻轻地披到金顺生的肩上，金顺生放下笔，一把就捉住了她从后面围过来的手。七枝稍稍挣扎了一下，终于伸出胳膊，圈在了金顺生的脖子上。

他们就这样长久地僵持在那里，没有话说，也没有进一步的动作。她佝偻着腰伏在金顺生的肩膀上，因为金顺生的瘦小，她的腰佝得有些酸了，然而她就一直这样佝偻着腰，伏在金顺生随着呼吸微微起伏的肩上，一动也不动，似乎生怕稍一抽身，就会从这瘦削的肩上抽身而出。这一刻，对于七枝来说，实在是太过漫长了。在这一刻里，她的面前走马灯似的晃过一个又一个男人，毛头、江义芳、邢男，还有沈仲景……而眼前的这个金顺生，该算是她的第五个男人了。我的天，五个男人！她仰起脖子叹了口气。在她迄今为止的生命中，与她过往并有着生死之交的，竟然会有五个男人。她想起毛头把那个画着小小人儿的木棒槌促狭地送到她面前的情形，想起江义芳身上淡淡的烟草气味，想起邢男的那张有着男人的英武，又有着女人般妩媚的脸，还有沈仲景渴求的眼神……这一切，有些模糊，却又相当清晰。我的天！她再次叹息了一声，一滴泪水落下来，滴到金顺生的头发上，这时，她感觉她被金顺生紧紧抓着的手有些烫人，一股温暖的感觉漫到她的心里。她想着，眼前的这个瘦小得像孩子一样的男人，该会是她的最后一个男人了吧？那么，她要不要抓住这第五个男人，再也不要松手？正这么想着，金顺生突然回过头来，侧着身就将她抱住了，金顺生那一双像孩子般小而柔软的手开始在七枝的脸上摩挲着，他摸到了一把泪，于是，他把脸凑过去，贴上七枝的脸。

鸡叫第三遍了，听到对面的山路上有了脚步声以及大声说话的声音，他知道，纪副乡长他们已经来了。

金顺生站起来，他揉了揉发涩的眼睛，用七枝端来的洗脸水洗了把脸，背上那只出门时总不离身的急救包。走到门口，他忽然又踅进对面屋里，在每一个熟睡的孩子脸上亲了一下。回头朝七枝笑笑，他想说，我们做假夫妻有半年了，等我回来，我要做一个真正的丈夫。七枝从他的眼神中似乎意识到什么,说:“再过四天就是知柏的生日,不知你能不能回来。”

金顺生算了算,说:“我一定赶回来。”

“是的,你回来,孩子们会特别高兴的。”

他还想再说点什么,但副纪乡长已在那边岔路口叫他:“金副县长,准备好了吗?”

他应着,伸出手,在七枝的背上拍拍,就出门了。

金顺生等人在薛山、马尾坡、雾峭尖以及许村等四五个村子调查完毕,已经是他出门的第四天了,他想着今天无论如何都要赶回韶云居,他知道不仅孩子们在等着他回去一同给沈知柏过生日,七枝也在等着他。他和七枝做假夫妻很久了,今天,他要同七枝做一回真正的夫妻。然而在他们路过一个叫五里坡的村子里,一个村民拦住了他。这位村民是看到金顺生身上挎着的带有红十字的急救包时临时拦住他的。据这位村民说,村子里有个妇女难产,家里正在扎担架,打算将她送到隔壁青石乡卫生院去。从五里坡到青石乡须翻过两座山,其间有三十几里山路。纪副乡长说:“你找对人了,金县长就是一位产科专家。”

跟着这位村民,他们来到产妇的家中,果然,担架都扎好了,产妇的家属正在把产妇往担架上搬。产妇痛苦地哼叫着,看上去连出气的力气都没有了。

“我给你们找来一个接生婆,让他试试吧。”

金顺生笑着说:“人家都叫我送子娘娘呢。”

他让产妇重新躺到床上,产妇的胎音虽然很弱,但胎位很正,只是那位山里的接生婆缺乏正确的知识,时间拖得较久,产妇的羊水渐少,留给产妇的时间的确不是很多了。

他安慰产妇说:“很好,胎位很正,你要知道我的名字是叫金顺生,我就是要让你们这些产妇顺顺利利地把孩子生下来。”

临近傍晚,产妇顺利诞下一个男婴。一家人欢天喜地,感激不尽,婴儿的父亲说:“医生,你给我儿子起个名吧。”

他了解到这人家姓严,又问小李,水浒传上第一百零八将是谁。小李回答不出,但婴儿的爷爷却说:“金毛犬段景住。”

金顺生说:“可惜你们不姓段,否则就把孩子起名段景住。这是经我手接生的第一百零八个孩子。”

在场的人一片惊叹，这位严老爹显然读过旧书，说：“我孙子是金医官接生下来的，孙子的名字虽然不能叫段景住，就叫严怀金吧。”

大家都说，这名字好，怀金，既有富贵的意思，又有感恩金医生的意思。

吃了婴儿家的红糖蛋，天开始阴下来，远处传来隐隐的雷声。

严老爹说：“要下雨了，今天在我家歇一晚，明天一早走吧。”

金顺生收拾着急救包说：“不行啊，我有个儿子今天生日，一家人在等我给儿子过生日呢。”

纪乡长说：“要走就快点走吧，雨大了，就不好走了。”

严老爹说：“不打紧的，这里离乡政府也不过七八里路，紧赶慢赶，一个小时就到了。”

三个人在严家各借了一件蓑衣披在身上，就冒着雨出门了。

山里的雨一下就没个停的时候，四面青山一片朦胧，风卷着雨打在人的脸上，让人感觉一阵阵彻骨之寒。后面严老爹在喊着什么，可风声裹着雨声，耳畔只有一片雨声。

纪乡长说：“这条路雨大了经常会有泥石流，他让我们改走另一条山道。”

金顺生说：“远吗？”

“远是要远点，可能会多走四五里。”

金顺生说：“我们走这么一截了，再往回走多划不来，走吧。”

纪乡长说：“雨刚下一会儿，泥石流倒未必有，但这条路要经过一道黄石溪，怕雨大了过不去。”

金顺生说：“那我们就赶紧走吧。”

老人还在后面叫着什么，他们朝老人挥挥手，还是沿着这条路向韶云乡政府所在地走去。

雨越来越大，能听到山涧里轰隆隆的流水声。

纪乡长说：“好久没下这么大的雨了，可惜这雨来得迟了些。”

前面就是黄石溪了，过了黄石溪，再转过一道山垭口，就能看到乡政府的门楼了。然而眼下的黄石溪溪水澎湃，激流卷着树根滚滚而下。小李首先害怕了，说：“我们还是退回去吧，严老爹的话一定有道理。”

纪乡长犹豫着,天渐渐黑了,他在考虑要不要退回去。

金顺生说:“不怕,蹚过去就是。”于是,三个人脱下鞋,开始往溪水中蹚去。小李走了几步,她叫着:“水太激,我腿肚子转筋,走不了了。”

纪乡长回过头来把小李背在背上,他心里隐隐地有了怕意,开始后悔不该没听严老爹的话。这条溪水,对于像他这样的山里人来说,实在算不得什么,但对于金顺生他们,可能就不是一般的困难了。

他大声地对金顺生说:“你站在那里,别动,我把小李背过去再来背你。”

“没事,我能走过去!”

纪乡长背着小李终于走到岸上,他刚把小李放下,小李忽然一脸惊恐地叫着:“金县长……”

这时的金顺生倒在了黄石溪浑黄的激流里,巨大的洪流裹挟着烂草和树根向金顺生撞过去,纪乡长和小李听到金顺生叫了一声一个人的名字,一转眼间,人就不见了。

那天晚上,纪乡长带着几个乡干部打着火把沿着黄石溪的溪流一路呼喊着,艰难地寻找着,直到第二天早上,他们才在昨晚出事处的一个石缝里找到金顺生被野草和枯藤死死缠绕着的僵硬的遗体。

第九章

狼孩

团团十岁那一年,绝经多年的哑巴翠花突然再次怀孕,到了年底,哑巴生了一个儿子,取名大宝。老来得子的老钱在街道上办了四桌酒水,热热闹闹地庆贺了一番。仅仅过了一年半,哑巴又有了第三胎,这一胎生的是个女儿。老钱明显重男轻女,生大宝时轰轰烈烈,唯恐全世界人不知道他得了儿子,生女儿时却风平浪静,一桌酒水也没办。为这事,哑巴与男人吵了一架,怄了几天气,也只能如此。老钱给女儿起名小改,他说,毕竟自己五十多岁了,他不想再生了,再生,难免要被人笑话,再说,生多了,养不养得活都是问题。

小改出生这一年,毛头十三岁。小改出生后,必须得抚养三个儿女的老钱夫妇再也无暇顾及毛头,好在毛头有翠喜做伴,那些日子里,多半时间,他都是跟在翠喜身后,就像翠喜的一条尾巴。毛头严重地发育迟缓,似乎永远都是一个长不大的孩子。他身材瘦小,下巴瘦削,颧骨突出,瘦削而单薄的身子似乎撑不住他那一颗硕大的脑袋,走路趔趔趄趄,每天无数次地摔倒在地。摔倒了,他会嗷嗷地哭上几声,知道不会有人帮他,便自己爬起来,继续趔趔趄趄地走。他言语含混,说不完整任何一个句子,奇怪的是,他有着一双灵巧的手,他能用翠喜给他做的弹弓准确无误地将树上的麻雀一只只射落。有时候,他们会从附近的渔船上偷来几条干鱼,而后,他们便在野外用废弃的砖头搭起一眼简易的灶台,在一块烧红的破瓦片上烘烤麻雀和干鱼,一老一少两个孬子自得其乐,日子倒也有滋有味。他们用撑蚊帐用的竹竿系着一根粗粗的麻线在澜溪郊外的池塘钓鱼,而且不用任何钓钩。麻线上拴一只活的青蛙,竹竿伸向水面,随着竹竿的抖动,那只作为诱饵的青蛙在生满水草的池塘里跳来跳去,猛然间,一只呆笨的黑鱼蹦出水面,一口就衔住那只青蛙,怎么都不肯松下口来,等到明白上当了,却已迟了。他们回到街道上时,除了一条又一条肥嫩的黑鱼,还有一捆新鲜翠绿的菖蒲,翠喜就用这些菖蒲编织出一只只蜻蜓或蚱蜢,每一只都像活的一样。有人喜欢他们的黑鱼,有人喜欢他们的菖蒲编织品,至于他们的商品与价值之间是否等比,他们大概永远也无法弄清楚。街道上的人们经常看到这一老一小在一起艰难地分着某种食物,或者是他们从人家院子里偷摘来的杏子,或者是一捧炒豆。他们总是想把这些食物合理地分为两份,却总是无法分得均匀。于是,他们就学着街道上的孩子,伸出巴掌做"剪子石头布"。他们伸出的手势并不标准,他们却各自得意地哈哈大笑,而且相互都觉得自己是赢家。因此,他们之间偶尔会有争吵甚至肢体冲突。好在他们几乎立刻就忘了一时的不快,在最短的时间里化干戈为玉帛。

毛头出事的那一年,澜溪镇曾发生了一系列在今天看来令人匪夷所思的事情。奇怪的是,半个多世纪过去,当我回到澜溪镇,同当年的那些老人谈起那一年发生的一件件往事时,没有一个人能回忆起那些事件的来龙去脉。譬如曾闹得全镇人寝食不宁的驴子狼,还有天主堂的那场神秘的大火。当我说到毛头时,他们问,哪个毛头?的确,在澜溪镇,叫毛头的人至少也有好几十个吧,这些上了年纪的人,又哪里分得清我要说的是哪个毛头呢?直到我说,就是那个被驴子狼掠走的毛头,人们这才恍然大悟:呵,是那个毛头啊。

那一阵子,驴子狼的传闻先是从澜溪镇周围的乡村传来,说是某一个孕妇突然失踪,第二天她的家人在一片树林里找到她的遗骸,那孕妇的肚子已被驴子狼掏空。又说某人家的孩子刚刚还在门口玩着,转眼间就不见了,家人四处寻找,结果却在门外不远处的山坡上发现孩子的一双血糊糊的小鞋。有关驴子狼的传闻让一个镇的人都如惊弓之鸟,但凡四周有风吹草动,便怀疑有驴子狼出没,每至夜晚,人们便不敢单独出门,唯恐遭到驴子狼的袭击。

偏偏那年的夏天格外炎热，往年每到傍晚，人们便在门前的石板路上泼上水，再把乘凉的工具搬到门口的石板路上，一整个夜晚，一家老小都是睡在露天的石板路上。驴子狼的传言让人们杯弓蛇影、草木皆兵，人们情愿耐着老屋里的闷热，也不敢再睡到石板路上。到了八月，驴子狼的风声渐淡，但立秋过后，气温依然没有降下来的意思，于是人们开始麻痹了，将那些木床竹榻子等统统再搬到石板路上。然而就在那天深夜，驴子狼真的袭击了澜溪镇。下半夜时，与暑热搏斗了一天的人们普遍进入酣睡状态，就在那时，当从街道的某一处突然传来令人惊悸的“驴子狼”的叫声时，就像多米诺骨牌，惊恐的尖叫声弥漫在整个澜溪的一江二镇。人们顾不得身旁的亲人，因辨不清方向，他们光着身子四处逃窜，逃进门洞里的人赶紧把门死死地关上，任凭尚在门外的人拼命喊叫，死劲拍门，那门里的人怎么也不肯开门。那天晚上的情形让一向好面子的澜溪镇人在日后的社交生活中丢尽了脸面。

那天晚上驴子狼的袭击并没有造成多少人员的伤亡，只有一个孩子第二天被发现失踪了。有人说他曾亲眼看到那身形高大，长着一身浓色灰毛的家伙将那孩子从竹床上拖到地上，再用嘴叼着，迅速消失在某个巷子里。

这个被驴子狼叼走的孩子就是七枝的长不大的儿子毛头。

毛头失踪后，老钱也曾央求人四乡八邻地寻找过，但没有任何结果。只是翠花成天地哭啊，眼睛都快哭瞎了。后来，有人劝她说，毛头生来异秉，却只会给你和他的娘添无尽的麻烦，现在，他被老天爷收走了，未必就不是一件好事。翠花“说”：“哪天七枝回来，我怎么向她交代呀？”说时，又是呼天抢地地哭。人们知道同这个哑巴也说不出太多的道理来，也就任她哭去。

随着日子的消逝，寻找毛头的希望也越来越渺茫，哑巴于是也觉得，毛头是被老天爷收走了，一切都是命，慢慢地也就释然。好在随着夏天的过去，关于驴子狼的种种传闻也随着暑热的消退，渐渐平息了。日子一如既往地进行着，街道上的人也就慢慢地忘记了驴子狼的存在，当然也忘了一个叫毛头的孩子在那个夜晚从街道上神秘消失这件事。

一年很快就过去了，到了第二年的八月，傍晚时分。中年妇女大脚正把一盆洗澡水泼到街道上，那盆水差一点泼到一个孩子的身上。她看了一眼那个孩子，感觉这孩子有些眼熟，她再看一眼，于是叫起来：“翠花，这不是你家毛头吗？”翠花并没有听觉，而且这一刻她正在厨房里烧饭，大脚的叫声引得邻居们纷纷拥到街道上。

这时,那孩子站在那里,他看着那个他熟悉的老虎灶,老虎灶上没有烧水的干爸老钱,也没有前来灌水的人,他又看看围在他身边的街坊邻居,他似乎不很适应自己像耍把戏的猴子一样被众人围观,他的脸上甚至出现一丝羞怯,于是,他抬起腿向老虎灶跑去。他摔了一跤,这一跤摔得有点重,他坐在地上,对着天空嗷嗷地号了两声,见没人帮他,便自己爬起来,一瘸一拐地进到老虎灶里。

哑巴的大女儿,三年级的小学生团团正好放学回来,她看了一眼站在门口的毛头,叫着:“爸爸,毛头哥哥回来了!”正在屋里喝酒的老钱从屋里探出头来,老钱立即大叫了一声:“我的天,我的天……”他扔掉酒杯,回过头叫他的妻子,“翠花、翠花,毛头回来了。”他在激动中同样忘记他的妻子是一个先天失聪的女人。这时,哑巴翠花终于感觉到外面的动静,而且,她在一回头间竟然看到毛头就站在老虎灶前。翠花扑过去,一把搂过毛头,死劲地拍打着他,嘴里呜里哇啦地叫着,哭得一把鼻涕一把泪。

没有人知道毛头这一年里究竟去了哪里,也没有人知道毛头在那个夜晚被驴子狼叼走后究竟发生了什么。即使是在以后的很多年里,毛头至死都一直坚守着这个秘密。

毛头重新出现在澜溪镇后,人们发现,这个先天性痴呆儿一天天地在发生变化。虽然他的身材依然瘦小,似乎难以支撑那颗硕大的脑袋,但他已不再总是跌跌撞撞,一天摔无数次跟头。毛头回来时正是夏天,像过去一样,他不爱穿鞋,也不爱穿衣服,那些日子里,人们总是看到他穿着一条脏兮兮的短裤头,赤着脚,一双小脚板啪哒啪哒地击在石板路上,从上街头跑到下街头,又从下街头跑到上街头。

这年暑假,团团和毛头兄妹俩从洲上贩来一批西瓜。那天的运气不错,西瓜刚拉到市上,就有附近工程队的王会计前来,一下子挑走了十几个。西瓜是一个一个称的,每称一个,王会计便用圆珠笔在一张香烟纸上记下斤两。西瓜称完,不等王会计算出这十几个西瓜总重,让他尴尬不已的是,那个孬子毛头已经抢先报出了答案,结果与王会计用笔算出来的数字完全一致。王会计看着那个长相丑陋,举止不太正常的孩子,惊叫了一声:“他是怎么算出来的?”团团也奇怪,是啊,那一连串的账目,毛头哥究竟是怎么算出来的?

王会计宁可相信那只是一次偶然,他成心要看看韩七枝这个长不大的孬儿子究竟是怎么把那笔账算出来的,他把那些称过的西瓜连同未曾称过的拢在一起,说:“这些西瓜我全要了。”团团当然求之不得,便将那些西瓜重新一个一个地称过,秤杆自然是压得高高的,每称一只瓜,会计便在纸上记上一笔。几十只西瓜很快称过了,会计与毛头算出的结果却是各不相同。王会计得意地说:“你看,可见你是瞎报出来的数字。”毛头不服气,他指着王会计手中的香烟纸对团团说:“漏了,漏了。”王会计把西瓜一个一个地数了一遍,再对照香烟纸上的记数,果然是漏了一笔。王会计来劲了,说:“好吧,这次不算,重来。”这时,瓜摊前围满了人,有人拿来算盘,存心要看一场稀罕,看一场热闹。一切重新来过,自然仍是毛头率先报出总的斤两,这一次,几笔数字完全吻合。人们惊叹着,不知道这个脑瘫儿是怎样一口气算出来的。

那天兄妹俩赚了四块八毛钱,哑巴很高兴,奖励了毛头一角钱。到了傍晚,毛头把那一角钱送给了妹妹,他给妹妹打着手势,团团听懂了,她知道哥哥是说,这张钞票,要好好留着,一定不要用了它。

团团当然不明白,但她觉得毛头哥哥既然让她留着,那就一定留着吧。团团不知想到哪儿去了,脸忽然红了一阵,赶紧回到屋里,用铅笔在那一角钱上写上一行字:坚决不用它。

魔道

泥河的灭螺和血吸虫病防治工作被当作全省的示范点后,沉寂已久的泥河小镇也开始热闹起来。我父亲沈仲景的出色表现,冲淡了人们对他生活作风问题上的种种责难。县里觉得泥河乡给县里长了脸,在一次县委扩大会议上,县委郑书记当众表扬了父亲。会后又找他个别谈话,鼓励他说,泥河乡的灭螺和血吸虫病防治工作在全省都做出了表率,下一步,就是要把熄火已久的龙窑再烧起来,把泥河的乡镇经济再搞起来。郑书记的这个谈话的意思再明显不过了,父亲当然明白,他知道,他的仕途仍然是一片光明。不久,他被宣布担任泥河乡党委副书记兼龙窑生产恢复指挥部指挥长。

接到任命的当天晚上,父亲多喝了两杯。酒后微醺,老岳父的一句话让我父亲突然有一种醍醐灌顶般的震慑。老岳父说:“仲景,当年你父亲给你取这样一个名字,真是好啊!"

父亲怔了一下,突然悟出老岳父说这句话的意思。的确,他原本可以成为一个名医的,他在癫痫病的治疗方面曾积累了丰富的经验,这也是老岳父把自己最小的女儿送到他身边的原因。然而这些年来,他几乎完全丢掉了他的本分,却在仕途上乐不思蜀,十年过去了,却依然在乡基层岗位上徘徊。想起曾在担当和尚那里读过的一本《四十二章经》中有句话:"譬如刀刃有蜜,不足一餐之美,小儿舐之,则有割舌之患。"现在,他就是那个为舐刀刃上不足一餐之美的蜂蜜,却不怕有割舌之痛的人了。

丈夫越来越出色,妻子的心病却也越来越严重。她知道,身边的这个老男人,任何一个可能与他有着某种瓜葛的女人都是危险的。当父亲官复原职后,戚芝便向父亲提出,无论如何,都要把半夏姐弟三个接到身边来,她要让人看看,她会是一个什么样的后妈。

利用一次到景德镇出差的机会,父亲去了一趟至德。

在至德县城,父亲打听到县卫生局家属宿舍所在地后,就直奔一座小山而去。一场雨后,那座小山带着一股淡淡的雾气,远远地,他听到一个沙哑的小男孩的叫声:"妈妈,姐姐,快来呀,这儿好多蘑菇呢!"

他注意到,他的儿子知柏是在叫"妈妈"。

在那片山坡上,他看到半夏、桂子和他的小儿子知柏正提着篮子,佝偻着腰在捡散落在草丛中的蘑菇。

"你总是咋咋呼呼的,有蘑菇也被你吓跑了。"

"蘑菇有腿吗?"

"当然了,你忘了金伯伯说的蘑菇姑娘的故事了吗?万物都是有生命的。"

"金伯伯是个典型的理想主义者。"

"不,他是一个诗人。"

"妈妈,金伯伯什么时候回来?他这次出差有一个星期了吧。"

"这时候该回来了,再捡一把,回家能做一盆好汤了。"

太阳从云层中露出来,那片山坡上洒满了阳光,父亲听着从那边传来的他的孩子们脆爽的说话声,真正是醉而忘归了。

母亲七枝终于看到远处躲在一棵大树后向这边张望的父亲,与此同时,她看到父亲向她摆了摆手。她明白他的意思,这一刻,父亲不想介入我们的生活。

“妈妈,这边好多栗子呢!”这是半夏的声音。桂子和知柏听说那边有栗子,很快就跑到另一片山坡去了。半夏已经出脱成一个大姑娘了,只是,腰肢有点粗,像她的妈妈,而桂子却随父亲,身材轻盈而又修长。

“你不到家里吃顿饭吗?”

父亲依然朝母亲摆了摆手,终于从那片小树林中消失了。

“放心吧,他们很好。”她朝那片小树林叫着。

“妈妈,你跟谁说话?”

“我没跟谁说话,是你听错了。”

“我明明听到你说了。”

三个孩子还是朝那边小树林跑去,她听到知柏在说:“姐姐,那个人是谁?”

“我不认识他,”半夏气呼呼地说,“臭拽子!”

下了那片小山坡,父亲这才想起手中拎着的给三个孩子买的回力球鞋和几双袜子。随后他便意识到,这三双鞋袜,完全不合孩子们的脚。他摇了摇头,颓然地向码头走去。

当天下午,父亲再去澜溪。他向老钱提出,他要把毛头带到泥河去过一阵,老钱答应了。这样的结果是,戚芝没能接到沈仲景的三个儿女,却等到了七枝的先天性痴呆儿子毛头。戚芝原本是要做一个贤惠女人的,现在,她才意识到,做一个贤惠女人是多么难。夫妻俩打了几天闷官司,终于爆发了一场结婚以来最激烈的争吵。父亲又不好再把毛头送到澜溪,只得捆了床被褥,带着毛头住到了乡政府里。第二天,他的老岳父给他们又送来一套被褥以及几件换洗衣服。老郎中说:“分开一阵也好。”老郎中是懂得自己的这个种马一般的女婿的,他知道,戚芝怀孕已经四个多月了,为了戚芝和她肚子里的孩子,夫妇俩分开一段日子未必不是一件好事。

那时已是冬天,但毛头只穿着一条短裤衩,赤着脚,整个白天或是晚上,泥河街几乎都能听到毛头那一双赤脚啪哒啪哒地击打在石板路上的声音,人们朝着他说,看啊,外星人来了,那个怪物又来了。像在澜溪一样,他喜欢看人下棋,可人家刚下了几着,毛头就说:“红棋,完了,红棋,完了。”说完就接着赤着脚消失在一条小巷里。结果那一盘果然就是红方输了。他来到镇子的西北角,一个人家正在起屋上梁,一阵鞭炮炸响之后,那根系着红布的大梁缓缓升起,工匠们开始喊:“日出东方架金梁啊！新建华堂喜气洋啊！黄道吉日树玉柱啊！紫薇星临照金梁啊！龙盘柱、凤登梁，主人家安顺又吉祥啊！”每喊一句，看热闹的人则附和着喊：“好！”大梁徐徐上到山墙上，工匠头子松了一口气，骑在山墙上，将糖果、糕点高高地抛向人群，这时，却听到毛头用他的沙哑的声音喊着：“倒了，倒了！”话音未落，那原本看着结结实实的山墙就真的轰然倒塌，那骑在梁上的工匠当场被倒塌的砖墙砸得七孔冒血而死，三五个来不及逃避的孩子被砸伤。事情似乎还没有结束，有天夜里，有着百十年历史的泥河小街发生火灾。等到人们好不容易把大火扑灭，却在一堆列垣断壁下看到那个只穿着一条短裤的怪物倒在那里呼呼大睡。

不知什么时候，泥河小街上每当出现毛头的身影，人们便纷纷躲避，叫着：“外星人来了，瘟神来了！”看着人们纷纷躲避的身影，毛头哈哈大笑，并且用他沙哑的喉咙唱着一首谁也听不清歌词的歌谣。

直到有一天，人们在又一个失火现场逮住正呼呼大睡的毛头，将他暴揍了一顿，沈仲景才意识到，毛头的身上似乎真的有一种常人无法理解的神异。他无法解释那一系列发生在毛头身上的现象，只得把毛头再次送回澜溪。

这段时间父亲难得有点清闲，便想在澜溪住一阵子，于是，他开始在毛头身上下功夫。他每天给毛头煎制中药，还给毛头针灸。毛头倒是听话，让他吃药就吃药，给他扎针就扎针。三个月后，毛头虽然仍是蔫蔫巴巴，但走路的确要稳当得多了。这给了父亲信心，他想，就像当年他攻克癫痫病一样，说不定，他会在治疗脑瘫方面闯出一条新路来。恰在这时，父亲接到通知，县里让泥河乡恢复龙窑生产，并抓紧在半年内烧制出十只大龙缸，向国庆十周年献礼。他不得不把毛头暂时交给怡和的老伙计李相，嘱他按照自己的方子给毛头吃药，自己回泥河去了。

李相的家一直都在无为乡下，在澜溪街，大部分时间，李相都过着单身汉子生活。李相业余时间唯一的爱好便是与人杀一盘棋。那天吃晚饭时，对门开豆腐店的王麻子端着碗，过来同李相杀一盘。走没三回合，王麻子架上当头炮，李相跳出马，王麻子又走了一粒车，李相便又移了一粒兵。这时听到毛头在一旁说：“麻子，死了。”王麻子瞥了一眼毛头，只当他说了一句癔语，又跳了一匹马，毛头又在那边说：“麻子，死了。”王麻子又瞥了那孬子一眼，继续下棋。没想到下没几着，王麻子的老将就被李相的四面围攻逼到了死角，再无回旋余地。王麻子一面推倒棋盘上的棋子，一边自我解嘲说：“小乌鸦嘴，倒被他说中了。”李相赢了一着，有些得意，他想起一则典故，是晋人王献之小时候的一件事，便说："小儿管窥，他懂什么。"于是重新开始。然而这一棋刚下了十来回，又听到毛头在那边说："麻子，死了。"但凡下棋的双方，都是极其厌恶有人在一旁多嘴，所谓"观棋不语真君子"，王麻子先自输了一盘，心里本有些不舒坦，便冲着毛头说："你个死孬子，你能，你来。"毛头咧着嘴笑着，摇了摇头，嘴里又嘟噜了一句："麻子，死了。"王麻子被那孬子插了一杠子，心里很是恼火，后面的棋就走得极不耐心，那一盘棋，果然又是王麻子输了。

那一阵，李相老家的侄儿被他父亲送来学手艺，李相便让侄儿学着辨认药材，他在药斗上贴上纸条，写上各种药名，有人来抓药时，他自己拿着药方一样样念着，那孩子便按照李相的指令，一个药斗一个药斗地辨认，一样一样地抓药。只是那孩子天性不是做药师傅的料，一个月过去，一样药名都记不住，又吃不住叔叔的喝骂，只得哭哭啼啼地回家去了。那孩子走后，李相把那些贴在药斗上的药名全都撕掉了。作为一个老药师傅，他哪怕闭上眼，都不会错打开任何一个药斗。没有哪个药师傅会在药柜上贴着药名标签，那是要被同行笑话的。

李相说，那一天临下班前，药行里来了一个带着方子来抓药的乡下人，乡下人把药方交给李相，说有其他事，过一会儿来拿药，就离开了。李相把药抓到三味，忽然对门街道闹哄哄地说是失火了，天主堂火钟一声紧似一声，大街上人声鼎沸，李相顾不得抓药，急忙去看究竟。好在火势不大，前后不过十来分钟，火就被灭了。等到李相回到店里，一帖药已完完整整地包扎好在柜台上。他打开药包，正是刚才他抓了三味就放下的药。这是一帖治中风的药，剂量不大也不算小，麻黄、乳香、没药、木通、茯苓、甘草等总共十八味。以李相的熟练，连抓带称，没有一二十分钟时间是抓不好的。那么，又是谁会在这么短的时间里迅速抓好这十八味药的呢？他奇了怪了，在店堂里扫了一眼，这一刻药行里除了他自己，似乎并没有其他伙计。他对照药方，把包装纸里的药一味一味地查看，竟没有一味抓错。更让李相百思不得其解的是，刚才他出门时，情急之下，那杆戥秤一直抓在手里，也就是说，那个神秘的药师傅完全凭着手感在极短的时间里抓好了这帖药。李相将那些药对照药方的剂量重新用戥秤称过，竟然一钱不多，一钱不少。这样的功夫，这样的手感，不要说是李相，即使是站了几十年柜台，做了几十年药师傅的人也是极难做到的。

这一刻，李相想起他看过的《聊斋志异》，还有清人纪晓岚的志怪笔记小说《阅微草堂笔记》，一时间，他头皮发麻，浑身的鸡皮疙瘩都起来了。难道这药行里真的出了狐仙或是鬼怪了不成?

这时李相突然看到毛头在旁边一张椅子上坐着,混混沌沌的,好像刚才发生的一切,与他都是莫不相干。李相抓起毛头的手在鼻子上闻了闻,他的头皮又炸了一下,他分明从毛头的手上闻到一股浓烈的草药味。李相发了一阵愣,转身抓起一张纸,迅速地在纸上写了一帖药方,乃是一帖四君子汤,最简单的四味药:人参、白术、茯苓、甘草,又分别写上剂量。他笑着,把这张药方递到毛头手里,说:"毛头,这个,会吗?"

毛头看了看李相手里的药方,又抬头看了看李相,点了点头,又摇了摇头。

"刚才,你看到有人抓药了吗?"

毛头仍是摇了摇头,又点了点头。

这一天发生的事情,李相没敢告诉任何人。直到有一天,也是即将下班的时间,他支走了所有的伙计,独留下毛头。他将一帖药抓到一半,就故意做出要拉肚子的样子,离开了药柜。接下来的一幕,让躲在一处的李相简直无法相信自己的眼睛。

那一刻店堂里静得掉根针都能听到声响,只见毛头颤颤巍巍地移来一把椅子,他瞄了一眼药方(只瞄了一眼),便爬上那椅子,迅速打开一个个药斗,他先把药一把把地抓到柜台上,再按方剂分到各个包装纸上,其动作的麻利,如同神人。是的,他没用戥秤,只是凭着感觉一味一味地用手来抓。抓完最后一味药,毛头从那高高的椅子上下来时脚下一滑,重重地摔倒在地,再也爬不起来,于是便坐在地上,嗷嗷地哭了两声,见没人理他,便倒在地上睡着了。

当李相把他看到的一切告诉了烧老虎灶的老钱时,老钱却并不觉得诧异。老钱想起夏天毛头与团团两个孩子在街头称西瓜的事,老钱说:"毛头看似呆傻,其实心里比谁都明白。"

但李相所说的这些,毕竟有些神奇,老钱也知道李相原本就喜欢故作高深,加上读过几本古书,一向就是神神道道,让人摸不着深浅。但毛头的这件事被李相说得有鼻子有眼,又由不得他不相信。

直到有一天,李相把所看到的一切再告诉沈仲景。沈仲景起先也不相信,两个人躲在背地里看动静,但毛头似乎觉察到有人在窥视他,一点动静也没有。这更让沈仲景欲罢不能,他让毛头按照他的药方完成一个药师傅该做的一切,毛头却还是混混沌沌的,他看了看沈仲景,摇了摇头,又点了点头。有一次,他经不住沈仲景连吓带哄,终于颤颤巍巍地摸到那药柜前,胡乱地抓了几把药,却是牛头不对马嘴,气得李相吹胡子瞪眼,威胁着说要把毛头杀了。毛头经不住吓,放开喉咙杀猪一样哭叫起来。

李相向沈仲景一遍遍赌咒发誓,表示他所说的一切绝无虚构,到后来,连他自己也无法确定,那天发生的一切究竟是事实还是梦境。

"只有一种可能,"沈仲景说,"这些日子里,他每天坐在这里,一次次地听着你训练你的那个侄儿,你侄儿什么也没有记下,他却凭着超人的记忆力记住了一切。"

在这方圆一带,泥河药材公司算不得大,却也算不得小,那面黑漆漆的药柜,是当年我父亲的岳父孙如霖留下的,很有些年头了,总共四百多个药斗,每个药斗里至少二至三味中药,他委实不明白,毛头是怎样在这样短的时间里记住了那些药柜,记住了一千多味中药所在的药斗,并且凭着自己的手感,准确把握着药量的微细。沈仲景想起担当和尚曾经说过的话,他开始相信,这个看上去懵懂无知的孬子,真的就是一个难以捉摸的怪物。

他想起去年八月毛头被驴子狼掠走的事情,这一年里,在毛头的身上,究竟发生了怎样的事情?毛头真的是被驴子狼掠走的吗?如果排除传言,那又是什么人,让他在短短的一年里发生了如此巨大的变化?而且,在这一年里,那个神秘的人在毛头的身上究竟赋予了怎样的魔力?

外星人

父亲的药到底还是有用的,毛头的情况一天比一天好。父亲给老钱留下一笔钱,说:"毛头半大不小了,该让他去上学了。"

毛头的形象依然怪异,那瘦小的身材似乎很难支撑得住那颗硕大的脑袋。他额头突出,五官紧缩,却偏偏有一对招风耳,这多少让人感觉有些面目狰狞,就像漫画中的外星人。澜溪小学桂焕然校长存心不想要他,又禁不住老钱的苦苦哀求,桂校长说:"那先考考他吧,毕竟他已超龄了。"桂校长出了几道四则运算题,毛头自然不在话下。校长之前似乎也听说过这个脑瘫患儿有着异乎常人的心算能力,便又出了几道三位数加减乘除混合运算,毛头几乎没有停顿就做完了,满分。桂校长觉得,他实在是没有理由再拒绝这个智力超常的孩子了,便直接让毛头坐到四年级的教室里。但紧接着问题来了,毛头虽然有着超常的心算能力,但他发音含混,缺少最起码的语言能力,无法与人交往,而且,最重要的是,他在算术方面的天才却无法掩盖他在语文方面的欠缺。一本四年级的语文课本,对于他无异于天书。他的识字能力只相当于一年级的小学生。在班主任的强烈要求下,桂校长不得不把他重新下放到一年级。坐在一年级的教室里,毛头的个头与那些刚刚入学的小学生差不多,但他的一张老小孩子的脸,看起来有些恐怖,没有一个孩子肯与他同桌,也没有一个孩子肯与他交往。下课了,当别的同学欢蹦乱跳地扑向操场时,他却独自坐在课桌旁发呆。最要命的是,即使是冬天,他也只穿一条短裤,那件上学前被老钱逼着穿的学生装一并都被他脱了。

没有人知道他叫江守轩,都叫他外星人。

半年后,毛头在语文方面的能力有了惊人的突破,他能写一篇语言通顺、措辞严密的作文了。在一次学区组织的语文大赛上,他的一篇《咏菊》的作文获得了三等奖。

由于这篇作文,毛头又以火箭般的速度升到小学六年级。有人说,桂校长只想让这个智力超常的孩子早一点毕业,早一点离开澜溪小学。对于澜溪小学这样的普通学校来说,老桂认为:"我们不需要这种天才。"

五十多年的岁月让好忘事的澜溪人忘记了很多事,而那一年四月发生在澜溪小学的反标事件却一直被人提起。一个低年级小学生在放学回家的路上捡到一张脏兮兮的小面额的钞票,想起一首歌儿里唱的:"我在马路边,捡到一分钱,把它交到警察叔叔手里边……"巧的是,这个低年级小学生的爸爸就是本镇的派出所所长,而且,这个派出所所长也同电影《今天我休息》中的那个热心的人民警察一样姓马。那天放学回家,这个低年级小学生把他在放学回家的路上捡到的一角钱很高兴地交到他的爸爸马所长手里:"警察爸爸,我捡到一角钱。"

马所长接过小儿子递过来的这张小面额的钞票,职业的敏感,让他一眼就看到那张钱币上一行用铅笔写着的字:坚决不用它。马所长没来得及表扬拾金不昧的小儿子,而是对正在拖地板的妻子说:"发现一个新的案件。"妻子一直对丈夫的过于敏感表示不满,说:"不就是一角钱吗?小题大做。"马所长戴上一双白色的手套,用镊子将那一角钱轻轻夹起,对着灯光仔细地研究了一遍,妻子听到丈夫在说:“如果这还不是一个案件,那我这个派出所所长真是失职了。”

那一天学校里的气氛有些紧张,放学时,校门口停着一辆北京吉普,有几个陌生人匆匆走进了校园,连教育局长也赶来了。无论是局长还是校长,脸上的表情都一律是严肃的。放学时,学校大门口摆了一张桌子,桌子上有一张纸,一支笔,全校同学排着队,每人在一张纸上写下“坚决不用它”五个字。谁也不知道发生了什么事,那些年长的学生努力要把这几个字写好,等待的时间就有些长,桂校长一边大声地训斥着那些不耐烦的学生,一边又要防止任何一个学生趁机溜出校园。在这列长长的队伍中,老钱家的女儿团团两条腿一直在不停地哆嗦着,轮到她时,脸都白了。她拿起笔,半天也写不出一个字来。这时,一个瘦小的身影抢先一步走到马所长面前,说:“你们……不用了,那是,我的。”

毛头按照公安人员的指示,将那几个字在纸上写了一遍:“坚决不用它!”后面居然打了一个大大的感叹号。县公安局刑侦科的专家说,作案的人找到了,大家这才松了一口气。当一只冰冷的铐子正要拷住毛头枯瘦的双手时,桂焕然校长走到毛头面前,说:“江守轩,你说说,为什么要在那上面写这样一行字?”毛头的回答让在场所有的人目瞪口呆。

“那是一张假币。”

马所长将那一角钱放在阳光底下看了半天,接着,他又把钱递给刑侦科的专家,直到那一角钱被在场所有的人轮流地看了一遍,没有人能发现这一角钱与其他的一角钱有什么不同。毛头最终还是被带走了,人们注意到,他在走向那辆吉普车的过程中摔了三跤,头磕出了血,但他很坚定地向那辆吉普车走去。那一刻,他的脑海中一定出现了电影《烈火中永生》中许云峰走向刑场的镜头。直到那辆吉普车带着毛头绝尘而去,无论是校长还是老师们,全都处在懵懂之中。这时,教育局长王益阳走到操场前的那只土台前,大声地宣布了县公安局对毛头依法收押的决定,他说:“大家知道,人民币是中华人民共和国的通用钞票,大家说,一个用恶狠狠的口吻表示坚决不用人民币的人,他会是什么人?他究竟想用谁的钞票?”局长说完,谦虚地问站在一旁的桂焕然校长,“桂校长,你还有什么要补充的?”

桂校长一脸的怒云,他挥一挥手,大声地说:“放学!”

那天中午,毛头没有回家。一星期后,毛头还是没有回家。一个月后,老钱在家里坐不住了，端午节这天，他带着女儿团团来到县里，老钱的意思是，一人做事一人当，那一角钱是团团的，钱上的字也是团团写的，要坐班房，也该是团团，而不是毛头。

老钱通过熟人找到在县公安局烧饭的一个朋友，那人劈头一句“你儿子的事闹大了”吓得老钱脸都白了，连忙递上烟去，划根火柴点上。那人吸了口，说：“省里有专家一开始怀疑你儿子是被阶级敌人在身体里植入一种肉眼看不见的无线电发报装置，怀疑你儿子就是一个受人遥控的机器人。这一个月来，X 光照过一遍又一遍，各种先进的仪器也都探测过一次又一次，只差没把你儿子大卸八块，一块一块用放大镜照了。后来又有人说，这孩子说不定就是一个外星人，一个怪物，当然也都排除了。今天上午，要对你儿子做最后一次检测，地点就在县体育场。你没看听到消息的都像看把戏一样往体育场跑吗？”

至于说到那一角钱，厨师说：“那的确是一张假币。问题就出在这儿，你儿子一个小学生，他是怎么发现这张是假币的？”

老钱一拍大腿，说：“那一角钱是他妹妹的，上面的字也是他妹妹写的，他为替妹妹挡枪，被逼急了，瞎说的嘛。他哪知道是什么假币？而且这年头，造假钱的多了。”

“那就是歪打正着了。还有，你儿子到底是傻瓜还是天才？他连一年有几个月，一个月有多少天都不知道，可他竟能做大学生的代数题目，这不就是一个怪物吗？”

“他被驴子狼叼走，回来就这样了，我们也都纳闷着呢。老兄，没怎么样他吧？我是说，没逼打成招这些事吧？”

“放心吧，每天好吃好喝的，早上是牛奶鸡蛋，晚上是馒头米饭，人长胖了，也长高了。呵，他连鸡蛋壳都不会剥，又问蛋黄是怎么装到蛋白里面的，哈哈，笑死人，笑死人。”

老钱想说，在家里，他什么时候能吃过一整个鸡蛋了？又哪里会剥鸡蛋壳？

老钱带着大义灭亲的准备而来，现在，他踏实了许多。他不想再在厨师这里浪费时间，便谢天谢地而去。

端午节，县城西边的江面上将有一场热闹的龙舟比赛，那是本县每年这一天必举行的传统节目，而在位于县城东边的那个设施简陋、空旷荒芜的体育场上，一场测试正在进行。大街上的人流一边倒地朝着县城东边而去,龙舟比赛每年都有,而稀罕却不是每年都见。人们急急地走在那条前往体育场的沙石路上,目的就是要去看一场稀罕,沙石路半空扬起一片灰尘。

此时的县体育场早已人山人海,对毛头智商的检测已进行到最后一环。体育场四周八根抗干扰天线高高矗立,以保证这里的一切检测都不受外界的控制,也防止有神秘的无线电波对毛头进行秘密遥控。体育场中心摆着一排桌椅,十八名专家现场对毛头进行特殊的检测。正遇上全县运动会在县城召开,来自全县六个乡镇的体育健儿集中在体育场,三百六十五名运动员这一刻都穿着标着乡镇属地的运动背心,按照各个不同的乡镇站在六个区域,多者六七十人,少则二三十人。一上午的检测后,毛头烦了,也累了,此刻,那件崭新的学生服早被他一把扯掉,扔在地上,他只有下身一条脏兮兮的裤头,瘦骨嶙峋的身子令他看起来真的就像一个外星人。这一刻,尽管几千人围在体育场四周,像看把戏一样地看着他的表演,他却只管趴在地上,看一群正在搬家的蚂蚁。

公安局局长亲自担任这场检测的指挥长,局长抬腕看了看表,说:"小朋友,检测继续,请你注意配合。"但毛头不买他的账,他只管趴在地上,把那条蚂蚁经过的道路用一块石头铲出一条壕沟。

局长想发火,想骂人,但他不得不控制住自己的情绪,他知道,大庭广众之下,他必须注意形象。

有人说,他父亲来了,让他父亲哄他。

于是,几个穿着制服的人便拨开人群,叫着:"谁是江守轩的父亲?"

老钱答了一声:"有。"便带着女儿进了体育场。

团团已经有一个多月没见到毛头了,她叫着:"哥哥!"

听到熟悉的声音,毛头脸上表情立即生动起来,他扭过头去,向着妹妹的方向招招手,他告诉妹妹:"你上次说,蚂蚁是凭着自己的气味认识回家的路的,可现在你看啊,这群蚂蚁,我把它们的归路拦腰截断了,也就是说,我把它们留下的气味全都破坏了,可它们仍然能拐过一个弯回到这条路上来。你知道这是为什么吗?"

他看着妹妹有几分窘迫的脸,显然有几分得意,说:"直觉,直觉你懂吗?直觉就是第六意识……"

"动物也有直觉吗?"

“当然有了,担当和尚说,众生平等。”

这一边,局长在做老钱的工作:“省局领导对你儿子的事十分重视,其余我就不说了。”总之,他希望老钱能好好动员江守轩,把这场检测进行下去,给省局领导一个完整的报告。

然而不等老钱去做毛头的工作,毛头的情绪已被团团安抚好,团团又帮毛头把那件学生装穿上,纽扣一颗颗扣好。观众席上一片啧啧之声。

“可以开始了。”团团说着,就懂事地退出了场外。

“江守轩,这三百六十五名运动员,你注意到他们背心上的字了没有?就像你看到的,这些运动员都按各自的乡镇站成六个方阵了。给你半小时时间,你把这六个方阵的人按照各自的乡镇记在脑子里,然后,他们将全部脱下背心,队伍站乱,你再根据记忆,将他们领到各个乡镇方阵中去。明白了吗?”局长说着,就牵着毛头的手,一一走那过那六个乡镇方阵,他们只走了一遍,局长便听到毛头说:“好吧。”

局长似乎没听明白他的话,说:“再重复一遍,给你半小时时间。”

“好吧。”毛头把那两个字又重复了一遍。

“他说可以了,不用半个小时。”团团在场外大声地说。

“什么,你都记住了?”

“好吧。”毛头说。

局长似乎并不相信毛头在极短的时间内就已记住了六个乡镇方阵,记住了这三百六十五名运动员形象,也记住了他们的乡镇归属,他又问了一句:“真的不用再看了?”

毛头极不耐烦地扭过头去,又要去扯他身上的学生装。局长脸上汗流如注,他伸手抹了一把汗,向那六个乡镇方队挥了挥手,说:“好,现在请脱下你们的背心,身上不要有任何你们各自乡镇归属的标记。就像比赛时一样,按各自的习惯,做运动前的热身,时间是五分钟,开始。”

三百六十五名运动员,他们脱下那件标着各自乡镇字样的背心,只穿着一条运动短裤,一个个露出健硕的肌肉,很快散开了,体育场内混沌一片。这期间,毛头依然在注视着地上的蚂蚁,他把刚才铲去的那片泥土按原先的样子填平,从而恢复了被他破坏了的蚂蚁的归路。不知过了多久,听到局长一声口哨,那三百六十五名运动员立即大汗淋漓、气喘如牛地集中到体育场的另一片空地上,等着检测的开始。

这时的体育场一片寂静，这场在本县历史上从未有过的检测，在场者有的看懂了，有的并没有看懂，看懂了的，无法相信那个孩子能够完成这场前无古人的检测，那些没有看懂的，权且把这测试当作一场表演，一场无聊生活中的热闹，他们倒要看看，这个形象丑陋、表情古怪的“外星人”将会怎样出丑。

毛头走到那一群运动员面前，忽然，他又扭过头去，一把扯下自己的学生装，狠狠地扔在地上。局长连忙跑过去，小心翼翼地说：“怎么了，你他妈还真会耍大牌？”但他不敢得罪这孩子，不敢得罪这个怪物，一上午了，他站在端午的烈日下暴晒了几个小时了，他不想让这场检测在最后的关节泡汤。

“你要不要让他们重新穿上背心，在各自的乡镇方队中再站一次？”

团团同样希望她的毛头哥哥能把这场表演顺利地进行下去，她和指挥长的目的不同，她只想让人们认识到，她的毛头哥哥是一个天才，而不是怪物。这时，从场外传来团团的声音：“让那个哥哥把印着永平学区四个字的短裤脱下来。”

体育场轰然一声，像是炸开了锅。那个短裤裤兜上印着“永平学区”四个小字的运动员在同伴们的调笑声中只得退出场外，重新换上一条没有任何字样的短裤。像一阵狂风掠过，体育场很快又安静下来。运动员们是错乱站立的，毛头已经没有力气走到每个运动员身边去指挥他们，这项工作由指定的工作人员分别进行。他们把运动员一个一个地带到毛头跟前，毛头朝每个人瞟上一眼，然后按照阿拉伯数字的排序，让工作人员将那个人带到六个方阵之一。那三百六十五名运动员都是一些年轻的学生，相似的运动短裤，一样健硕的肌肉，这个过程进行了将近一个小时。当六个乡镇方队中的五个领队都大声地报出“正确”后，其中的一个方阵领队却说：“错误！”

“怎么回事？”公安局长问。

“我们这方阵中混进一个外乡人。”

观众席上又是一片嗡嗡声，公安局长走到毛头跟前，说：“你听到了吗？”

“这不公平，”专家席上有人大声地说，“那个方阵中有一个运动员是在这孩子完成识别之后趁乱溜进别的方阵中去的。”

“好的，”公安局长朝那个方阵挥了挥手说，“好，那名运动员，你不必站出来，你就在原地，不要动。”

他走到毛头跟前，说：“现在，有一个人在刚才钻到这个方阵中去了，这当然不是你的错。现在,你能把这个人认出来吗?"

毛头走过去,一直走到一个留着漂亮的小分头的中学生面前,他在那恶作剧的年轻人面前站定了,伸出手去,抓住那年轻人短裤的松紧裤腰。那可怜的年轻人一边用双手紧紧地护着他身上唯一的遮盖物,一边无可奈何地随着毛头走出方阵。毛头与那年轻人相向而立,他说:"哥哥,你的头发上有一只臭虫。"年轻人下意识地腾出手来,去摸他那漂亮的分头,毛头猛一用力,一把扯下那年轻人的短裤,算是对这年轻人恶意捣蛋的报复。

体育场内发出一阵开心的大笑声。

"不可思议,不可思议!"专家席上有人大声地说。

局长激动地吹着口哨,大声地说:"安静,安静!测试还没有结束。"

"天啊,他是怎么做到的?"

"是事先串通好的吧?不过是一场端午节表演。"

"怎么可能?即使是事先串通好了的,要记住这三百六十五人所在的乡镇,也不是那么容易的吧!"

人们不顾公安局长尖锐的口哨声,潮水般拥入场内,都想要近距离地看一看这个外星人、这个怪物真正的面目。局长看了看腕上的手表,原本还有一场加试,就是现场挑出一百名观众,让他们一个一个报出姓名,而后再让毛头重新将姓名和人对上号。场面完全失控,这个大个子的公安局长只得无奈地摇了摇头。

趁着混乱,老钱一手牵着团团,一手拖着毛头,赶紧钻出人群,溜之大吉。

祭窑

毛头重新来到泥河,是父亲的龙窑即将开窑的前一天。

经过几个月的准备,终于到了开窑的日子。二月二,龙抬头,对于传统的泥河人来说,开窑是一件大事。但是,所有的窑工都对即将出窑的龙缸没有一丝信心。毕竟那几座老窑熄火已久,虽然十多年前泥河的龙窑也烧了几窑上好的瓷器,但在这一代窑工手里,从来没有烧制龙缸的经历。几位老窑工的后代当然记得,那一年一连坏了十来次窑后,也是因朝廷逼得急,老窑工龙开运不得不跳了窑。一阵血光之后,那窑一打开,但见窑内冷光四射,一只大龙缸亭亭玉立,缸身上九条金龙像是要腾空飞舞。然而泥河人却一拥而入,砸了那只龙缸,窑工们纷纷外出逃命,那是泥河龙窑唯一一次烧制龙缸的历史。

那些日子里,父亲几乎每天都泡在那口老窑现场。为了那只龙缸,他知道窑工们在背后是用怎样恶毒的语言诅咒他,岂止是诅咒,就差将他一下子扔进窑火了。窑工们恨他利用这几尊老窑向上级邀功请赏,并以此作为自己进阶的楼梯。人们在背后恶狠狠地骂他拽子。但父亲知道,这次烧制龙缸的成功对于他是多么重要,为了他在县委郑书记面前的承诺,他只能成功,不能失败。

开窑的前一天,几名老窑工还是委婉地向他提出,明天无论如何都不要把毛头带到现场。他当然明白几名老窑工的意思,他想发火,想骂人,他想说,新中国成立都这么多年了,为什么还这么迷信?但他知道,现在不是发火的时候,他没必要在这时候惹恼那几名窑工。于是他把毛头交给了岳父,并且叮嘱岳父说,一定要看好毛头,不要让他跑出来,以免惹事。然而谁也没想到,第二天一早,他一走进老窑工地,就看到毛头睡在一棵大树下,那条脏兮兮的短裤上积着一层银霜。

父亲对今天的开窑似乎也不抱太大的指望,所以事先并没有特别张扬。尽管如此,至开窑那一刻,那口老窑前还是被看热闹的人围得水泄不通。在现场维持秩序的泥河派出所的几名干警开始驱散人群,但人们从这里退出去,又从那面拥进来。开窑的时间到了,几名老窑工按照民间的习俗,放了一挂长鞭,这时,人们听到一个沙哑的童音喊了一声:开了!毛头的喊断引起现场一片笑声,笑声里带着对父亲好大喜功的讥讽,也带着对早就预料到的一种结果的幸灾乐祸。

很多年后,父亲在回忆当年的那次开窑经历时不得不承认,那次的失败在所难免,准备仓促,经验的不足,都是导致失败的直接原因,而毛头那一声沙哑的"开了",喊断了一段历史,也喊断了他对前途的一片信心。

然而父亲这时已是开弓没有回头箭,半个月后,又一只大龙缸的泥坯被送进了那口老窑。历史有着惊人的一致,当一连几次的倒窑后,人们自然想到那一年老窑工龙开运跳窑的事。按照老人们的说法,要想烧制出一口完美的龙缸,是必须要用活物来祭窑的,只是现在新社会了,不能再搞祭窑这样的迷信活动,但有人提出,至少,要请一个道士来作作法,驱驱邪。于是,人们想到了早就还俗了的老道士张真子。又有人说,不如来个双保险,把非非寺里的担当和尚一并请来。道士张真子看了看日子,约定封窑的那天上午辰时来做法事。担当和尚说,僧道不同坛,日日是好日,等道士做完法事,他随后就到。

第二天一早,道士就在老窑前设置了道坛。道士的道坛也简单,一张八卦图,一张供桌。供桌上供有三牲及一壶白酒,另备活公鸡一只,如此而已。辰时一到,道士先念了一遍《玉皇大表》:举步朝金阙,飞身谒玉京。天外琳琅响,齐举步虚声……接着,只见道士挥舞着手中那柄桃木剑,开始驱鬼作法。道士每念一声,便猛灌一口老酒,再将酒向空中喷出去。等到那壶酒不剩一滴了,道士的脸已似戏台上关公一样赤红,道士的脚步开始踉跄,他在老窑前踏着舞步,仿佛真的进入一种虚幻的太境。作法毕,道士艰难地弯下腰去,他想去抓那只活鸡,然而没等他伸过手去,那只老公鸡却挣脱绳索,扑扇着翅膀凌空飞去。现场一片呵声,人们伸出手,想帮助道士去捕捉那只逃脱的公鸡,一片忙乱之后,那公鸡被一个孩子紧紧地抱在怀里。道士扑过去,抓住那孩子,大叫着:"逢佛杀佛,逢魔杀魔。"那只鸡最终还是从那孩子手中逃脱了,被道士紧紧缚住的那孩子赤着上身,下身只穿了一条脏兮兮的短裤。这时,道士听到人们在叫着:"逢佛杀佛,逢魔杀魔……"已完全呈疯狂状态的道士将毛头的两条小腿悬空拎起,毛头就整个头朝下,脚朝上了。道士不顾毛头的喊叫,一直将毛头带到那口刚刚起火的老窑前。这时,人群中再次发出一阵狂风般的狂呼:"祭窑,祭窑……"道士拎着毛头,就像拎着一只活鸡,他爬到窑顶,一直爬到那开始吐着烈焰的窑口。风在他耳边呼呼地响着,滚烫的窑火灼得他睁不开眼来,他一手扭着毛头的双臂,一只脚踩住毛头瘦小的身子,感觉自己从来都没有像今天这样威风过,现在,他就像他的祖先张三丰,天地万物,皆在他的驾驭之下。这一刻,他的一双被白酒烧红了的双眼已经看不清窑下的一切,他的耳畔只有一片呵喊声:"祭窑,祭窑……"他把毛头从地上拎起来,一伸手,剥下毛头的那条脏兮兮的短裤,随手扔到窑里。毛头的袴间,那根始终不肯发育的阴茎就像一只干瘪的紫萝卜,四周是一丛稀疏的黄褐色的阴毛。道士厌恶地扭过头去,那只挥舞着木剑的手在空中做了一个斩杀的动作,人们听到道士大叫一声:"逢佛杀佛……"道士一用力,将毛头朝喷吐着炽烈窑火的窑口扔去。毛头瘦小的身躯在空中划出一道白亮的弧线,却被突然飞过来的一只禅杖拦了回去。毛头叫了一声"妈妈……",随后狠狠地摔在窑下的空地上。

第十章

永动机

一九六四年刚一开春，父亲就被抽到“四清”工作队去了西河湾。他的妻子戚芝带着两个孩子住到泥河镇上。伏天刚开始，戚芝就病了，不等过了中秋，戚芝再次病倒，终于没能爬起来，丢下结婚不到两年的丈夫以及儿子子非和女儿佩兰，离开了人世。

事情源于一个西瓜。戚芝此前坐了一次小月子，六月的一个下午，戚芝去浇那片菜园地。浇完地，戚芝就热得喘不过气来了，这时正好有人挑着一担西瓜从她的菜园地里经过，戚芝于是就找人要了一个。回到家里，戚芝把瓜切了，儿子一片，女儿一片，一个西瓜一家三人吃起来就够解馋的了。这天晚上，戚芝突然感到下身坠胀，是月经提前来了。起初她并没有特别在意，但到了后半夜，戚芝出血不止，而且是大流量地出血。戚芝给自己开了个中药方子，又去镇上的中药房把药抓了回来。然而三剂药下去，大出血依然不止。戚芝有些慌乱，连忙让儿子子非去了一趟镇政府，说妈妈病了，让人带信叫爸爸赶紧回来。直到第二天下午，父亲才从西河湾赶回来。见到戚芝，大吃一惊，立即让人扎了个抬篮，将戚芝送到医院。

妇科医生问了病情，问了病人房事情况，又问戚芝月经前一天吃过什么生冷食物没有。戚芝便把从菜园里回来,因为天热,吃了个西瓜的事说了。女医生说:“怪不得了,病人本来就有气虚和脾虚的症状,再加上劳累,造成肝气郁结,内热过剩,血热妄行,就出现这种症状。”

这妇科医生还有一句话没好说出来,她知道这一对老夫少妻在房事上一定毫无节制,这才是造成病人被一个西瓜击倒的根本原因。

戚芝在医院住了半个多月,因想着家里的两个孩子,便吵着出院。医生见病人已无大碍,便同意了。临出院前,医生特别叮嘱戚芝说:“三个月内不可有房事,否则如造成旧病复发,后果就很难想象了。”

父亲从花塔把岳母接了来照应这母子三人,自己又去了西河湾。西河湾的“四清”工作还没有结束,父亲又被派到河东村协助这里的四清工作队继续工作。因河东村较为富裕,干部们吃喝现象普遍严重,而且这些干部们抱成团,外地来的工作队连碗水都泼不进去。工作队有意把父亲抽到河东,就是要加强河东的四清工作力度,也为他照顾家庭。

父亲到河东工作组后,就每天早出晚归。回来的当天晚上,父亲就迫不及待地爬到戚芝的床上,却遭到戚芝的殊死抵抗。戚芝说:“你想让我早死吗?”父亲不得不快快地回到另一张床上,与儿子子非同睡。那个女医生说得对啊,老夫少妻,痛得活唏。父亲四十好几了,现在有了这么一个年轻娇美的妻子,他在性生活上怎能不贪?这样每天晚上同居一室却隔河相望,夫妻俩都很难受,父亲后来索性不回来睡觉。泥河与河东村虽近在咫尺,父亲每天傍晚回来看一下妻子和一双儿女,接着就又去了河东村。工作队的同志觉得很奇怪,有人开始怀疑父亲与他的妻子戚芝的婚姻是否出现问题,也有人怀疑父亲在生活作风上可能出现了什么问题,但似乎并没有发现父亲与其他的女人有什么瓜葛。工作队长还是找他谈了一次话,让他千万不要在其他方面犯什么错误。工作队长的话虽然较隐晦,但父亲还是意识到了,心里好气又好笑,于是便又回家来睡觉。这样过了一个多月,戚芝的身体看来也好得差不多了,药也不再吃了。这天晚上,父亲喝了点酒,戚芝把两个孩子哄睡了,趁着酒兴,父亲一头扑上了戚芝的床。

那妇科医生的忠告不幸应验了,戚芝再次出现大出血,而且比上一次更加严重。父亲把奄奄一息的戚芝再次送到医院,但这一次那妇科医生再也没能把戚芝从死亡线上挽救过来。戚昌明夫妇接到女儿的死讯悲痛欲绝,老郎中夫妇火速赶到泥河,戚昌明知道女婿完全背离了自己的初衷,一个在中医学上有着丰富经验的中医,结果却因长年陷在政治运动的旋涡中,对妻子的病束手无策,这是怎样的悲剧?

老郎中对这女婿不再作任何指望。老两口不顾女婿的反对,坚决把两个外孙带回了花塔。

葬埋了戚芝,父亲又开始过起了孤灯独盏的日子。

但接下来的事情多少让父亲受伤的心灵得到些抚慰,因为父亲在"四清运动"中有出色表现,再加上基层干部中像父亲这样的文化人少之又少,他被抽去参加全县干部训练班,一派光明前途在等待着他。三个月的培训结束后,父亲回到泥河。正遇上撤乡并区,原先的泥河被一划为二,一半归河东,一半归河西。上级让父亲自己选择是到河东还是到河西。父亲考虑自己原先的家就在河西,如果在那儿工作一定会有诸多不便,便要求去了河东区,这样,父亲便担任了河东区的区长。

父亲上任不到两天,毛头从他原先就读的邑城中学回来,见到父亲的第一句话就是:你是一个老牌运动员。父亲知道这话是谁说的,这个心高气傲的高中生把这话用开玩笑的形式,用自己的语言方式转述给了他的干爸。这句话后来成了父亲从政生涯的经典诠释。父亲以为毛头会向他祝贺,没想到毛头说出这样一句话,心里不悦,但脸上却没有表现出来。

"我当初之所以弃医从政,其中也有想更好地保护你母亲的意思。"

"你把她保护得可真好。"毛头的口吻里充满了不屑和讥讽。

自从那次祭窑事件后,毛头发生了脱胎换骨的变化。他的个头就像抽条的小树一天天长高,十六岁这一年,他开始了他人生的第一次遗精,由此,一个少年的发育正式开始。随着个头的长高,他的语言功能也开始恢复,在全校的诗歌朗诵会上,他朗诵了自己创作的诗歌《啊,祖国!》并获得二等奖。他不再是那个三九天只穿着一条脏兮兮的短裤,踩着一双光脚满大街奔跑的怪物,随着季节的变化,他变换着服装,对服装的样式乃至发型开始挑剔。令人奇怪的是,当他恢复了一个少年正常的发育后,他原先的那些奇特的功能逐渐丧失,他便又像这世界上所有这个年龄的孩子一样,变成了一个普通的孩子。

虽然如此,毛头的智力在同年龄人中间仍属超常。高二这一年,学校打算直接保送他到北京去上大学。但毛头拿着一份履历表却犯了糊涂,不知道该怎样填报自己的家庭政治情况，因此他特意来同我父亲商量。

父亲为毛头的进步感到高兴，他拿了毛头的履历表，两个人开始商量起来。毛头的生父江义芳曾是当地有名的士绅，后来不知去向，也有人说他去了台湾。如果按他来填，那就复杂了。毛头出生在另一个恶霸地主邢男的家庭，因此，家庭出身一栏他填了“地主”，但父亲职业一栏却填了“贫农”。学校认为这样的填法不合要求，让他必须重新填写清楚。父亲为毛头的幼稚单纯而可笑，说：“你怎么能算是地主家庭出身？虽然你出生在地主家庭，但你的养父老钱是一个不折不扣的城市贫民，你为什么不按他的身份来填呢？”毛头觉得这样做是对党组织不忠诚，但他最后还是按照父亲的提议填了。

毛头喜欢理工科，学校给他保送去的就是北京一所大学的理工科。按照规定，保送上大学的人是不必参加高考的，但毛头还是坚持参加高考，他要让人看看他的实际能力，他是能凭真本事上大学的。

在报考什么专业的问题上他与父亲又有了一番争论，按照父亲的意见，毛头应当去报文科。因为父亲认为，中国几千年来实行的都是文官制度。父亲并不知道，在很长的一段时间里，毛头正在被一个用他后来的话说是“划时代的人类发明”的设想而兴奋着。毛头认为，这项伟大的发明一旦成功，将会彻底改写人类的科学史，使所有的科学家都为之震惊。父亲最后又说：“你还是去征求一下你妈妈的意见吧。”算是对这一问题的推托。毛头说：“妈妈让我去跟桂向松叔叔学弹棉花，桂叔叔说，等他老了，那个棉花加工厂就算是我的了。”他说完这些，突然哈哈大笑起来。父亲知道，这个心中有着无限憧憬的高中生一定从内心深处看不起桂向松，更看不起母亲的小市民意识。

“他们居然想得到。”毛头说着，又笑了起来，当然父亲也笑了起来。只是，两个人笑的内容各不相同。

那一次毛头住在他这里时，他们之间曾有过一次彻底的交谈。当着这个干儿子的面，父亲毫不掩饰他对韩七枝长达几十年的爱恋。说到动情处，他竟痛哭涕零。

毛头似乎被他打动了，说：“你要是早跟我说这些，我就帮你拿下她了。”

父亲惊讶于这个早熟少年的老滋老味，说：“你怎么帮我？”

“早知道你为她如此疯狂，我就不会在她面前制造江义芳在台湾电台寻亲的谎言了。”

父亲大吃一惊，这些年来，每当他向七枝表达爱意时，七枝总是以“老江在那边，迟早都要回来”的话搪塞，现在才知道，这一切的始作俑者竟然就是这个从小被自己宠着的孩子。父亲气不打一处来，狠狠地给了他干儿子一个巴掌，说：“你知道你都做了什么吗？你为什么要制造这样一个谎言？”

毛头漫不经心地说：“人活着不容易，让她在寒冬里看到阳光，在痛苦中见到希望。”

“你所说的阳光啊，希望啊，我完全能够给她，可她不要，她宁愿寒冷，宁愿痛苦。”

“每个人心里的阳光不一样，你以为你是阳光，可在她看来，不过是一抹斜阳。”

父亲又哭起来，哭得很伤心。毛头被这个他一度十分崇拜的男人哭得烦了，他说：“你难道不能直接拿下她吗？你不是用这样的方法拿下很多女人了吗？”

父亲像是当众被人扒了裤子，毛头的油滑和不着边际的调侃让他几乎无地自容，他们那一次的交谈不欢而散。

的确，这些年来，他身边从来不缺女人。那些女人有的是对他动了真心，有的则是对他权力的屈身逢迎，而他却从来没有对从他的床上走下来的任何一个女人动过哪怕一丝真心。

离高考只有一个多月的某天，毛头被叫到校长办公楼。校长给他倒了一杯水，然后支走了校长办公室里的所有人。校长的郑重其事，让毛头感到将有一件大的事情发生，他忐忑着，握着水杯的手瑟瑟发抖。校长终于转弯抹角地告诉他，因为他是保送生，组织上特别慎重，经对他家庭的调查，发现他填的履历表不是很真实。毛头明白了，他到底还是栽倒在生父江义芳的手里。取消保送生资格的决定还不是对毛头最后的打击，接着毛头又被通知，他和学校里十多名家庭出身有严重问题的同学一律被取消参加高考的资格。这一次毛头震怒了，他组织那些同学一起联名写信给党中央国务院，反映他们被取消高考的问题。

这封信一直石沉大海。一直等高考结束，那一天毛头终于还是走到桂向松的棉花加工厂，他在那张棉弓上刚弹出一个音符，几名公安带着手铐来到和悦洲，他们就在桂向松的棉花加工厂一把将毛头打倒在地，接着就给他戴上了手铐。桂向松就是这样眼睁睁地看着毛头被那些人带走了。

毛头的罪名是秘密组织反革命小集团，并上书党中央，恶毒攻击社会主义制度。后来不知什么人替毛头他们说了话，说这几个年轻人被打成反革命小集团没有证据，因为他们虽然对政府有不满倾向，但并没有制订纲领，也没有任何章程。于是，毛头被关押了半年之后，再次回到澜溪。

毛头回来后并没有跟母亲住在一起，而是再次住到了我父亲沈仲景那里。这时的父亲被任命为公社党委书记。就在毛头为他的永动机而竭尽全力地奔走的时候，父亲正带领群众进行着一场与麻雀的战争。那几个月里，父亲对这项工作乐此不疲，他所在的公社创造了在一个月内打下120865只麻雀的辉煌战绩，父亲出席了全县召开的除四害表彰大会，县委书记郑州把一朵大红花戴在了父亲胸前，父亲的脸上便有了一种成就感。

毛头上书党中央的事件做了人民内部矛盾处理，但毛头仍属于内控人员。对于毛头的归来，父亲并没有特别地高兴。他问毛头，为什么不同妈妈住在一起？毛头说妈妈逼着他跟桂向松叔叔去学弹棉花，而他根本看不起那种鼠目寸光的小市民意识。

父亲向组织上打了一份报告，请求组织批准毛头住在他的家里，以便对这犯了错误的孩子进行面对面教育。在等待审批的这段日子里，父亲特别警告毛头说："千万不要再添乱子，否则大家都没好果子吃。"毛头说："你放心吧，我在你家里进行一项伟大的科学发明，等我的发明被公开了，你也算是功臣之一。"

那段日子里，毛头就是这样把自己关在父亲的屋子里，常常是通宵达旦忙活。几个月后，毛头走出了那间潮闷发霉的房间，人们发现毛头那一头凌乱的头发一直盖过耳朵，他的胡子把整个脸都包围得紧紧密密，再加上那一张苍白得没有一点血色的脸，整个人看来就像是传说中的鬼怪。毛头走出他的房间的第一天就冲到泥河大街上，然后对着街道两旁的居民大声地叫着："你们就等着看吧，一项伟大的发明就要在这小小的泥河诞生，我将要成为一名震惊世界的伟大科学家！"

人们都以为他疯了，有人似乎还记得几年前那个只穿着一条短裤衩在冬天的大街上来回奔跑的孩子，人们嘲笑他，用最恶毒的语言挖苦他。毛头觉得实在没有必要与这些眼光短浅、心胸狭窄的小市民一般见识，他卷着一张图纸以及一只由芦苇和竹片做成的机器模型去了北京。

毛头是从北京被押到那座大坝上的。那是一座在建的水库工地。按照一幅蓝图，人们要在这里建一座高达百米的大坝，从而锁住这相向的两座大山，将这方圆数十万平方公里的山区拦成一座巨大的水库。这很符合当时的人们对自然界任意切割的大胆设想。这设想居然成功了，时至今日，西亭湖水库不仅在发电和灌溉上发挥着巨大的作用，而且后来发展为一处风景如画的游览胜地，每天有一批批的人来到这里旅游度假，享受着天堂一般的环境。

当时拥到西亭湖来的是一支十分庞大的队伍，据说最多时有六七万人。

毛头被编在19中队48小队，他的代号是0902。这数字很好记，或许是一种巧合，这正是毛头的出生日期。毛头生于1948年9月2号。

毛头的队长人们叫他“老西”，或者是“老薛”，也有人叫他“老东西”。其实他并不老，看上去不过四十来岁，戴一副眼镜，弱不禁风的样子。老西的胸前挂着两块长约八厘米，宽约三厘米的红布条，毛头知道，那标志着某种光荣或是等级。

与毛头上一次在劳改农场里那种沉郁、消极，甚至抗拒的情绪相比，这里则是一座热火朝天的战场，到处都是一派热气腾腾的场面。这里的每一个人虽然面呈饥色，但却充满了活力，他们挑着粪箕，推着独轮车往返在大坝工地上，他们唱着歌，喊着劳动号子，相互鼓励着：“加油啊！”“怎么，别装熊啊！”“把进度追上来！”一些人的胸前像老西一样挂着红布条，在他们推着独轮车或挑着粪箕跑动的过程中，那些红布条就在他们的胸前飘着。这使得他们在其他人面前有了几分自尊和傲气。有时候，他们会停下来，对那些怠工或消极的人训斥几句：“我们都是罪人，政府这样宽大对待我们，再不好好改造自己，对得起党、对得起人民政府吗？”因此，那被训斥的不免有了一丝羞色，他们唯唯诺诺：“是的，我要好好改造自己，这个月我一定争取挂一块红布条。”说起来就有一种言之凿凿的意味。他们的单纯让人想起刚上小学的孩童，他们的天真正符合那一代人的个性特征。他们似乎并不在乎四面山头上随处可见的岗哨，当然，那些看守多半不会走下工地来，除非某个犯人因为大便或因为背木料时走错了方向，走到一处山边，看守会猛然喊一声“站住！”，让那人陡然意识到自己所处的环境以及自己目前的身份。

工地上的高音喇叭里每天都在播送着激动人心的消息：某中队提前多少天完成了十万土方的任务受到集体嘉奖；某人由于创造了一种新的运土法，把劳动效率提高了十倍以上，获得红布条一块；某人又由于揭发了一起脱逃行动，戴罪立功，减刑一年。

很多年后，美国路易斯安那州立大学教授江守轩在回忆那段劳教生活时依然怀着一份无比感恩之情。他说，如果不是那段劳教生活，如果不是遇到老西，即后来他的导师施博士，他或许没有今天的成就，或者，他依然在永动机的神话里不能自拔，最终走向毁灭。他记得那天晚上，他和老西坐在工棚旁，听着西亭湖里的蛙鸣之声，毛头把自己对永动机的设想告诉了老西，老西笑了笑说："原来你是一个永动机疯子。"他接着说，"快别在永动机上把自己毁了，这个世界上不知有多少人都是栽在永动机上了。要知道，永动机不符合能量守恒的定律，永动机是对科学的否定和时间的浪费。"

"我不这样认为，"毛头说，"虽然那种无须燃料的永动机被人们称作不可实现的空想发动机，但十九世纪欧洲不是又有人设想出另一种永动机，希望在不违反热力学第一定律的条件下，利用在海洋和大气中吸取的热量，使之变为永远的机械功？你知道，海洋和大气中的热量是取之不尽的，只不过人们现在还没有办法从海洋和大气中提取这种能量罢了。"

"但你不知道，这种理论后来还是被英国一个叫开尔文的人的理论给否定了。年轻人，你不应该放弃对科学的探索，但不是对永动机。"

女人与女人

桂向松从湖北老家带来七八个棉匠，在澜溪成立了一家棉花加工厂。半年后，他尝到了甜头，又把镇上几个分散经营的手工业者吸纳到他的棉花加工厂里，扩大经营，正式挂牌为"澜溪镇棉麻加工厂"。桂向松自己任厂长，又把镇上一个副镇长的小舅子拉进来做了副厂长，一个工商所长的妻子收进来做了出纳，这样，桂向松的棉麻加工厂就成了一个手工业综合系统的小型工厂，在澜溪镇成为工商界的后起之秀。

七枝回到澜溪后，桂向松以为七枝会答应去他的棉麻加工厂，结果她却在镇里的招待所谋到一份事做。

周蕃茄大难不死，刑满释放回到澜溪镇。几年的劳改生活去掉周蕃茄许多当年的习气，他不再像过去那样夸夸其谈，不论见到什么人，他总是低着头，让人感觉他是一个罪人。他的形体也发生了极大的变化，他变得臃肿，是一种大病初愈后的浮肿。这一切，都让人对他产生一种拳头不打落难人的同情，他居然被安排在镇招待所做了所长。人们说，周蕃茄以他的可怜相赢得了领导的同情，最终捡到一份实惠。

七枝一家回来后，周蕃茄专门提着几样糕点来看七枝母子，他说："老沈过去对我不错，我来看看他的几个孩子。"其实，七枝明白，他是想让七枝说项，让小惠再回到他的身边，好歹总有个家。但唐小惠说："老娘脑子里灌了屎差不多，让他想出火时，找只母狗帮他舔舔吧。"

半夏十七了，七枝不得不歇了她的书，让她到桂叔叔的棉麻加工厂去挣一份工资。

七枝在镇招待所做点洗碗之类的杂事，工资不高，但可以在招待所吃饭。她自己吃饱了，顺便把客人剩下的猪头肉、牛杂碎用荷叶包了，带回来给几个小的。此外，她与周蕃茄还有一个不成文的协议，那就是周蕃茄换下的衣服由她包洗。

七枝的这份工作只维持了不到一个月，就发生了一件谁也想不到的事情。

那天下班后，周蕃茄照例把一包衣服交给七枝带回去洗。她觉得这一包衣服比平时稍有分量，但也没有多想。周蕃茄说："今天洗了澡，换的衣服就多些，费你心了。"她没有注意到周蕃茄眼神中有什么特别，她得赶紧回家做饭去。没想到她刚走出招待所，正遇到街道主任朱玉兰叼着一支烟从那边过来。

朱玉兰原先对七枝也算不得太坏，七枝到镇招待所工作，虽然不是朱玉兰一个人所能决定的，但朱玉兰没提反对意见，这也是事实。那天刚一散会，朱玉兰第一时间就把这消息透给了七枝。七枝少不得要说些感激的话，当晚就往朱玉兰家送去十个咸鸭蛋。前年一个时候，牌坊头那边修公路，需要大量碎石子，暑假里，半夏就带着桂子、知柏以及街道上佩兰等几个同学每天起早摸黑，去牌坊头砸石子，砸了一个多月，工程队也来量了石方，收了石子，按当时的计算，半夏姐弟的这堆石子，最少也能兑到十五六元钱。可半年过去，也不见工程方把砸石子的钱兑付下来。半夏去问了几次，但工程队负责收石子的老方却总是不见人影。直到一个月前，半夏她们终于把路过街道的老方堵住，这才知道，那笔钱工程队方面早就兑付了，并且工程队的人说，那笔钱是由街道主任朱玉兰统一领走的。可半夏去街委会找朱玉兰时，朱玉兰却支支吾吾，问急了，朱玉兰发起了脾气，说："我堂堂一个街道主任，依我的觉悟，会贪污你那几个小钱吗？"半夏他们再次去找工程队的老方，老方便拿出朱玉兰签过字的收条。又过了一个多月,朱玉兰把佩兰她们的钱兑付了,半夏姐弟的钱却迟迟不给。依七枝的意思,这笔钱不要了,朱玉兰要想给,早就给了,她不想给,你硬要到手,必定要得罪她。但知柏不答应,他伸出那只被锤子磨了一个又一个血泡的手说:"我砸这些石子容易吗?她朱玉兰凭什么把这笔钱吞下去?"那天晚上,朱玉兰不知又在哪里喝多了,正好路过澜溪街66号,早有准备的知柏堵在那里,冲着朱玉兰把一个九岁孩子能骂出的话都骂出来了,弄得朱玉兰很没面子。第二天,朱玉兰便通知半夏,把那笔钱领走了。

现在,朱玉兰一脸凶狠地朝七枝走来,七枝默念着,是福不是祸,是祸躲不过。果然,朱玉兰盯着七枝手里的那包衣服说:"怎么,老周这人还让你做他的生活管理员?这也太不像话了吧?"

七枝说:"周主任工作忙,又是个单身男人,我帮他洗几件衣服,也是应该的。"

"啧,他一个单身男人,你一个单身女人,你们俩配合得很默契呀。你看,他内裤都由你来洗,你们之间到底是什么关系?"朱玉兰说着,就一把扯下七枝手里的衣服,从衣服里掉下一刀猪肉来,足足有一斤多重。

朱玉兰别着兰花指叫起来:"好啊,这是怎么回事,你解释一下好吗?"

七枝看着掉到地上的那刀肉,一时竟蒙了,她长叹一声:"天哪,这到底是怎么回事?"

朱玉兰说:"怎么回事,你说是怎么回事?怪不得招待所一直说有亏损了,再多的盈余,也架不住你们这些内鬼。"

"我不知道这是怎么回事,请你相信我。"七枝申辩着。

"相信你,我凭什么相信你?你还很委屈是吗?那你意思就是老周干的了?老周什么意思?他对你好,也不能拿招待所的猪肉做人情吧?"朱玉兰的兰花指快戳到她脑门上了,说的话也越来越难听。

七枝现在知道是怎么回事了,周蕃茄不是害她,周蕃茄是存心在帮她,因此,她不想再做任何辩解,否则,就真是没良心了。

朱玉兰不肯罢休,她朝招待所楼上叫着:"老周,老周,你下来一下,从韩七枝怀里掉下一刀肉来,她说不是她干的,那就是你干的了?你老周凭什么把招待所的猪肉送给一个地主婆子?你出来解释一下!"但这一刻周蕃茄不知去了什么地方,不论朱玉兰如何声嘶力竭地在楼下叫喊,也见不到周蕃茄的影子。

街道上几个积极分子很快围拢过来,有人指着七枝说:“这个地主婆子,自己偷窃扒拿,还要栽赃周所长,人家周所长虽然犯了错误,到底还是退伍军人,觉悟能和你一样吗?”

围拢过来的人越来越多,他们把七枝团团围在中央。七枝知道,她现在无论怎样解释,哪怕是乞求,都无济于事,人们唯一要做的,就是在无聊和憋闷的生活中寻找一点能够刺激神经的乐处。

也许是七枝的默然刺激了朱玉兰,朱玉兰突然抽了七枝一个耳光,说:“你要是不承认错误,今天就要你好看。”

七枝伸手抹了把嘴角的血,她低着头,一言不发。

朱玉兰朝着围观的群众说:“大家说,这件事怎么处理?”

有人叫喊着:“让她把这刀肉生吃下去!”

有人找来绳子,把那刀肉穿起来,挂到七枝的脖子上。为了阻止七枝把那刀肉从脖子上取下来,有人找来一根更长的绳子,开始捆绑七枝。七枝挣扎着,围攻开始升级,她的双手被人从后面捆住,有人朝她吐着口水,更有人趁机在她的身上摸着、捏着。

“太欺负人了!”不知什么时候,闻讯赶来的唐小惠大声地叫着,她不顾一切地扑上去,要解七枝身上的绳子。

“破鞋,你算什么东西?”有人朝小惠骂着。

“两个臭女人,一丘之貉。”

人们放弃了被捆绑着的韩七枝,开始转向唐小惠,很快,她被人推倒在地,她爬起来,头发披散着,一边破口大骂,一边同围攻的人们撕打着,然而她毕竟不是那一帮积极分子的对手,她再次被人打倒在地,招待所门前一片混乱。

“住手!”远处传来一声断喝。

听到有人说:“桂瘸子来了。”

伤残军人桂向松拄着单拐突然从一条巷子向这边走来,那包着铁皮的单拐击打在石板路上的笃笃声急促而零乱。知趣的,很快闪到一边去了。桂向松挥舞着他的单拐,狠狠砸向一个恶作剧者的腰部,并且用单拐指着那家伙命令着:“把绳子给老子解下来!”吃了苦头的家伙知道,这位在朝鲜战场上丢失了一条腿的家伙并不好惹,正要趁机溜走,桂向松一把扭住那家伙的衣领,却腾出另一只手来,将那家伙的头发死死地抓住，将他逼向墙角。谁也没想到这个桂瘸子力气如此之大，那家伙就这样被桂向松拎着衣领，把绑在七枝手上的绳子解了下来。

桂向松用他的湖北话大声地骂着："狗日的，欺负一个女人算什么本事？"

有几个不服气的家伙跃跃欲试，桂向松的一条腿独立支撑着自己的身体，他把那只单拐握在胸前，就像在朝鲜战场上握着他的爆破筒。那些原先站在街道两旁看热闹的人这时也都开始指责那几个"积极分子"，朱玉兰趁机溜了。

唐小惠披头散发，朝着招待所楼上大声地骂着："周蕃茄，你个狗操的，你给老子下来！"

然而那个楼上没有周蕃茄的声音，也不见周蕃茄的身影。街道两旁，人们目送着桂向松拄着单拐敲打着石板路的背影渐渐远去。

七枝抹了一把嘴角的血，她站立的位置，正好对着那个渡口，渡口那边，是一片开阔的江面。她对着那片江面发了一阵愣，终于一步步朝家里走去。

野桃岭

澜溪一河二镇，人口不说上万，也有几千，镇子不能算大，可也不算太小。这样的镇子，几乎每隔几天都有人出生，也几乎每隔几天都有人死去。那时候，七枝的家就在和悦洲洲尾，也是通往那片坟场的必经之地，但凡有人死去，门口总会有一番吹吹打打，哭哭啼啼，见得多了，也就平常了。七枝的老娘一辈子风风火火，什么事都不放在心上的样子。可到了最后几年，每当有送葬的队伍从门前经过，老人家总会有几天蔫蔫的，打不起精神来。那些死去的人各有死法，有的疾病缠身，不得不死；有的油尽灯枯，寿终正寝；有的横遭不测，惨死野外；有的百结缠身，自杀而亡。就在上个月，清字巷挑水的老魏用一把生锈的菜刀割断了自己的脖子。不知是那把刀太钝，还是老魏在最后一刻心里发虚，手头发软，那把菜刀切进了他的脖子，却离气管有游丝一般的距离。当闻讯而来的街坊围到老魏家门里时，人们看到老魏的血在那面墙壁上喷出一朵血红的花，老魏的身体在地上扭成一截麻花，他朝人们拱着手，哀求着："好人，补我一刀吧，好人，补我一刀吧……"去年春天，一对野鸳鸯在半夜里殉情，男的用一根电线自挂到野桃岭的一棵野桃树上，天亮时分，当一个放牛伢看到那棵野桃树上在寒风中摇摆的尸体时，一开始他以为是他的同伴在打秋千。直到人们听到那放牛伢的惊叫声，潮水一般拥到野桃岭时，只见那男的悬挂在一根树枝上，就像一只悬在空中的口袋，而那女的却半偎在地上，也许是死前一刻的挣扎，女人的上衣被扯到乳房以下，那明显隆起的肚皮上贴满了麝香风湿膏。还有，直到今天，没有人猜得出澜溪医院的陈医师为什么要选择死。他的妻子在澜溪镇政府做出纳，两个子女一个子承父业，在镇医院做医师，一个在县纺织厂当检修工。这是一个让无数人羡慕的家庭，下雨天，陈医师与他的妻子永远都只打一把伞，每天傍晚，人们总会看到那一对年过半百的夫妇在湖埂路上悠闲地散步。人们是在某一天早上在医院的一个手术室里发现陈医师的尸体的，当时他躺在一张铺着雪白床单的手术台上，他的手腕上插着一根输液管，输液管的那一头连接在一只大号广口瓶里，人们无法想象，瘦得像麻秆样的陈医师居然会有满满一广口瓶血。

这些天，一个从未有过的念头像蚂蟥一样吸附在七枝的脑子里，扯都扯不掉，那就是死。那天在镇招待所门口被街道主任朱玉兰打了一巴掌，又被街道上那些人当众羞辱了一顿，当时她的确恨不得立即就撞死在石板路上。但她还是抹了一把嘴角的血，回家去了。她一回到家，就赶紧把自己洗干净了，接着倒头就睡。她一直睡到白日将尽时，听到有人敲门。开门后，桂向松把一袋米和一条两斤多重的草鱼递到她手里，桂向松看着她，带点犹豫地说："你还好吧？想开点，恶人总会有恶报的。"她说："放心吧，他叔。"她身子倦倦的，送走了桂向松，接着再睡。直到隔壁方家的自鸣钟敲了六下，她觉得她不能总是这样睡下去。已经快到放学时间了，半夏姐弟都要回来了。她把桂向松送来的米抓了一把放进锅里，准备熬一锅粥。自从去年春天开始粮食定量供应起，她们就很少吃过白米干饭了。更多的时候，粥里还不得不添大半篮菜叶子或是米糠。她想起知柏不止一次地央求她说："妈妈，求求你，给我们做一次白米干饭吧。"于是，她狠一狠心，从那米袋里再舀出一碗米来，倒进锅里。那条草鱼她拦中腰切了，一半腌了，留待隔天再吃，鱼头里加了一把酸菜，炖了一锅汤，鱼身子红烧了，滴上醋，一个屋子都弥漫着鱼的香味。那天晚上，一家人吃了一顿很久没有吃过的白米干饭。那餐饭真香啊，然而到了第二天早上，当她重新摸着那只米袋开始熬粥时，却又不得不为昨天晚上一家人的那一顿而后悔。

然而仅仅过了一天,一个突兀的字眼猛地跳到她的眼前:死。

割腕自杀的陈医师,用一把菜刀切断自己喉头的老魏,还有野桃岭的那一对野鸳鸯,过去她曾经不止一次地想,那些自杀的人怎么就下得了手?他或她,不留恋自己的生命,难道一点都不留恋家里的亲人吗?就像父亲以前讲过的庄子的故事:人不是鱼,又怎知鱼的快乐?她不曾自杀过,又怎能知道那些人自杀前的念想?那一年,她曾经好几次跟着邢男去非非寺听担当和尚讲经,担当和尚讲死就像讲吃饭睡觉一样。担当和尚说,佛教把死称作往生,所谓往生,就是往另处而生,或者说这一生活得不痛快,便去换一种活法,换一个人生。担当和尚说,人活在世上有五蕴八苦,生、老、病、死、苦,爱别离苦,求不得苦,还有什么苦,她记不清了。人活着真是苦啊,担当和尚总是让人们不要太留恋人生,不要把生命太当回事。现在她忽然意识到,当一个人真正活不下去时,死,未必不是一种最好的了结,或许,人一旦死了,他在这世上的一切孽缘,一切忍辱和苦难,都真的一了百了了。现在,当死的念头一下子像拳头一样紧紧地捏住她的咽喉时,她忽然觉得,无论是自己的毛头(江守轩)还是沈仲景的三个儿女,都不比自己的死更重要。

这是一个平常的夜晚,从街道那头传来打火更的竹梆声以及小友子沙哑的吆喝:小心火烛啊,火烛要小心,水缸挑满啊,灶门口扫清……

她翻身而起,看了看睡熟了的半夏姐弟,她似乎一点都没有什么不放心的,包括她的毛头江守轩,活着的,总有活着的理由,死,也总有死的道理,一切都自有安排。这一刻,她觉得真的没有什么能让她放弃死这一念想了,没有什么比死能让她感觉到更大的吸引力。想到死,她甚至有些兴奋,好像并不是要去死,而是去看一次夜戏,去看一个亲戚,去赴一次宴会。她把压在箱底的那件蓝士林布的上衣穿到身上,又用冷水洗了一把脸,用泡花水把头发抹了一遍,一切收拾停当,街道上哪家的鸡开始叫第一遍了,与此同时,她听到隔壁方家的自鸣钟当当地敲了两下。她匆匆地掩上门,走到街道上。天阴阴的,但时在月中,夜空里还是有几分明亮。她走到下街头码头那一带,那些卖小菜的开始在街道上占据地盘,他们大声地讨论着菠菜的价格,说着镇上昨天的新闻,完全没有注意到她急急地从他们的菜担前走过。在一处街檐下,一个要饭的突然坐起来,梦呓般地叫着“起火了,起火了”。她吓了一跳,却没有听到天主堂的火钟声。她沿着天主堂的那条路一直向野桃岭走去。已经是霜降季节,但天还是暖暖的,夜风中没有一丝寒意。她走出一身汗来,于是脱下那件蓝士林布上衣，夹在臂弯里。她想在路边找块石头坐下来，看看那天边的月，知道时候不早了，她必须趁着天没亮前赶到野桃岭，赶紧把要办的事办完。对，她就是去死，或者说去换一种活法。此刻，没有什么比这个更让她快乐的了。

多少年来，澜溪一带人有一个不成文的习俗，但凡找死的人，都是在野桃岭了结自己的性命，在野桃岭自杀的人所选择的最好的季节是春三月里，那是一个美丽的季节。还有一种说法，在野桃岭寻死的人，来世一定会有一个美丽的人生。看到那片林子，她开始兴奋起来，并开始加大了步伐。她的脚步惊动了夜眠的鸟儿，起先是一只鸟儿在叫，带动着整个林子里的鸟儿都叫了起来，四周像是一片潮汐在翻滚，在沸腾。在那片鸟儿的叫声中，她听到她的毛头江守业用发育前的小男孩声音沙哑着嗓子叫着：姐姐，你穿那件大红的嫁衣最好看了……姐姐，等到我十六岁，就一定把你娶进门来……多少年了，那种沙沙的、脆脆的声音她一刻都不曾陌生过。

她终于走进那片林子，她叫着："毛头弟弟，姐姐等你等到头发都白了，你到底在哪儿?"然而，耳边再没有毛头的声音，连同那些夜鸟，也都停止了聒噪，野桃岭一片静寂。直到这时，她才发现，她做了大半夜的准备，却忘了一件最要紧的东西：绳子。没有绳子，她又怎能把自己挂到某一棵野桃树上？她用拳头打着自己的脑袋：我怎么会犯这样一个要不得的错误呢？她在林子里寻找着，希望能寻找到一根可以了结自己性命的绳子，哪怕是一根野藤。

不知什么时候，天空开始明亮起来，透过野桃岭密密的树冠，她看到天空厚厚的云层已经散去，天边露出大半轮银盘似的月亮，把那片野桃林整个照得通透光亮。这时，她看到一片奇异的景象，整个野桃岭上的桃花全都盛开着，一片火红灿烂。她奇怪了，十一月里，野桃岭上的桃花怎么会开呢？这是在梦里吗？她捏了捏自己的鼻子，疼痛告诉她，这不是在梦里，野桃岭的桃花是真的开了。这是为她而开的吗？她哭起来，哭得一发不可收拾。她哭了很久，哭毕，她忽然感到从未有过的舒坦，她知道，她的哭，不是因为死，而是因为她又活了一次。

从附近村子里传来孩子哭叫的声音，一个女人在大声地叫着：尿床鬼，刚换的被子，又尿湿了……这声音让她想起自己家里的知柏，九岁的人了，却仍免不了常常尿床，现在，她必须赶紧回去，给知柏换一床被子。

那天早上，当七枝从野桃岭回到家里时，半夏姐弟还在酣睡中。她摸了一把知柏的被窝，果然一片湿，她在知柏的小屁股上拍了一下，骂了一声"尿床鬼"，刚换的被子,又尿湿了。她把知柏抱到自己的那张床上。天亮了,街道上的大喇叭开始响起歌曲,传来行人大声说话的声音,还有板车乒乒乓乓地碾过石板路的声音,整个街道一下子醒了。

第十一章

道仙洞

半夏念到五年级便歇了书，进了桂向松的棉麻加工厂。桂向松就安排她做一点杂事，每月给她开一份工资，工资不高，但起码能养活自己。其他工人不歇班，半夏在那儿干，一星期休一天，这自然是桂向松对她的照顾。周六的傍晚，半夏照例回来。但这一天，她一回来就把自己关在房里，再出来时，眼红红的，像是哭过。

七枝一边张罗着晚饭，一边说："半夏，你在桂叔叔那边吃得饱吗？"

"我不想再去桂叔叔那里了。"

"不想去就不去吧。"七枝说，但过了一会儿，她还是问，"出什么事了吗？"

"那些工人整天就拿你和桂叔叔开玩笑，说你们什么什么的，好像我在桂叔叔那里就是因为你们有什么关系。"

"不讲不笑，不成老少。那些棉鬼子，不就是图个乐吗？让他们说去吧。"

她本想说，家里的情况你也是知道的，你在桂叔叔那里，家里就多出一份口粮，再说你也老大不小了，好歹是一份工作。但她还是没把这话说出口。到底不是亲生的女儿，说起话来，还是要掂量掂量。

七枝知道，半夏自幼生活在父母的不间歇的战争中，大脑受到刺激，生活中哪怕一丁点小事,在她看来都是了不得的大事,都要在她心里生出很多事来。七枝不敢让她再受刺激,便又说:“你不想去,那就不去吧。招待所的那份工作我是做不下去了,前几天有人介绍我到镇卫生院做护工,就是打扫打扫卫生,替病人做些服务方面的工作。老师总夸知柏聪明,无论如何都要让他把书念下去。家里正好需要个人,你就帮我照看着吧。”

“可桂叔叔有一次喝多了,也说,迟早要把你娶进门来。他桂叔叔凭什么要说这种混账话?他也不撒泡尿照照自己。”

“不准这样说你桂叔叔,”七枝有些气恼,“桂叔叔对我们帮助不小呢。”与此同时,七枝想起这许多年来桂向松的那种欲说还休的眼神。她在心里并不喜欢桂向松的这种个性,相反,她倒是欣赏沈仲景的那种想爱就爱、想恨就恨的大大咧咧的个性。

到了周一早上,半夏还是收拾了,去了桂向松的棉麻加工厂。然而不到半个月,半夏再次回来,说:“桂叔叔出事了。”

桂向松果然是出事了,而且是大事。桂向松的棉麻加工业务很火,成了和悦洲街上最让人羡慕的企业,来桂向松的棉麻加工厂检查工作的干部越来越多,桂向松少不得要招待这些前来检查工作的干部,一桌子一桌子的鱼肉,一桌子一桌子的酒水,临走前还要带上大包小包,于是就有人向上举报,说桂向松拉拢腐蚀干部。县里查下来,查处了一批干部,更查出桂向松的棉麻加工厂一直没有在工商部门办理正式的营业执照。这事汇报到县政府,桂向松的棉麻加工厂被当作严重资本主义复辟的典型,县长在一次大会上严正指出:“不得了啊,资本主义复辟已经不是神话了,现在竟然有人在我们的眼皮子底下开起了地下黑工厂,自己做起了老板。可我们的一些干部不仅视而不见,甚至还被收买,为这家黑工厂撑起了一把保护伞。”

然而不出一星期,那个县长却因“四清四不清”问题被撤职查办了。县工商所又来了一次,虽然不再追究桂向松棉麻加工厂的政治问题,但桂向松偷税漏税的问题却不能不追究。县里一位精明的干部说:“桂向松的棉麻加工厂到底名日不清,我们不能强行关闭它,不如狠狠地罚他,一直罚到他倾家荡产。”

那天七枝来到桂向松的棉麻加工厂,将一只金镯子悄悄塞到桂向松手里,说:“就算你借我的,你打个借条,等你渡过这个难关,再设法还我。”

人们以为桂向松没事了,忽然有一天,一辆吉普车停到桂向松的棉麻加工厂门口。桂向松似乎早有准备,他撑着单拐,肩上挎着一只帆布背包。那几个公安本来想将他铐着带走,后来意识到如果把桂向松的手铐住,他就没法拄那只单拐了。于是,他们向桂向松亮出一张逮捕证,桂向松就这样被带走了。棉麻加工厂也就这样自动倒闭了。

半夏不得不回到家里。过了两天,半夏说:“我想到泥河去。沈仲景他凭什么把我们全扔给你?这不公平。”

“也好,”七枝说,“自你那边的外公去世后,你爸爸就把你两个弟妹和外婆全接到了泥河,他一个大男人,拖着两个小的一个老的也不容易,你去了也好帮帮他。”

然而半夏在泥河待不到几天,再次回到了澜溪。

半夏说:“我再也不去他那里了……”说了仍是哭,又说,“他同许多女人胡搞。”

七枝意识到,她该去一趟泥河了。

岳父因车祸身亡后,沈仲景便把岳母和两个孩子带到泥河来。但他已经不大习惯在孩子们的吵嚷声中睡觉和思考问题,一般情况下,他就住在乡政府属于自己的那间办公室里。

自从妻子死后,来给他提亲的人还是不断,但他似乎一个也看不上。了解他的人都知道,他还在等七枝,等这个他从少年时代就爱恋的女人。而七枝始终如一的漠然也难免不让他渐渐对她失去了恒久的耐心。

戚芝死后的第二年,他曾经有过一次短暂的爱情。那一年他所在的梅城公社准备了一个节目参加全县的戏曲会演,审查节目的那天晚上,他因见男女两位演员都长得不错,便对那个名叫《卖鸡》的小戏多评了两句。他指出剧本基础不错,演员基本功也很好,关键是个别地方表演不够到位,让这个小戏有一种让人笑又笑不出来,哭也哭不出声的效果。那天晚上,在那个小礼堂里,演员按照他的意见现改现排,直到大家都满意为止。最后,《卖鸡》在县里的会演中获得一等奖,并被推荐参加省里的会演。那段日子里,那个叫李霞的女演员就三天两头地来找他,说他懂斯坦尼艺术体系,说他懂戏。一来二去,两个人都有意思了,虽然很快就上了床,但他还是对这个不久前刚刚离婚的女子一点都不上心。

不久,他因急性血吸虫病造成肝部严重积水,不得不住进了医院。那段日子里,李霞成天就看在病房里,帮他倒屎倒尿,服侍得十分周到。他被感动了,想着几十年来,何曾有人这样周到地照顾过他?于是,二人开始正式谈婚论嫁。就在他们积极筹备,准备结婚时,李霞有一天突然失踪了。直到一个星期后,人们在附近的一个灌木丛中发现了李霞的高度腐烂的尸体。案子很快就被侦破,凶手被枪毙了,沈仲景的这次短暂的恋爱也就这样结束了。

李霞之后,沈仲景又同时结识了两个女人,一个是隔壁乡的妇联主任,一个是县防疫站的护士。那些日子里,他像一个不偏不倚的钟摆,在两个女人之间平均分配着自己的感情,享受着这两个不同年龄、不同风味的女人所给予他的不同的性爱之乐。直到那个妇联主任的丈夫闹到泥河公社,砸烂了他办公桌上的一块玻璃板以及一只精美的茶杯,引起一群人的隔岸观火,公社党委不得不给予他党内严重警告处分,他被降职到河东村担任支部书记。

粮食供应越来越紧张,好在上面每年到这个时候都会下拨一定的救灾粮款,这时候,沈仲景再次领略到权力的价值。救灾粮就堆在隔壁的库房里,救灾款就锁在他的抽屉里,给谁不给谁,全在他一句话。

那天晚上,他睡在办公室里,忽然听到隔壁有什么响动。他猫着腰悄悄走过去,果然,黑暗中有两个身影正往一只口袋里扒拉着山芋。一道雪亮的手电光突然射到那两个贼身上,他认识他们,那是隔壁河西一个年轻的寡妇和她八岁的儿子。面对那道雪亮的手电光柱,那女人倒一点也不慌乱,她将一颗山芋在衣服上擦了擦,递给儿子,说:“柱子,你在这里等着,妈妈办点事就来。”说着,就一边脱着衣服,一边往父亲的卧室走去。

那女人事后对人说,她总算做了件划得来的事。

于是,要跟沈支书做划得来的事的女人越来越多,她们年龄不一,姿色不等。那段日子里,父亲就像一架性爱机器,他来者不拒,他的屋子里几乎每夜都有女人淫乱的叫声。那段日子里,父亲的床上换着不同的女人,但没有一个人肯告发他。那些妇女们结成了联盟,她们说,谁要把沈支书告倒,谁就是我们共同的敌人,我们会结成伙地撕烂他。一直等东窗事发,沈仲景的事被当作新闻传遍了全县,人们说,这个大队里上至六十岁,下至十六岁的女人几乎都与沈仲景上过床。传闻毕竟是传闻,但那些女人利用与沈仲景上床的机会得到了她们想要的救灾粮款却也是事实。

直到有一天,七枝闻讯撵到了河东村,她一进门就开始脱衣服,一边脱,一边说:“你不就是因为我吗?好,你现在来吧。”

七枝把自己脱得光赤条条，当七枝那具白亮的胴体第一次展现在父亲面前时，父亲忽然失声痛哭，接着就一溜烟跑出了卧室。那天他在一片竹林里哭了一个多小时，从此，再没有一个女人敢走向他的卧室。

不久，公社又派给他一项新的任务，让他带着一个调查组前往道仙洞村蹲点调查。道仙洞村是一个远近闻名的贫困村，一份调查证明，这么多年来，道仙洞村没有饿死人的纪录，也没有一个人出门逃荒要饭，难道不是奇迹吗？于是，有人举报说，道仙洞村存在极为严重的瞒产私分现象。只是，无论是举报者还是被派去的几拨调查组，都拿不出任何确凿的证据来。

父亲意识到，组织上并没有放弃他。他也知道，他只有抓住这次难得的机会，写一份详细的道仙洞村问题的调查报告来，才能在政治舞台上有更好的表现。

道仙洞村是一个有着四五百户人家的大村落，整个村复姓尉迟，为大姓。村子所在地多石灰岩溶洞，其中最大的名“道仙洞”。相传某朝某代有一个半僧半道的世外高人镇住了一个为害一方的狐仙，便在这山洞里修行直到圆寂。道仙洞村三面靠山，一面临湖，粮食产量一直很低，再加上道仙洞村的支书尉迟海以哭穷和找上面讨要救济粮出名，道仙洞村便成为闻名全县的贫困村。虽然并没有确凿的证据，但一个又一个的举报者认为，道仙洞村有着较为严重的瞒产私分现象。

父亲一头扎进了道仙洞村，住进了村部的一间简陋的办公室里。

就在他住进大队部的当天晚上，村子里闹了一次鬼。是在半夜里，从道仙洞那边传来一阵怪叫声，远远地，可以看到那片山头亮起一道蓝幽幽的火光。支书尉迟海带着民兵气喘吁吁地跑过村部，并特别告诫调查组千万不要出来。过了一会儿，道仙洞那边的动静止歇了，但那“鬼”又移到父亲他们居住的村部来，碎石和瓦片雨点般击打在大队部的屋顶和窗户上。村里人惊恐地说，那原先被道僧镇住的狐仙又开始作怪了，村子里没法再住人了。

几乎每隔十天或是半个月，村子里就会闹一次鬼。村部的屋顶被那些每隔一段时间击打过来的碎石和瓦片破坏得千疮百孔，再无法住人。

只有深入道仙洞村的人才会知道，这个村子的封建势力是多么顽固，外地人进村，根本是针扎不透，水泼不进。上级也曾几次派工作组前往道仙洞村，但都被那里闹鬼闹得无法立足。父亲带着人驻扎进来，两三个月过去，同样毫无进展，再加上闹鬼闹得人心惶惶，调查组的其他几个人都借故请假回去了，只有父亲仍坚守在那里。父亲觉得,这鬼闹得大有来头,他一定要弄个清楚明白。

那一天他独自来到道仙洞前。洞位于村部不远处的一座石灰岩山头上,洞口上方的石壁上用篆书刻着“道仙洞”三个字。洞并不大,只一间屋子大小,除了一些参差的钟乳石和洞顶倒挂的石笋,看不出有什么究竟。但他知道,鬼就出在这座溶洞内。

估摸着又到了闹鬼的日子,父亲带着一包干粮,悄悄潜入道仙洞的一根巨大的石笋后。第一天晚上没有任何动静,第二天晚上还是没有动静,到了第四天,父亲所带的干粮已经吃完,疲劳和困乏让他有些坚持不住了,但他相信,鬼一定会在这天晚上出现,他不能功亏一篑。果然,当天夜里,动静先是从山下开始,接着,一柱柱蓝幽幽的光出现在那条山路上。等到那光近了,父亲这才看见,二三十个村民挑着箩,扛着筐,手电筒上蒙着蓝布,陆续走进道仙洞,那领头的,正是支书尉迟海。尉迟海用手电在洞里照了一遍,接下来发生的一幕,简直让父亲不敢相信自己的眼睛。尉迟海走到一处石壁旁,只见他抓住洞壁的一截碗口粗、一尺来长的石笋,用力一拔,原来那石笋是一个巨大的锁钥。然后,尉迟海与几个村民又一齐发力,洞壁竟轻轻挪开,露出一个窄窄的洞口,现出一个洞中之洞,于是,村民们一个个鱼贯而入。父亲不敢错过这一难得的机会,趁着黑暗,尾随着那些村民溜进那洞中之洞。眼前的一幕更是令他目瞪口呆,借助手电的光亮,他看见沿着洞壁,那儿一字排开十六只巨大的木桶,可以清晰地看到木桶上用墨笔写着“大明嘉靖二年制”字样。接下来,展现在父亲面前的竟是一场热热闹闹的分粮大会,村民们排着队,按照会计念出的名单,次第从那巨大的木桶中领取数量不等的稻谷。

所有的秘密一下子揭开了,他不敢在洞中久藏,他怕万一那道石门被锁钥锁死,他就须等十天半个月闹鬼时再出来了。就在他庆幸自己终于拿到道仙洞村瞒产私分的证据时,他的行踪被人发现。

“有外人!”那人叫着。

他已经避之不及,于是,一支支手电射向他,那一束束蓝幽幽的手电光照得他睁不开眼来。他只得说:“我是沈仲景。”

他揉了揉眼睛,定了定神,他的眼前,是几十名拿着一头插着矛尖扁担的村民,平时他们在村里见到我父亲时,一个个都是那么谦恭,那么低眉顺眼,而现在,他们一个个虎视眈眈,每个人的眼里都充满着凶狠的杀气。

“我说呢，原来是这样。”父亲故作轻松地说。

“怎么办，要不要立即就干掉他？”有人征询尉迟海的意见。

“沈书记，你可真是一个有心人。你是第一个走进道仙洞的外姓人，按照祖宗立下的规矩，我们必须将你处死。”尉迟海看了看他周围的村民，说，“可是，我并不愿意做第一个执行祖宗规矩的人。你们说，怎么办？”

“干掉他！”

“为了尉迟一姓，老海，你不能心慈手软。”

人们一步步逼向他，那一根根矛担已逼得父亲再无退路，他开始紧张起来，他知道，在这个黑森森的山洞里，人们干掉他就像干掉一只老鼠一样简单，他不得不向尉迟海求救：“老海支书，请相信我，我会至死保守这个秘密的。”

“我们凭什么相信你？”

“是的，我们凭什么相信你？”两个村民扑上来，抓住他。

尉迟海阻止了那人，说：“沈书记，正如你所看到的，这些木桶，从明朝嘉靖年间就被我们的祖先藏在这里，是为防土匪的侵害，防官府的苛捐杂税，也是为防这样的灾荒年。四百多年过去了，这十六只大木桶从来没有空过，如果不是靠这些私藏下来的粮食，我们这个村子也许早就不存在了。”

“什么都不要说了，”父亲说，“这简直就是一个奇迹。你们真应该为你们的祖先建一座碑，一座真正的功德碑。”

尉迟海听不出父亲的口吻中究竟有几分夸赞，几分嘲讽。

“现在，道仙洞村一千多号人的生命都捏在你沈书记手里，你要是把这些通报出去，道仙洞村的父老乡亲失去了唯一的活路，只怕他们不会饶过你。”

“白天弄不死你，晚上也要捏死你。”那个横着扁担的村民恶狠狠地说。

“是的，你要是敢把这个洞的秘密捅出去，你就别想活到第二天。”

父亲看了看那些包围着他的凶神恶煞的村民，他知道，就如这位村民说的，谁要是剥夺了他们吃饭的权利，他们无论什么时候都可以像捏死一只苍蝇一样捏死他。

“如果我说，我会替你们守住这守了四百余年的秘密，你们会相信我吗？”

尉迟海转身对村民们说：“沈书记这个人，我还是了解他的，他的问题主要是大头管不住小头，但他人并不坏。”

尉迟的话引起一阵笑声，正是这一阵笑声，化解了刚才的杀气，道仙洞里的气氛松弛下来，他的胳膊终于被人松开。

"我明天就离开道仙村，就像前面几拨调查组一样，没有任何结论。也不会有任何人追究我的责任。"

"不，"尉迟海说，"你就这样走，是交不了差的。调查报告，我们已经替你拟好了。只有一样，你不能把这座山洞的秘密告诉任何人。"

父亲被尉迟海的话感动了，也是被道仙洞村的祖先感动了，他一把搂过尉迟海的肩，说："兄弟，我知道道仙洞村的百姓们为什么这么拥戴你了。"

这一年秋天，父亲终于获得了一次升迁的机会，他被调到澜溪粮站担任站长。但是，他的灾难也就在这一年冬天降临了。

那天晚上，当无数灾民扛着锄头和扁担潮水一般拥到公社粮站时，父亲扛了把老三八大盖凛然地站在粮库的大门口，大声地说："不要命的就过来。"

灾民们叫着："反正是活不了了，怎么都是个死。"

父亲大声地说："你们都知道，现在粮库里储存的全是明年的种子粮，还有战备粮，你们扒了粮库，明年都不想活了吗？"

有人叫着："人如果都死绝了，明春还有人种地吗？"

"都饿成这样了，还打算跟谁去打仗？"

人群向他扑过来，父亲用他的那只完好的手臂平端着一把三八大盖，对着人群，手指扣到扳机上。人群一步步向他逼近，他举起枪，对着天空"砰"地放了一枪，他的手被震麻了，天空也像是被震麻了，人群，也像是被这清脆的枪声震麻了。这时，听到有人叫了一声："你玩了我们的女人，还不给她们一条活路吗？"

父亲怔了一下，突然，他举起枪托，朝自己的脑袋猛砸了一下，他便像一棵被人放倒的大树，轰然倒下。人群洪水般地压过去，很快就淹没了他的身体。那天晚上发生在澜溪粮站的暴力事件，后来被定性为反革命事件。

父亲在病床上躺了一个多月，出院那天，一只冰冷的手铐等在医院的门口。很多年后，有一部红遍大江南北的京剧《红灯记》，其中的一场，日本宪兵头子鸠山一步步逼近受伤的王连举，说："年轻人，你吃错药了吧，要不然，你怎么会朝自己开了一枪？"那天在公安局审讯室里，刑侦人员用差不多同样的话讯问父亲，父亲沉默着，在审讯笔录上签上自己的名字。

父亲在拘留所整整关了两年零八个月，终于到了审判的日期，关于他犯罪的材料厚厚一摞，包括他滥用职权，关于他奸污妇女数目之多、手段之恶劣，再加上他私放国库粮等罪行，数罪并罚，他被判了无期，也就是说，如果没有意外，他将在某个监狱了却此生。

美丽的蘑菇

牌坊村的扣子夫妇突然来到澜溪，扣子说，她是特地来看看嫂子的。

自从那一年邢男出事，七枝离开牌坊村后，两个人再也没有见面，这一次扣子突然来了，让七枝感到既激动又尴尬。

扣子第一个男人三年前死于一次开山炸石的事故，扣子现在的丈夫在一个供销社做采购员。采购员是一个肥缺，扣子庆幸自己终于嫁了一个好男人。这一次，一对新婚夫妇借到芜湖出差的机会，来了一次蜜月旅行。她给七枝带来一袋炒熟的大麦面，一袋黄豆。她知道，在这个青黄不接的春三月里，这些在澜溪都是最好的东西。扣子来，当然还有另外的目的，扣子听说七枝一直没有嫁人，她想把七枝介绍给她婆家的一个叔伯兄弟，顺便也是来看看她的那个据说长得画中人似的侄子。然而扣子既没有看到侄子邢玉超，也没有看到七枝亲生的儿子毛头，但却看到七枝拖着沈仲景的一儿两女，日子过得十分凄惶。而七枝本人也是活得人不人，鬼不鬼。扣子觉得，这个曾经的嫂子脑子坏了，原先要说的话也就堵在喉咙里了。

饥饿像蝗虫一样蔓延在街道上，因严重营养不良，很多人得了浮肿病，当时街道上得这种浮肿病的并不是七枝一人。先是两腿肿胀像橡皮腿，表皮上水一样地透亮，手指掐下去，半天回弹不过来。再接着脸开始浮肿。俗话说男怕穿靴，女怕戴帽，患浮肿病的人既穿靴，又戴帽子，最后肚皮肿胀，这人就再也爬不起来了。

扣子送来的东西救了七枝的命，也让七枝全家过了几天不错的日子。七枝的浮肿病很快就痊愈了，然而更大的灾难却突然降临。

那一天，学校组织小秋收——就是让学生走出课堂，到野外去，向大自然索取食粮。半夏是带着妹妹桂子和几个同学一起出门去的。很久没有下雨了，她们趴在草丛里，钻进灌木丛，决不放过每一粒橡子，每一颗蘑菇。偶尔，她们会见到一棵被人遗漏的毛栗树，成熟的毛栗裂开来，像是满嘴的牙齿。如果没有发生后面的事，这真是一个很不错的下午。

不知什么时候，半夏听到妹妹在叫她："姐姐，我肚子好痛。"

半夏并没在意，只是说："不是痛，是饿了，你忍一忍，等一会儿我们回家煮蘑菇吃。"

过了不久，又听到桂子说："姐姐，我的嘴麻了。"带着哭的声音有些含糊不清了。半夏赶紧跑过去，见桂子在地上痛苦地滚来滚去，桂子叫着："姐姐，救救我，我要死了！"

半夏慌了，她叫着她的同学们："快来呀，我妹妹出事了。"

同学们围拢过来，这时的桂子嘴唇已经发紫，并且口吐白沫。有个同学说："她是不是吃了什么有毒的东西了？"半夏扒开妹妹紧攥着的手心，她看到一颗被咬了一半的美丽的蘑菇。沈半夏狠狠地把那半片蘑菇扔到地上，她对妹妹叫着："谁让你贪嘴了？谁让你贪嘴了？你以为什么都能吃吗？"

同学说："别再埋怨她了，赶紧送医院吧。"

所在的山头离附近医院还有一段距离，沈半夏也不知自己哪来的力气，背着妹妹朝山下飞快地跑去。她一边跑，一边说："桂子，你不要吓姐姐啊，你很快就会好起来，姐姐害怕啊。"她听见妹妹在她背上用模糊不清的声音说："姐姐，我不要死，我要回家。"半夏摔了一跤，她和妹妹一同栽倒在地，她爬起来，回头再看桂子，桂子已经昏迷了。她再也跑不动了，她站在公路边大声地哭着，希望能有人来帮她。

一辆运煤的卡车路过这里，司机把车停下来，将沈桂子抱到驾驶室里，又招呼沈半夏赶紧上车，然后把车开到医院门口。医生扒开沈桂子的眼睛，说："又是一个野蘑菇中毒的，瞳孔都放大了。"

沈半夏一直守在妹妹的尸体旁，她不停地说："是我害死了我妹妹，是我害死了我妹妹……"

整个下午，七枝的心里总是慌突突的，当她看到人们把桂子的尸体背到家时，她两眼一黑，一下子就栽倒在桂子的尸体旁。有人掐着她的人中，有人给她灌凉水，她醒来后，随手就给了半夏一个耳光，她哭着，骂着："你怎么带你妹妹的？你说，你怎么带你妹妹的呀？老天爷呀……"

从妹妹进医院到妹妹的尸体运到家里，沈半夏一直不哭，也没有一滴眼泪。她只是两眼呆滞地看着妹妹那张变形的脸,嘴里念叨着什么含糊不清的话。现在,她开始用手扇自己的耳光,一边反复地说着同一句话:是我害死了我妹妹,是我害死了我妹妹。七枝哭一顿,诉一顿,她说:“我怎么向雅兰交代呀,怎么向老沈交代呀!”她哭得昏天黑地,完全失去了主张。

翠花和小惠都赶来了,唐小惠第一个发现半夏有些不对劲,说:“七枝,快别哭了,桂子已经死了,不能再让半夏再出事了。”这时,半夏的脸都被自己扇得青紫一片了,但她还在扇着自己的耳光,不停地说着:“是我害死了我妹妹,是我害死了我妹妹……”

七枝不敢再哭了,她开始意识到,她刚才不该扇了半夏一个耳光,这事情能怪她吗?她顾不得死去的桂子,赶紧抱住老大,说:“半夏,妈妈不该打你,妈妈错了,妈妈错怪你了,半夏,你叫声妈妈,你叫呀!”

有人说:“让她哭一声吧,哭出来就好了。”但半夏一声不哭,似乎对周围的一切都没有反应,她只是用手扇着自己青紫肿胀的脸,说着一下午说了无数遍的话:“是我害死了我妹妹,是我害死了我妹妹……”

大家都来劝半夏,说这个不怪你,是她自己不好,她不该乱吃有毒的东西,这跟你一点关系都没有。但不管别人怎样劝说,半夏只是机械地做着同一个动作。有人说,要让她哭出来,有人说,把她的手捆起来,这样扇下去,怕还要再出一条人命。于是有人找来一根绳子,硬是把半夏的手给捆了起来。半夏的手不能再扇自己的耳光了,但她的嘴仍在说着同一句话:“是我害死了我妹妹。”

很快,老钱找来木匠,把家里几块槽门拼凑了,打了一口小棺材,再把沈桂子送到二里半的山洼里。人们在那里挖了一个坑,刚把那口小棺材放进坑里,沈半夏一下子就跳到坑里,说:“我要陪着我妹妹,我要陪着我妹妹。”人们把她拉起来,有人说,这丫头脑子出问题了。

从山上下来,半夏不吃不喝,嘴里念念叨叨,谁也不知道她说些什么。七枝劝她:“半夏,妈妈不该打你,是妈妈不好,错怪了你。”

半夏说:“是我不好,我害死了我妹妹,是我不好,我害死了我妹妹。”

七枝害怕了,她抱着半夏,说:“已经死了一个了,再疯一个,我该怎么向你们妈妈交代,怎么向你们爸爸交代啊!”

邻居们劝着七枝,让她想开点,又带点威胁地劝沈半夏:“你这个丫头也是的,妹妹死了,妈妈就打你一下也不要紧,你要再这样,你这不是逼你妈妈死吗?"

沈半夏终于哇的一声哭出来。邻居说:"好了,她终于哭出来了,哭出来就没事了。"

饥荒继续漫延,有时候,一个人走在路上,眼看着就突然倒了下去,再也爬不起来了。小惠给七枝送来两斤大豆,半袋糠秕,甚至还有一小袋米。七枝感到太神奇了,惊讶地说:"小惠,你哪里弄来这么多好东西?"

小惠不好说这些东西是她用身体从一个有权势的老色鬼那里换来的,只好说:"我也想通了,我藏的那些黄货这时候不拿出来,放在那里,就是一些烂砖头。"

七枝这才想起当年邢男临出事前塞给她的那一对金镯子,几年前桂向松的棉麻加工厂出事时,她让桂向松拿去一只打点人事,现在,她的身边还有一只。

"小惠呀,你不说,我都忘了,我这里还有一只金镯子,你设法替我换点吃的吧。"

"这个你先收着吧,"小惠说,"这个年头,这些个黄货其实也就是些烂砖头都不如的东西了。"

七枝明白了,但她还是坚决地把一只金镯子塞到小惠手里,说:"你替我换点糠秕吧,我要去看看沈仲景。"

小惠有些诧异,她已经好久没听到沈仲景这名字了,她也差不多把沈仲景这个人给忘了。她叹息了一声,说:"你呀,怪不得你那过去的小姑子说你头脑有毛病了。"

白湖农场

七枝把半夏托付给了小惠,带着沈仲景的小儿子沈知柏踏上了去白湖劳改农场的路。

她预计此行要一段时间,便把小惠给她弄来的所有的糠秕做成糠秕粑粑,还有一袋山芋干,她把这些东西装在一只破麻袋里,麻袋头上又胡乱地塞了堆旧衣服,她完全把自己打扮成一个逃荒的女人,这才放心出门。

知柏一放学就闻到了糠秕粑粑的香味,他叫着:"妈妈,你真伟大。"说着,就抓起一只糠秕粑粑，随即又放下了，说，“妈妈，你要出门吗？”

七枝说：“我要去看你爸爸。”

知柏把那块糠秕粑粑随手一扔，扔进了筐箩，说：“那你去吧，祝你一路平安。”

七枝笑笑，说：“你不跟我一起去吗？”

“我才不去呢，他到底是我什么人？臭拽子！”

“不准这样说你爸爸。”七枝说，“他这一辈子活得也很不容易。现在，他在那里面，家里没一个人去看他，他还不绝望死了吗？”

知柏犹豫了一下，终于答应同七枝一同去，说：“我主要是不放心你，这年头，一个女人家出门，怎么叫人放心？”

七枝笑起来，说：“是啊，有你这么一个男子汉陪着，我什么都不怕了。”

那天刚走出澜溪街，知柏就病了。母子俩沿着同马大堤走走停停，直到临近傍晚，才走到一个村子，知柏浑身筛糠样地发着抖，说：“妈妈我冷，我怕要死了。”

七枝伸手在知柏的头上摸了一把，感觉他整个人烧得就像一团火。她看了看四周，灰蒙蒙的天底下，几乎看不到一个活物，漫无尽头的同马大堤上更看不到一个人影。她开始感觉害怕，感觉这世界像是走到了尽头，也不知道接下来将会发生什么。她安慰着知柏，并把知柏带到附近的一个娘娘庙前，从布袋中掏出一块糠皮粑粑，递给了知柏。知柏将那块糠皮粑粑在鼻子上闻闻，又放下了。他感觉整个人就像一只空掉的口袋，那是极度的饿的感觉，但他没有一点胃口，他甚至连嚼一口糠秕粑粑的力气都没有了。

七枝脱下衣服给昏睡中的知柏盖上，转身去了村里，她要去给知柏讨口水喝。

沿着村口，七枝一连敲了七八户人家，竟然都没有应答。她一边急着娘娘庙前的知柏，一边沿着那条长满荒草的村路继续往里走着，她想，她总能敲开一户的门，总能给知柏要口水喝。

那个娘娘庙前，晕晕乎乎中的知柏似乎看到天上有一团云霞正向他慢慢飘来，那片云霞一直飘落到他的身上。他闻到一股奇特的香味，他辨别着，辨别着他所闻到的究竟是什么香味，他终于辨别出，那是一股山芋的甜香。

不知什么时候，一阵野兽的咆哮声惊醒了他的美梦，感觉有什么东西在撕咬着他的衣服，啃着他的胳膊，一股热烘烘的气息熏得他睁不开眼来。手臂上的疼痛让他从昏睡中醒来，一群野狗正围在他身边，它们死命地撕咬着他的衣服，疯狂地嚎着，拖拽着他，要把他拖到一个什么地方去。他不知道自己是在梦中还是真的遇到了一种从未有过的危险，他用尽一切力气从地上跳起来，叫着："妈妈……"

他的叫声让这群野狗意识到，这是一个活着的人，于是，它们放弃了对知柏的撕咬，开始争抢另一块食物，知柏分明看见，那被这群野狗撕咬的，竟然是一只死人的手臂。

"妈妈……"知柏被眼前所见吓呆了，他大声地叫着，刚跑了几步，就一头栽倒在地，那只一直被他紧紧地抱在怀里的布袋被甩出好远。那群野狗一定闻到了那布袋中糠秕粑粑的香味，于是，它们放弃了那只被啃得稀烂的手臂，开始向那只布袋扑去。

知柏忘记了自己的危险，现在，他的眼前就只有那只布袋，那只装着糠秕粑粑的布袋。他顺手捡起一块石头，朝那群野狗砸去，接着又捡起一块更大的石头，狠狠砸向那群野狗，然而那群野狗对他的进攻竟毫不在意，它们疯狂地撕咬着那只布袋，那些坚硬的糠秕粑粑滚出来，皮球一样四散滚去。知柏扑过去，与那群野狗搅在一起，他的目标就是一个个灰黑色的糠秕粑粑，然而他现在终于知道，人，根本不是狗的对手，不一刻工夫，那布袋中的糠秕粑粑就被那群野狗抢得一个不剩了。然而那群贪婪的家伙仍然不肯放过他，它们一边舔着唇边的糠秕屑，一边向他发起新一轮进攻。

"扔掉，扔掉，你他妈不要命了？"他听到有人在叫着。

几只野狗已经扑到他的身上，他知道，它们的目标就是他手中的那几只他好不容易抢到的糠秕粑粑，他似乎意识到危险的迫近，于是，他一边哭着，一边把手中的那几只糠秕粑粑扔出去。果然，那群狗放弃了对他的进攻，也放弃了那条被它们撕烂了的手臂，很快消失在一个巷口。

七枝最终空手而归，这个村子里的人全都离去了，谁也不知道这村子里的人去了哪里，只留下一个空荡荡的村子和一群因饥饿而疯狂的野狗。

知柏连哭的力气也没有了，七枝开始后悔自己不该丢下知柏独自去村里讨水喝，现在，她不仅空手而归，反而被那群野狗抢走了所有的食物，眼下，她面临着两种选择，要么继续沿着同马大堤向遥不可及的白湖农场走去，要么打道回府。而眼前的现实是，从清晨开始，母子俩走了五六个小时，几乎没吃一点东西，她已经没有一点继续行走下去的力气了。

“你这个娘怎么当的？你儿子差点被这群畜牲生吃了，”说话的是一个老头，谁也不知道他是从哪里冒出来的。老头有一把年纪了，披着一件破烂的军大衣，尖削的下巴上有一小撮焦黄的胡子。

看着躺在地上几乎奄奄一息的知柏，七枝叹口气说：“我儿子，饿昏了。好人，能给我们一点吃的吗?”

老头打量了她一眼，说：“那你进来吧。”

她走进那座破败的娘娘庙，庙里空荡荡的，只有一尊倒在地上的观音娘娘，在一处墙角，有一只土灶，灶上冒着热气，有一股山芋的甜香弥漫在这间尘土飞扬的大殿里。老头揭开锅盖，七枝看到，那锅底下卧着一小撮山芋干。她不顾一切地伸出手去，然而老头却立即把锅盖盖上，说：“我好不容易弄到这一点山芋干，我不能白给了你。”

七枝已经没有一点力气了，她靠在大殿的柱子上，说：“做点好事吧，我们娘俩都快饿死了。”

老头掀开锅盖，从里面捧出一捧煮熟的山芋干，一边呵着热气，一边向庙外走去。趁这个机会，七枝把手伸进滚烫的锅里，将那些山芋干全都揣进衣兜里。没等老头进来，七枝将那锅里最后一小撮山芋干捞到手里。

“你下手太狠了。”老头看着那口空锅说。

七枝顾不得老头的表情，她将那一小撮山芋干飞快地塞进嘴里，她似乎生怕老头会从她口里将那些山芋干掏出来。她疯狂地吞咽着，干硬的山芋干快要将她噎得透不过气来。这时，她看到老头一手摸着自己的下身，一边向她一步步逼来。

她发不出任何声音来，只是本能地向后退着，嘴里呜呜咽咽。

“我喂饱了你们娘俩，你给我快活一下总可以吧。”老头说着，一把就抱住了她，一张臭烘烘的嘴向她逼来，说，“我们俩都不吃亏是不是。”

毫无反抗能力的七枝被老头拖到墙角的那堆草铺上，老头一把将她推倒，重重地压到她的身上。她的嘴里塞着滚烫的山芋，因为塞得太多，她无法咀嚼，于是，她不得不把嘴里的山芋干再吐出一点到手心里，以便更好地咀嚼。她贪婪地咀嚼着，任凭老头在她的身上气喘如牛，却毫无作为。老头终于沮丧地从她身上滚下来，骂着：“妈的，老子也是饿虚了。”

没等七枝将最后一口山芋干咽进肚子，老头再次爬到她的身上。在老头的又一声叹息声中,七枝开始发出粗重的呼噜声。直到第二天黎明,老头没再打搅她。

第二天清晨,娘儿俩继续赶路。中午,他们路过一个叫槐杨树的村子,一个骑自行车的男人一直尾随在七枝娘俩的身后。七枝知道,她又遇上瘟神了,只是,这个男人不是那个有野心却无野力的老头,眼前的男人四十岁左右,他就那样推着自行车,一直不远不近地跟在七枝娘俩的身后。

“你想干什么?我现在就只剩下几根骨头了。”七枝没好气地说。

“你们这是要去哪里?”那男人扶着自行车站在不远处说。

“怎么啦?投一个亲戚。”

推着自行车的男人在她跟前站住了,说:“七枝,你不认识我了吧?”

七枝打量着这中年男人,她叫了一声:“天呐,面瓜,你还活着……”

那一年镇上的一批年轻人一同报名参加了志愿军,两年后,其他几个人都有了消息,唯独面瓜一直没有回来。

“是的,”男人说,“我一眼就认出你了。”

面瓜说,那年在朝鲜,他从死尸堆里爬起来,那场战斗已过去好几天了。他找不到自己的部队,就一步步爬到山下,在一个朝鲜阿妈妮家住了半年多。战争结束后,他在丹东成立了一个家庭,五年前,他那个老婆死于一场风寒,去年正好老家这边有人给他重新介绍了一个女人,于是,他便设法调回老家,如今在公社里做人保干事,日子过得既安稳又实在。

七枝感慨着,说:“人都说大难不死,必有后福,你看,你比那时发福多了。”

“哈,过去是面瓜,现在是冬瓜了。”面瓜自嘲地笑着。

面瓜当然知道七枝要去哪里了。他说:“老沈的事,我已经听说了,我有一个亲戚在农场做中队长,我托他关照过了。这里到白湖农场还有不少的路,不如先去我家歇一晚,明天一早我把你们娘俩送到白湖渡口,农场专门有船,你可以坐他们的船直达总场。”

一到面瓜家,七枝便说;“我能洗个澡吗?”

“当然可以。”面瓜的妻子人很忠厚,听说七枝是面瓜原来在澜溪时的熟人,很是热情。七枝一走进洗澡间,就哇哇地吐了一地清水,她用女主人打来的热水一遍一遍地洗着身子,直到感觉把那个老头的气味都洗没了,这才结束了这次漫长的洗浴。

面瓜的妻子做了一顿还算丰盛的晚饭招待七枝母子。饭桌上,面瓜问了些澜溪镇老人的情况,免不了再次说到沈仲景。面瓜说:“老沈鬼迷心窍了,他不同于我们这些二百五的干部,什么都不会,只能在官场上瞎混,他有真才实学,他本可以做一个名医的,结果却在政治的旋涡里不能自拔,害了自己,也害了一家人。”

第二天一早,面瓜用自行车一直把七枝母子送到白湖渡口,又拿出二十元钱让七枝一定转交沈仲景,说:“告诉老沈,好好改造,等我有空,也去看看他。”

机动船载着七枝母子突突突地离开岸边,看着面瓜渐渐远去的身影,七枝想着那一年与面瓜曾经的尴尬,而十多年过去,面瓜却完全变成了另外一个人。他的妻子并不出色,他的家庭也并不富裕,但是他过着踏实的日子,一家人安安稳稳,而自己所求的,难道不就是这种日子吗?

这条机动船是开往白湖农场总场的专线,载客量在二十人左右,可现在这条船上挤挤挨挨,足足有四五十人,大部分是犯人的家属。这些人一个个面色枯槁,在机动船的轰鸣声中,每个人都在昏昏欲睡。唯有七枝母子说说笑笑,好像真的是去投靠一个过得很不错的亲戚。

“妈妈,我昨晚做了一个梦,梦见在一条船上,船上堆满了吃的,有山芋啊,毛栗啊,还有新鲜的大鸭梨。”

“小馋鬼,总梦见吃。”七枝说,“奇怪啊,我昨晚也做了一个梦,梦里也是一条船,可后来这条船翻沉了,一船的人都掉到水里,却又都浮在水面上,后来就有人用根竹竿,把大家一个个都救到岸上,岸上有棵桃树,开了一树的桃花,真好看啊。”

有一段时期,澜溪镇的孩子喜欢玩一种抓石子的游戏,石子一般是九颗,抓在手上,散开来,然后将其中的一颗抛向空中,利用那颗石子落在手心前的空隙,以最快的速度将散开在地上各个点的石子抓到手中,次数最少的算是赢家。

七枝说:“我小时候一次能抓三个点。”

知柏说:“我一次能抓四颗。”

做妈妈的说儿子吹牛,知柏于是掏出随身带的石子现场演示,他果然一次能抓四颗小石子。知柏说妈妈一次根本抓不到三颗,他要妈妈当场试验。结果七枝连一个点都抓不到手。知柏就羞妈妈,说妈妈吹牛。母子俩扭在一起,七枝的头发散乱开来,从头发上掉下一样东西。

知柏捡起那只发卡,说:“妈妈,你的发卡。”他把发卡递给妈妈,说,“这只发卡太旧了，等我有了钱，给你重买一个。”

她记得那一年也有一个人说过：“你那只发卡该扔掉了，你要愿意，我给你买只新的，保证比那只好看。”说那话的人就是沈仲景。那时候，她十五，沈仲景十七。

狱医

七枝母子当然不知道，就在昨天晚上，沈仲景也做了一个梦，一个与船有关的梦。他梦见自己带着七枝坐在一条船上，船的两岸繁花似锦，一派桃红柳绿，七枝坐在船头，朝他甜甜地笑着，说：“你要敢过来，我就从这里跳下去。”他说：“我就过去，你要敢跳下去，我也跟着跳下去。”七枝说：“你来呀，你来呀……”他真的就扑了过去，却听到轰隆一声巨响，梦醒了。原来是上铺的人从铺上掉下来，打翻了一张桌子，桌子上的脸盆呀，牙缸呀，全摔到地上，一屋子的人都醒了。

好在那个家伙并无大碍，大家忙乱了一阵，各自上床，继续睡觉。他想继续刚才的梦，却翻来覆去，再难入睡。他睡觉一般很少做梦，做梦也很少梦到七枝，不知今夜怎么会突然就梦到了她，可惜被上铺那家伙搅醒了。他睡不着，就直挺挺地躺在那里，两眼直愣愣地看着天花板，梦里的情境依然在目，七枝的面目却渐渐模糊起来。

挨到窗边有了麻麻亮色，睡意又浓起来，却不敢再睡。今天他要去总场参加总场医院医生遴选，千万不可误事。这是最后一轮遴选了，目前只剩下包括他在内的三人。其中一人是国民党战犯，七十好几了，却腰板挺直，面色红润，干起活来比年轻人都厉害。据说他是中医世家，父亲曾给孙中山当过保健医生，他二十几岁时就自开医馆，接诊病人，但不知怎么后来弃医从军，先在黄埔读六期，一直做到少将的位置，却在平津一战做了共产党的俘虏。另一个是去年刚刚收监的医科大学毕业生，二十来岁，因女友移情别恋，一时冲动，一杯硫酸泼过去，女方遭到毁容，他也被判了十二年刑。沈仲景对比了三人的情况，觉得自己虽然也属重刑犯，但危害性却是最轻的。当医生是把握人命的，农场是绝不会马虎的。因此，他觉得自己极有把握在今天最后一轮的遴选中被选中去总场做一名狱医。

不等起床的哨子吹响，沈仲景就翻身下床。他想着今天也许回不来了，便把毛巾、牙刷以及两件上衣揣进了那只帆布包里。

“那件上衣,我要了。”说话的正是昨晚从床上摔下来的那位同犯。他算是这个宿舍资格最老的犯人,也算是一个小小的狱头。

沈仲景想说,凭什么要给你?但他又觉得犯不着,反正自己要走了,便把那件上衣捡了出来,搁到床上。

“那双鞋子,我要了。”另一个铺上又有人发声了。

“那只搪瓷缸,你还好意思带走?”

沈仲景有点火,说:“凭什么要给你们?我是要去过枪子吗?”

“苟富贵,勿相忘。”上铺的狱头说,“你他妈要去做狱医了,从今以后,吃香喝辣,你还在乎这些东西?”

这么一说,沈仲景不好意思了,便把那只帆布包里的东西统统倒出来,说:“你们要什么,自己拿吧。”

这时,听到外面要押送他去总场的中队长说:“沈仲景,分场有车子到总部,我们跟车去吧。”

沈仲景答应着,一边朝宿舍里的人抱一抱拳,说:“我走了,各位兄弟,后会有期。”

沈仲景走到车库,除了中队长,押送他的另有两名狱警。然而那辆苏联的老吉尔卡车怎么都发动不起来。司机说:“车坏了,还不知道什么时候能修好,你们要急,就坐船去吧。”

于是,几个人步行了半个多小时,来到分场码头。

从一分场那边开来的机动船还没到,他们便蹲在地上。中队长扔给他一支烟,说:“老沈,你把握有多大?”

“这不好说,”沈仲景说,“中队长你跟总场领导熟,帮我多说句话吧。”

“这个没问题,”中队长说,“我表姐夫不止一次打招呼,让我尽量关照你。”他所说的表姐夫就是李一瓜,绰号面瓜。

“难为你了,也难为面瓜。”沈仲景说。

这时船来了,三分场有二百多亩田,因是困难时期,国家号召以粮为纲,农场的大部分犯人都集中在三分场,来三分场探监的家属也就特别多。渡船上下来的人从跳板上鱼贯而过,因为人多,跳板又窄,一个老头一不小心被挤下跳板,几个狱警跳下水去，七手八脚地将那老人拉上岸来。好在水不深，天气也不是很冷，老人打着哆嗦，千恩万谢，船上人就差不多下空了。

沈仲景在渡船上坐定，忽然感觉刚才下船的一个妇女似曾相识，却又想不起究竟来。奇怪的是，昨晚梦里的情形一遍遍地在他的脑子里闪过，他的眼前一直是七枝那种坏坏的笑容，七枝说："你过来呀，你过来呀……"

因是总场，渡船在总场要停靠到下午二时，然后再沿着这条水道返回各个分场。他们下了渡船，场部就不远了，总场医院就在总场附近。这时，中队长说："沈仲景你要争口气，争取今天能选上。"

"报告中队长，我知道了。"沈仲景说。

到了总场医院，中队长与两个狱警把他送进医院大门，就去办自己的事了。在一间办公室里，那个国民党少将大约早就来了，只见他坐在那里，腰和膝部呈九十度，目不斜视，沉静得就像一块石头。而那个年轻的大学生却捧着一本书在走廊里来回地走着，一边背诵着什么。

主考官们终于到了，仍像初选一样，简单的面试后，三人进到考场，进入笔试环节。他感觉自己有些心不在焉，只感觉那试卷上全是七枝的笑容，全是昨晚的梦境，他的耳朵里全是一遍遍的他与七枝的对话，七枝说："你要敢过来，我就从这里跳下去。"他说："你要是敢跳下去，我就跟着跳下去。"七枝说："你来呀，你来呀。"

最后一道问答题刚做了一半，教官说："时间到。"他不得不把卷子反扣在桌上，走出了考场。

中队长已经候在走廊里，见了他，赶紧迎上去问："怎么样？"

"一两道选择题我做得没有把握。"

"我感觉你下渡船后一直心不在焉，你怎么回事啊？"中队长遂又安慰他说，"别想太多，我跟他们都打了招呼，你只要不出大问题，这个位置就是你的。"

"谢谢中队长。"

下午是临床考试，即主考官们将三个参加遴选的人带到医院，一边查房，一边让三人回答问题，以考察各人的临床经验。刚吃完饭，那个国民党少将便又早早地来到医院大门口的草地上，他双腿并拢，毕恭毕敬，就像他年轻时在旧军队里上操一样。

在去病房的路上，中队长说："忘告诉你了，上午接到分场电话，说你老婆来看你。”

“哪个老婆?”父亲忽然想起上午在上渡船时见到的那个有些面熟的女人。

“你他妈有几个老婆?”中队长骂着。

“她说她叫什么名字?”

中队长彻底地火了,他大声地吼道:“你老婆叫什么名字你都不知道还问我?”

沈仲景只感到一股热流从胸腔一直往上涌,他在病房大门口站住了,说:“我不参加考试了,我要回分场去。”

中队长狠狠给了他一个耳光,说:“沈仲景,你这个狗屎糊不上墙的东西,怪不得你上午考不好了,你他妈听到母狗的叫声你都要爬骚。”

那边码头上,机动船的马达声突突突地传来,中队长朝另两个押送狱警一挥手,说:“走,老子不把你派到二分队去下泥巴田老子都不姓孙。”

第十二章

男旦

越剧男旦筱玉藻很小的时候就知道,父母并不是自己的亲生父母。

好多次,他问妈妈:“我是从哪里来的?”妈妈说“你是从天上掉下来的”,或者说“你是从垃圾箱里捡来的”。他知道几乎所有的小孩都问过父母这同样的问题,所有的父母几乎也都是这样回答孩子的。但他就是觉得,自己和别的小孩不一样,他不是父母亲生的孩子。

有一天,在放学回家的路上,一个陌生的女人拦住他,说:“你是被一个人贩子拐到上海的。跟我走吧,我能带着你找到你亲生的妈妈。”他吓得赶紧逃走了。他知道上海有很多骗子,他们其实就是人贩子,他们把诱骗来的孩子一转手就卖到一个偏远的地方。他庆幸自己没有被那个女人骗到。然而过了几天,他开始后悔,后悔他当时没跟着那个陌生的女人走。即使被卖给另一个妈妈又如何?反正都不是亲生妈妈。说不定,真的能找到亲生妈妈呢?

一连很多天,他放学后都在那条路上徘徊着,然而那个陌生的女人却再也没有出现过。从那以后,他对自己出生的秘密更加关注,他也越发有一种好奇:我的亲生妈妈在哪里?人贩子是怎样把自己拐骗到上海来的?

有一次他问妈妈，妈妈，我眉心的这块伤疤是怎么回事？妈妈说，儿子，那不是伤疤，而是胎记，一出生就有的，又叫美人痣，很多人想有颗美人痣都想不到呢。他很想再问，胸口的那块铜钱大的伤疤又怎样解释？他知道妈妈一定还会编出另外的话来糊弄他，便索性不问。

筱玉藻是个漂亮的男孩子，这是不论谁都承认的事实。他有着一张漂亮的瓜子脸，只是，那张瓜子脸上所有的五官都符合一个漂亮的女孩子的配置：轮廓清晰，恰到好处，线条是柔和的，那是经上帝之手细心描绘而成，再配上眉心的那颗红红的美人痣。如果穿上女孩子的衣服，没有人不相信他就是一个如花似玉的女孩子，一朵含苞待放的玫瑰。而且最重要的，他有着苗条而匀称的身材，这样的身材最适合艺术，无论是戏曲还是舞蹈，只要稍加训练，就一定能让无数的男人或是女人为之着迷，为之倾倒。总之，人们说，筱玉藻是人世间的尤物，人们赞叹的有之，羡慕而嫉妒的有之，因为，人世间所有男人和女人的美，都被他占尽了。

筱玉藻有三个哥哥，自小，父母是把他当女孩子来养的。他们给他穿上漂亮的花裙子，头发上扎上蝴蝶结，再加上他的那颗美人痣，他就是活脱脱一个女孩子了。只是，越是长大，他越是对乳头上的那块铜钱大的伤疤深恶痛绝。有一年夏天，他偷偷躲在房里，把妈妈的文胸戴在胸前，正当他在镜子前扭着身子比试时，被突然闯进来的哥哥发现了，哥哥叫着："变态，不要脸，你怎么可以戴妈妈的东西？"

直到这时，在大学里教心理学的父亲开始意识到，妻子自幼把玉藻打扮成女孩子实在是一个无法挽回的错误。

随着年龄的一天天变大，父母发现，夏天，玉藻决不肯像其他男孩子一样，穿一件背心或是索性光着上身在弄堂里疯跑，不论多么热的天气，他都必须穿着紧身的上衣，扣紧纽扣。而对于他右边乳头上那块铜钱大的伤疤，父母没有像解释他眉心的那块伤疤一样编织一个美丽的谎言，因为连他们也无法知道，玉藻乳头上的那块因烫伤而形成的伤疤究竟是怎样得来的。

玉藻妈妈在一家民间越剧团反串武生，《盗仙草》就是她最拿手的一出折子戏。妈妈说："上帝把玉藻送给我做儿子，就是为弥补我唱功的不足，玉藻不仅有令人羡慕的外部形象，又天生一副好嗓子，他将来一定能成为一个最好的生角。"然而父亲却不以为然，在他看来，把孩子培养成一个有学问、有修养的人，才是一个父亲应尽的义务。

那一次学校组织节日演出，妈妈知道玉藻将会在当晚的演出中出演一个角色，但她并不知道玉藻将出演的是怎样的一个角色。直到一个小花旦挑着花篮，迈着碎步袅袅婷婷地走上台来，唱着“花谢花飞花满天，红消香断有谁怜……”，立即赢得满堂喝彩。妈妈却怎么也想不到，自己反串了武生，儿子玉藻竟然反串了旦角，一个男旦。但到底也接受了上天的这一安排，也许，玉藻就是一个女孩子，只是上帝在造人时的一时错误，才让他有了男儿的根本。

十二岁那年，他被浙江的一家专业剧团看上。这家越剧团看上他的，正是他在舞台上的女性形象。

越剧一开始就是男人创造的艺术，旦行也不例外。迄今越剧艺术的丰富和完善，正是一代代男演员努力创造的结果。而越剧中的旦角，无论从表演还是演唱方式方法，都是建立在男性的基础上，它的表现手段乃至发声方法都是男演员依据男性的生理条件不断实践总结出的，因此，一个优秀的男旦在演唱时其嗓音要比女演员更加清脆更有中气，更富有磁性。如果这名男旦又具备了一个女性所特有的曼妙身姿，这样的演员就是越剧舞台上不可多得的精灵。正如后来做了筱玉藻老师的团长苏荣所说，只有真正男性化的演员，才能演好一个女性角色，因为他知道什么才是男人心目中最美的女人。

对于去做专业演员这件事，筱玉藻父母之间开始了激烈的争吵。父亲压根就不同意玉藻去演戏，更反对他去做一个男旦。父亲很早就从教科书中读到“性倒错”“同性恋”“异装癖”等一系列名词，不管怎么说，他不希望他的家中出现一个怪物，一个不被传统社会所接受的异种。

在妈妈的支持下，筱玉藻最后还是进了浙江这家有名的越剧团。而对于筱玉藻来说，能去做一个男旦，意味着他可以堂而皇之地戴着文胸，而不是偷偷摸摸地。

进剧团的第二年，筱玉藻就接连接下几出大戏。当袅娜的他穿着长裙，用带着水性的嗓音在舞台上唱着“梁兄说出了伤心话，不由英台泪呀泪涟涟，实指望生生世世长相见，谁知不能从心愿，霎时棒打鸳鸯分两边……”时，观众被他的演出深深地打动了。人们随着他的悲伤而悲伤，随着他的落泪而落泪。与别的旦角演员不一样，筱玉藻特别擅长演中国古代悲剧的女性形象：林黛玉、祝英台、窦娥……当他把这一系列悲剧的女性以他的刚柔相济的艺术呈现在观众面前的时候，观众们已分不清谁是筱玉藻，谁是祝英台、林黛玉、窦娥，人们早就忘记了他真正的性别。

上苍把一个男人最好的体质给了筱玉藻,却又把一个女人特有的美貌毫无保留地给了他。舞台上,他以一个女人的温婉妩媚征服着他的观众,他让人们为他癫狂,为他着迷,为他喊破嗓子,为他夜不能寐。每次演出结束,总会有无数的崇拜者等候在剧场外,他们等着他的签名,等着他接受鲜花,一辆辆轿车在等候着他,等着他去出席某个茶会酒会。喜爱他的不仅有女人,也有男人,有年轻人,也有老头和老太太。他们对他的喜爱,暧昧而又直接。哪怕是在山区演出,交通不便,也总会有人开着轿车,翻山越岭,前来捧场,再接他去某家宾馆饭店。记者会、鲜花,还有红包,如此等等,他觉得新鲜、刺激,感觉自己真的出名了。他坦然地接受着宴会,接受着鲜花,接受着吹捧,接受着这个时代的"腕儿"应该享受的奢靡和荣耀。

筱玉藻很快成为这家剧团的当家花旦。

让他幸运的是,十四五岁,当一同进团的小演员因为令人恐惧的"倒仓"而早早结束了舞台艺术生涯时,他的嗓音却随着发育的成熟而更加甜美。人们已无法分清,是越剧因筱玉藻而生,还是筱玉藻因越剧而生。

一九六四年冬,他所在的越剧团接受了排演革命现代戏《江姐》的任务。在军代表的带领下,演员们穿着清一色的军大衣,来到重庆渣滓洞即当年的中美合作所体验生活。看着这些十六七岁的孩子成天戴着十几斤重的脚镣,啃着带着酸臭气味的菜饼子,每天过着军事化的生活,苏荣心疼得不得了。她说:"难道演《玉堂春》时,演员一定要去体验做妓女的生活吗?"苏荣的言论立即遭到严厉批判,第二天就被撤去团长职务,而由原来的副团长刘滨担任。

三个月的渣滓洞生活结束了,回到浙江,筱玉藻如愿出演一号人物江姐,而且是A角。这对于他,是一个全新的角色。这一年的元旦,大型革命现代戏《江姐》正式公演。谁也没有想到,筱玉藻出演的江姐受到外界激烈的批评,当地报纸甚至在显要位置刊载了一篇批评文章,题目是《革命先烈不需要美人痣》。文中运用了一组排比句:"为了新中国抛头颅洒热血,革命先烈不需要矫揉造作,不需要哭哭啼啼,不需要异装癖,更不需要美人痣……"

筱玉藻根本没想到自己的一番努力会是这种结果,他哭了,哭得十分伤心。他的老师苏荣来看他,苏荣说:"小筱,你已经努力了,但我们必须接受这样的现实,男旦艺术也许并不适合革命现代戏。现代戏也许是我们未来的方向,你这么年轻,才十七岁,艺术需要创新,但真正的艺术从来都不会因为时代的变化消亡。"

一场艺术变革的大讨论在越剧团轰轰烈烈地展开，演员们开始排练从上海沪剧团移植来的现代戏《芦荡火种》，阿庆嫂一角由剧团原来的二号人物余小菲担任，筱玉藻在剧中扮演“刁小三”以及“战士乙”。他不得不接受这样的现实。他开始学着练前空翻和后空翻，开始学着用油滑的腔调说“老子不仅要抢东西，还要抢人呢”。他也不得不用重重的油彩将眉心的那颗美人痣尽量涂抹得让观众一点也看不出来。

每隔一段日子，筱玉藻总能收到一封求爱信。其实，收到求爱信对于他并不是什么稀奇的事。十四岁那年，他收到第一封求爱信，写信的是一个初中男生。此后，他每隔一段时间就会收到一封求爱信。向他求爱的除了学生、工人、如痴如醉地看他戏的阔太太们，也有各个年龄段的男人。有的男人是把他当作女生来追求的，也有明知道他是男生，却无法将他与剧中的悲剧女性分离开来，与其说他们爱筱玉藻，不如说他们爱的是剧中的林黛玉或祝英台。

早在进团时，团里就规定了一系列纪律，其中一条就是：26 岁前一律不准谈恋爱，如果谁违反了纪律，不管他多么优秀，都必须滚蛋。按照团里的要求，这些求爱信他统统交到团里。当然，那些求爱信就像一片树叶飘落在池塘里，甚至连一丝微澜都没有。

美人痣

老天主堂坐落在澜溪镇东南角的长龙山上，中华人民共和国成立以后，荷兰传教士科尔离开中国，那座天主教徒们平日做弥撒和布道的教堂，就成了澜溪镇的一座戏院。

这是一座开放性的水陆码头，从而决定了它在文化上的包容兼蓄。人们对戏剧的爱好多种多样，京剧、黄梅戏、越剧、锡剧、豫剧、庐剧，凡能来镇上演出的戏班子，都一律受到欢迎。用今天人的话说，一律都是高票房。

镇上经常会有戏班子前来演出，戏班子每次来时，首先要在街道上来一次游行。演员们化着彩妆，在锣鼓的激越声中穿街走巷，他们会分别在镇子的一些主要街道演出一些折子戏，戏班子也就完成了一次演出前的宣传广告。

来镇上演出的戏班子中不乏当今一些大红大紫的名角，严凤英在天主堂演过《荞麦记》和《小辞店》，当年桂月香在天主堂演连台本戏《乌金记》时，被一个地方保安团长请去喝茶，就再也不肯放回来，结果引起一场骚乱，直到停泊在鹊江上的一艘美国军舰上的水兵朝天主堂方向开了一炮，桂月香才重新回到天主堂，把一曲《乌金记》演完。

一九六五年六月，来澜溪镇演出的是来自浙江的白云越剧团。这是一家民营越剧团，但却拥有好几名一流的越剧演员。筱玉藻、苏荣、刘滨，这些戏迷们耳熟能详的名字，这一次带给澜溪观众的除了《江姐》《盗仙草》，另有一些传统折子戏等。

唐小惠是一个铁杆戏迷，但凡有剧团来澜溪演出，她几乎场场不漏。白云越剧团的首场演出结束，小惠就神秘兮兮地来镇卫生院找七枝，说："今天晚上，你一定要跟我去看一场戏。"

五毛钱一张戏票，对于七枝来说，的确是太贵了，差不多就是她全家一星期的菜金。小惠说："今晚我请客，你一定要去看。"接着，小惠就异常神秘地附在七枝耳边说，"有一个男旦，筱玉藻，太漂亮了。"

七枝说："看来你又对人家动心了？"

"你说的什么呀，"小惠狠狠地在七枝背上打了一巴掌，说，"这个小男孩，太像你了。"

七枝漫不经心，说："天下相像的人多了，像我又怎样？"

"筱玉藻，邢玉超，"小惠说，"不仅名字这么相近，而且，这个筱玉藻，他的眉心处有一颗红痣。"

七枝握着拖把怔住了，她直起腰来，说："怎么可能？"

"所以，你一定要去看看。人说母子连心，如果他真是十七年前丢失的玉超，你见到他，一定会认出来的。"

七枝叹了口气，说："天下真有这样巧的事吗？十七年了啊，玉超走时，还不到一岁。"

然而当天晚上的《盗仙草》饰演白娘子的并不是筱玉藻，而是另一个不知名的女演员。当第一场《思凡》刚刚结束，不等第二场《借伞》开幕，观众突然叫起来："筱玉藻，筱玉藻！"

幕布已经拉开，那白素贞与小青一前一后上场，白素贞唱"凌空穿越万里云"，小青接唱“霎时已至西湖滨”，观众见仍是那位二流演员，便再次叫着筱玉藻的名字。音浪一波高过一波，台上的演出无法进行，演员只得尴尬退场，直到这时，团长这才走上台上，请求观众安静。

“观众同志们，真是对不起，就在演出前几分钟的练场中，演员筱玉藻不小心把腿给摔坏了，临时换上另一个担任 B 角的年轻演员，感谢大家对筱玉藻同志的喜爱，也请大家体谅。”

场下一片“呵”声，锣鼓敲起来，随着音乐的推进，布幕拉开，演出继续开始，白素贞唱“凌空穿越万里云”，小青接唱“霎时已至西湖滨”，白素贞唱“果然一派艳阳景，”小青接唱“绿树红花满眼春”……

已有观众骂骂咧咧，并陆续有人退场，小贩们叫着：“香烟瓜子麻酥糖——”

这一夜，七枝竟彻夜不眠，她想着那个筱玉藻，不知道他的腿摔得怎样了。他今年多大？他真会是那一年被那个货郎抱走的玉超吗？

第二天她本是下午班再接小夜班，但她却一早就跑到镇卫生院。上白班的护工是一个叫大脚的女人，见七枝一早就来了，便说：“怎么，要跟我调班吗？”

“呵，不，二十五床换的衣服我忘在储藏室了。”

大脚忽然想起什么，说：“对了，十七床到了一个唱戏的，说是练功时不小心摔了一下，陆医生说只是扭了一下筋，过两天就好。哎呀，这小伙子长得真是漂亮，比梅兰芳还要美。”

七枝说：“好像你见过梅兰芳似的。”

大脚说：“真的，我还真没见过那么漂亮的一个小伙子，眉心上居然有一颗美人痣。是西施娘娘投错胎了吧。”

病房里有一股浓浓的来苏水的气味，在五病室十七床，果然有一个年轻人躺在那里。他双目微闭，像是睡着了。胫部打了绷带，看来并没有摔得怎样。他躺在那里，穿着自备的一套白色的睡衣，胸口松松地搭着一条毛巾被。七枝在第一眼看去，倒并没有觉得他有多漂亮，但她注意到那孩子眉心正中的那颗绿豆大小的美人痣以及他过于秀气的脸，如果不是他剃得光光的脑袋，她就以为那是一个女孩子，一个长得有些妖媚的女孩子。

不等十七床病人醒来，她赶紧离开卫生院。

下午到整个上半夜，都是七枝的班。作为护工，她只负责病房里的卫生，顺带着帮一些家属不在身边的病人洗洗衣服，也挣点外快。一个中午过去，十七床病人已经睡醒了，他端着一只脸盆，颠着那只受伤的脚，想去打水洗脸。七枝赶紧把他的脸盆接过来，为他打好水，说："陆医生说，你再躺两天就可以出院了。"

"可剧团明天的演出就该结束了。"他说的是一口带着浙江方言的普通话。

"她们说，我长得像卫生院的一个护工阿姨，那就是你了。"十七床病人说，"阿姨，你年轻时一定比我还要漂亮。"

"呵，"七枝说，"天下相像的人多了，你妈妈一定很漂亮吧？"

"嗨，我长得一点都不像我妈妈，阿姨你不知道，她是反串武生，你就想象她长得有多壮观吧。"他说着，自己笑起来。

"天气很热了，你看你衣服都被汗湿透了，等一会儿你把你的衣服换下来，我替你洗洗好吗？"

"好的，谢谢阿姨。我晚上再换吧，反正要洗澡的。"

她想说，这么热的天气，你为什么一直把衣扣扣得那么紧？但她毕竟没好开口。其实她是想知道，他的左边乳头正上方，是否有一块铜钱大小的伤疤。

晚饭后，剧团里来了很多人，他们捧着一束花，带来一些吃的，林林总总，摆满了十七床的床头柜。七枝给十七床送来一瓶开水，听到十七床病人在说："他们说，我特别像这个阿姨，你们看像吗？"

来的这些人于是都注意地打量着七枝，有说太像了，也有说不怎么像，说阿姨的脸看上去有一点像某某，而玉藻的脸看上去却像某某。这某某和某某，七枝当然都不曾听说过。一直到那些看筱玉藻的人都走了，七枝再给他打来一盆水，说："你赶紧抹个澡吧，过一会儿我再来拿你换下的衣服。"

筱玉藻说："阿姨你坐会儿吧，我过一会儿再抹澡，反正水瓶里有热水，等一会儿兑一下就行。"

七枝便在对面的一张空病床上坐下来，两个人就这样干坐着，一时都找不出什么话说。最后还是七枝先开口，说："你唱戏唱得这么好，你爸爸一定费了不少功夫吧。"

筱玉藻说："阿姨你说的恰恰相反，我爸爸从小就反对我唱戏，倒是我妈妈，她说我的唱功特别好，正好弥补了她唱功不足的缺陷。阿姨你不知道，为了我进这家剧团，他们俩吵了很长时间，差一点闹离婚了。"

七枝笑了，说："现在你出名了，你妈妈这回该开心了，养了这么一个有出息的儿子。"

"出名？"刚才还满是春色的脸上突然有了一层阴云，"我要是知道出名是这样，那时候真应该听我爸爸的话，好好念书，将来好去做一个有学问的人。"

他注意到七枝在看着他的那颗美人痣，说："阿姨，你知道我眉心的这颗痣是怎么来的吗？"

七枝说："这要问你妈妈，也许就是先天的一颗美人痣吧。"

"阿姨你真的觉得它是先天的吗？可大夫早就告诉我说，那是烫伤留下的伤疤。"

七枝的心像是被什么灼了一下，她赶紧瞥开目光，站起来，说："你赶紧洗吧，水凉了。"说着，就把门带上，好让他抹澡。

到了午夜，七枝临下班前再次来到病房门口，那孩子已经睡着了。他已经换了一套白底带蓝条子的睡衣，衣领敞开着，里面仍然穿着一件紧身的内衣。

筱玉藻出院的那天上午，七枝正好是早班。一大早，她来到五病房，看到筱玉藻已经穿戴齐整，他坐在十七号床上，不时伸头朝外张望着，显得有些焦躁。看到七枝从走廊上过来，他立即站起来，喊着："阿姨，我要出院了，过一会儿他们要来接我，我就想着要跟你说声再见再走。"

七枝说："出院就好，以后练功要注意了啊。"

筱玉藻两眼一直看着七枝，说："阿姨，你像我妈妈。"

七枝说："看你说的，你又说你像我，又说你妈妈一点都不像你，我怎么会像你妈妈呢？"

"阿姨我要告诉你，我从小就知道我不是我妈妈的亲生儿子，你相信吗？"

七枝的心快跳到嗓子眼了，她显得有些慌乱，但她努力镇定着自己，说："怎么会呢？别听人瞎说。只有亲生的妈妈才会把儿子培养得这么好。"

"是的，我父母对我真的很好，可我就觉得他们不是我的亲生父母。因为，他们谁都无法说清我眉心的这颗所谓美人痣，实际是块烫伤留下的疤痕到底是怎么回事。"

七枝深深地吸了口气，以缓和自己的有些失控的情绪，她说："马上要回家了，代我向你妈妈问好。"她原本说了这句话就要立即转身离开的，可她却像是被什么定在那里,迟迟不肯走开。她看见,那孩子眼里分明亮着一丝泪花,他突然从怀里摸出一样东西来,说:“阿姨,你头上的红发卡真好看,你看我这里也有一只,同你的那只一模一样的红发卡。”

她怎么能不认识这件东西?十七年前,她的玉超就是戴着这只发卡被那个货郎抱走的。她伸过手去,接下这只发卡,用指头仔细地摩挲着那发卡珐琅质的釉面。她忍住将要掉下来的眼泪,将那只发卡还到筱玉藻手里,说:“孩子,一样的发卡多着呢。”

她说完这句,转身离开五病房。她知道,如果她再在五病房待上一两分钟,她就会完全失控。

“阿姨,”她听到背后那个孩子用颤抖着的哭音在叫她,她不忍就此离去,于是便回过头来,她看到那孩子脸上挂着大颗的泪珠,说:“阿姨,请你来一下。”

她在走廊上站了足足有一分钟,终于朝五病房走去。筱玉藻一把扒开自己的内衣,露出那留有一块铜钱大小疤痕的胸部,说:“阿姨,你看看我这里好吗?我妈妈无法解释这伤疤的来历,也许你能解释吧。”

那孩子的右边乳头下,真的有一颗心形的伤疤,是的,是在右边的乳头下,而她的玉超的那颗伤疤,却是在左边乳头的上方。她心痛地看了看那孩子一双热切的眼睛里滚动着亮晶晶的内容,却也无法掩饰内心的失望。她舒了一口气,安慰着孩子,说:“孩子,我要告诉你真话,阿姨真的丢失过一个孩子,可他不是你,阿姨如果有你这样的孩子,都幸福死了。”

那隐忍了很久的泪水终于从筱玉藻的眼里滴落下来,他把脸扭向一边,死死地咬着自己的嘴唇,像是同谁在生气,又像是在有意惩罚自己。

“你妈妈养你这么大不容易,别相信那些人的胡编,你就是你妈妈的孩子。记得好好孝敬你的妈妈。”

是在第二年春上,那家越剧团再次来到澜溪镇,七枝惦记着那个长得极似她的玉超的孩子,她特意买了张票,演出之前,她找到后台,却没有看到那个越剧名角筱玉藻。有人告诉她,就在半年前,筱玉藻因抑郁症跳楼自杀了。

七枝再没有心思看戏,那天下午,她把自己关在屋里好好地哭了个天昏地暗。其实,当时她就看出,筱玉藻的那双悲伤的眼睛中隐忍着某种巨大的痛苦,她原可以用她的母性的温柔去抚平那孩子心头的伤痛,让他从悲伤和抑郁中解脱出来,然而她却没能这样做。与此同时,那年冬天,那个神秘的货郎苍凉的拨浪鼓声又在她的耳边响起……

团团

团团是在二十八岁那一年嫁给朱玉兰的儿子满坤的。关于团团与满坤的那一段婚姻,实在有必要在这里写上一笔。

哑巴的大女儿团团是在毛头出生的第二年出生的。那一年在牌坊村,当七枝生下第二个儿子邢玉超时,哑巴就抱着团团来到牌坊村,并执意将毛头带到了澜溪。很长的一段时间里,毛头就一直生活在哑巴夫妇的老虎灶旁,因此,毛头一直就把团团当作自己的亲妹妹。毛头出事后的第二年,团团初中毕业,却没能考上高中,于是便在街道豆腐业做了会计。街道上的豆腐业新中国成立前是豆腐李家的私产,新中国成立后,豆腐业公私合营了,豆腐李却一直是这家豆腐业的大师父,当然也是这家豆腐业的主要负责人之一。豆腐李与老钱的关系甚好,两个人也一直是多年的棋友。豆腐李把团团招到自己的豆腐业做了会计,自然是有自己的心思的。豆腐李有两个儿子,大儿叫大毛,二儿叫小毛。豆腐李自己身材矮小,相貌平常,但大毛和二毛身材高大,面目俊朗,像他们早年死去的妈妈。豆腐李妻子死后,就没再续弦,硬是一把屎一把尿地把两个儿子拉扯大。两个儿子一个子承父业,在豆腐业做浆水师父,一个在镇邮电局做邮递员。豆腐李不担心他的二毛,二毛为人活络,能说会道,骑了辆大杠加重的绿色凤凰车在澜溪周边风驰电掣般地跑来跑去,风光得很,自然不愁婚嫁上的事,只是大毛为人忠厚木讷,三斧子也砍不出一个屁来。于是,豆腐李有心想把团团说给大毛,却又觉得自己的大毛配不上团团,迟迟都没好开口。豆腐李的那点心思老钱又哪里看不明白?但他只看好二毛。两个人一来二去,各自的心思都是明白的,只是中间的那一层纸都不肯捅破。二毛对团团也有那一层意思,有事没事,总往老钱的老虎灶跑,今天给老钱捎一包白糖,明天给哑巴带两斤猪油,都是在当时紧俏的商品。终于有一天,老钱对团团说:“团团,爸要是把你许给豆腐李家的二毛,你同意吗?”没想到团团把头一扬,说:“爸,我的事你不用管。”老钱以为团团只对大毛有意,便又说:“老李家的大毛也不错,为人忠厚老实,嫁过去,也不愁没日子过。”没想到团团一句话把父亲老钱顶得找不着北。

“爸,你是酸菜豆腐吃多了吧?”

就在毛头出狱的那一年,麻大姑受人之托,前来老虎灶说媒,而令老钱夫妇意外的是,保媒的那一头既不是大毛,也不是二毛,而是朱玉兰的小儿子满坤。朱玉兰的丈夫在县一中做后勤主任,满坤工农兵大学刚一毕业,他父亲就设法让他分到县城中学当了数学老师。老钱对麻大姑的上门说亲火冒三丈,他冲着麻大姑说:“让那小子趁早不要打我家团团的心思,我家团团做一辈子老姑娘,也不会嫁给朱玉兰的儿子。”

没想麻大姑说:“有些事情,你做老子的还真不一定做得了主呢。”说完,丢下那几包点心,转身就走了。

老钱听麻大姑话中有话,回头便问团团,没想到团团却说她肚子里有了满坤的种了,都四个多月了。

老钱气得差一点吐血,这才注意到,团团的肚子差不多显形了。可他委实不明白,满坤在县一中当老师,很少见到他到镇上来,团团似乎也很少去县里,即使去一趟县里,也是当天去,当天回,团团那肚子里的货,到底是怎么种上的?

翠花对团团的这门婚事却极其满意,她开始忙着给团团准备嫁妆,并开始为即将降生的小外孙做小衣、小鞋,并一家家讨要旧衣服,好为小外孙做尿片。这年八月,团团就从镇上的豆腐业调到县城中学做了一名图书管理员,团团的女儿易易也就在这年秋天降生了。

第十三章

知青商场

一九七六年十一月,毛头结束了服刑,回到澜溪街66号。

毛头回来时,形容枯槁,面目憔悴,再加上戴了一顶不知道从哪里捡来的老头马虎帽子,整个的头脸都罩在马虎帽里,以致人们以为又是一个逃水荒来的下江人。

他先来到他熟悉的老虎灶前。老虎灶内一股暖气,弥漫着浓浓的酒香混合着酸菜味。老钱正坐在老虎灶前就着一只小炉子锅喝酒,砂吊子里炖的是腌白菜老豆腐。毛头就站在门口,眼睛盯着那突突跳着的炉子锅,一眨都不眨。

"你找哪个?"老钱抬头看了看门口的人。

老钱上初中的小女儿小改刚放学回家,侧过头看了看门口站着的那个"下江人",似乎也司空见惯,她绕过那人,进里屋去了。直到这时,毛头才拉下马虎帽,开口叫了一声:"爸,我饿坏了。"说着就把那只脏兮兮的挎包扔到地上,咧着大嘴巴呵呵地笑着。

老钱省过事来,他突地站起来,差一点打翻了桌上的炉子锅,衣角带翻了那只杯子,酒杯在地上骨碌碌地转了一圈,滚到毛头的脚下。老钱张开的嘴好半天都合不拢,他只是不住口地说:"哎呀,哎呀……"他实在不相信,毛头真的回来了。屋子里的小改听到动静,似乎也明白什么了,她从黑漆漆的屋子里伸出头来看了一下,又钻进屋里去了。

毛头弯腰捡起那只滚落到他面前的酒杯,然后就径直坐到那张桌前,说:"我饿坏了,先给我盛碗饭吧。"

老钱大声朝里屋喊着:"改呀,你毛头哥回来了,再去打瓶酒来。"一边从身上掏着毛票。小改应着,拿着父亲给她的那卷毛票,出门去了。这当口,毛头已风卷残云般地扒完了一碗干饭。老钱手忙脚乱,终于又炒了盘鸡蛋,往炉子里添了块炭。这时,小改把酒打回来,她在毛头身边站了一会儿,却又莫名其妙地一阵脸红,回屋去了。老钱用牙齿咬开那瓶高粱大曲酒,给毛头斟满了一杯,又给自己斟满了,父子俩当地碰了一下,都一饮而尽。有刚才的一碗饭垫底,毛头一杯又一杯地喝着,老钱不断地给他斟酒,说:"我的个乖乖,你还真能喝。"毛头脸喝得红红的,说:"爸呀,这都是你的功劳,你不记得小时候你怎么用筷头蘸着酒馋我的了?"老钱说:"你好记性,喝吧,儿子。"老钱的眼里噙着泪花,他看着这个从小被自己带大的孩子,居然有着说不出的伤感。

一老一少,闷着头喝酒,各自在想着自己的心思,谁都没有话说。毛头脸喝得红红的,被老钱强逼着洗了澡,刮了胡子,又换了大宝的一身衣服。直到这时,毛头才问:"爸呀,我弟弟大宝呢?"老钱说:"你不要提他,你一提他我就来气,去年初中毕业,没考上高中,就跟着一帮街道上小痞子鬼混,那东西,迟早……"他还是及时把后面的词给打住了。

毛头又问了干妈翠花。老钱说:"团团刚生了个女儿,你干妈服侍团团月子去了。"毛头本来要一个个问的,结果却得到两个人的消息。不知为什么,听到团团坐月子的消息,毛头忽然像有个毛糙糙的东西堵在心里,出不来的感觉。他记得,团团比他小一岁,今年应该是二十八了吧。

对于毛头的归来,七枝显得很是平静。但她也知道毛头是一个不安分的角色,她希望毛头不要再给他添什么乱子。七枝说:"在你回来之前,我就跟李院长说好了,等你一回来,我就办理退休手续,好让你顶我的职去医院上班。"

毛头说:"具体让我做什么?"

"你又不是医生,当然只能做后勤,或者是顶我的职,做清洁工。"

七枝又特别地加了一句:“医院是澜溪最好的单位了,很多人想去医院磨点事做,都去不了呢。”

毛头知道,在这个小镇上住了几十年,那个出身没落世家,骨子里仍存留着高贵习气的小家碧玉早就被世俗的人生改变得面目全非,就像这个镇子的大部分人一样,只要有份工作,能拿一份工资,这一辈子,别无他求。

“妈啊,你要相信你儿子,你儿子将来要做大事,做世界名人,你儿子将来一定要让你过最好的生活。”

毛头这一说,七枝慌了,她想起毛头的那个永动机,不禁浑身打了个寒战。

“天王老子,你吃了这么多年的苦,怎么还不收心?你说你都快三十了,你在街道上好好干,回头让麻大姑给你介绍一个对象,你也不要挑三拣四,成个家,让你妈在入土前过一份安稳日子。”七枝说着,喉头就哽了。

直到这时,毛头才问:“团团,听说她生了个女儿?”

“是的,翠花服侍她月子去了。”

毛头安安心心地在家里住了一个多月,守着他的妈妈,偶尔,他去给小改补习补习功课。就这样,毛头在家里一直待到第二年初。一开年,他就向妈妈提出,他要出一趟门。

“妈哎,我明天想去一趟江浙,有个朋友想托我做点事,不过你得先借我点钱,回头我连本带息还你。”

七枝从抽屉里给他拿了三十元,毛头说:“这哪够?”七枝就又再给他二十元,他还是说不够。毛头找来一支笔和一张纸,唰唰几下写了一张借条:今借到,韩七枝同志人民币二百元整,半个月后归还,此据,江守轩,一九七七年二月七日。

七枝把二百元交到毛头手里,说:“这可是我的全部家当了啊。”毛头从母亲眼神分中分明读出一行字:你就看着办吧。

过了几天,毛头真的去了一趟下江,他回来时,拎进门一个很大的蛇皮袋,到了下午,毛头在下街头老邮政局门口摆起一个摊子,将他从江浙一带贩来的那一蛇皮袋衣服林林总总地挂在一段铅丝上。老邮政局门前围满了人,这一刻,人们自然想起很多年前那个拿着用芦苇秆做的永动机在街头像疯子一样游说的家伙,人们说,韩七枝的这个来路不明的儿子到底还是改不了本性。但更多的年轻人拥到他的摊子前,那些花色和式样都十分超前的时装无疑吸引了澜溪街的男男女女,不到天黑,他从江浙贩来的衣服很快就脱手了。到了晚上,他把二百元如数交到母亲面前,说:“妈哎,我没有骗你吧?”毛头又买了几包点心送到老钱的老虎灶前,一旁的大宝看得目瞪口呆,毛头数了五十元塞到大宝手里,说:“大宝,这是哥给你的零花钱。”

大宝的眼睛都绿了,对这个被人们当作疯子的老哥,大宝已是佩服得五体投地,毛头说:“怎么样,愿意跟哥干吗?”

老钱说:“天王老子……”他想说,你就不要再害他了,但他没好说出口。大宝是他的儿子,毛头也是他的儿子,但毕竟大宝是他身上掉下来的肉,要说没有区别是不可能的。

过了几天,大宝果然就跟着毛头去了一趟江浙。

在那一个月时间里,毛头和大宝又去了几趟江浙一带,就在他接着去了一趟上游安庆,将从那里贩来的小商品琳琅满目地在老邮政局门口摆开时,镇工商局来了一帮人,其中有两名公安,他们不由分说,就将一只手铐套到毛头的手腕上。公审大会在县城广场上召开,一大批犯人挂着牌子,接受审判。挂在毛头脖子上的牌子上写着:投机倒把犯。毛头的刑期七年,熟悉毛头的人都知道,这是二十九岁的毛头二进宫了。

然而过了不到一个月,毛头再次出现在澜溪街上。他一进门,就对七枝说:“上次我存在你那里的一笔钱还在吗?我有急用。”

七枝说:“好老子,你消停消停吧,你怎么就那么爱折腾?”

毛头说:“妈哎,人活着,为的就是折腾,不折腾,又怎么知道是在活着?我说过,这一辈子,我要让你过最好的生活。你就等着吧,我要干件大的。”

这年春天,像是刮了一阵风,澜溪街的形势一下子就变了,很短的时间里,澜溪街的街头做小买卖的摊子一下子多了起来。澜溪是历史上有名的水陆码头,澜溪街从来就不肯落后于这个每天都在变化着的世界。早在二十世纪三四十年代,上海滩上红遍天下的电影《马路天使》和《花外流莺》刚一在上海滩上映,没过几天,和悦洲的大华影院的橱窗上也就挂起了周璇亮瞎人的剧照。上海从巴黎进口的时装刚刚挂出,澜溪街上立即也就有了相同牌子的时装。七枝知道,世道的确是在发生变化了,她跟不上老皇历,索性睁一只眼,闭一只眼了。

毛头果然是要大干一场的架势,他在下街头盘了人家一个废弃的门面子,拉了大宝入伙,在门楣上挂了一块牌子:澜溪知青商场。择了一个吉日,放了一挂鞭炮,就算是正式开业了。他把上游安庆,下游芜湖,乃至江浙一带的时装、小商品等进到他的知青商场里,再一件件卖出去。你说他是倒买倒卖也可以,说他是投机倒把也可以,总之,不到半年时间,他的知青商场就向镇里上缴了二十万税款,毛头的知青商场成了镇上第一的纳税大户。镇长找到他说:"江老板,你是知道的,十年了,下放知青一批又一批,现在说回城就呼啦一下子都回城了,现在镇上摊派任务了,每个企事业单位,不论国营还是个体,都要进几个知青,算是我们为安定团结贡献一份力量。"

毛头说:"没问题,你说给多少就是多少。"

镇长试探着说:"解决四个怎么样?"

"十个吧,"毛头说,"我要办一个连锁公司,没有十来个人是不行的。"

那天中午,镇长硬是要请毛头到鸿运饭店吃饭,将镇上在家的几个领导都请来了,吃到一半,毛头使一个眼色,大宝会意。等到镇上会计去埋单时,却被告之,单早就被江老板埋过了。

毛头带着大宝做生意,赚得钵满盆盈,知柏不高兴了,有一天他开始向毛头撂挑子,说:"顺安的一个朋友邀我去一趟,时间怕要久些,妈妈我只好交给你了。"

知柏的那点小心思毛头一下子就看明白了,那天他叫了几个菜,单独与知柏在家里喝上了,说:"弟呀,我知道这几年你照顾妈妈不容易,可是,我做生意,却拉着大宝干,这不是偏心吗?兄弟你该明白,那不是你我应该要的生活。"

知柏不明白,说:"可你为什么却拉着大宝干?顺着你的思路往下说,你拉着他做生意,岂不是在害他吗?"

"诸葛亮之所以高明,是他知人善任,华阴道上,设想诸葛亮要是派张飞或是赵云上,那还有曹操的活路吗?以后中国的历史上还会有一个曹魏吗?知柏你在中学时数学比赛拿过全县第一名,有这回事吗?大宝那家伙,就像你知道的,根本不是念书的料,可我最近才发现,做生意,他真是有一套,我正想把法人的位置让给他呢。"

毛头说着,就把一摞书塞到知柏面前,说:"从今天开始,每天晚上,我做你和小改的辅导老师,出不了明年,中国就会恢复高考,要知道,这是一次千载难逢的机会,谁抓住了这次机会,未来的十年或者二十年,谁就将成为主宰这天下的人物。"

知柏被毛头的一番话煽动得激动起来，说：“哥啊，你呢？”

毛头笑了笑，说：“我还用去参加你们小孩子们的这种高考吗？你就等着吧，我要干就干大的。”

直到有一天，美国路易斯安那州州立大学的一封外文信函寄到澜溪街66号时，整个澜溪街，乃至整个铜川县都为这封外文函震动了。人们也终于知道，那个当年的永动机疯子这回真的玩出大名堂了。人们不约而同地想起一句说惯嘴的话：是金子总是要发光的。原来，毛头就是一块金子，与此同时，人们也不免会想起那个穿着一条脏兮兮的短裤满大街跑的毛头，想起那个差一点被道士扔进窑火里的毛头……

满坤

在写这一节前，我需要补充说一下团团的事。

团团是在满坤被以诈骗罪逮捕入狱不久就查出白血病的，在此之前一年，她与满坤正式办理了离婚手续。团团在医院里住了不到半年时间，医生就宣布不治，其后不久她就在高烧不退中死去——这是毛头从美国回来后才得知的情况，而在回国前，他甚至想，如果团团愿意，他就把团团，当然包括团团的女儿易易以及妈妈全都带到美国去，这样，他就有了一个完整的家了。他甚至自我打趣说，包括生儿育女这样一个复杂的问题，也都一并解决了。他怎么会想到，团团突然就死了呢？

读者也许还能记得，有那么几年，在全国的大街小巷，遍地都是那种冒着黑烟，开起来突突突轰然作响的重庆嘉陵摩托，哪怕是贩猪肉的、乡下的菜农，都以有一辆嘉陵摩托为荣，他们骑着嘉陵摩托很神气地奔驰在城乡接合部的公路上，摩托后架子上绑着整筐的蔬菜，整片的白猪。

满坤已经不再满足校办工厂的那种小打小闹，正好上面有文件，要求厂校脱钩，满坤便把校办工厂转让给了另一个下海的同事，与小舅子大宝合伙开了一家摩托车商场，果然狠赚了一笔。到了二十世纪九十年代初，一批批人来到三亚，炒房地产，做期货交易，据说有人一夜暴富了，带着大把的资金回到内地重新创业，有人破产，突然就跳楼了，跳进了那一片中国最干净、最美丽的海了。总之，就像世纪之初的上海滩一样,在二十世纪九十年代初,三亚是中国又一处改革开放的试验田,是中国的又一处冒险家的乐园。就像毛头说的,人活着,为的就是折腾,不折腾,又怎么知道是在活着?满坤把摩托车商场转给了大宝,自己带着一笔钱去了海南。但真正到了海南,满坤才知道,事实并不像传闻那样简单,三亚的那片湛蓝色的海水不仅给怀着梦想的人们提供了无限想象的空间,也让无数人看到那深邃的海水中的危机和不测。满坤在三亚干了不到两年,就从海南回来。这次的海南之行,满坤不仅没有赚到什么钱,反而把原先赚到手的钱差不多都砸了。满坤心情沮丧地回到县里,却再也没心思重新走进课堂去教学生做三角函数。那段时间,满坤就满大街地转悠。也就是那段时间,满坤开始夜不归宿。有人告诉团团,你家满坤整天就跟一些不三不四的男人女人在一起跳舞,开房,甚至吸毒。团团就整天带着女儿易易,一家家歌厅,一处处游乐场找满坤,满坤却有的是对付团团的办法,他从不固定在一处,打一枪换一个地方,从来就没有被团团捉拿过现场。终于有一天,当团团的下身开始奇痒难忍,不得不去医院看妇科时,医生却只能告诉她,她染上性病了。

满坤在团团拟就的离婚协议书上签了字,团团带着女儿易易回到了娘家,那些日子里,孤灯独盏的满坤整天就在县城的大街上转悠着,就像一个游魂。

那一天,满坤忽然接到一封来自台湾花莲的信,是他父亲原来的一个做过国民党兵的哥哥前来寻亲。偏偏满坤的父亲在这前一年因肝癌去世,满坤当然不想放弃这门亲戚,立即就以父亲的名义写了封信到了台湾花莲。也不过是一个月的时间,忽然接到一个操着大舌头口音的人的电话,原来是台湾花莲的堂兄。堂兄说,他父亲原本要回大陆探亲的,但临到日子却突发脑梗,只好由他代父亲来大陆省亲。

到了约定好的日子,满坤特地飞往广州,与堂兄见面。堂兄四十多岁,却也生得干练,一表人才,其穿戴以及谈吐不显山不露水,花钱却是大方得很。

堂兄在老家住了半个多月,满坤陪着他上了老坟,祭拜了先祖,又去和悦洲老街看了朱家原先的老宅子。那天站在老天主堂下,堂兄忽然指着那条苍凉的石板路老街以及那一片木建构的老房子说,想不到澜溪是这么好的一块地方,能不能在这里做一个项目,把它打造成一座影视城?

堂兄的话,让满坤脑子一激灵,连忙接话说:“那是真的,你看那条老街,还有那一片徽派建筑的老房子，几乎无须怎么改造，就是一幅现成的《清明上河图》。"

"还是要投资一笔钱的，而且还是一笔不小的投资。"堂兄说着，竖起三个指头。满坤说："三千万？"

"三个亿！"堂兄说，"要建就建一个集旅游、休闲、影视为一体的大型影视城，五十年不落后的。"

满坤张大的嘴巴半天合不拢，堂兄接着说："钱倒好办，只是我听说内地做一个项目，太难了，层层审批，极其复杂，不知道批到哪个牛年马月。"堂兄说，他目前计划在大陆的两处投资，除了澜溪，另一处是四川的江津，那里的条件似乎比这里更好。

满坤的头脑这时被堂兄那三个亿完全激活了，说："猴子不上树，多敲一遍锣，大陆与台湾同根同源，其实只要有了钱什么都好办。"

满坤与堂兄谈得很热火，堂兄回台湾不久，满坤说干就干，很快就把计划书做好了，并且又将专家组名单以及专家资格证书等复印件都传到了台湾。堂兄倒也爽快，很快就打来第一笔资金二十万，算是影视城项目的启动资金。满坤又拉了小舅子大宝合伙，那些日子，满坤和大宝几乎每天都要请人吃饭，陪人跳舞，陪人洗脚。当那些官员酒足饭饱，进了那幽暗的包间去做大保健，享受特殊服务时，满坤和大宝则守在大堂里捏着腋下的皮包，这才觉得，钱真不经花啊。大宝有时难免要发牢骚："别人日×，我们埋单，这世界他妈的就是这么不公平。"

满坤则故作高深地说："这个世界就只有两种人，一是被人日，一是日别人，就是这样。"

小舅子看着他，似乎并没有悟出这句不着边际的粗话究竟深刻在哪里。

幸好台湾那边及时又打来二十万，就这样，半年过去，等到第三笔费用打到满坤的账上，那边堂兄发话了："这是最后二十万了，如果土地审批项目再不能落实，我打在澜溪的这六十万就相当于打水漂了。"堂兄这最后二十万是从江津直接打过来的。

堂兄的这六十万砸下去，真的就像打了一个水漂，甚至连半片涟漪都没有，土地审批还是被卡在某机构，遥遥无期。这时大宝给满坤出主意说："你在这里说破喉咙也枉然，这么大的项目，没人轻易会相信你，可你把推土机开到工地上，先轰轰烈烈地干起来，不管是开发商，还是那些官员们，当看到你真在做事，或许态度就不一样了。”

满坤果真就租了两台大型挖掘机，开始在那片山头上轰隆轰隆地开工了，一时间澜溪镇似乎真有天翻地覆，改天换地之态。与此同时，满坤动用他在县城内外所有人脉：银行经理、包工头、企业家、商界大佬、国企老总，为了申请贷款，诚邀合作伙伴，满坤像祥林嫂一样不停地向他们展示他的影视城计划书，向他们宣传堂兄在台湾那边的强大实力，让他们相信，资源共享，做大做强，一旦有了收益，五五或三七分成。有人把他当骗子，将他毫不客气地轰出门外，有人相信了他的计划，开始谈合作意向。那些日子里，满坤夹着个公文包，频繁地跑省城、县城，他小心地敲着一间间办公室的门，却一次次被人轰出来。直到第三年过去，满坤得到这样一纸批复：一切大型开发计划都不适应古镇的开发性保护措施，一切工程必须立即叫停。然而此时他丢出去的钱总共有两千多万，这两千多万，每天都在银行计算着利息，利滚利，他开始害怕了。

满坤最后一次来到工地时，是一九九三年的寒冬，工地上一片冷清，远远看去，在一片浓雾中，那两台大型挖掘机就像两只陷在泥淖中的高脚鹭鸶。满坤人生的冬天真正开始了，他开始跟那些找他要债的人周旋，捉迷藏，他连死的欲望都有了。那些人开始隔空喊话：他要再不出面，将拿他的女儿抵债。这年冬天，满坤不得不把自己送进了公安局，以躲避随时降临到他身上的杀身之祸。他在拘留所待了六个多月，最后被公诉方以诈骗罪告上了法庭，罪名成立，他的刑期自关押那天算起，总共十二年六个月。

这是一九九三年十月的事。满坤进了拘留所不久，毛头（江守轩）在美国接到知柏的信，立即就飞回国内。

失忆症

毛头是一九七八年九月去美国的，在路易斯安那州立大学，毛头是他过去的狱友老西，即施博士的研究生。毛头在那里完成了博士论文的答辩，其间，曾回毛头到国内工作了几年，直到一九八六年，毛头接到身患重病的施博士的邀请，再次回到路易斯安那州立大学，接替了他的导师施博士在路易斯安那州立大学的海洋动力和风能研究所所长的职务，并成为该大学的终身名誉教授。

知柏在信中说，妈妈出事了。知柏说，那天在绣花厂上班，妈妈突然昏厥，轰的一声就倒在地板上。厂里的人七手八脚地将她送到医院，却也没查出什么毛病，在那里住了一星期，出院了。可是，出院后，妈妈先是疑神疑鬼，总是怀疑有人偷了她的东西，闹得街坊鸡犬不宁；这半年来，病情越发加重，已经发展到连身边的人都认不出了。每次知柏回来，她总要问，你是哪家哥哥？最近又添新毛病，每天下午，当江上轮船的汽笛刚一拉响，她便火急火燎地往码头上跑，拉着下船的旅客，向人展示手中的一只红发卡，一个一个地问："认得这只发卡吗？"

毛头知道，知柏不到万不得已，不会给他写这封信。

在广州白云机场，毛头仅仅上了一趟洗手间，他放在洗手间门口的推车就被人推走了，包括他的行李箱以及放在行李箱中的护照和美钞，当然还有特地从美国给他的养父老钱买的XO。他去机场派出所报案，却被当作盲流关进机场附近一家收容所，一关就是十多天。直到他在中山大学的同学得到消息，证明了他的身份，他才得以从收容所走出来。毛头当时的情形可想而知，他形容憔悴，胡子拉碴，头发就像一堆乱鸡窠，与那一年刚从劳改农场放出来没什么两样，以致他走到澜溪的大街上，人们不免要在他的身后指指点点：那不是七枝家的那个孬子儿子吗？七枝说他去了美国，哈哈，美国……

毛头走进澜溪街66号时，七枝正戴着一顶旧草帽，坐在门口的一张椅子上晒着太阳，膝上盖着一床厚厚的棉被。他叫了声"妈妈"，跟着就跪在了老妈的面前。七枝看了看他，说："认得这个吗？"说着，就摊开掌心，手心里是一枚银丝发卡，那种带着珐琅质的老式发卡。门口围着邻居，大家都知道他是那年发明永动机的毛头，现在从美国回来，便都来看热闹。看着这个形象古怪，胡子拉碴的人，有熟悉的人就说："你是毛头吗，你终于回来了啊。回来就好。"

毛头不知道妈妈怎么会变成这样，他抹了把不自觉涌出来的泪，继续跪在七枝面前，不住声地叫着："妈妈，我是毛头，我是你儿子毛头，江守轩，你怎么就不认识我了？"七枝两眼呆滞，仍是把手中的那只发卡摊在掌心里，说："认得这个吗？"说着就莫名其妙地笑起来。毛头知道，老妈已经失去一切记忆，往事如烟。

毛头怎么都叫不应妈妈，禁不住悲从中来，他跪在妈妈面前，摇着妈妈的大腿，大声地哭了起来。邻居们被这四十好几的汉子的哭感动了，说："大哥，你不要哭了,哭也没什么用,你不是在美国吗,美国那边医学发达,把你妈带到美国去看看吧。”

第二天,得到消息的知柏回来了。半夏也从上海回来了。

一九七七年冬季高考,知柏考取芜湖的安徽师范大学,毕业后被分配到一个乡镇中学当了一名英语老师。六年前,经朋友介绍,知柏去了苏州一家织造厂私立中学,依然是做英语老师,但无论是待遇还是工作环境,都是原来的乡村中学所不能比的。因为那年桂子的死,半夏受了刺激,脑子有些不清醒,好在街道上照顾她,她在镇上的绣花厂做一份事。几年前,半夏与厂里一个工人结了婚,但很快就离了。不久前,人家又给她介绍了一个上海老知青,现在,又到了谈婚论嫁的时候。

毛头说:“半夏,我去了美国,却把妈妈丢给了你,真过意不去。”

“哥哥说这话就见外了,难道我们不是妈妈的儿女?”半夏说,“我们从小就失去亲生妈妈,我和弟弟,还有桂子,都是妈妈一手带大的,现在妈妈病了,我们照顾她老人家是应该的。”

直到这时,半夏才说,妈妈病倒的当天,邮递员曾把一封什么信递给了妈妈,妈妈拿着信出去了一趟,等到她再回到车间时,就突然昏厥,随后就是这样了。后来知柏专门找过那个邮递员,而据那位邮递员回忆说,那封信寄自美国,当时,大家都以为是毛头寄来的,现在知道并不是。知柏说,他曾在家里翻箱倒柜了一次又一次,希望能找到那封信,好解开妈妈昏厥失忆之谜,显然,妈妈并不希望家里人看到那封信,或者,她早就将信毁了。

那天下午,毛头与半夏和知柏三人再次把家里翻了个底朝天,面对一片狼藉的屋子,毛头发一阵愣,忽然想起妈妈以前有一只从不离身的皮箱,于是,他爬上阁楼,终于在一堆杂物中找到那只皮箱。皮箱的锁锈死了,他不得不找了把起子撬开了皮箱,把那里面的林林总总一一摊到地板上:一件褪色的红色嫁衣,一根过去人洗衣服用的棒槌,棒槌上依稀画着一个露出巨大阳根的娃娃,一只和尚们做法事用的铜引磬,一只铁皮匣子,铁匣子已经锈死,毛头不得不动用了铁锤和老虎钳子,这才将铁匣子打开。随着一阵锈粉的洒落,从里面倒出一些当年的票证,都是崭新的。除此,那只老式皮箱里再无他物。

毛头在家里待了一个多月,到了该回美国的时候了。那天一大早,看看天气不错,毛头与半夏一起帮妈妈洗了头发,洗了澡,换了一身衣服。毛头一边在给她穿衣,她手里仍是握着那只发卡,她问毛头:“认得这个吗?你老子留下的。”

毛头惊喜莫名,回来一个多月了,这是妈妈唯一说的明白话。她说“你老子留下的”,说明妈妈知道眼前的人是谁了,毛头赶紧说:“妈妈,江义芳,我爸爸,我是他儿子毛头,江守轩。”但就像一闪而过的豆火,很快就被一阵风吹熄了,七枝仍是那种呆滞的眼神,仍然还是那句话:“认得这个吗?”毛头说:“妈妈,你说,这是谁留下的?谁的发卡?”七枝却莫名其妙地笑了,她歪着头看着毛头,看着这个胡子拉碴的儿子,好像在说:我就是不告诉你。

毛头离开澜溪时,真正是沮丧至极。这次他回澜溪,并不仅仅是为了母亲,他听说团团的事情后,第一时间里就盘算着怎样把母亲和团团都带到美国来,当然还有团团的女儿易易。他想,如果把这三人全都带到美国,他生活方面的所有的问题就都一次性解决了,包括生儿育女这样一个相当复杂的事情,也一并省了。毛头的这些想法,源于这之前发生的一件事,一件在他看来开天辟地的大事。

过了这个年,毛头就四十出头了,可他至今孑然一身。虽然在美国,主张独身的人并不在少数,但独身者并不等于没有女人,没有性爱,甚至有更多的女人,更多的性爱。独身,不过是为他们得到更多的女人,得到更多的性爱提供了某种理由和便利。但毛头则不然,熟悉他的人们发现,毛头似乎从来就没有女人,或者说,他对男女之事一直没有开窍,不论是西方的女人还是东方的女人,于他似乎全都无感。人们一开始是对他的性倾向发生了怀疑,当今世界,同性恋的人太多了。为了解开这一疑团,一个年轻而自我感觉甚好的博士生自告奋勇地充当了火力侦察的角色。那一天,那年轻的博士生事先潜入毛头的公寓,并且将自己脱净了,睡到毛头狗窝一般的床上。半夜里,毛头从研究室回来,当他一掀开被子,猛然看到一个光着屁股的家伙睡在他的床上时,立即像触了电一样跳起来,逃出了房间,并且在第一时间就报了警。结果,那个年轻的博士生因犯性骚扰罪被警察局抓去蹲了半年大牢。直到有一天,几个同事从红灯区找来一个身材和面容都姣好的东方女子,并强行将他与那女子一并关入一间屋内。第二天,当人们打开那间屋子,询问他昨晚感觉如何时,毛头红着脸说:“不过是一番手忙脚乱而已。”

毛头应该感谢他的同事们,应该感谢那个从红灯区请来的东方女子,正是这些人,开启了毛头尘封了四十三年的男性空间,让他对女性的秘密开始有了无限的想象空间。毛头开始注重自己的打扮,他把头发修理得齐齐整整,领带也打得十分标准，甚至还用上了香水。他的眼前，却总是团团的那张圆圆的脸，直到这时，他似乎才像一个得道的高僧一样，对团团那些年里所有的语言信号和表情密码有了大彻大悟。

毛头是第二天由广州白云机场飞到美国洛杉矶的，他要在那里参加世界海洋和空气动力学大会。洛杉矶会议结束后，毛头刚一回到路易斯安那州立大学，就收到知柏寄来的一封国际邮件，邮件里有一封信，信中夹带了一张彩色照片以及一张上海飞往香港的机票。

那封来自美国阿肯色州一个小镇的信只是一首诗：

白衣裳凭朱栏立
凉月趖西
点鬓霜微
岁晏知君归不归

残更目断传书雁
尺素还稀
一味相思
准拟相看似旧时

他已经知道那个被家人簇拥在中间老态龙钟，戴着一副金丝眼镜的老者是谁了，而紧依在他身旁的，是一个小巧的中年女子以及他们的一群子女……

他拿着这三样东西，反复研究着它们的内容，可惜他不懂诗歌，无法诠释这诗中的内容，只大概读出诗中的情愫。他知道，这是父亲向母亲唯一能够表达的内容了，他相信母亲一定懂得。

“我还是要祝贺你一下，令尊大人，终于有了消息。”这是知柏附在信中的话。

毛头笑了一下，他笑得有些苦涩，他抹了一把不经意间流到面颊上的泪水，努力地抑制住自己失控的感情，他给知柏打了一个越洋电话，说：“知柏，你现在该明白妈妈突然病倒的原因了吧？”

他想起那一年他刚刚学会安装矿石收音机时对母亲说“你丈夫正在找你”的

话,他当时随口编出这句话,与其说是安慰母亲,不如说是为了骗母亲拿一些买矿石收音机零件的钱。他想到有一年一个死了妻子的老干部托人做媒,想娶母亲进门,母亲一句话就回绝了人家:“我有男人,我男人在台湾,在美国,说不定哪一天,他就回来了。”为了这句话,母亲被人斗得死去活来,并且在大街上向毛主席请罪了一个多月。

电话那头,知柏等着他把余下的话说出来,但毛头却换了一个话题,说:“这么多年,妈妈一直活在虚妄中。现在,她醒了,但精神却垮了。”

“我倒认为,是妈妈有意选择了失忆。不管是苦是甜,她情愿忘掉一切,这就是我们的妈妈。”

“是这样,这对于妈妈,也许是最好的结局。”

“哥,你在美国,妈妈的这种病,还有救吗?妈妈这一辈子,真是太苦了。”

“阿尔茨海默病,目前世界上最难治愈的病症。我要告诉你的是,从德国人阿尔茨海默发现了这种病症以来,整整半个多世纪过去了,医学界发明了抗生素和疫苗来保护我们不受疾病的传染,开发了许多方法来治疗癌症,还有抑制剂药物来对抗心脏疾病等等。但是在治疗阿尔茨海默病上几乎没有取得任何进展。”

感受到电话那头毛头沮丧的情绪,知柏又说:“找到她神经受阻的原因,即帮助她寻找到让她受刺激的根源,就像一个迷路的人,如果能让她回到迷路的原点,她也许能重新找到回家的路。我们要是能带着她沿着她年轻时生活过的路线走一遍,或许能让她找到失去的记忆……”

“那太残酷了,”毛头打断了知柏,说,“等于再让她把人生的苦难再过一遍。所以说,相比起来,还是失忆好。”

过了很久,电话那头的知柏带着哭音说:“哥,有机会,你一定要去阿肯色州一趟,告诉他,妈妈这几十年是怎么活过来的。你一定要告诉他。”

“我倒是想,有机会,我们一同去江村看看,看看他们当年生活过的痕迹。”

朝山的和尚

我父亲是在母亲患上失忆症一个多月以后才得到这一消息的,在这之前,没有人告诉他。得知母亲患病后,父亲打破了他多年来对澜溪的隔膜和一个老男人可笑的矜持,终于踏上回澜溪的道路。

那天一大早,哑巴翠花把门前的地仔仔细细扫了一遍,把家里的几床被子晒到门前的竹竿上。虽然刚刚处暑,但下过几场雨后,气温说凉就凉了,好在太阳依然明丽。吃过早饭,翠花给七枝穿上厚厚的夹衣,外面再罩上一件羽绒马夹。她从屋里搬出一把藤椅,把七枝扶到门口的石板路上,好让她安安静静地晒晒这并不灼人的太阳。哑巴看看天,又进屋找了顶旧草帽扣到七枝的头上,七枝的样子看上去就有些滑稽了。

已经是半上午了,老钱去菜场还没回来。老钱的老虎灶早就不烧了,现在,他习惯每天清早捧一只紫砂茶壶,坐到一个油条摊前,就一块老姜,两根油条,几块臭豆腐干,与一帮老伙计一壶茶喝到临近中午才肯罢休。翠花把一只老式茶车子拎到大门口,将几块碎柴火塞进茶车子的炉膛,点上火。老式茶车子里的烟蒸腾起来,半条街都是呛人的烟气。翠花和丈夫老钱开的老虎灶起先用的是大糠或锯木屑子,后来,镇上的米厂和木器厂先后倒闭,而等到澜溪街家家都用上无烟煤时,他们的老虎灶就歇业了。大宝在镇上办了一家贸易公司,经营从上游安庆和下游芜湖进来的小百货商品,生意越做越大。大宝说:“老爸,我现在养得活你们,你就带着老妈享享清福吧。”但是,无论是翠花还是老钱,都不习惯喝那种用无烟煤烧的开水。前年,大宝不知从哪里淘来这只老式茶车子,从此以后,把茶车子点上火,再一瓶接一瓶地烧开水,就成了翠花每天不倦的家务活。

上个月,七枝刚过了她六十五岁生日。毛头、半夏还有知柏都回到澜溪,为老娘举办了一个热热闹闹的生日庆典,在镇上最豪华的饭店鸿运楼办了一桌酒水,该来的都来了。半夏硬是把老娘原先盘在脑后的发髻打散了,披下来,一直披到耳朵根部。半夏说,都什么时代了,还打着那样一个巴巴髻。七枝虽依然是懵懵懂懂,但如果不细细打量她,几乎看不出她就是一个阿尔茨海默病患者。

七枝住的这间房子两层一底,楼上的房间是一隔两间,一间自己住,一间是半夏或是知柏回来住。那一年毛头去美国前曾在家住了半个多月,房子太老了,四面透风,毛头从废品站抱回来一摞旧报纸,花了两天时间,把那两间房子整个糊了一遍,被废报纸糊过的房间顿然亮堂了许多。毛头说:“老娘,等我从美国回来,给你买一个大房子,或者就是一栋别墅,你儿子要让你晚年好好享点福。”

知柏一直在苏州一家私立中学当老师,半夏不久前经人介绍又谈了一个男朋友,却是从前与知柏下放在一起的上海知青。婆公家新中国成立前是资本家,改革开放后,落实政策,用他们的话来说,存在银行里的定息,几辈子也吃不脱了。他们不在乎半夏是否有工作,只在乎她能否给他们添几个大胖孙子。半夏的男朋友也是离过婚的,原因就是前面的媳妇肚皮几年都不见动静。半夏与男友一接触,两个人很快就上火了,已是大龄的半夏肚皮竟立即有了动静。迫在眉睫的事,半夏的婆家急着要在上海办一场铺排的婚礼,选择什么日子也就不重要了。半夏说,七枝虽然不是她的亲生母亲,但她和弟弟妹妹自小就是七枝带大的,虽然七枝病成这样,但她一定要让妈妈亲眼看到自己的这场婚礼,她要让失忆的妈妈一同来感受她的幸福。电话里半夏说,过几天,自然会有人来接七枝去上海。

七枝未发病前,几乎每年都要去白湖农场看望在那里服刑的沈仲景。那一次父亲突然放弃了总场医院遴选医生的考试,眼看着就失去了做狱医的资格,可是仅仅半个月后,那个顺利地坐到狱医座椅上的国民党少将在某一个安谧的夜晚永远地睡去,于是,父亲补了那个国民党少将的缺。总场医院看中的,就是父亲曾经在怡和药行做过多年老板的这段经历。

每年的一个时候,七枝都会去白湖农场看望父亲。每次七枝来,父亲总是显得手足无措,又像孩子似的兴奋,逢人便说:“你看,我老婆来了,这个鬼女人,招呼也不打一声,说来就来了。”

自从做了狱医后,父亲就自由多了,总场医院条件也比三分场好得多。院长每次见到七枝,总会把父亲给夸奖一顿,说:“我们很感谢他,病理科档案原来乱得不能再乱,他来后,就把那些档案一一归总、分类,查起来一点都不费力。”

她每次来,院长都要请他们夫妇吃一次饭。饭后,父亲把她送到医院招待所大门口,就不再往前走一步,说一声:“我走了啊,晚上记得盖被子。”有时候他们会为一点小事争吵不休,七枝赌气说:“我下次再也不来了,来了就受气。”父亲说:“你敢不来,看我怎么对付你。”可到了下一次,她还是来了。他们就像真正的夫妇,分居两地,见面时难免吵吵闹闹,却又难舍难分。

有时候,两个人在一起时,父亲会说:“七枝啊,我是无期,也就是说,我有可能终身都是在这里,你怎么办呢?”

七枝说:“我这样来回地跑着,不是很好吗?”

父亲也打趣地说："也是啊，都老夫老妻了，也不在乎什么了。"

七枝便抢白他，说："哪个和你是老夫老妻？没皮没脸。"

趁着没人，父亲便猛地将她抱起来，嘴跟着就上去了，满嘴的胡楂扎得七枝哇哇乱叫，父亲说："那你说，你是我什么人？我们又是什么关系？"

一九七九年，沈仲景刑满出狱，当时他有两种可供选择的余地，一是回到澜溪另谋职业，二是留在总场医院工作，经过一番斟酌，他选择了后者。据说这也是七枝的意思。每次七枝去看他，他总是说："将来我们把家就安在总场好吗？"七枝却总是不置可否，于是，沈仲景觉得，这样处着，一切就很好了。

炉子终于生着了，翠花把茶车子坐到炉子上，再去收拾屋子。她把月份牌翻过一页，再用夹子夹在月份牌上的钉子上。她不认识字，但她知道每天必须把月份牌翻过去一页，每翻过一页，日子就过去一天，人啊，就是那么回事。

外面有人喊："哑巴，水开了。"明知道翠花是听不见的，但人们觉得，哑巴虽然没有听觉，却有时候却比一般正常人都还要精明。

翠花果然就出来了，赶紧将水瓶提到门口。水果然开了，她把水瓶放在地上，提起车子，正要往水瓶里灌水，一个大个子男人走到澜溪街66号门前。翠花看了看那人，赶紧再去灌水，但她很快又抬起头来，对着那人看了半天，她叫起来："呀呀呀……"

她怎么会想到，站在门口的人，竟然是那个该死的沈仲景。除了花白的头发，父亲与几十年前几乎没有任何变化，他身材伟岸、腹部微隆，穿着一条浅灰色西裤，上身是一件带有蓝条纹的衬衫，松松地扎在西裤里，一只袖子空洞洞的，一头板寸头发修得齐齐整整，显得很干练，也很扎眼，总之，这就是沈仲景，那种无论什么时候，都与这条墨守成规的街道格格不入的沈仲景，无论他站在哪里，都能让人一眼就看出他的与众不同。

哑巴提着水瓶，就那样呆呆地站在那里，她想，如果七枝没有毛病，七枝一定会把这家伙大骂一顿，直骂得个狗血喷头的，甚至会抡起靠在门跟前的那根晾衣的竹竿，将沈仲景轰得远远的，让他再也不要出现在自己的面前。然而此刻的七枝却被那顶旧草帽罩住了大半个脸，她看不到面前的人，面前的父亲也看不到她真实的面容，她半倚在那只藤椅上，如果不搬动她，她一天都会是那种不变的姿势。父亲说了句什么，一伸手就掀掉罩在七枝头上的草帽。

虽然仅仅一个月不见,但对于这次的见面,父亲是做好了充分的思想准备的,一路上,他都在想象着七枝会变成什么样子:老态龙钟,皮肤松弛,身体慵肿,眼神呆滞……现在,七枝就真的出现在他的眼前了,他又怎么会想到,眼前的七枝皮肤白皙,面色红润,面部的肌肉是紧绷绷的,几乎没有什么皱纹,两只交握的富有弹性的手没有一处老年斑。最难得的是,她的身材依然像少女时代一样,一点都没有发胖,一点都没有变形。他惊叹造物主的造化之工,那么,只有一种解释,上苍让七枝的心智复归婴儿,索性让她的容貌也一并回到少女的时代了。

父亲看着我们的母亲,看着这个从十四岁就开始让他着迷的女人,这几十年来,多少个日日夜夜,无论是在哪里,只要一想到她,他就会像少年时一样,禁不住地心旌摇荡。他问自己:眼前的这个女人,究竟是什么让他如此着迷?他的这一生,难道不正是毁在这个女人手里的吗?父亲想起少数民族关于"放蛊"的神秘传说,据说一个人一旦被放了蛊,就会一辈子死心塌地地去爱一个女人。那次在农场,父亲就曾经当面问她:"你这个坏女人,你这个母夜叉,你在我身上放了蛊吗?"

父亲止不住内心的激动,他在七枝跟前蹲下来,轻轻地叫着:"七枝,七枝……"

七枝抬头看了父亲一下,她似乎认出来人是谁了,她朝父亲笑了笑,又笑了笑,接下来,母亲伸出手来,手心里摊着一只银丝发卡,那种带有珐琅质的红色发卡。

"这个,你认得吧?"

父亲脸上的表情在明显地变化着,他当然知道这只红发卡的来历,那是母亲最初的一段爱情记忆,虽然她现在几乎完全失去记忆了,但她依然把那件东西死死地握在手心里。

父亲一把就抓住七枝的手,神情是那样急迫,说:"七枝,你怎么会认不出我了?我是沈仲景啊。"

父亲不知道七枝怎么会突然就患上这种奇怪的病的,一个月前,七枝去总场医院看他时,还是好好的,当时他们还商量着要在总场附近的小区买一处商品房,那个小区就坐落在紫萝山下,毗邻着大西河,风景十分秀丽。

"这个,你认得吗?"

"当然认得,那是……"父亲到底没肯把江义芳三个字说出口来。

围过来一群人,那是澜溪街的街民,他们大部分是近几年移民建镇时附近乡村来镇上谋生的农民,他们不认识我父亲,当然也不知道我父亲与母亲之间的那段漫长而缠绵的故事。于是，有上了年纪，并且对这一对男女过往的故事略知一二的人便私下里卖着老资格，小声卖弄着他们的老皇历。这一刻，父亲站在人群里，显得有些急迫，也有些无奈，他看着周围，希望能有人化解这一刻他的尴尬和沮丧，但人们看着他，就像看一个小丑，看一个笑话。

时光在一分一秒地过去，父亲站在那里，不知所以。这时，远处传来一阵吟诵声，那是一个朝山的和尚。这里自古就是佛教信徒们朝山的通道，过几天就是农历七月三十了，那是地藏王菩萨的诞辰，去那里朝山的和尚和信士一批接一批。那和尚每走三步，便虔诚一拜，他站起来，口里吟诵着一段曲子词：

凤侣鸾俦，恩爱牵缠何日休？活鬼两相守，缘尽还分手。嗏，为你俩绸缪，披枷带杻，觑破冤家，各自寻门走，因此把鱼水夫妻一笔勾。

父亲听着那和尚的吟唱，感觉那和尚的吟唱是他的每日功课，又仿佛是专为自己唱的。那和尚已经拜到他跟前了，听得他又唱：

夏赏春游，歌舞场中乐事稠，烟雨迷花柳，棋酒娱亲友。嗏！眼底逞风流，苦归身后，可惜光阴，懡罗空回首，因此把风月情怀一笔勾。

父亲扭头看了一下那和尚，这一看，让他惊讶得目瞪口呆，眼前的和尚，分明就是四五十多年前的担当和尚。但他随即摇了摇头，将近半个世纪过去了，担当和尚怎么可能还在世上？但那和尚很快从他身边拜过去了，他撵了上去，就在他怀着一份惊奇想再看看那和尚真实的面目时，那和尚猛地往他手里塞进一样东西，却是一只五色青蛙。他吓了一跳，本能地将那只青蛙扔到地上，眼看着那青蛙蹦蹦跳跳，消失在对面的水塘里。父亲惊出一身汗来，再次追上和尚，说."师父，为什么把那个给我？"

和尚扭过头来，那和尚面目狰狞，神情凶恶，他瞪着父亲，仿佛是说："你是何人，我又何曾送什么给你了？"

父亲似乎受到启悟，想去追回那只和尚刚才塞到他手里的五色青蛙，但又哪里再见那青蛙的影子？他听着那和尚一路吟唱着渐渐远去，忽然像是悟到了什么，他回到澜溪街66号,当着众人的面,一把就将母亲揽在了怀中。

老钱从菜场回来时,看到父亲往火桶里放了盆热水,在准备给母亲泡脚。他先是用手试了试,接着就脱下母亲的袜子,将母亲那双冰冷的脚小心地放到水里。他虽然只有一只手,但他却做得那么熟练,那么精细。热水的舒服,让母亲脸上露出久违的快意,父亲就这样蹲在那里,蹲在那里替母亲洗着脚。他把母亲的脚用干毛巾抹干净了,找了张凳子在母亲的火桶前坐下来,然后就将母亲的脚放在自己的大腿上不停地揉搓着。这过程中,他一定是把母亲弄痛了,母亲抡起拳头没命地朝他的头打下去,打得那么狠。父亲一边躲闪着母亲的拳头,一边笑着,说:"你真打我呀,你可真舍得呀。"他小心地替母亲穿上袜子,再替她把火桶布仔细地盖好,这才站起来,捶了捶酸胀的腰眼,说:"你这个坏女人,我把你弄服帖了,我可累坏了。"

自从听说母亲患上阿尔茨海默病后,父亲开始留心这方面的医学报道。好在他所在的狱区医院条件不错,就像当年他攻克癫痫病一样,阿尔茨海默病,这些日子一直是父亲攻克的课题。医学的发达,连艾滋病都有攻克的方法了,但对于困扰着全世界很多中老年人的这种病症,医学界至今没有有效治疗的方法。

老钱被眼前的一幕感动了,说:"老沈,你也老了啊。"

"可不是吗,过了这个年,我就是往七十上奔的人了。"他附在老钱耳朵边说,"不中用了,再好的女人都不中用了。"

老钱就在心里说,你老沈还是原来的老沈啊,可你分明已不再是原先的老沈了。

这天中午,翠花做了一桌子菜,翠花在给母亲一勺一勺地喂着饭,父亲与老钱对酌。父亲告诉老钱,他已经从狱医岗位上退休,同时还拒绝了过去一位狱友让他去杭州一家制药厂做药业顾问的盛情,现在,他只想带着七枝,去一个僻静的所在,安度晚年。以他这些年来的积蓄,足够他和七枝过完余生了。他最想去的,就是江村。那里留下他和七枝太多的记忆,也留下他人生中最值得回顾的时光。

"只怕你再也找不到江村的痕迹了。"老钱还想说,现在,你哪里还能找到僻静的地方?

"半夏过几天要结婚,七枝要去上海,也不用那边来人接了,你就陪着她一起去吧。"

"我去做什么?"

“看你说的,半夏不是你女儿吗?半夏也不容易,这么大的事,你做老子的能不去?”

父亲倒是忘了,半夏其实是他的女儿,可他又哪里配当一个父亲?

“我哪好意思去见他们?”父亲说着,喉头哽了。但他在心里却是非常想去见见半夏,见见知柏。他在心里算着,如果桂子还在,今年该是多大了。

沈仲景回来了,这在澜溪街虽然算不得多大的新闻,但沈仲景回到澜溪的石板路上,就像一颗石子丢在平静的水面上,多少还是给这条街上平常的生活带来一些回响。上了年纪的人谁不知道,当年我父亲可是这一河两岸叫得响的人物,有人说,他沈仲景在上街头顿一顿脚,整个下街头都会震一震。

听说父亲回来了,周蕃茄立即就赶过来了。过了一会儿,桂向松也赶过来了。奇怪的是,偏偏头一天面瓜去芜湖看望他的一个远亲,顺道来澜溪看看,就都碰上了。中午,周蕃茄在鸿运楼办了一桌酒,几个当年怡和药行的老伙计聚在了一堂。小惠不久前因子宫癌刚做了手术,还没有出院,但周蕃茄还是让人把她请过来了,包括老钱夫妇,正好八人,凑成一桌。

菜陆续上到桌上,小惠在母亲的胸前围了一块毛巾,又舀了一碗汤,开始喂她。母亲听话地喝着汤,就像一个婴儿。喝完了,母亲就向小惠亮出手中的那只红发卡,说:“认得这个吗?”

小惠说:“认得,这是毛头给你的定情物,怎么会不认得呢?”

母亲开心地笑了,说:“毛头,毛头对我好。”

小惠指着父亲逗她说:“认得这个人吗?他可是等了你一辈子你晓得吗?”

母亲扭头看了看父亲,茫然地摇了摇头。

菜上齐了,服务小姐把周蕃茄带来的五粮液端过来,轻声问:“先生,可以开了吗?”

周蕃茄说:“开吧。”

服务小姐把酒打开,又分别斟到各人面前的玻璃壶里,周蕃茄将酒倒到小玻璃杯中,显得有些激动,说:“大家晓得的,我最近查出前列腺癌,过几天要去手术,照理说我不能喝酒,但今天的场合,一是为老沈接风,二呢,我们这些当年怡和药行的老伙计们,半个多世纪的风风雨雨,今天终于囫囵着凑在了一起,真是不容易呀。所以,我哪怕明天就死,今天也要好好喝一杯。这第一杯,当然是要敬老沈。老沈,我先干为敬。”

父亲一把拦住了他，说：“老周，我不同意你说死不死的话，就如你刚才说的，我们这些老弟兄，几十年的风风雨雨，今天还能凑在一起，这就是缘分未尽，现在社会安定了，日子好了，七老八十不算老，我们要好好活一把才对。医生说你不能喝就不能喝，你这杯酒，我代你喝了。”说着，就把周蕃茄手中的酒夺过来，两只杯子就都干了。

大家轮番给父亲敬酒，说着各自的酒话，却又带着难得的真诚。父亲来者不拒，一瓶五粮液很快就见底了。周蕃茄又让服务小姐打开另外一瓶，很快又干了。周蕃茄让打开第三瓶时，却被父亲拦住了，父亲说：“酒是好东西，尽意就好，我们没必要像小青年一样拼酒量，也没必要在这里打酒官司，毕竟年纪不饶人了啊。”

老钱便说：“明天一早，老沈还要带着七枝去上海参加半夏的婚礼。”

“等我从上海回来，我再请大家一起聚聚。”父亲说，“我还想带着她到江村看看，看看我们那时候生活过的地方。”

“只怕再找不到旧模样了。”

话说到这份上，周蕃茄就不再坚持要打开那第三瓶酒。他坐在那里，一边吐着烟圈，一边暗中打量着我父亲，分明觉得，几十年过去了，沈仲景真的像是没有任何变化，但分明又不再是从前的沈仲景了。

周蕃茄说：“我这一辈子，哪个都不佩服，就只佩服老沈一人，单是老沈对七枝的这份爱情，就够文人写几大本书的……”

小惠打断了周蕃茄的话，说：“不得了，酸菜坛子打翻了。”

周蕃茄并不计较小惠的挖苦，继续说：“本来嘛，如果说七枝年轻时，老沈死心塌地地爱着她，这好理解，可现在七枝病成这样了，老沈居然还是对她不离不弃，这一般人谁能做到？”

父亲赶紧说：“别提了，别提了，再提那些事情，我在这里真的坐不下去了。”

老钱一直坐在那里喝酒，这两瓶酒，就数他和我父亲喝得最多。这时他说：“我的意见是，七枝和翠花过惯了，翠花也清楚七枝的毛病，还是让翠花照顾她吧。”

桂向松也插话说：“是这话呢，老沈你也不容易，你也一把年纪了。”

父亲说：“雅兰死得早，几个孩子都是七枝带大的，七枝就是他们的妈妈。而我呢，这几十年里做了太多对不住七枝的事，我现在要把七枝带在身边，也是为给自己赎罪。”父亲说着，喉头一哽，一滴眼泪滚落下来。

母亲懵懵懂懂，忽然用手比画着说：“毛头都这么高了，还让我帮他洗澡。”

小惠又点着她说：“你就晓得毛头、毛头……”

“毛头都这么高了……”

“其实，我要把七枝带在身边，也并非我的一厢情愿，就像你们知道的，七枝没生病前，在那个劳改农场里，我们在一起生活很久了。我相信我能够照顾好他，当然，在我的晚年，终于能与自己心爱的人生活在一起，也是我的福分。”

小惠眼红红的，说：“几十年来，七枝一直生活在一种虚妄的爱情中，毛头，还有那个江义芳，或许他就是七枝对美丽人生的一种幻化，就像一场梦，梦醒了，什么都不是。”小惠说着，叹了口气，又说，“其实，我们每个人又何尝不是如此呢？”

小惠是个多么聪明的人，她有句话还是没有说出来，只有她清楚，不管沈仲景为七枝付出了怎样的苦，怎样的累，给了她怎样的爱，但沈仲景到底还是没能真正走进七枝的心里。一辈子受够了苦难的七枝在她的晚年选择了失忆，选择了忘记一切，却只将这只红发卡一直揣在手心里，决不肯放松。

运河上的那条船

父亲与母亲乘的是一艘江上邮轮。这艘江上邮轮设备豪华，每一个舱位都是按四星级宾馆的标准间来设计的。父亲的意思是，先去参加半夏的婚礼，再绕道去江村看看，他不知道是否还能找到当年的痕迹，是否还能唤回七枝昔日的记忆。父亲把母亲安顿好，就坐在舱门口一边看江上的风景，一边回忆着往事。想起那一年他和七枝、唐小惠以及那个屯溪的吴先生一起去上海，在船上喝酒打牌的事，这一晃，就四十多年过去了，而他们相识，却有着更长的历史。想想人这一生，真是太快了，不经老啊。

半夏的婚礼办得还算热闹，婆家是基督徒，婚礼就在淮海路的一家基督教堂举行。半夏穿着婚纱，花童们牵着她的婚纱裙脚，四位伴娘簇拥着她，乐队现场奏着《圣母颂》，半夏那张平常看起来总是冷冰冰的脸终于露出笑容。虽然两个人都是二婚，也都年纪不小了，但婆家还是煞有介事地在南京路上的和平饭店办了几十桌酒水。

婚礼结束的第二天，父亲就带着母亲从上海坐火车，二人的下一站是苏州。他是一个有心人，他最主要的目的，就是要带着母亲重走一趟当年的路，好让母亲把记忆的线头接上来。

知柏听说父亲要带着妈妈从运河坐船到杭州，便极力反对，说："现在从苏州到杭州的交通再便利不过，谁还肯走大运河？要知道，运河里的水臭得不能闻。再说了，老妈又有病。"知柏哪知道父亲的心？那一年父亲和母亲第一次游大运河时，他还没出生呢。知柏到底还是经不住父亲的一再坚持，便把二人一直送到运河渡口。

世界上的事有时候偏偏像小说一样有着太多的巧合，偏偏知柏为他们雇的正是三十多年前他们曾经乘坐过的那条木船，虽然船经过改造，加了轮机，新刷过桐油，但父亲还是一眼就认出那坐在船尾的船娘。她看起来有些老了，赤着脚，蹲在船板上一言不发地擦拭着船板，全由她的儿子出面应付客人。

大约看出知柏的不屑和不解，年轻的船主说："你别看我们这种船老了，却不过时，随着旅游业的兴起和人们对传统的回归，乘坐我们这种船游大运河的人只会越来越多。"

一切都像三十多年前一样，母亲住在前舱，父亲住后舱。当天晚上，船娘为他们烧了一条糖醋鲫鱼，蒸了一盘狮子头，炒了两样小菜，又特意为他们温了一壶花雕酒。就像当年一样，父亲把母亲扶出舱来，两人就这样并排坐在船头，他先把母亲喂好了，便一边看运河的落日，一边独自喝着酒。明知道母亲听不懂他说什么，但他却津津乐道地说着这几十年的生活，说他在狱中的种种趣事，说到快乐处，粲然一笑。母亲懵懂地坐在那里，仍是两眼呆滞，就像一尊木偶，偶尔，她会笑一下，像是听懂了父亲的趣事。太阳落山后，天突然变了，运河上刮起一阵风来，接着就有雨点密集地砸在河面上。船娘为他们打来水，父亲为母亲洗抹过，又坐在舱里看岸上灯火，仍是独自说着闲话，直到夜深。

连日劳累，加之又喝了酒，父亲的舱里很快传来他粗重的呼噜声。不知什么时候，他一觉醒来，却发现母亲坐在船头，隔着河岸，看着城市里的灯火。开始下雨了，雨点打在河面上，发出细密而连绵的沙沙声。

父亲用手指轻轻地拍打着船板，示意母亲赶紧回到舱里来睡觉。

"睡觉吧，不早了。"

当然是没有回应的，但他似乎并不满足，又说："七枝，你还记得那年在这条船上我们俩说的话吗？"

"呵，怎么记不得呢。"

"我说，我过来好吗？你说，你要是再往前走一步，我就从这窗口跳下去。"说着就自个笑起来。奇怪的是，他听到从船头传来一声母亲短促的笑声，他伸过头去，岸上的灯火映照着母亲的脸，他分明看到母亲又笑了一下。

"那天晚上，我要是真过去，结果会怎样？"

"嗨，你那时也就那么个胆子。"

父亲跳起来，说："原来你是吓唬我啊，你这个坏女人。你等着。"

那天晚上，父亲就这样一个人自说自话着，只是，再没有了澎湃的情欲和急速的心跳。就这样，他爬到船头，把母亲扶回舱里，然后为母亲盖好被子。一整个晚上，他就这样静静地坐在母亲的身旁，看着母亲像婴儿一般睡着了。

这一刻，风倒是息了，但雨还在下着。远处传来隐隐的雷声，一条运河像是沸开的水车子，轰隆轰隆地响着。

到了后半夜，雨渐下渐止，一整条运河就像睡着了一样。

第十四章

尾声

二〇一二年九月,易易从美国打来电话,报告她的养父江守轩(毛头)去世的消息。

通过易易发来的一段视频,我们看到了毛头生命最后的样子。毛头多年的习惯是,每上完一堂课,总会留几分钟用中文朗诵一段诗歌或是格言。通过那段短短的视频,我们看到那天的阶梯教室里坐满了各种肤色的年轻人。毛头收起笔记本,微笑着看了看他的学生,于是,教室里有了一番骚动,那是一堂课结束后大家开始放松。毛头清了清嗓门,说:“就在刚才,我突然想起我的父亲,虽然我从来没有见过他老人家,但是,我能始终感觉到他的存在,感觉到他对母亲的无处不在的温存和爱恋。”毛头停顿了一下,他用手摸了摸心脏,似乎感觉到了某种不适。我想,如果毛头早就知道他的心脏有毛病,如果他能在上衣口袋里放上一瓶硝酸甘油之类的药物,或者,如果他在当时能立即停止他的吟诵,坐下来喘一口气,喝一口水,或做一次深呼吸……当然,就像我父亲曾经说过的,生命总是表现在当下的状态,所有的“如果”都是没有任何意义的。

如下是毛头在他生命最后一刻吟诵的诗歌,我已经知道了,这是清朝初年杰出的词人纳兰性德的一首爱情诗，也是他父亲写给母亲的最后的诗：

白衣裳凭朱栏立
凉月趖西
点鬓霜微
岁晏知君归不归

残更目断传书雁
尺素还稀
一味相思
准拟相看似旧时

毛头的一生，从未有过爱情，但却不妨碍他把这首诗吟诵得激情满溢。

毛头站在讲台上，发了一会怔，像是在努力回忆某件被他忘却的事情，接着，他像山一样倒了下去。视频中是一阵尖叫声，镜头摇晃得十分厉害，接着就是一片混乱和黑暗……

毛头生于一九四八年，死于二〇一二年，享年六十四岁。

这实在是一个多事之秋，刚从美国料理完毛头的丧事回来，父亲突然在一天晚上倒在了澜溪街 66 号，就像一个钟摆，父亲的心脏停止在他八十八岁那一年十一月。

已经进入冬季了，那天晚上，父亲把母亲安顿好，就准备睡觉了，忽然他想起晾晒在阳台上的大白菜忘了收进来。他把那些大白菜一颗颗收进筐子里，这时，从下街头传来轮船汽笛的鸣叫声。长江里很多年都没有轮船汽笛的鸣叫声了，这时候，他发现母亲从被窝里突地一下爬起来。后来半夏说，母亲当时的灵敏，完全不像一个八十多岁的老妇。父亲叫着："你干什么？"但已经晚了，母亲连鞋袜都没来得及穿，就突然冲下楼去。父亲去追赶她，却从楼梯上滑下来，脑溢血也就在那一刻发作了。

当然，母亲什么事也没有。那天半夏夫妇正好带着他们的女儿回到澜溪，半夏夫妇顾不得女儿的哭叫，费了很大劲，才把母亲抱回来，而父亲却倒在门槛上，完全昏迷。后来知道,他们当时听到的并不是轮船的汽笛声,而是地震演习的警报声。

现在,你们知道了,我就是这本书中的知柏,知柏就是我。依我的年龄,我也算得上一个老人了,但是,就像你们所知道的,我暂时还不算老。我的母亲韩七枝,直到今天,她依然是一个阿尔茨海默病患者,早在二十三年前,她即失去了对往日生活的一切记忆。

在我的请求下,父亲最后的几年开始向我零星地讲述他们那一代人的故事,他知道我是一个作家,他表示,他一点都不忌讳我把他的真实故事写到书中,让更多的人(尤其是现在的年轻人)知道他们是怎么走过来的,他们究竟经历了怎样的苦难,有过怎样的快乐,包括爱情。可惜,父亲没能亲眼读到我所写的这本书。于是,退休后的漫长时光,把我所写的故事读给母亲听几乎成了我每天最快乐的工作。虽然常常我读着读着,母亲就低下了头,陷入沉沉的睡眠,但我总觉得,母亲是听到心里去了。

父亲最终没能实现他要把母亲一起带到江村,并在那里定居的愿望,原因是江村现在位于一处高铁站附近,那里的房子贵得吓人。我们不得不违背父亲的遗愿,打算在澜溪附近的公墓为他和母亲买一块墓地。父亲特别交代说,他不要求与母亲(七枝)合葬,只要两个人相隔不远,将来能够相互默默地注视着就很好了。

父亲逝世后,我带着妻子和女儿子苓回澜溪料理父亲的丧事,同时,打算把母亲接到我居住的城市苏州。我知道母亲一定不情愿离开她自幼生活的澜溪,但我这样做,也是迫不得已。老钱和翠花阿姨都老了,我不能总是把母亲交给翠花阿姨。现在,我算是母亲唯一的儿子,我必须把她带在身边。我来时,正好根据我的朋友、作家李平同名小说改编的电视剧《夏日的风暴》在澜溪镇拍摄外景,澜溪的大街上人流如织,古老的石板路两侧,店铺门楣上镶着锯齿花边的杏黄旗在风中猎猎作响,这情景不禁让人想起杜牧的那首"千里莺啼绿映红,水村山郭酒旗风"的诗句。但我知道,现在澜溪街上的居民已经很少有当年的老人,镇子上大部分居民都是附近贵池或无为的人。他们抛开自己的家园,利用近几年旅游业的兴盛,着实赶了一回潮流。现在的澜溪已被当地政府辟作影视基地,政府专门拨出一笔钱,将澜溪镇打扮得古香古色,却难免让人感觉少了点什么。但澜溪的人说,现在的生意的确比前几年好做多了,尤其是双休日,街上一碗水豆腐都要卖到十元钱。我很想去清字巷码头看看,我想看看江滩上的那盏马灯,我想去听听那个说书的瞎子渔鼓的叮叮咚咚,听瞎子用苍凉的嗓门来一段《瓦岗寨》,与小伙伴们在白色的沙滩上演绎一场想象中的战争。但我知道,清字巷已不可能再有昏暗的马灯,不可能再有瞎子叮叮咚咚的渔鼓声了。码头上修了一座牌楼,相当气派,在码头的一侧,居然有一座冲水厕所。方便的确是方便了,但我却觉得有些不伦不类。

妻子提议,我们能否去江村看看。本来,我曾约好什么时候与毛头一起去江村的,看看他父亲的江家大屋,看看母亲当年穿着大红嫁衣,为另一个毛头送终的老香樟树,或者,去看看那个演傩的祠堂。傩戏被认为是中国戏剧的活化石,而江村傩被定为非物质文化遗产。可惜我们来得不是时候,江村的傩戏一般只在正月里开演,那是一种古老的祭祀。

听说我们要去江村,翠花阿姨自告奋勇地充当了我们的导游。这位九十二岁的老人虽然由于先天性聋哑而失去听觉和说话的能力,但同她生活惯了的人都说,从来就没有感觉她是一个残疾人。

江村离澜溪直线距离不过二十华里,但现在沪蓉高速切断了通往江村的那条普通公路,我们不得不绕道而行。大宝开着他的大奔,很快就进入沪蓉高速。次第进入眼帘的是铜都大道、华兴化工、世纪新城、新世界别墅群,翠花哇哇地叫着,大宝把车速放慢,我们在一处中石化加油站把车停下,经问人,才知道我们早就跑出江村三四十公里了。大宝不得不将他的大奔掉头,放慢车速,往回路走去。终于,我们看到"江村"路牌,然而却必须在前方数十公里处的收费站下高速,尔后从省道前往江村。这一耽搁,就是半个下午过去了。

我们到达江村时,已是下午四点多钟。然而面前却是一排排高楼,一栋栋漂亮的别墅。这哪儿是江村?江村又在哪里?大宝不得不把电话打到他的一个当交警的朋友处。大宝在电话里同他的朋友交流了半天,这才放下电话,说:"这一带都是江村,我也不知道你们究竟要找哪个江村。"

我们把车停在公路旁,远处是一片姜田,有几个村民在那片姜田里劳作,经过一番艰难的询问,那几个村民告诉我们,我们所要找的江村是在高铁站的南面,而我们却跑到了高铁站的北面来了。村民告诉我们,往前三百米处,有一桥洞,穿过那个桥洞,再往右行驶约两里路,便是我们所要找的江村了。

翠花在那里哇啦哇啦,大宝在数落她:"你能,你来有什么用?你还不如我们。"翠花似乎听懂了儿子的话,便歪过身子,剥一颗橘子,将橘肉塞进我女儿子苓的嘴里。正如大宝所说，翠花虽然充当了我们这一行的导游，但她在江村完全没有方向感。沿着那条村村通的公路，整个村子里都是密密麻麻的建筑，是那种随处可见的乡村楼房，附近人将这种房子称为别墅。我们想敲开一户大铁门，打听一下江家大屋在哪里，江姓祠堂在哪里，然而没有一家的门能够敲开，整个村子几乎看不到一个人影，原来又是一处空村。

翠花叫起来，她指着一棵如伞般覆盖着的一大片荫凉的大树哇啦哇啦地叫着，其兴奋的神情好像真的发现了什么新大陆。那是一棵巨大的香樟，香樟树的周围用片石和水泥垒起一只巨大的圆圈，上面竖着钢筋栅栏，树前的大理石碑上刻着：千年香樟，县级文物保护单位。我忽然想起父亲的故事中那棵巨大的香樟树，江义芳第一个儿子毛头在那一年的夏天淹死在村口的方塘里，江义芳就是坐在那棵香樟树下料理丧事的。这样看来，那香樟树后面的一片房屋该是江家大屋了。然而那片房屋却是钢混结构，门口挂着两块牌子：一块是“江村村民委员会”，一块是“中国共产党江村党支部”，墙面上刷着大标语：建设美丽乡村，实现小康社会。而在村部前面的宣传栏里，是印刷精美的“社会主义核心价值观”二十四字：富强、民主、文明、和谐，自由、平等、公正、法治，爱国、敬业、诚信、友善。

妻子和子苓靠在树下的围栏上休息，喝着带来的纯净水，翠花不知道给子苓说着什么，她不停地比画着，子苓却茫然地看着她的妈妈，十分地无奈。

我和大宝沿着那条村路一直往村子里走去，走了很长时间，依然看不到一个人。大宝说，这个村子距市中心也只有二十来里路，又处在高铁站附近，村子里的青壮年要么去外地打工了，要么在城市里做生意，再不济的，在高铁站附近租一片门面做小吃，或是做钟点房，不比守在村子里强？

我怀疑那一片砌了围栏的池塘就是当年毛头江守业淹死的地方，但在我的书中，池塘没有这么大，也没有这么规整。池塘的一侧，有一个水泥亭子，横栏上刻着“守业亭”，当然不是纪念那个毛头的意思，一定是村中的哪个企业家捐款修建了这个亭子，只是，亭子里堆满了白色垃圾，甚至有用过的避孕套。

父亲生命的最后几年一定不曾到江村来过，如果来过，他不会异想天开，要带着母亲到这里养老，甚至要将他的一把老骨头扔在这里。

离开那座亭子，我们走下池塘横埂时，遇到一个穿着中山装的老头推着一辆童车向这边走来。

我走上前去问:“爷爷,知道一个叫江义芳的人吗?”

老头附上一只耳朵问:“么事?”

我把刚才的话又问了一遍。老人听清楚了,说:“有,前年嫁人的,她男人是包工头,家里小车就有三四辆。”

我无奈地笑了笑,递给老人一支烟,向他点了点头,离开了。

我们是第二天把母亲带到苏州去的。当天晚上,半夏一家也从上海坐高铁过来了。我们在李公堤的一家饭庄要了一个包间。母亲坐在半夏身旁,忽然问:“毛头走了吗?”

半夏故意说:“毛头,哪个毛头?”

母亲想了想,似乎也被半夏的这一问弄糊涂了。那么,究竟有几个毛头呢?但母亲很快就释然,她开始吃半夏夹到她碗里的红烧狮子头,她右手用筷子,左手用勺子,吃起来十分麻利。吃完了,又指着我的女儿子苓说:“这个姐姐长得多疼人,她是哪家的?”

子苓说:“奶奶,我明年要去美国了,我带你去美国好吗?”

“美国?江义芳在那儿,我不去。”

母亲的话,让在场的人都大吃一惊。

我连忙问:“江义芳是谁?”

“江义芳?那个王八操的!”母亲突然骂了一句粗话,随后就陷入长久的沉默。

2012 年 4 月一稿于安庆香樟里

2016 年 3 月二稿于九华山九珍农庄

2017 年 10 月完稿于九华山狮子峰下

用爱与阳光去温暖一个冰冷的世界

——写在长篇小说《墙》出版之际

“这是我最后一本书了……”

这是我在《墙》这本书开头时所写的话，既是书中人物沈知柏的话，也是我的话。过了今年春节，我就是古稀之人了，自二十世纪八十年代初开始写作，迄今我总共出版了十七本书，其中长篇小说五部（包括两部传记文学）。比起很多同辈作家，我写的的确太少了。时至今日，虽然我觉得自己的文字感觉越来越好，对人世的洞察、对意蕴的把握，乃至布局谋篇也越来越精准，但毕竟我已不再年轻。写作，尤其是写长篇小说，是一项耗神费力的重体力活，长期写作所导致的睡眠障碍，耗费了我太多的精力。因此，当五年前我打开电脑，开始这部小说的写作时，这句话便油然而生：“这是我最后一本书了……”

2013 年，为了《和悦洲小上海》一书的写作，我回了一趟和悦洲，采访了一些老人。虽然我自幼生活在那条石板路上，但我对故乡的历史并不是十分清楚。那一次的写作，让我对故乡的历史做了一番认真梳理，因此也触碰到一些能够进入我新的写作的人物，其中即有《墙》这本书的主人公韩七枝。

在我十五六岁时，有一天，一个女人挑着一担柴火歇在我家门前，她用柴肩衬着从很远的大山挑来的柴火，一边同我母亲说话。她们究竟说了些什么，我现在一点都记不住了，但那女人的形象却被我牢牢地记住了——她的腰间扎着一根绳子，砍刀就插在腰后，齐耳的短发，虽然是从山里出来，头发却一丝不乱。我那时已开始对女人的外貌有了朦胧的认知。虽然那女人有五十多岁了，但她的样子一下子印在我的脑子里。直到几年之后，也即是二十世纪六十年代末的某一天，我在街道上再次看到她。当时，她与十几个"有历史问题"的人一起站在那里，我在人群中一眼就看到她，手臂上戴着那个时代强迫于她的白色标记，穿着蓝士林布上衣，齐耳的短发依然一丝不乱。由此我意识到，不管生活是多么不堪，人骨子里的高贵是永远都不会被打垮的——她的名字叫九姑。

在很多年前，九姑的在南京国民政府任职的丈夫神秘消失，从此杳无音信。直到很久后，有人告诉九姑，他去了"那边"。几十年来，九姑一次次拒绝着觊觎她美貌的各种男人，她的回答无一例外：我有丈夫，他很快就会回来的。为了这句话，在那个年代，九姑吃尽了苦头，然而，她依然带着一个先天性脑瘫患儿，艰难地生活在和悦洲。直到很多年后，她接到一封从海外辗转到大陆的信。

九姑死于那一年的春天。最终击垮九姑的，正是那封信中夹带着的一张全家福照片。

打动我的是一个很老的爱情故事：坚守与失落，忠贞与背叛——这的确没有任何新意。但写着写着，我偏离了一开始写作的方向，因为我写的已经不再是爱情小说，而是一代人命运，也是一段被现在的我们逐渐忘却的历史——这似乎正是我写作此书的目的。

余华说："作家的使命不是发泄，不是控诉或者揭露，他应该向人们展示高尚。这里所说的高尚不是那种单纯的美好，而是对一切事物理解之后的超然，对善与恶一视同仁，用同情的目光看待世界。"

《墙》是一种寓意，就像封面语所说：命运是一道难以逾越的墙。在冰冷的现实中，谁都无法用自己柔弱的脑袋去撞塌这座坚硬的人世之墙，并企图从墙的那一面看到希望与阳光。但是，人可以在苦难和不测中让人性中原本的善良和美好绽放出绝美的烟霞。对于韩七枝来说，她的坚守与失落，其实正是上帝赐给我们每一个人的神秘魔咒：没有人能够活得圆满！但是，人却可以活得尊严，活出爱来，并让这种爱来温暖、滋润一个冰冷的世界。

我在一条微信中说，这是一本很一般的书，它也许并不好看，也没有噱头，但不缺乏真诚——这也是我几十年来写作生涯中一直的坚守。我希望通过这本书，并以我的真诚来打动这个充满谎言的世界，这就够了。

黄复彩

2018年9月5日